Regine Kölpin
Die Töchter der Kornmühle

PIPER

Zu diesem Buch

»Rena und Viktoria zogen sich ihre Jacken an und traten vor die Tür. Es roch nach Herbst. Der Duft von überreifem Obst war überall präsent, der kräftige Regen der vergangenen Tage hatte dazu beigetragen, dass viele Äpfel, Birnen und Pflaumen von den Bäumen ins hohe Gras gefallen waren.
Es wehte ein leichter Wind, und der Himmel war sternenklar. Die Mühlenflügel reckten sich majestätisch in den Nachthimmel. Dahinter stand der volle Mond und strahlte die Mühle mit seinem hellen Licht an.
›Es sieht so friedlich aus, und doch haben sich hier Dramen abgespielt‹, sagte Viktoria. ›Und wir haben davon als kleine Mädchen kein bisschen mitbekommen.‹«

Regine Kölpin lebt seit ihrer Kindheit in Friesland an der Nordsee. Die erfolgreiche SPIEGEL-Bestsellerautorin hat zahlreiche historische und heitere Romane, Krimis sowie Kurzgeschichten publiziert und ist auch als Herausgeberin tätig. Sie hat fünf erwachsene Kinder und zahlreiche Enkel.

Regine Kölpin

Die Töchter der Kornmühle

Roman

PIPER

Mehr über unsere Autorinnen, Autoren und Bücher:
www.piper.de

Wenn Ihnen dieser Roman gefallen hat, schreiben Sie uns unter Nennung des Titels »Die Töchter der Kornmühle« an *empfehlungen@piper.de*, und wir empfehlen Ihnen gerne vergleichbare Bücher.

Von Regine Kölpin liegen im Piper Verlag vor:
Das Haus am Deich:
Band 1: Das Haus am Deich – Fremde Ufer
Band 2: Das Haus am Deich – Unruhige Wasser
Band 3: Das Haus am Deich – Sicherer Hafen

Der Nordseehof:
Band 1: Der Nordseehof – Als wir träumen durften
Band 2: Der Nordseehof – Als wir der Freiheit nahe waren
Band 3: Der Nordseehof – Als wir den Himmel erobern konnten

Die Töchter der Kornmühle

Unser Versprechen für mehr Nachhaltigkeit
• Klimaneutrales Produkt
• FSC®-zertifiziertes Papier
• Hergestellt in Europa

FSC www.fsc.org MIX Papier | Fördert gute Waldnutzung FSC® C083411

Originalausgabe
ISBN 978-3-492-31866-2
März 2023

Dieser Roman wurde vermittelt durch die Literaturagentur Lesen & Hören, Anna Mechler.
Lektorat: Christine Neumann
Umschlaggestaltung und -abbildung: Johannes Wiebel | punchdesign, unter Verwendung von Motiven von Shutterstock.com und AdobeStock
Satz: Uhl + Massopust, Aalen
Gesetzt aus der Stempel Garamond
Druck und Bindung: CPI books GmbH, Leck
Printed in the EU

Verzeichnis der wichtigsten Personen

Historische Ebene

Hilka Gerdes, geb. Grotkopp – Tochter der Mühle
Tjade Gerdes – Ehemann von Hilka
Johann und Alwine Grotkopp – Hilkas Eltern
Tomasz Wozniak – Zwangsarbeiter in der Groote Mühle
Jake Miller – englischer Besatzer
Jimmy Holm – kanadischer Besatzer
Jan und Miron – Zwangsarbeiter in der Groote Mühle
Alesja – Zwangsarbeiterin in der Groote Mühle
Maria Meester – Hilkas Freundin
Mathilde Gerdes – Tjades Mutter

Gegenwartsebene

Rena Gerdes – Tochter von Hilka und Tjade
Viktoria Gerdes – Renas jüngere Schwester
Charlotte Gerdes – Renas Tochter
Lutz Berger – Charlottes Freund
Jost Habbinger – Mühlenbauer
Hein Harms – Mühlenbauer

De Möhlen dreiht sük

Hilka mochte nicht hier sein. In dieser Klinik mit all den fremden Geräuschen. Also schloss sie die Augen und träumte sich fort. Hörte das leise Summen und Zischen der Mühlenflügel, das sich durch das gesamte Bauwerk zog. Das Klappern des Rüttelschuhs, wenn das Getreide zu den Mahlsteinen bewegt wurde.

Die stetige Bewegung, die nicht nur das Korn mahlte, sondern auch ihr Leben am Schwingen hielt. Obwohl seit Jahren so vieles anders war – da sie die Mühle als alte Frau, trotz Hilfe ihrer Tochter Rena und Enkelin Charlotte, rein körperlich nicht allein betreiben konnte –, lief sie doch dank der beiden Müller Gerd und Hans immerhin am Wochenende. Die beiden Männer müllerten das Getreide für Besucher zu Mehl und suggerierten eine Wahrheit, die lange keine mehr war. Die Groote Mühle war vom Verfall bedroht, und Hilkas Familie würde sie vermutlich nicht mehr lange betreiben können.

Für ihre Biobäckerei verwendeten Rena und Charlotte eine elektrische Mühle, weil es gar nicht anders zu stemmen war. Getreide für Brot sollte stets frisch gemahlen sein.

Hilka seufzte. Sie war mit der Groote Mühle so tief verbunden, dass es ihr nur dann gut ging, wenn de Möhlen sük dreihte. Sie brauchte das wohlige Geräusch und die damit einhergehenden wunderbaren Düfte. Hilka kannte nichts anderes – und hatte auch nie etwas anderes kennen wollen.

Die Mühle mit dem Anwesen gab ihr die Sicherheit, die sie brauchte. Auch wenn Dinge schiefgegangen waren, so hatten sich die Ruten, wie die Müller die Flügel nannten, doch immer wieder gedreht. Und gedreht. Und gedreht – sich von den Widrigkeiten des Lebens kein bisschen beeinträchtigen lassen. Nicht, als die großen Kriege, schlimmer als ein heftiger Orkan, übers Land gezogen waren und sogar die Atmosphäre in der Mühle vergiftet hatten. Sämtlichen Stürmen hatte sie standgehalten.

Ihr Galerieholländer stand fest auf seinem Fundament und war die Konstante in Hilkas Dasein. Die Konstante, die sie so sehr brauchte, vor allem, seitdem ihr Leben damals komplett aus den Fugen geraten war. Danach war alles anders gewesen. Der Wind wehte schärfer, immer wieder fühlte Hilka sich attackiert. Sie musste mit ihren Töchtern reden, die Wahrheit sagen und alles ins Lot bringen. Viel Zeit blieb ihr nicht mehr, aber sonst würde sie diese Welt nicht verlassen können. Ihre Töchter mussten die Geschichte kennen, verstehen, warum Dinge passierten und passiert waren. Doch es war so schwer, alles in Worte zu fassen, Geschehenes beim Namen zu nennen. Je mehr Zeit verstrich, desto schwieriger wurde es. Hilka entglitten Gedanken und Worte immer öfter wie glitschige Aale. Egal, was sie anstellte: Sie konnte sie nicht festhalten.

Sie versuchte, sich zu konzentrieren, dabei half es ihr, sich die Mühle vorzustellen. Erneut sah sie das Drehen der Flügel vor ihrem geistigen Auge.

Das beruhigte sie, und es bestätigte sie darin, einen Weg finden zu können.

Es war ein Wagnis – aber auch eine Chance. Vielleicht würden sich ihre beiden Mädchen als Schwestern endlich aufeinander zubewegen können. Vielleicht aber grub sie den Graben noch tiefer, sodass die Familie endgültig auseinanderbrach.

Vielleicht ist ein mutloses Wort, dachte Hilka. Es bezieht keine Position, aber ich, ich muss das jetzt tun. Ich habe so viel geschafft, da geht das Letzte, was ich tun muss, auch noch. Sie, Hilka Gerdes, konnte eine Menge und war stark. Sie brauchte keinen Wetterbericht, denn sie konnte den Wind vorhersehen. Fast hundert Jahre an der Mühle hatten sie geprägt und sie sensibel dafür gemacht.

Schon als Kind hatte sie neben ihrem Vater am Absackschuh gestanden. Dort, wo das fertige Mehl über die Bütte und einen Auslauf in die Säcke rutschte. Von oben bis unten weiß gepudert und immer den Blick zum Fenster gewandt, die Drehungen der bespannten Ruten im Blick.

Ostwind war gut. Er war regelmäßig und hatte genug Enden, um gut müllern zu können. Der Westwind hatte meist zu viele Böen und war oft nicht ausreichend.

Vier Enden waren eine Umdrehung des Flügelkreuzes.

»Fünfzig Enden braucht es mindestens, besser sechzig, und ab siebzig ist Schluss, da wird es zu gefährlich.«

Und so war es immer darum gegangen, ob gemüllert werden konnte. Ihr Tagesablauf war abhängig vom Wind.

Die Mühle war für Hilka wie das Leben. Sie drehte sich. Mal langsam, mal schnell. Sie gab Sicherheit, denn von dem Getreide hatten sie existieren können.

Ihre Mühle. Die Groote Mühle. Sie trotzte Wind und Wetter, Krieg und Frieden und diente ihren unterschiedlichen Betreibern schon so lange Zeit.

Stand eine Mühle aber still, warfen die Flügel Schatten. Man musste doch auf sie achtgeben. Immer. Zu jeder Jahreszeit.

De Möhlen mutt sük dreihn. Immerzu dreihn.

Egal, was kam, niemals durfte ihre Mühle auf Dauer stehen bleiben. Niemals.

2018

Kapitel 1

Rena stand im Garten der Groote Mühle und starrte über die Marsch, die sich bislang in trübem Licht zeigte. Der Herbst hatte den Spätsommer in der letzten Woche vollends verdrängt und das Regiment übernommen. In den vergangenen Tagen waren kräftige Regenschauer über das flache Land gepeitscht und hatten tiefe Pfützen hinterlassen. Heute grenzte sich das Grün der Landschaft nur schwer gegen das Grau des Himmels ab. Das Wetter passte zu Renas Stimmung, die düsterer nicht hätte sein können.

Eigentlich sollten sich heute die Ruten mit ihrem leisen Sausen drehen, denn die beiden Müller Gerd Haase und Hans Meyerhoff waren eben gekommen. Ursprünglich wollten sie am heutigen Tag Dinkel mahlen, denn das Getreide war bei den Besuchern derzeit sehr beliebt.

Aber es passierte nichts. Dieser Stillstand versetzte Rena regelrecht in Panik, aber sie mochte nicht nachfragen, warum sie nicht müllerten. Weitere schlechte Nachrichten konnte sie gerade nicht gebrauchen. Seit gestern war alles anders. Je länger sie realisierte, was passiert war, desto deutlicher wurde, wie ihre Welt nach und nach zusammenbrach. Nachdem ihre fünfundneunzigjährige Mutter Hilka am Vortag mit einem Herzinfarkt ins Krankenhaus eingeliefert worden war, konnte Rena ihre Sorge über deren Zustand kaum noch zügeln. Sie hätte natürlich schon länger damit rechnen müssen, dass so etwas passierte, aber bislang war es Rena gelungen, diese Tatsache erfolgreich zu verdrängen.

Ihr liefen kalte Schauer über den Rücken, als sie an den Rettungswagen dachte, wie er mit Blaulicht und Martinshorn vom Mühlenhof gefahren war und mit seiner rasanten Fahrt nicht nur ihre Mutter, sondern mit ihr auch in gewisser Weise das ganze Leben mitgenommen hatte. Das Herz der Groote Mühle schlug ohne Hilka nicht richtig.

Ein frischer Wind hatte die Wolken inzwischen teilweise vertrieben, und die Sonnenstrahlen kitzelten Renas Nase. Vielleicht würde es doch noch ein guter Tag werden – erhellt von einer positiven Nachricht. Immerhin gewann auch die Sonne jetzt an Kraft und verdrängte das Trübe.

Rena reckte sich. Das entspannte ihren verkrampften Nacken.

»Mutter ist doch über den Berg, haben die Ärzte gesagt.« Sie versuchte, sich auf diese Weise Mut zu machen. »Mama wird wieder gesund.«

Bis zum nächsten Anfall. Sie ist fünfundneunzig Jahre alt. Akzeptiere bitte einfach, dass sie nicht mehr lange bleiben kann. Deine Mutter ist müde, und sie wird bald gehen! Dein Vater wartet auf sie.

Rena wollte diese Gedanken keinesfalls zulassen. Sie wollte, dass alles so blieb, wie es war. Jeden Tag. Jeden Monat. Jedes Jahr.

»Weil ich es nicht ertragen könnte, wenn Mutter fort ist«, flüsterte sie. Dass es schon bald so weit sein konnte, war ihr klar geworden, als ihre Mutter deutlich gemacht hatte, unbedingt mit ihr und Viktoria reden zu wollen. Aber dazu musste sie ihre Schwester anrufen – und das widerstrebte ihr. Die Wolken lichteten sich immer mehr, und an einigen Stellen zeigte der Himmel sich jetzt in einem milchigen Blau, an dem fein ziselierte Wölkchen für wechselnde Bilder sorgten.

»Mama? Wo steckst du?«

Rena schrak zusammen, als sie Charlottes Stimme hörte. Ihre Tochter zeigte sich stets sehr besorgt um ihre Mutter, denn mit ihren fünfundsiebzig Jahren war auch sie nicht mehr die Jüngste.

»Ich bin hier! Im Garten!«

Charlotte trat aus dem roten Backsteinhaus und lächelte glücklich. Seit drei Wochen hatte sie einen neuen Freund, und diese Liebe zu Lutz Berger tat ihr gut. Seitdem wirkte Charlotte wie befreit, denn sie hatte zuvor keine guten Erfahrungen mit ihren Liebschaften gemacht und war lange allein geblieben. Nun aber strahlte sie wieder.

Ihre Tochter trat neben sie und legte den Kopf auf Renas rechte Schulter. »Ich ahne, was du gerade denkst, Mama. Es ist wunderschön hier. Da haben Oma und Opa uns wirklich ein Paradies hinterlassen. Das sollten wir auf jeden Fall erhalten.«

Rena strich über Charlottes Wange, auch wenn sie sich dabei ein wenig verrenken musste. »So sieht das aus«, antwortete sie in ihrer typisch bedächtigen und norddeutschen Art.

Gemeinsam schauten sie zu, wie die Sonne das trübe Herbstwetter zunehmend verdrängte.

»Komm, lass uns reingehen«, sagte Charlotte nach einer Weile. »Mir ist etwas kühl.«

»Mir auch, und ich habe Hunger.« Rena folgte ihrer Tochter, die geradewegs auf die Küche zusteuerte. Ihnen schlug der altbekannte Geruch entgegen. Obwohl Rena stets gründlich sauber machte und lüftete, haftete dem Haus immer ein gewisser Muff an, der sich durch nichts vertreiben ließ. Es war eine Mischung aus frisch Gebackenem und Gekochtem. Darunter hatte sich ein undefinierbarer Duft gelegt. Diese Mischung war für Rena aber untrennbar mit ihrem Zuhause verbunden, und sie nahm es einfach hin.

Ihre Tochter glich Rena, wie sie selbst mit fünfzig ausgesehen hatte. Dieselbe Frisur, derselbe Gang und derselbe skeptische Blick, den man Rena zeitlebens nachsagte. Aber es waren nicht nur die Äußerlichkeiten, die beide miteinander verbanden.

Charlotte hatte das blonde Haar wie immer zu einem einfachen Zopf gebunden, und wie immer lugten vorn ein paar vorwitzige Strähnen hervor. Wenn sie lachte, blitzten die grünen Augen auf, verdunkelten sich aber sofort wieder, als dürfte sie ihre innere Lebensfreude auf keinen Fall zeigen. Dank Lutz hielt das Blitzen allerdings länger an – und es stand Charlotte gut.

»Ich habe die Suppe schon fertig«, sagte ihre Tochter jetzt. »Es riecht verführerisch, oder?«

In der Tat zog der würzige Duft vom Erbseneintopf schon in den Flur.

»Wunderbar«, bestätigte Rena. »Danach lege ich mich kurz hin, und dann möchte ich noch ins Krankenhaus fahren.«

Charlotte nahm zwei Teller und füllte sie nacheinander auf. »Das habe ich mir gedacht. Ich mache mir auch große Sorgen um Oma. Wir dürfen sie jetzt nur nicht belasten, dann wird sie sich bestimmt schnell wieder erholen.«

Rena setzte sich an den großen Eichentisch. Die Küche war nach wie vor recht altertümlich eingerichtet. Sie hatten sich von dem alten Holzofen genauso wenig trennen können wie von dem wuchtigen Esstisch und der Eckbank, die Rena wie ein Sinnbild sah, weil sie von genauso tiefen Kerben gezeichnet war wie die Mühle selbst.

Charlotte stellte die gefüllten Teller auf den Tisch und reichte ihrer Mutter einen Löffel.

»Danke fürs Kochen!«, sagte Rena.

»Ich weiß doch, dass es dir wegen Oma schlecht geht.« Charlotte setzte sich ihrer Mutter gegenüber und tauchte den Löffel in die Suppe, pustete aber, bevor sie ihn zum Mund führte.

»Schmeckt gut, da muss ich mich direkt selbst loben«, sagte sie breit grinsend. Dann aber wurde Renas Tochter ernst. »Wir müssen Tante Viktoria benachrichtigen. Auch wenn du dich sträubst, halte ich es für notwendig. Immerhin kann es doch sein …« Sie sprach diese endgültigen Worte nicht aus, als würde sie nicht ertragen, worauf es hinauslaufen könnte.

Ihre Mutter atmete einmal tief durch und verdrängte, dass sie gar nicht umhinkam, sich bei Viktoria zu melden. Sie konnte und durfte Mutters Wunsch schließlich nicht einfach ignorieren. Aber es fiel ihr schwer. Zu viel war geschehen. »Ja, aber ich weiß einfach nicht, ob es meine Schwester überhaupt interessiert, wie es Oma Hilka geht.«

»Mama!«, entfuhr es Charlotte. »Natürlich ist es für sie wichtig, und sie muss erfahren, dass Oma krank ist. Hallo? Es ist ihre Mutter!«

»Viktoria führt schon so lange ihr eigenes Leben.« Rena seufzte. »Ich kann nicht einschätzen, wie sehr es sie berührt! Sie meldet sich doch kaum.«

Charlotte schüttelte unwillig den Kopf. »Da bist du arg ungerecht, finde ich. Bloß weil du Probleme mit ihr hast, darfst du sie jetzt doch nicht ausgrenzen und ihr so etwas Wichtiges vorenthalten!«

Rena fühlte sich von den Worten ihrer Tochter getroffen. Natürlich stimmte es, was sie sagte. Viktoria hatte sich schon vor Jahren gegen die Groote Mühle und für ein unabhängiges Leben entschieden, und sie, Rena, neidete es ihr manchmal. Obwohl es ihr wiederum die Freiheit gegeben hatte, mit der Mühle so zu verfahren, wie es ihr gefiel. Ihre jüngere Schwester interessierte sich nicht mehr für das alles. Sie hatte Karriere bei einem großen Pharmakonzern gemacht, und seitdem Viktoria in Rente war, bereiste sie die Welt und hielt sich überwiegend in Großbritannien auf. Was auch immer sie auf dieser Insel wollte. Zuvor hatte sie lange in Bremen gewohnt, war aber kürzlich in ein kleines Apartment nach Hamburg umgesiedelt, weil sie diese Stadt als urbaner empfand. Dieses Unstete passte zu ihrer Schwester. Nie lange irgendwo bleiben, immer weiterziehen. Als wäre sie auf der Suche und wüsste selbst nicht, wonach. Rena löffelte die Suppe stumm weiter.

»Warum nimmst du ihr die Flucht aus Neumöhlen eigentlich so übel?«, hakte Charlotte nach. Sie hatte diese Frage schon öfter gestellt, aber Rena war ihrer Tochter die Antwort bisher schuldig geblieben.

»Sie hat uns im Stich gelassen«, platzte es aus ihr heraus. »Einfach im Stich gelassen. Und sie ist schuld …« Rena biss sich auf die Zunge. Denn jetzt wurde sie tatsächlich unfair. »Vicki war immer für mich da«, brach es dann aus ihr heraus. »Und plötzlich …«

»Ich finde es merkwürdig, wenn du ständig um den heißen Brei herumredest. Und überhaupt: Tante Viktoria ist fünf Jahre jünger als du. Müsste es nicht genau andersherum sein? Also, dass du für sie da sein musstest?«

»War es aber nicht. Vicki hat immer auf mich aufgepasst!«

Rena wusste selbst, dass sie wie ein kleines Kind reagierte.

Charlotte löffelte schweigend den Teller leer, ehe sie fortfuhr: »Ist denn was vorgefallen, warum sie Hals über Kopf weg ist?«

»Will nicht drüber reden«, brummte Rena. »Sie wollte eben auf eigenen Füßen stehen, weil sie sich nicht länger gängeln lassen wollte. Damit konnte ich schon damals nichts anfangen. Es war immer klar gewesen, dass wir die Mühle mit der Landwirtschaft gemeinsam weiterbetreiben.« Rena lachte bitter auf. »Wir sind die Mühlenflügel zusammen hochgeklettert und haben bei Wind und Wetter die Segel gesetzt. Zusammen haben wir am Fangseil gehangen und die Ruten in Stellung gebracht.« Plötzlich kamen Rena die Tränen. »Und dann war sie weg! Du weißt, dass ich das Fangseil nicht betätigen kann, weil mir allein die Kraft fehlt.«

Diese Tätigkeit spiegelte die Symbolik und die damit verbundene Verzweiflung ihrer Mutter wider. Die Mühle konnte nur betrieben werden, wenn alle zusammenhielten und jeder für den anderen da war.

Charlotte spitzte die Lippen. »Mama, ihr hättet es später rein von der Kraft her auch zu zweit nicht mehr gekonnt, das weißt du. Deshalb gibt es doch Gerd und Hans.«

Rena wusste nicht, was sie erwidern sollte. »Aber ich trage allein die Verantwortung für die Mühle.«

»Ich bin ja auch noch da. Und jetzt haben wir zudem Lutz, der uns beraten und mit anpacken kann.«

»Dem Himmel sei Dank«, sagte Rena.

Sie wusste, wie ungerecht sie Viktoria gegenüber war.

Denn sie selbst war diejenige, die sich geschworen hatte, diese Mühle um jeden Preis zu erhalten. Ohne Viktoria zu fragen. Aber es war Rena so wichtig wie nichts anderes auf der Welt. Sie war diejenige, die Vicki vertrieben hatte. Sie allein. Jetzt war es zu spät, alles wiedergutzumachen, aber Viktorias Worte schmerzten sie noch immer.

»Das ist nicht mehr mein Leben«, hatte ihre Schwester damals gesagt. »Nicht nach dem, was vorgefallen ist und was du mir alles an den Kopf geworfen hast.« Und dann war ihre Schwester gegangen. Vor fünfundvierzig Jahren.

Charlotte stand auf, stellte die Teller zusammen und trug sie zur Spüle, wo sie sogleich mit dem Abwasch begann.

»Ich finde es richtig, dass sie ihren Weg gehen wollte. Vielleicht wart ihr einer zu viel? Oma, Opa. Du und ich als kleines Mädchen.«

»In der Mühle gibt es genug zu tun«, gab Rena patzig zurück. »Hier gab es keine Langeweile!«

»Mama, es klingt so, als hätte deine Schwester keine Perspektive mehr gesehen. War es das Mühlensterben in den Sechzigerjahren? Die viele Arbeit? Oder was sonst? Seitdem ich denken kann, macht die Mühle Probleme. Entweder ist was kaputt, oder es gibt keine Aufträge. Ohne die Landwirtschaft, die Bäckerei und die Tatsache, dass wir uns selbst versorgen konnten, wären wir doch längst pleitegegangen. Inzwischen ist es reine Liebhaberei. Du lebst von deiner Rente und ich von meinem Bürojob.«

»Unser Kontakt ist so lose wie unter fernen Bekannten, die sich nur ab und zu eine Karte schreiben, damit sie sich nicht ganz aus der Erinnerung des anderen entfernen. So sieht es aus.«

»Jetzt ist es wichtig, dass Tante Viktoria kommt. Dazu

musst du sie informieren. Gleichgültig, was passiert ist oder warum sie dich verletzt hat.«

»Ich weiß«, lenkte Rena ein. »Auch wenn die Ärzte sagen, dass das Schlimmste überstanden ist, wissen wir doch um den Ernst der Lage.«

Es klang schrecklich, es so direkt auszusprechen, aber genau diese klaren Worte machten Rena deutlich, dass Charlotte recht hatte und sie ihrer Schwester Bescheid geben musste. Auch, um den Wunsch der Mutter zu erfüllen.

*

London zeigte sich freundlich an diesem Tag im Oktober. Die Sonne kämpfte sich durch die immer lichter werdenden Bäume und ließ das Laub bunt erstrahlen.

So liebe ich es, dachte Viktoria Gerdes und kickte mit der Schuhspitze in einen Blätterhaufen. Sie mochte das raschelnde Geräusch. Und sie mochte London mit seiner Vielfalt. Die Metropole hatte mit den beschaulichen Ecken, in denen noch die alte englische Gemütlichkeit in den typischen Pubs gelebt wurde, ein besonderes Flair, weil die Stadt zugleich modern war und überall pulsierte.

Während andere von der Hektik auf den Hauptstraßen abgestoßen waren, fühlte sich Viktoria davon belebt. Allein der Anblick, wenn sich die roten Doppeldecker durch den Verkehr quälten! Ihr Lieblingsplatz war Borough Market mit seiner einzigartigen Markthalle und den wundervollen Feinschmeckerläden. Sie konnte sich an der Fülle der Auslagen und an den zahlreichen Darbietungen der Straßenkünstler kaum sattsehen. Aber sie liebte auch das neue London mit den imposanten Bauten und der Skyline. Es gab eigentlich nichts, was sie an dieser Metropole nicht schätzte. London bestand eben nicht nur aus der Tower Bridge, Big Ben oder St. Paul's Cathedral. London war so viel mehr.

Sie mochte aber auch andere Orte in der Nähe. Städtchen wie Castle Hedingham, wohin sie abtauchte, wenn sie abschalten wollte. Oder die anderen kleinen Dörfer, in denen die Zeit stehen geblieben war.

Heute verlangte es Viktoria nach etwas Ruhe, und es gab auch in London wunderbare Rückzugsmöglichkeiten. Sie war am Buckingham Palace in den Hyde Park abgebogen, um hier die herbstliche Atmosphäre und die Natur, die sich jenseits des Trubels bot, zu genießen.

Ich mag es, kein Ziel zu haben, dachte Viktoria gerade und schaute versonnen über den großen See, auf dem sich Enten, Schwäne und Teichhühner tummelten. Am Ufer putzten sich gerade zwei Kanadagänse.

Übermorgen muss ich zurück nach Hamburg, weil in meiner Wohnung die Gas-Therme repariert wird, schoss es ihr ausgerechnet jetzt durch den Kopf. Vom Flughafen Stansted ging es zurück in ihre Heimatstadt, in der sie in Alsternähe ein Apartment besaß.

Seitdem sie Neumöhlen für immer verlassen hatte, war sie frei wie ein Vogel. Sie war nur dann glücklich gewesen, wenn sie unterwegs war, denn das Rasten an einem Ort kostete sie unnötig Kraft.

»Warum ziehe ich nicht nach England?«, flüsterte sie. »Hier fühle ich mich angekommen und könnte mir vorstellen, länger zu bleiben.«

Nur in diesem Land verspürte sie kein Bedürfnis zu fliehen, weil sie das Gefühl hatte, endlich Bodenhaftung zu haben.

Viktoria sah einem Schwanenpaar nach, das mit seinen singenden Flügelschlägen über den See flog.

»Ich hätte es schon viel eher machen sollen«, sagte sie laut und scherte sich nicht um die fragenden Blicke eines jungen Pärchens, auf das sie sicher etwas wunderlich wirkte. »Kann man einen alten Baum verpflanzen?«, rief sie den beiden zu, aber sie verstanden offenbar kein Deutsch, zuckten mit den Schultern und liefen weiter.

Viktoria setzte sich auf eine Bank und schloss die Augen. Die Sonnenstrahlen kitzelten ihre Nase. Sie genoss den vollkommenen Frieden hier. So verharrte sie in dem Gefühl, das Glück in sich aufzusaugen. Das Klingeln des Handys riss Viktoria aus ihren Gedanken. Sie reagierte zunächst nicht, da sie diesen Augenblick des inneren Friedens nicht zerstören wollte. Und weil sie ahnte, dass der Anruf nichts Gutes bedeutete. Es war eigenartig, wie empfänglich sie im Alter für Schwingungen geworden war.

Das Klingeln verstummte nicht. Schließlich siegte die Neugierde, und Viktoria schaute aufs Display.

Sie zuckte zusammen, als sie Renas Nummer erkannte. Sie telefonierten nur selten, weil es meist unerfreuliche Gespräche waren. Ihre Schwester kannte nur ein Thema, und das war die Mühle. Dort lief es immer schlecht, und ständig musste sich Viktoria eine endlose Litanei darüber anhören, wie schlimm und arbeitsintensiv alles war. Rena war eine unzufriedene Frau, die es versäumt hatte, das Beste aus ihrem Leben zu machen.

Weil ich ihr immer die Hand vor den Hintern gehalten habe, dachte Viktoria ketzerisch. Wenn alles so blöd ist, soll sie den Laden doch verkaufen und sich endlich einen schönen Lebensabend machen.

Seufzend nahm sie das Gespräch an. Vielleicht könnte es auch mal etwas Wichtiges sein. Viktoria atmete einmal tief durch, ehe sie sagte: »Hallo, Rena!« Ihre Stimme klang betont freundlich.

»Wo steckst du denn schon wieder?« Ihre Schwester klang etwas atemlos, und die Stimme war dünn.

»In London, warum?«

»Also wieder in England, hätte ich mir auch denken können.«

»Du rufst doch nicht an, weil du dich für meine Reiseziele interessierst«, sagte Viktoria.

»Das stimmt. Mutter geht es schlecht«, rückte Rena erstaunlich schnell mit ihrer Info heraus.

»Wie schlecht?«, fragte Viktoria, denn ihre Schwester neigte zu Übertreibungen. Demnach wäre ihre Mutter schon dreimal beinahe verstorben. Doch dieses Mal klang es anders.

»Sehr schlecht. Du musst kommen. So schnell es geht, hörst du?«

Jetzt wurde Viktoria hellhörig. Ja, sie hatte sich in den letzten Jahren kaum um die Mutter gekümmert, ihr allenfalls eine Karte zum Geburtstag geschickt oder zu Weihnachten angerufen, und sie war nur selten nach Neumöhlen gefahren. Doch sie hatte stets die Gewissheit, dass ihre Mutter da war, weil sie sie als unverwüstlich gesehen hatte.

Du hast verdrängt, dass sie alt ist. Dass auch du nicht mehr die Jüngste bist, dachte sie.

»Viktoria? Hörst du mir überhaupt zu?«

»Ja doch«, gab sie fahrig zurück. »Was ist denn mit ihr?«

Rena fuhr ohne Umschweife fort. »Sie hatte einen Herzinfarkt. Zunächst ist sie über den Berg, aber du weißt, was das in dem Alter heißt.« Letzteres klang wieder typisch negativ nach Rena, aber dieses Mal womöglich richtig. Dennoch wollte Viktoria sich jetzt nicht verrückt machen lassen.

»Ich habe übermorgen einen Flug gebucht. Wenn Mama außer Lebensgefahr ist, reicht es ja, wenn ich wie geplant zurückfliege.«

Rena reagierte mit einem unwirschen Schnauben. »Es ist wirklich dringlich! Ich glaube, dass sie spürt, wie wenig Zeit ihr noch bleibt.«

»Was willst du mir damit sagen?«, fragte Viktoria.

Rena räusperte sich. »Mama ist sehr schwach, und sie möchte mit uns sprechen. Sofort! Ihr scheint etwas auf der Seele zu brennen. Bitte buche um, und komm' so schnell es geht!« Renas Stimme klang flehend.

»Hat sie gesagt, was sie will?«

In Viktoria sträubte sich plötzlich alles. Das Verhältnis zu ihrer Mutter hatte sich im Laufe der Jahre immens verschlechtert. Erst war sie immer der heimliche Liebling gewesen, doch als Viktoria sich nicht so entwickelt hatte, wie ihre Mutter es erhoffte, waren die Differenzen immer deutlicher geworden. Viktorias Drang nach Freiheit ging nicht konform mit den Vorstellungen ihrer Mutter, dass sie sich mit Rena um die Mühle und das Anwesen kümmern sollte. Und ihr Vater? Der hatte sich immer aus allem rausgehalten und war keine wirkliche Stütze in der Frauendomäne gewesen.

»Und doch ist sie meine Mutter, die schon bald ihren letzten Weg antreten wird«, murmelte Viktoria vor sich hin. Es klang furchtbar, das auszusprechen.

Hatte sie eine andere Wahl, als den nächsten Flieger nach Hamburg zu besteigen? Was, wenn sie es nicht tat, Rena dieses Mal nicht irrte und sie womöglich zu spät kam?

Viktoria gab sich einen Ruck.

»Gut, ich fliege gleich morgen früh, wenn ich eine Maschine bekomme«, entschied sie. »Ich melde mich, sobald ich gebucht habe.« Dann drückte Viktoria das Gespräch weg.

Sie blieb noch eine Weile auf der Bank sitzen und spürte, wie das schlechte Gewissen langsam herankroch. Ihre Mutter war fünfundneunzig Jahre alt und schwer krank.

Wenn du Pech hast, kommst du zu spät, flüsterte eine innere Stimme.

»Sie fand auch oft genug andere Dinge wichtiger als mich«, sagte Viktoria laut und stand auf.

Sie hatte damals mit neun Jahren hochfiebrig im Bett gelegen und sich ständig übergeben. Aber es war eine Lieferung mit Getreide gekommen, die unbedingt gemüllert werden musste. Rena war ihrer Mutter zur Hand gegangen, und Viktoria hatte den Eimer mit dem Erbrochenen selbst draußen im Plumpsklo leeren und das beschmutzte Bett eigenhändig beziehen müssen. Die Mühle ging vor.

An diesem Tag und an allen anderen auch.

Der Flug morgen musste reichen. Heute wollte sie noch in London bleiben und nachdenken.

KAPITEL 2

Der Himmel hatte sich vollkommen aufgeklart. Es wäre zu schade gewesen, diesen Samstagnachmittag im Haus zu verbringen, weshalb Charlotte beschloss, durch die Marsch zu spazieren. Sie mochte die Weite der Landschaft sehr. Manchmal war ihr das Leben in der Mühle zu eng, nur würde sie den Teufel tun und so etwas ihrer Mutter gegenüber äußern. Ein Gang durch die Wiesen aber weitete ihre Seele und durchlüftete ihren Geist.

Kaum hatte sie den Hof verlassen, bremste ein Wagen neben ihr, und sie blickte in Lutz' Gesicht.

»Hey, was machst du denn hier?«, fragte sie überrascht. »Ich dachte, du hast noch in Hamburg zu tun und kommst erst am Abend.«

»Ich bin eher fertig geworden«, sagte er. »Wohin willst du?«

»Ein bisschen laufen. Komm doch mit!«

Das ließ Lutz sich nicht zweimal sagen. Er parkte seinen schwarzen Audi am Straßenrand.

»Wie geht es deiner Oma?«, fragte er, als er Charlotte einen Begrüßungskuss gegeben hatte.

»Offenbar etwas besser. Ich konnte Mama zumindest überreden, Tante Viktoria anzurufen. Sie wird morgen kommen.«

»Hast du mit Rena schon über die defekte Flügelwelle sprechen können?«

Charlotte winkte müde ab. »Nein, Gerd und Hans haben alles heute Vormittag noch einmal gründlich überprüft, weshalb sie auch nicht gemüllert haben. Ich bin froh, dass Mama keine Fragen gestellt hat. Es ist ein Kreuz, aber der Schaden ist immens. Er wird uns auffressen. Ich bin angesichts der gesundheitlichen Situation von Oma nicht sicher, ob sie einen solchen Schock verkraften kann, und auch nicht, wie meine Mutter damit umgeht.«

Lutz schaute ernst. »Es führt kein Weg daran vorbei, Rena schnell reinen Wein einzuschenken, weil ihr reagieren müsst. Mit der defekten Welle darf die Mühle nicht in Betrieb sein, sonst fliegen euch im schlimmsten Fall die Flügel um die Ohren.« Er seufzte. »Ihr könnt deine Oma doch aus allem raushalten. Es ist wichtig, keine Zeit zu verlieren, damit alles schnell repariert wird.«

»Oma muss noch nichts wissen, es wird allerdings schwer werden, das alles vor meiner Mutter geheim zu halten«, unkte Charlotte. »Sie merkt doch, wenn die Mühle nicht läuft! Ich rede gleich mit ihr.«

Sie bogen in einen Schotterweg ab, der in die Marsch führte. Vor ihnen lag nun diese scheinbare Endlosigkeit. Über die Weiden konnten sie bis zum Horizont schauen. Auch jetzt im Oktober waren sie noch sattgrün und nur von den Maulwurfshügeln braun gesprenkelt.

»Es ist einzigartig schön hier«, sagte Lutz. »Wollen wir bis Neustadtgödens zur Wasserschöpfmühle laufen?«

»Das ist ziemlich weit«, gab Charlotte zu bedenken. Sie schaute auf die Uhr. »Aber mit einem flotten Schritt schaffen wir das. Die frische Luft wird mir guttun.«

»Fährst du später mit ins Krankenhaus?«

Charlotte schüttelte den Kopf. »Ich muss nachher noch das Schwarzbrot in den Ofen schieben. Das schaffe ich sonst alles nicht. Und es muss fertig sein. Mama und ich haben uns darauf geeinigt, dass ich mich darum kümmere und sie für Oma da ist.«

Lutz hauchte ihr einen Kuss auf die Wange.

»Was täte deine Mutter bloß ohne dich«, sagte er. »Wenn du Schwarzbrot backst, zieht ja wieder ein wunderbarer Duft durch die Mühle.«

Es war ihre besondere Delikatesse, nach einem alten Familienrezept gebacken, das Hilka immer weiter verfeinert hatte. Und es fand reißenden Absatz.

»Die Kühe sind alle noch draußen.« Lutz zeigte auf die umliegenden Wiesen, auf denen sowohl die Schwarzbunten als auch ein paar Schafsherden grasten. Ihr Blöken drang zu ihnen herüber und vermischte sich mit dem Kreischen der Möwen und dem Gezänk der Krähen.

»Solange es irgendwie geht, bleiben die dort«, bestätigte Charlotte und deutete auf einen riesigen Greifvogel am Himmel. »Guck mal, ein Seeadler. Seit Kurzem kommt er zum Jagen hierher. Oft ist er auch am Gewässer vom Naturschutzgebiet in Neustadtgödens hinter der Wasserschöpfmühle zu finden. Ich glaube, er nistet bei Varel.«

Fasziniert sahen sie dem Vogel nach, der mit seinen mächtigen Schwingen davonsegelte.

»Mal was anderes als immer nur Möwen«, meinte Lutz.

Nach einer halben Stunde hatten sie die Wasserschöpfmühle erreicht und setzten sich seitlich auf die Bank mit dem Picknicktisch. Sie umwaberte eine frische Brise, die den Duft der Nordsee mit sich trug und auch eine süßliche Note hatte, die von den Kühen ringsumher kam.

Charlotte legte den Kopf in den Nacken und ließ die Sonne auf ihr Gesicht scheinen. Sie drückte Lutz' Hand und war in diesem Augenblick einfach nur glücklich, weil es ihr gelang, an diesem idyllischen Ort und in der Nähe des Mannes, den sie so sehr liebte, alle Probleme zu vergessen. Sie rückte ein Stück näher an Lutz heran, denn es tat gut, ihn hautnah zu spüren. Nie hätte sie geglaubt, in ihrem Alter noch die große Liebe zu finden. Immerhin war sie im letzten Jahr fünfzig geworden.

»Du musst wirklich mit deiner Mutter sprechen«, fing Lutz wieder an und kraulte Charlottes Nacken. »Wenn ihr das nicht in den Griff bekommt, müsst ihr die Mühle ganz stilllegen, sonst wird es gefährlich. Ich glaube nicht, dass die Reparatur günstig sein wird.«

Charlotte seufzte. »Das glaube ich auch nicht. Nur wird es für uns schwierig, einen Kredit zu bekommen.«

»Verkauf?«, fragte Lutz vorsichtig. »Dann wärt ihr alle Sorgen auf einen Schlag los.«

Charlotte zog die Mundwinkel gequält nach unten. »Selbst wenn wir alles abstoßen müssten: Wer nimmt denn ein solch altes Gemäuer, bei dem abzusehen ist, wie viel Geld dort hineingesteckt werden müsste?«

Da sah Lutz offenbar kein Problem. »Ein Investor. Die Groote Mühle ist ein Kleinod in hervorragender Lage. Sieh dir diese romantische Gegend doch mal an! Natur pur, Möwengeschrei und Kühe, die noch auf der Weide herumspazieren! Davon träumen die Städter. Die Alpen sind nichts dagegen.« Lutz geriet regelrecht ins Schwärmen. »Und dann eine idyllische Mühle mit Hotel und Kaffeegarten! Da könnte man was draus machen.«

Charlotte hob abwehrend die Hände, obwohl sie für einen Augenblick eine gewisse Faszination bei der Idee verspürte. Mit einem Mal wären sie alle Sorgen los und sie – frei! Doch dann schämte sie sich sogleich dieser Gedanken. »Das wollen wir aber nicht. Die Mühle ist unser Zuhause, und es wäre schrecklich, wenn man es so … missbrauchen würde. Dann wäre das Wunderbare weg.«

»Das ist richtig«, bestätigte Lutz. »Ich sag auch nicht, dass ich es gut finden würde, nur was möglich wäre. Du hast mich danach gefragt.«

Charlotte setzte sich aufrecht hin. »Viele Generationen haben davon gelebt, dass es die Groote Mühle gibt. Und jetzt dient sie eben als Besichtigungsstätte, und wir backen Brot, damit wir den Besuchern zeigen, wie ursprüngliches Gebäck schmeckt.« Sie biss sich auf die Unterlippe. »Aber ohne das ganze Brimborium. Nein, einen Hotel- und Restaurantkomplex wollen wir nicht, weil es die Ruhe und eben genau die Idylle, von der du schwärmst, zerstören würde. Ganz abgesehen davon, dass die Mühle unverkäuflich ist, egal, wie hoch die Summe sein würde. Mama und ich kriegen das hin. Weil wir schon andere Dinge gemeistert haben.« Charlotte reckte kämpferisch das Kinn.

»Ich spreche mit Mama, wenn sie aus dem Krankenhaus zurück ist. Wir brauchen auf jeden Fall schnell einen Kostenvoranschlag.« Sie runzelte die Stirn. »Ich bin noch am Überlegen, wen wir damit beauftragen. Im Augenblick fällt mir nur der Mühlenbauer Hein Harms ein. Oder Jost Habbinger. Der ist allerdings schon alt, und ich glaube, er wird sich bald zur Ruhe setzen.«

Lutz zwinkerte ihr zu. »Ich kenne Jost Habbinger.«

»Wirklich? Woher denn?« Charlotte sah ihn erstaunt an.

»Ich habe doch oft in Norden zu tun, weil dort viele meiner Kunden sind. Wir sind uns in einer Kneipe begegnet und zufällig ins Gespräch gekommen. Soll ich mit ihm reden?« Lutz schaute Charlotte fragend an.

Sie war so dankbar, dass er ihr diese Arbeit abnahm. Denn manchmal wurde es Charlotte durchaus zu viel, sich um die Mühle, die Bäckerei und ihren Brotjob im Büro kümmern zu müssen. Nun kam vermutlich noch die pflegebedürftige Oma dazu. »Bitte, ja. Dann haben wir bald Gewissheit, was auf uns zukommt.«

Die Kirchturmuhr der Neustadtgödenser Kirche schlug drei Mal, und ihr Klang wehte über die Wiesen zu ihnen herüber. »Wir müssen zurück, wenn ich den Backvorgang noch schaffen will«, sagte Charlotte. »Mit Mama rede ich heute Abend, damit sie vorgewarnt ist.«

Ihr war nicht wohl bei der Vorstellung, ihrer Mutter jetzt auch noch diese schreckliche Mitteilung zu machen. Was eine defekte Flügelwelle bedeutete, musste sie ihr nicht groß erklären. Manchmal kam alles zusammen.

Die beiden standen auf, erfreuten sich noch einmal an der kleinen Mühle, die früher dazu gedient hatte, das Hinterland zu entwässern, und nun vom Wassermüller liebevoll erhalten wurde. Es war ein Paradies hier. In Neustadtgödens befand sich noch die Peldemühle, die inzwischen ebenfalls nur zu Schauzwecken lief und früher für das Mahlen von Futterschrot genutzt worden war. In ihrer Gegend gab es eine große Mühlendichte, aber Charlotte fand, dass die Groote Mühle die schönste von allen war. Ihre Mühle, ihr Zuhause. Sie mussten es irgendwie hinbekommen, den Schaden zu bezahlen. Irgendwie.

*

Rena hatte ihre Mittagsstunde beendet und wunderte sich, dass ihre Tochter nicht im Haus war. Die Sauerteiglaibe waren zwölf Stunden lang gegangen und warteten darauf, endlich abgebacken zu werden. »Gut, dann fahre ich jetzt zu Mutter und warte nicht auf Charlotte.«

Rena schaute aus dem Fenster und entdeckte Lutz' Audi auf dem Seitenstreifen. Ach, daher weht der Wind, dachte sie. Dann sind sie bestimmt spazieren gegangen.

Kurz darauf polterte es. Ihre Tochter stürzte in die Küche, während draußen ein Motor aufheulte und Charlottes Freund davonfuhr.

»Lutz ist spontan gekommen, und wir waren bei der Wasserschöpfmühle«, erklärte ihre Tochter.

»Wollte er nicht reinkommen?«

Charlotte verneinte. »Lutz hat noch in Norden zu tun. Außerdem muss ich backen.«

Rena strich ihrer Tochter über die Wange. »Wenn ich dich nicht hätte, min Lütten.«

Charlotte lachte auf. »Lütt bin ich schon lange nicht mehr. Aber ohne mich würdest du vermutlich gemütlich im Lehnstuhl sitzen und deinen Lebensabend verbringen. Denn dann hättest du die Mühle längst aufgegeben und könntest das Leben in vollen Zügen genießen.«

»Die Mühle ist mein Leben«, gab Rena zurück. »Das war sie schon immer.« Sie musterte ihre Tochter. »Habe ich was Falsches gesagt? Du guckst so ernst.«

»Nein. Aber … ach, setz dich doch bitte erst einmal!«

Rena ahnte, dass ihre Tochter nichts Gutes auf dem Herzen hatte. »Was gibt es denn?«

»Wir stecken tief in Schwierigkeiten.« Charlotte stieß die Luft einmal kräftig und hörbar aus. Dann senkte sie betreten den Kopf.

»Es ist was mit der Mühle, oder?«, fragte Rena.

Sie hatte durchaus mitbekommen, dass Charlotte vorgestern mit Gerd und Hans in der Kappe herumgeklettert war und anschließend lange mit Lutz diskutiert hatte. Dann der Stillstand heute.

»Ja, Mama. Die Mühle hat einen nicht unerheblichen Schaden«, antwortete Charlotte. »Wenn es sich bewahrheitet, haben wir zwei Optionen.«

»Sprich nicht so geschwollen, das macht es auch nicht besser!«, herrschte Rena ihre Tochter an. Im selben Moment tat ihr die unwirsche Reaktion schon leid. »Was müssen wir tun? Und was ist los mit der Mühle?«

Charlotte hob abwehrend die Hände. »Zunächst warten wir mal den Kostenvoranschlag ab. Entweder wir können die Reparatur dann stemmen, oder wir müssen die Mühle veräußern.«

Rena wurde blass. Sie war froh, dass sie saß. »Den letzten Vorschlag kannst du vergessen. Nur über meine Leiche!« Sie setzte sich kerzengerade auf. »Was ist denn nun defekt? Nun rück schon raus mit der Sprache!«

Charlotte druckste herum, bis sie sagte: »Die Flügelwelle ist beschädigt. Ich habe mir den Schaden mit Gerd und Hans angeschaut. Die Welle hat Spiel und wirkt in sich verdreht.« Sie presste kurz die Lippen aufeinander, ehe sie fortfuhr. »Und dann hat er mir die Löcher gezeigt.«

»Löcher?«, fragte Rena alarmiert. »*Die* Löcher?«

»Ja, die Löcher, die kein Mensch in seinem Holz sehen möchte«, erklärte Charlotte. »Größer als zwei Millimeter.«

Mehr musste sie nicht sagen, Rena verstand sofort, was das bedeutete. »Der gescheckte Nagekäfer? Pilz im Holz?«

Charlotte nickte stumm.

»Also der Totenkäfer. Horloge de la Mort«, flüsterte

Rena. Es war der Super-GAU! Ihr Herz raste, denn das bedeutete Böses, vor allem im Angesicht der Tatsache, dass es ihrer Mutter schlecht ging.

Diese Käfer nannte man im Volksmund eigentlich Holzwurm oder Klopfkäfer. Letzterer Name basierte darauf, dass die Männchen mit dem Kopf gegen das Holz schlugen, um während der Paarungszeit die Weibchen anzulocken.

»Wer hat sich dort oben aufgehalten, als sie klopften?«, fragte Rena sofort alarmiert. »Mutter ja wohl nicht, sie kommt da oben nicht mehr rauf.« Sie fixierte ihre Tochter mit festem Blick. »Ich weiß, du glaubst nicht dran. Aber es ist zu oft passiert, dass derjenige dem Tod geweiht war, der sich beim Klopfen der Käfer in der Nähe aufgehalten hat. Die Legende stimmt, dagegen kannst du nichts sagen.«

Charlotte wurde bleich und biss sich auf die Unterlippe.

»Mutter ist jetzt schwer krank«, sagte Rena. »Hast du sie dort gesehen?«

»Sie war in der Mühle. Oben. Kurz vor ihrem Infarkt«, räumte Charlotte ein.

»Sag, dass es nicht wahr ist«, flüsterte Rena. »Mutter war auf ihre alten Tage in der Nähe der Flügelwelle? Bei den Käfern?«

»Bis zur Galerie. Nicht bis ganz oben«, bestätigte Charlotte. »Sie meinte, es stimmt was mit den Flügeln nicht. Deshalb haben die beiden Müller nachgesehen. Das musste ich ihr versprechen, sonst wäre sie auch die letzte Treppe und die Hühnerleiter raufgekraxelt. Du kennst sie doch!«

Rena schlug die Hände zusammen. Auch wenn ihre Mutter nicht im Mühlenkopf gewesen war, hatte ihr Ausflug doch etwas Abenteuerliches. Denn um auf die Galerieebene zu gelangen, war es nötig, erst zwei überaus steile und schmale Treppen zu erklimmen.

Dass ihre Mutter es überhaupt geschafft hatte, grenzte an ein Wunder, aber natürlich wusste die alte Dame genau, wohin sie treten und greifen musste, denn kaum wer war mit der Mühle so vertraut wie sie.

»Weißt du, ob die Käfer zu dem Zeitpunkt geklopft haben?«, insistierte Rena. Denn das wäre fürchterlich!

»Natürlich nicht«, sagte Charlotte. »Ich halte von diesem Aberglauben aber ohnehin nichts! Der gescheckte Nagekäfer«, sie verwendete wohl bewusst den fachlich korrekten Ausdruck, um Renas Panik nicht weiter zu schüren. »Also der gescheckte Nagekäfer ist nur dann zu finden, wenn das Holz Pilzbefall hat. Folglich ist unsere Flügelwelle arg vorgeschädigt, und wir müssen schnell handeln.«

Rena wollte erneut etwas einwenden, aber Charlotte winkte ab. »Lass gut sein, Mama. Es gibt eine natürliche Erklärung. Kein Käfer dieser Welt kann den Tod anderer Menschen durch Klopfen heraufbeschwören. Glaub es mir!«

»Aber …«

Charlotte sprach unbeirrt weiter. »Ich habe jedenfalls nach unserer Entdeckung mit Gerd und Hans diskutiert, und wir haben beschlossen, die Mühle momentan nicht mehr laufen zu lassen. Die Flügelwelle ist durch den Pilz absolut marode.«

Ihre Mutter schluckte schwer. »Stillstand«, sagte sie nur. »Deshalb der Stillstand. Ich habe es geahnt.«

»Wir müssen notfalls sogar die Ruten abnehmen, damit sie nicht eines Tages abbrechen. Gerd und Hans haben keinen Zweifel daran aufkommen lassen, dass die

Flügelwelle, so schnell es geht, erneuert werden muss oder wir demontieren müssen.«

Ihre Mutter hatte sich wieder gefangen. »Die Kosten kennst du aber noch nicht?«

Charlotte hob bedauernd die Schultern. »Nein, aber dass es teuer wird, ist klar. Selbst wenn Gerd und Hans uns mit Eigenleistung unterstützen. Der Kostenvoranschlag kommt aber bald. Lutz kümmert sich darum.« Sie zögerte. »Er will Jost Habbinger fragen.«

»Jost?« Rena sog die Luft scharf ein. Ihr lag auf der Zunge zu erwähnen, was sie mit dem Mühlenbauer verband, aber dann entschied sie, dass es nichts zur Sache tat. »Er ist ein guter Handwerker«, antwortete sie stattdessen. »Wenn einer unsere Mühle wieder zum Laufen bekommt, dann er. Ja, Lutz soll ihn fragen.«

Trotzdem wurde Rena dieses komische Gefühl nicht los, es könnte ein Fehler sein, ausgerechnet Jost mit einer so großen Aufgabe zu betrauen. Sie schob ihre Bedenken beiseite und ging in Gedanken lieber durch, was grob zu tun sein würde. Natürlich kamen noch etliche weitere Arbeiten dazu.

Auf jeden Fall müssten Flügelkamm samt Flügelwelle abgebaut und eine neue besorgt werden. Ein riesengroßer und äußerst kostspieliger Aufwand.

»Das werden wir uns auf keinen Fall leisten können«, erklärte Rena entschieden. »Diese Reparatur bringt uns an den Rand des Ruins.« Sie schlug die Hände vors Gesicht. »Da habe ich eben noch gedacht, dass die Krankheit meiner Mutter kaum zu ertragen ist, und nun werde ich eines Besseren belehrt.«

Die Tatsache, dass die Mühle stillgelegt oder gar aufgegeben werden musste, zog sie in ein tiefes Loch. Doch so schnell wollte Rena nicht aufgeben. Sie ballte die Faust.

»Ich werde die Groote Mühle nicht verkaufen, das steht fest. Weil ich nicht will, dass Fremde hier wohnen und sich breitmachen. Alles vielleicht nicht in unserem Sinne führen. Stell dir vor, jemand geht unsachgemäß mit der Mühle um, und dann passiert ein Unglück. Was hat man nicht alles schon gehört, wenn die Mühlenköpfe in Brand geraten sind oder gar bei Orkan Schaden genommen haben, weil sie nicht sturmsicher gemacht wurden. Nein, die Mühle muss in unserer Hand bleiben. So lange noch einer von der Gerdes-Familie lebt, bleibt sie in Familienbesitz! Es geht auch gar nicht anders.«

»Warum?«, fragte Charlotte. »Es geht immer auch anders.«

»Hier nicht«, beharrte Rena. »Mutter will mit Viktoria und mir reden, also hat sie etwas auf dem Herzen. Es könnte mit dieser Merkwürdigkeit zusammenhängen.«

»Eine Merkwürdigkeit«, wiederholte Charlotte. »Was soll das sein?«

»Es gibt da eine Stelle im Garten. Hinten an der Graft. Da geht Oma Hilka jedes Mal hin, wenn sie allein sein möchte.«

Charlotte verstand nicht so ganz. »Was willst du mir sagen?«

»Ich glaube, dass es etwas Düsteres in der Familie gibt und es mit genau dieser Stelle zusammenhängt. Auch darum können wir die Mühle nicht weggeben.«

»Was soll denn das sein?«, fragte Charlotte.

Rena leckte sich die Lippen. »Das wird Mutter mit Viktoria und mir besprechen.«

»Das hört sich an, als befürchtest du, wir hätten eine Leiche im Garten und jemand könnte sie ausbuddeln.« Charlotte verzog das Gesicht.

»Weiß man's?«

Ihre Tochter rollte die Augen. »Dann lass uns abwarten, was Oma mit euch zu klären hat und auch, wie hoch der Kostenvoranschlag ist. Vorher sind das ungelegte Eier.« Sie stand auf. »Ich gehe jetzt backen. Fahr du zu Oma, und grüße sie schön. Wir finden für alles eine Lösung, und es besteht die Möglichkeit, dass es mit Tante Viktoria sogar einfacher wird.«

Rena bezweifelte das.

»Wir sind sprachlos geworden in all den Jahren«, murmelte sie.

*

Hilka spürte, dass ihre Zeit ablief. Zwar behauptete der junge Arzt mit dem dunklen Schnäuzer nach wie vor, sie wäre auf dem Weg der Genesung, aber sie wusste es besser. Es war dieses unregelmäßige Herzklopfen und die Müdigkeit, die sich ihrer immer stärker bemächtigte.

Hilka war sicher, die Kuppe des Berges schon bald erklommen zu haben. Sie wusste allerdings nicht, was dahinter lag. Ob dort die Sonne schien oder ein dunkler Abgrund auf sie wartete.

Zu ändern war es ohnehin nicht, jeder musste diesen Weg am Ende gehen. Es gab keine Fluchtmöglichkeit.

Sie hatte eine sehr lange Zeit auf dieser Erde sein dürfen, nun nahte ihr Abschied doch schneller, als ihr lieb war. Weil es etwas gab, was sie nicht mit ins Grab nehmen wollte. Ursprünglich hatte Hilka geglaubt, es wäre eine gute Idee, genau das zu tun, aber jetzt, da es bald nicht mehr möglich war, Dinge aufzuklären, fühlte es sich falsch an. Sie musste es zu Ende bringen und die Wahrheit ans Licht bringen. Hilka betete, dass ihr dazu genug Zeit blieb.

Ihre Vicki hatte lange genug gelitten und sollte endlich ankommen dürfen, denn dass etwas nicht stimmte, hatte sie mit ihren feinen Antennen schon immer gespürt. Aber es betraf auch Rena. Und die Mühle.

Nur musste Viktoria endlich herkommen. Ihre kleine Vicki, die sich von allem einfach so verabschiedet hatte und in eine neue, für sie bessere Umgebung geflohen war.

Wie sehr konnte sie ihren kleinen bunten Schmetterling doch verstehen. Hätte sie vor vielen Jahren die Wahl gehabt: Sie wäre auch fortgeflogen und nicht zurückgekehrt. Weil alles zu schwer und belastend geworden war.

Aber sie war geblieben – hatte alles ertragen. Und vergebens erwartet, dass ihre beiden Töchter das auch taten. Und genau dieses Denken hatte Viktoria am Ende vertrieben.

Hilka wusste, wie sehr sich Rena und ihre Enkelin Charlotte bemühten, die Mühle zu erhalten. Eben weil Vicki sich aus ihrem Leben verabschiedet hatte.

»Sie tun das alles für mich«, flüsterte sie. »Und ich weiß gar nicht, ob es mir recht ist.«

Nur hatte sie dem Ganzen nie Einhalt geboten. Warum auch? Die Mühle gab Sicherheit und ein Zuhause. Rena im Alter eine Aufgabe. Da Charlotte ohnehin nie geheiratet hatte, war es wunderbar bequem gewesen, alles beim Alten zu belassen. Doch jetzt gab es Lutz. Ein gut aussehender Mann, der sie an jemanden erinnerte. Sie kam aber nicht darauf.

Hilka schrak zusammen, als die Tür klackte.

»Na, Frau Gerdes?« Eine der jungen Schwestern trat an Hilkas Bett. Sie hatte den Namen vergessen, da es ihr täglich schwerer fiel, sich an aktuelle Dinge zu erinnern.

Dafür wurde die Vergangenheit immer präsenter. Sie rückte an wie eine Kompanie auf Feldzug, und sie wurde lauter und lauter, als näherten sich die schweren Stiefel in großem Tempo. Auch das war für Hilka ein Zeichen dafür, es bald geschafft zu haben.

»Alles okay bei Ihnen?«

»Müde«, antwortete Hilka matt. »Aber noch nicht müde genug. Ich warte auf meine Vicki.«

»Sie wird schon kommen«, beruhigte die Schwester sie, drehte am Rädchen der Infusion und schwebte förmlich aus dem Krankenzimmer.

Hilka schob sich etwas höher. Sie musste endlich den Mund aufmachen, das würde ihr Herz erleichtern.

Rena und Charlotte würden regeln, dass Vicki kam und es noch schaffte, an ihrem Bett zu stehen. Ja, das würden sie, weil sie immer alles wieder ins Lot brachten.

So, wie es sich für eine gute Tochter und Enkelin gehörte.

Wieder ging die Tür auf, dieses Mal trat Rena ein. Sie sah etwas verhuscht aus. Ihre blonden Locken wirkten ungezähmt und erinnerten an dünne Drähte, die sich ineinander verwickelt hatten. Früher waren ihre Zöpfe geflochten und zu einem Kranz hochgesteckt. Dieser Wirrwarr galt heute offenbar als modern, auch wenn Hilka es nicht leiden konnte. Eine Frau in Renas Alter sollte sich dementsprechend kleiden und frisieren und keinen Jugendmätzchen nachlaufen.

»Hast du Vicki erreicht?«, flüsterte Hilka.

»Ja, sie fliegt morgen aus London zurück und kommt dann sofort zu dir.«

»Morgen?«, flüsterte Hilka. »Morgen. Aus London.«

Ihre Vicki hielt sich also wie allzu oft in England auf. Warum wunderte sie das nicht?

»Ich muss jetzt schlafen. Damit ich morgen wach bin«, flüsterte sie. »Danke, dass du gekommen bist.«

Rena setzte sich an ihr Bett und hielt die Hand der Mutter. Das tat gut, und Hilka duldete, dass ihre Gedanken weit abschweiften.

1940

Im Kontor roch es nach Zigarrenqualm. Immer. Hilka blieb kurz im Türrahmen stehen. Sie verband den Geruch mit dem von zu Hause, denn nirgendwo sonst gab es diese Mischung, die der Groote Mühle zu eigen war.

Dem restlichen Haus haftete der Duft von Brot und Essen an, denn in der Backstube und in der Küche ging das Feuer nur selten aus. Stets stand etwas auf dem Herd oder buk im Ofen. Ja, es war ein einzigartiges Odeur, das sie täglich schnuppern durfte – und das ihr Sicherheit vermittelte.

Sie stellten in ihrer Bäckerei nur eine übersichtliche Anzahl an Broten her, wichtig war einzig, dass alles nahrhaft und in ausreichender Menge vorhanden war. Wobei sie in der Mühle, im Gegensatz zu der einfachen Bevölkerung, immer genug von allem hatten, was auch an der Anzahl der Kühe, Schweine und Hühner lag.

Ihr Vater Johann Grotkopp schaute von den Akten auf, als sie eintrat. »Was gibt es, min Deern?« Er wirkte stets etwas unwirsch und so, als hätte er nie Zeit, obwohl er in ostfriesischer Manier langsam und bedächtig sprach. Trotzdem wirkte die Stimme ihres Vaters ungeduldig – weil er ein ungeduldiger Mensch war.

Vielleicht lag es auch an der Art, wie er schaute, denn sein Blick verharrte nur selten auf einem Punkt; er wanderte und schien das gesamte Geschehen stets in sich aufsaugen zu wollen. Auch seine Hände hielten niemals still. Entweder ließ er die Fingergelenke knacken, oder er vollführte kleine Gesten, die seine Unruhe noch unterstrichen. Jetzt fuhr er sich hektisch durchs Haar, glättete es aber mit der nächsten Bewegung wieder.

»Du siehst, ich habe zu tun. Sag also, was du möchtest!«

»Ich habe gehört, es gibt einen Waffenstillstand«, sagte Hilka. »Meinst du, Tjade kommt dann auf Heimaturlaub?«

»Waffenstillstand. Soso.« Ihr Vater grunzte. Da er sie abwartend ansah, schöpfte Hilka Mut, weiterzusprechen.

»Ja, in Compiègne. Habe ich in der Zeitung gelesen. Vielleicht ist der Krieg bald vorbei.« In Hilkas Stimme schwang Hoffnung.

Jetzt wurde ihr Vater doch wieder ungeduldiger und wedelte mit der Hand, als wollte er seine Tochter hinausscheuchen. »Deerns wie du sollten keine Zeitung lesen, sondern sich lieber auf den Haushalt konzentrieren. Das stünde euch besser an. Schließlich müsst ihr es eurem Mann später gut machen. – Und nun lass mich bitte arbeiten.«

»Ich möchte mich ja auf Haus und Hof konzentrieren und eine anständige und fleißige Ehefrau sein«, antwortete Hilka mit gesenktem Blick, weil sie wusste, dass das gut bei ihrem Vater ankam, obwohl Hilka selbst mit diesen Attributen nicht viel anfangen konnte. »Aber dazu muss Tjade doch erst zurückkommen und der Krieg beendet werden. Danach kann er mir einen Antrag machen, und wir werden heiraten.«

»Wenn er das denn auch tut«, grummelte ihr Vater. »Wer weiß, was den Keerls im Krieg noch so alles einfällt.«

Hilka ließ sich nicht beirren. Sie glaubte an Tjade und sich. Die große Liebe, die durch nichts zu erschüttern war. Ihr Vater irrte, wenn er anders darüber dachte. »Das wird er. Wir werden Kinder bekommen und ich den Haushalt führen. So, wie es sich gehört.«

»Jo.« Ihr Vater wandte sich wieder den Akten zu. »Ich muss dann mal.«

»Vater!«, bat Hilka, denn sie wollte eine ermutigende Antwort haben. »Bitte hör mir zu! Ein Waffenstillstand ist doch ein gutes Zeichen, oder meinst du nicht?« Sie tippelte hin und her, denn diese Nachricht in der Zeitung hatte ihr so viel Zuversicht geschenkt, und sie wünschte sich nichts mehr, als dass ihr Vater, die Eminenz, der Mann, der alle Geschicke ihres Lebens und der Mühle problemlos lenkte, diese Erwartung teilte.

Aber er zögerte. Eine Spur zu lange. Dann dieses Krausen der Stirn! Hilka kannte es, weil er es meist an den Tag legte, wenn er skeptisch war.

»Jo, kann sein«, antwortete ihr Vater ausweichend. »Ich kann dazu nix sagen. Bin ich ein Militär? Und nun ab dafür, min Deern. Ich muss arbeiten.«

»Vater!« Hilka legte die Handflächen wie zum Gebet zusammen. »Bitte! Nun weich nicht aus! Wie schätzt du die Lage ein?«

Johann Grotkopp ließ seufzend das Papier sinken. Er kannte seine Tochter gut genug, als dass er nicht wusste, wie hartnäckig sie sein konnte, wenn sie sich etwas in den Kopf gesetzt hatte.

»Also gut! Der Führer wird es schon richten, auch wenn ich ihn persönlich für überschätzt halte und bei Weitem nicht der Ansicht bin, dass dieser Krieg auch nur irgendetwas Gutes für unser Land bringt.« Er spitzte die Lippen. »Ob ein Waffenstillstand deinen Tjade nach Neumöhlen spülen wird, weiß ich nicht, weil kein Mensch sagen kann, was die da oben weiter planen. So – nun muss ik wat doon.«

»Danke, Vater!« Hilka machte einen tiefen Knicks und schob sich rückwärts aus dem Kontor. Bevor sie die Tür schließen konnte, fragte ihr Vater: »Hilfst du heute beim Heumachen? Der Schnitt muss schnell rein, das Wetter schlägt um. Ich spüre es in meinen Knochen. Und jetzt, wo viele Knechte im Krieg sind, obwohl wir sie hier gut brauchen können, schaffen wir es sonst nicht. Ich sag ja, das Gemetzel führt zu nichts Gutem, wenn wir nicht einmal mehr die Felder anständig bestellen können, weil zu wenig Leute da sind.« Er knurrte laut.

Hilka nickte. »Natürlich geh ich gleich mit ins Heu. Das ist doch klar und längst geregelt.« Sie schüttelte den Kopf, weil sie sich wunderte, dass ihr Vater eine solche Selbstverständlichkeit überhaupt erwähnte.

»Denn man tau!« Für ihn war das Gespräch beendet, und Hilka stahl sich aus dem Kontor. Als sie vor die Tür trat, wanderte ihr Blick zur Mühle.

Sie hatten Glück, dass ihre beiden Müller noch nicht an die Front eingezogen worden waren. Die Mühle mit den Mitarbeitern galt als kriegswichtig. Schließlich musste die Bevölkerung mit Getreide versorgt werden. Daher war es ihnen möglich, zumindest hier mit unveränderter Kraft weiterzuarbeiten und keinen Stillstand aufkommen zu lassen.

Weil der Wind heute gleichmäßig aus dem Osten kam und die Windstärke ausreichte – es waren etwa sechzig Enden –, nutzten Fritz und Alfred die Gunst und würden heute den ganzen Tag müllern. Schon früh am Morgen waren sie die Flügel hinaufgeklettert und hatten die Segel gesetzt. Hilka liebte es, wenn sie die typischen Geräusche ereilten. Der Rüttelschuh verursachte den üblichen Radau und übertönte das sonst so geruhsame Zischen der Ruten.

In der Mühle duftete es nun himmlisch süß nach frisch gemahlenem Getreide, zugleich wurde Fritz, der am Absackschuh stand, von einer solchen Staubwolke gepudert, dass er weiß bemehlt war.

Der feine Staub schadete der Lunge, auch ihr Vater musste oft husten, aber welcher Beruf war schon ohne Gefahren? Dafür mussten sie nicht darben. In Zeiten wie diesen ein Geschenk. Hier war Hilkas Zuhause, ihre Festung, obwohl die Welt da draußen gerade vom Sturm zerfetzt wurde – und Tjade mit sich gerissen hatte.

Er befand sich in Frankreich. Ab und zu schickte er Feldpost. Demnach war es dort nicht so schlimm, aber Hilka konnte das nicht recht glauben. Wahrscheinlich durfte Tjade nicht über alles wahrheitsgemäß berichten – oder er mochte es nicht tun, um sie nicht zu beunruhigen. Es war auch gleichgültig. Wichtig war einzig und allein, dass er noch lebte. Jeder einzelne Brief gab Hilka dieses kleine Stück Sicherheit, das sie so nötig hatte, um nicht in Sorgen zu vergehen. Sie liebte Tjade, diesen jungen Mann mit den kecken braunen Augen und dem blonden Haar, sehr und hoffte auf eine gemeinsame Zukunft. Egal, wie pessimistisch sich ihr Vater äußerte.

»Aber nun ab ins Heu!«, sagte sie laut zu sich selbst. Es war wichtig, dass sie es trocken in die Scheune bekamen.

Hilka zupfte das Kopftuch zurecht und machte sich auf den Weg zur Wiese hinters Haus. Die beiden Mägde Mina und Traute waren mit dem Wenden schon fertig und hatten eben begonnen, das Heu zu Garben zu binden. Hilka warf einen prüfenden Blick zum Horizont.

Vater hatte recht: Dort verdichteten sich die Wolken immer mehr, und das Wetter würde bald umschlagen. Sie mussten sich beeilen. Nasses Heu war stets ein Problem. Nicht nur weil es schimmeln und dann nicht mehr verfüttert werden konnte – es bestand auch die Gefahr, dass es sich entzündete. Nicht selten fielen jedes Jahr einige Scheunen oder ganze Bauernhöfe solchen Bränden zum Opfer.

»Ach, Hilka, gut, dass du kommst!«, wurde sie von der sogenannten Großen Magd Mina begrüßt. Die Kleine Magd Traute nickte nur und wischte sich mit dem Handrücken den Schweiß von der Stirn, ehe sie weiterarbeitete.

Sie schufteten Hand in Hand, jede der drei Frauen wusste, was zu tun war. Hilka spürte wie immer schon bald ihren Rücken, die Hände waren von der vielen Feldarbeit ohnehin voller Schwielen, und so machte ihr das Binden der Garben mit dem harten Heuband nichts aus.

Mit einem Mal hielt Mina inne und schaute zum Weidegatter. »Was glotzt der denn so?«, fragte sie.

»Wer?« Traute harkte gerade das nächste Heu zusammen und schaute gar nicht auf.

»Na, der Kerl! Da am Weidegatter!« Mina wies mit der Hand dorthin.

Hilka hob den Blick und erkannte eine hagere Gestalt in Uniform. Sie schluckte. Konnte das sein, oder saß sie gerade ihrem Wunschdenken der letzten Tage auf?

Ihr Herz raste, aber je länger sie den Mann am Gatter taxierte, desto sicherer war sie, dass es keine Täuschung war.

»Tjade!«, rief sie aus. »Tjade!« Hilka warf die Garbe mit Schwung auf den Heuwagen und rannte los. Er breitete seine Arme aus, und sie fiel mit einem lauten Juchzen hinein.

Tjade stank. Er hatte sich auf der langen Reise vermutlich nicht waschen können. Sein Schweißgeruch war penetrant. Doch das war Hilka egal. Tjade war da!

»Du bist es wirklich«, sagte sie. Dann löste sie sich schnell, denn es schickte sich keineswegs, ihm um den Hals zu fallen. Schließlich waren sie noch nicht verlobt, und auch dann mussten sie mit ihren Liebesbekundungen vorsichtig sein, wenn sie Gerede im Dorf vermeiden wollte.

Mina und Traute würden es schon jetzt gewaltig ausschmücken und mit großem Brimborium in Neumöhlen herumerzählen.

Hilka strich schnell die Schürze glatt und fuhr sich verlegen durchs Haar. Auf den Dorftratsch hatte sie keine Lust, schließlich wollte sie hier leben und alt werden. Die Mühle übernehmen. Da konnte sie es sich nicht leisten, als leichtes Mädchen zu gelten, denn so etwas nahmen die Kunden in einem Dorf durchaus übel.

Deshalb standen beide etwas hilflos voreinander, aber als sich ihre Blicke trafen und ineinander ruhten, war es beinahe wie eine Umarmung.

»Da bin ich, Hilka«, sagte Tjade scheu. »Heil und unversehrt und auf Heimaturlaub!«

Hilka konnte nicht anders, sie musste Tjade berühren und ergriff seine Hand.

»Du siehst gut aus.« Er strich Hilka mit der Außenkante des Zeigefingers sacht über die rechte Wange. »Ich habe so oft an dich gedacht und dich so sehr vermisst.«

In seiner Stimme lag wieder diese angenehme Wärme, die Hilka von Beginn an davon überzeugt hatte, dass er der richtige Mann für sie war. In seinen Armen würde sie immer ihren Frieden finden. Gleichgültig, welche Prüfungen das Leben für sie bereithielt.

»Es ist wunderbar, dass du da bist«, sagte Hilka. »Ich hatte von dem Waffenstillstand gehört und gehofft, dass sie dich nach Hause lassen.«

Noch immer hielt sie seine Hand, hätte sie am liebsten nicht mehr losgelassen und die Zeit angehalten, weil es sie mit solchem Glück erfüllte, dass sie einander wiederhatten.

»Es ist wirklich gut, nach Hause zu kommen und die Nordseeluft zu schnuppern«, sagte er. »Es gibt nichts Schöneres auf der Welt als die Weite der Marsch.« Ein Lächeln umspielte seine Lippen. »Und dich, Hilka Grotkopp. Und dich!«

Hilka drehte seine Hand und erkannte eine neue Narbe, die sich quer zum Unterarm zog.

»War nichts Schlimmes«, sagte er, als müsse er sich für die Verletzung entschuldigen. »Ich möchte nicht drüber reden, weil es auch schon wieder vorbei ist.«

Hilka zog kurz die Brauen hoch, aber ihr blieb nichts anderes übrig, als es zu akzeptieren, denn sie erkannte auch an seinem Blick, dass er nicht darüber sprechen würde.

»Kann ich dich später allein sehen?«, fuhr Tjade fort. »Ich war noch nicht bei meiner Mutter, weil ich erst zu dir wollte. Dort will ich mich erst mal waschen, das ist wohl nötig.« Er sah an sich herunter. »Du möchtest bestimmt kein Rendezvous mit einem stinkenden Soldaten.«

Hilka wurde ernst. »Am liebsten hätte ich eines mit Tjade Gerdes und mit keinem Soldaten. Der Geruch ist mir egal.«

Tjade sah sie wieder mit seinem warmen Blick an. »Dann bis später. Ich komme in zwei Stunden zurück. Als Tjade ohne Uniform. Bis dahin habt ihr das Heu bestimmt in der Scheune.«

Jetzt strahlte Hilka. »Auf jeden Fall! Ich freu mich auf dich. Ach, noch was!«

Tjade sah sie fragend an.

»Wie lange wirst du bleiben?«

»Vier Wochen«, antwortete er mit einem breiten Lächeln und wiederholte: »Vier Wochen!«

»So lange? Wie schön!«

Hilka spürte die Blicke der beiden Mägde förmlich im Rücken. Sie konnten sie als Tochter des Müllers schlecht rufen und maßregeln, aber Hilka wusste, wie aufgebracht sie waren, weil sie noch viel Arbeit hatten und die Zeit drängte. Und sie besaß die Unverschämtheit, sich lieber mit Tjade zu unterhalten. Hilka warf ihm eine Kusshand zu, während sie ein paar Schritte rückwärts auf die Wiese machte.

Dann drehte sie sich um und lief zurück zu Traute und Mina. Doch auf halber Strecke blieb sie noch einmal stehen und sah Tjade mit hochroten Wangen nach. Es war zu schön, um wahr zu sein. Tjade war zurück! Zunächst nur auf Urlaub, aber sie hatten vier Sommerwochen! Ohne Krieg. Ohne Angst.

Als Hilka ihn jedoch mit leicht nach vorn gebeugtem Oberkörper davoneilen sah, kam dieses eigenartige Gefühl herangekrochen, das flüchtig da gewesen war, als sie die Narbe entdeckt hatte.

»Du spinnst doch«, schimpfte sie leise mit sich selbst. »Er ist hier, das ist das Einzige, was zählt!«

Hilka stampfte weiter zum Heuwagen und griff nach der Forke, um Mina das getrocknete Gras zuzuwerfen.

»Na, das war dann wohl wirklich Tjade, oder?«, fragte Mina, um mehr zu erfahren.

»Hm.«

»Und, alles in Ordnung?«

»Hm.« Plötzlich wusste Hilka, was genau sie irritiert hatte. Tjade hatte sich verändert, und es war nicht die Fremdheit der langen Trennung, die sie nun verunsicherte.

Es waren auch nicht die Äußerlichkeiten, weil er blasser und dünner geworden war. Es war auch nicht der Umstand, dass er wirklich gestunken hatte wie ein Bär. Nein, es waren die Augen. Es fehlte der Funke, der sie sonst zum Leuchten gebracht hatte.

»Ein bisschen ist es, als hätte man sein Licht ausgeknipst«, murmelte Hilka.

»Hast du was gesagt?«, fragte Mina, aber Hilka schüttelte den Kopf.

»Nein, lass uns zusehen, dass wir fertig werden«, sagte sie ablenkend. Die beiden Mägde ging es zum einen nichts an, und zum anderen wollte Hilka nicht darüber reden.

*

Hilka hatte sich hübsch gemacht und das blau geblümte Sommerkleid aus dem Schrank geholt. Ihre Haare waren sorgsam hochgesteckt, und sie hatte sich ein paarmal in die Wangen gekniffen, damit sie rosig aussahen. Nun saß sie mit Tjade neben der Mühle.

»Das Kleid ist wunderschön«, sagte er. Seine Fingerspitzen spielten mit dem leichten Baumwollstoff.

»Danke, ich hatte es lange nicht an. Und heute extra für dich!« Hilka lehnte ihren Kopf gegen Tjades Schulter. Die beiden schauten zu den Bäumen, die das Grundstück nach hinten zur Graft begrenzten. Wie immer war auf dem Wasser eine Menge los. Enten, Gänse und auch ein Schwanenpaar zogen ihre Bahnen, schnatterten wie wild und suggerierten eine Idylle, die Hilka im Augenblick gar nicht empfand, denn ihre Ängste waren in den letzten Stunden gewachsen. Und jetzt, da sie ein wenig sprachlos nebeneinandersaßen, wurde das Gefühl noch schlimmer.

Hilka beschloss, es zu ignorieren und sich lieber auf seine unverfänglichen Themen einzulassen, denn sobald sie sich mit ihren Worten auch nur einen Millimeter dem Krieg näherte, schien Tjade Stück für Stück zu versteinern. Er hatte sich wirklich verändert und war längst nicht mehr der Mann, der damals frohen Mutes an die Front gezogen war. In der Hoffnung, es wäre schnell vorbei und die Soldaten binnen weniger Wochen siegreich und wohlbehalten zurück.

Er hatte zwar betont, dass es gar nicht so schlimm sei, aber Hilka kam es vor wie eine heruntergebetete Litanei, die man ihm eingetrichtert hatte, damit er bloß nicht selbst daran zweifelte. Wer in einer Schlacht kämpfte, kam nicht umhin zu töten – und sah auch viel Scheußliches. Aber sie musste akzeptieren, dass der Krieg ein Tabuthema für Tjade war.

»Vater fragt, ob du in deinem Urlaub ab und zu in der Mühle mit anfassen kannst«, sagte Hilka, denn das Schweigen zwischen ihnen beiden bedrückte sie jetzt fast unerträglich.

Tjade schien froh darüber, dass sie dieses Thema anschnitt. »Kann ich machen, klar. In Frankreich musste ich auch als Bäcker arbeiten, habe ich das erzählt? Jedenfalls zum Schluss«, fügte er hinzu, als Hilka ihn fragend ansah. »Das war gut, weil ich deshalb nicht mit auf die Streifgänge musste – und Wache schieben entfiel auch.« Tjade lachte auf. »War anders als hier. Altes Baujahr vom Backofen, aber sauber. Wir haben für die Kompanie Brot und Brötchen gebacken und …« Er zog die Brauen hoch. »Wir vergnügen uns auch. Da gibt es ein Gasthaus, das heißt *Zur lästigen Fliege*. Der Name stammt daher, dass in Südfrankreich so viele Fliegen herumschwirren, und wenn sie dort ihren Curaçao oder den Triple Sec trinken, werden sie regelrecht angefallen. Vor jedem Schluck müssen sie weggejagt werden. Meine Kameraden haben ein Klavier dort aufgestellt, und dann können wir auch singen. Und tanzen.« Er klang regelrecht heroisch.

In Hilka regte sich Eifersucht. »Sind die Französinnen so hübsch, wie man sagt?«

Tjade lief rot an. »Nicht hübscher als du. Ganz bestimmt nicht.«

»Aber ihr seid Soldaten und könnt doch nicht nur singen und tanzen an der Front«, warf sie ein.

»Das stimmt«, gab Tjade zurück.

»Sag doch was! Bitte!« Hilka konnte nicht lockerlassen, so gern sie das auch wollte. Diese Kämpfe hatten etwas mit Tjade gemacht und ihm sein Strahlen genommen. Sie musste wissen, was passiert war. Er konnte sich ihr schließlich anvertrauen! Sie war Hilka, und sie kannten sich schon so lange.

Tjade rang mit sich. Schließlich gab er sich einen Ruck. »Gut, ein bisschen werde ich dir erzählen.« Er schloss die Augen, und seine Stimme klang wie von fern, als er sagte. »Die Gefechte waren nicht immer einfach. Einmal mussten wir uns eingraben. An der Aisne zwischen Laon und Reims. Da liegt man dann in seinem Schützenloch und wartet. Bis die Sonne aufgeht. Es zischt und kracht. Trommelfeuer, Flammenwerfer …«

Tjades Gesicht verzog sich schmerzhaft, und er riss die Augen wieder auf. Sichtlich froh, den Erinnerungen entflohen zu sein. »Es geht nicht«, stieß er aus. »Tut mir so leid, aber es geht einfach nicht. Selbst wenn ich es wollte.«

Hilka spürte seinen Schmerz über dieses Unvermögen. Es war wohl tatsächlich besser, wenn sie ihn nicht weiter drängte. Sie verstieg sich zu der Hoffnung, dass es eines Tages vergehen würde. Wenn der Krieg erst vorbei war und das sicher schon bald, würde er sprechen können. Wenn die Deutschen doch so gut im Kampf waren, eine kräftige und gut ausgestattete Truppe vorweisen konnten, denen die anderen Länder nichts entgegenzusetzen hatten, hatte dieser Albtraum bestimmt in Kürze ein Ende.

Ja, es würde alles gut werden, wenn Tjade nur erst wieder zu Hause in Neumöhlen war und sie zusammen die Groote Mühle betreiben würden. Mit einer Handvoll Kinder, die fröhlich über die Wiese trollten und lachten. Das Leben würde schon bald wieder seinen gewohnten Gang nehmen.

Hilka ahnte, dass sie sich etwas vormachte, denn manchmal zweifelte sie, ob alles seine Richtigkeit hatte, was als Parolen aus dem Radio regelrecht rausgeschrien wurde. Und eigentlich mochte sie auch Hitler nicht, weil sie seine Stimme und Art zu sprechen schrecklich fand. Aber das durfte sie weder denken noch sagen, wenn sie nicht eingesperrt werden wollte. Schon Vaters Bemerkung, der Führer würde überschätzt, konnte zu großen Schwierigkeiten führen.

»Es ist in Ordnung, wenn du nicht reden willst«, beschwichtigte sie Tjade. »Du hast es ja gleich gesagt, und ich habe jetzt trotzdem gedrängt. Das hätte ich nicht tun sollen.«

Er drückte ihre Hand. »Ist schon verständlich, dass du erfahren möchtest, was ich mache, wenn wir getrennt sind. Meist denke ich an dich.«

Hilka wusste, dass das gelogen war, aber sie rechnete Tjade hoch an, dass er ihr Mut machen wollte. Auch wegen der hübschen Französinnen, die die deutschen Soldaten offenbar in *Der lästigen Fliege* umschwirrten.

»Danke, dass du es akzeptierst«, sagte Tjade. »Aber jetzt bin ich ja hier. Bei dir.«

Er stand abrupt auf, und Hilka erschrak zunächst. Doch dann war es plötzlich wieder für einen Moment da. Dieses Blitzen in seinen Augen. Das Gefühl, alles könnte doch noch gut werden.

Tjade kniete sich vor sie hin und zog eine Schachtel aus der Hosentasche.

Hilkas Herz klopfte wie verrückt. Mit seinem Antrag hatte sie erst nach dem Krieg gerechnet.

»Ich denke wirklich an kaum etwas anderes als an dich. Deine Schönheit hat mich überleben lassen, und ich möchte sicher sein, dass du nach dem Krieg noch immer da bist. Für mich.« Er schluckte, sah Hilka mit festem Blick an – und er sagte das, worauf sie schon so lange hoffte: »Bitte heirate mich!« Doch dann fügte Tjade etwas hinzu, das sie in seinem Blick längst erkannt hatte. Mit diesem einen Satz offenbarte er ihr, von welcher Angst er getrieben war. »Bevor ich zurück in die Hölle muss.« Ihm traten Tränen in die Augen. »Ich liebe dich, Hilka. Mehr als alles andere auf der Welt!«

Sie schluckte den aufkommenden Kloß im Hals hinunter und sagte mit brechender Stimme: »Aber ja, ich heirate dich!«

Und dann fielen sie sich in die Arme. Tjade suchte ihre Lippen, und als sie einander berührten, war es, als hätte die Sonne gerade die Erde geküsst.

Kapitel 3

Viktoria war vom Flughafen aus erst mit der S-Bahn in ihre Wohnung gefahren, denn wenn sie nun eine Weile bei ihrer Schwester bleiben würde, brauchte sie frische Anziehsachen. Deshalb war es wichtig, neu zu packen. Zum Glück hatte sie noch genug Sachen im Schrank.

Nachdem Viktoria mit allem fertig war, machte sie sich mit dem Auto auf den Weg nach Neumöhlen. Schon als sie das Dorf durchquerte, wurde ihr deutlich: Hier war alles beim Alten. Obwohl sie so viele Jahre nicht hier gewesen war, hatte sich rein gar nichts verändert. Es sah noch immer gleich aus, und die negativen Schwingungen waren dieselben.

»Doch, etwas ist anders«, murmelte Viktoria in sarkastischem Ton. »Die Kleidung der Menschen ist moderner geworden, aber das Dorf scheint wie in einem hundertjährigen Dornröschenschlaf zu liegen.«

Früher hatte es eine kleine Tankstelle gegeben, eine Apotheke und zwei Bankfilialen. Eine Bäckerei und ein Kurzwarenhandel sowie einer mit Haushaltswaren. Und sie konnte sich erinnern, dass sie in Neumöhlen sowohl zum Zahnarzt als auch zum Allgemeinmediziner gegangen war. Heute aber wirkte der Ort wie ausgestorben.

Viktoria tuckerte langsam durch die Hauptstraße, wo

sich die Bewohner mit den Vorgärten bemühten, das Bild aufzulockern.

Doch es gelang nur schwer, da ausgesprochen viele Häuser zum Verkauf standen. An deren Fronten blätterte die Farbe großflächig ab, und die Gärten waren verwildert.

»Nicht nur meine Mutter, auch Neumöhlen stirbt. Es geht alles unaufhaltsam seinem Ende zu«, folgerte Viktoria.

Sie setzte am Ende der Straße den Blinker und steuerte auf die Mühle zu, die sich trutzig in den strahlend blauen Spätnachmittagshimmel erhob. Ein paar rot gefärbte, zerrupfte Wölkchen schwebten über den Mühlenflügeln und bildeten zusammen eine atemberaubende und wunderschöne Kulisse, die Viktoria nun doch kurz wehmütig innehalten ließ. Es war nicht alles schlecht gewesen. Nur eben nicht richtig für sie.

Sie parkte den Golf am Straßenrand, stieg aus und atmete tief durch. Es roch sogar wie immer. Ein bisschen nach den Kühen von den Nachbarweiden und ein bisschen nach Mühle. Dieser unverkennbar süßliche Duft, der sich in der Nase festsetzte und den man auch nie wieder verlor, wenn man sich ihn einmal zu eigen gemacht hatte.

Das war ihr Zuhause, das sie einst verlassen hatte, um in die Welt zu ziehen. Als sie das Gebäude jetzt vor sich liegen sah, wurde ihr schmerzhaft bewusst, wie sehr sie das alles ganz tief in ihrer Seele vermisst hatte. Diesen Ort, der ihr sicheren Schutz bot. Wo Menschen waren, die sie auffangen konnten. Doch war das wirklich so, oder bildete sie es sich jetzt in ihrer Sentimentalität nur ein?

Sie war doch immer fremd geblieben und hatte sich nie richtig dazugehörig gefühlt. Rena war die Hübschere gewesen. Klein und niedlich mit ihren blonden Locken und dem bezaubernden Lächeln. Später als junge Frau hatte sie eine Traumfigur gehabt und damit viele junge Männer fast um den Verstand gebracht.

Sie dagegen war die schlaksige und viel zu dünn geratene Viktoria mit den großen blauen Augen und dem derben Auftreten, das ihr zwar Respekt, aber nicht immer Freunde beschert hatte. Durchsetzungsvermögen, ja, das war Viktorias stärkste Eigenschaft. Und ihre Waffe gegen das Gefühl, nicht immer willkommen zu sein.

Viktoria gab sich einen Ruck, verdrängte die trüben Gedanken und versuchte, die Mühle nun wieder etwas nüchterner zu betrachten. So, wie sie die Welt unter normalen Umständen eben stets eher analytisch sah.

Die Groote Mühle war ein imposanter Galerieholländer, an den sich rechts das Wohnhaus mit der Backstube und dem kleinen Verkaufsraum der Bäckerei angliederte. Das obere Stockwerk war durch einen Übergang mit der Mühle verbunden, weil sie dort das Getreide lagerten.

Links befanden sich zwei Scheunen. In der vorderen hatten früher die Pferde gestanden, in der daneben waren die Kühe untergebracht. Heute standen die Gebäude leer.

Schön war der Garten – dort hatte sich Viktoria schon als Kind immer gern aufgehalten. Er schloss sich hinter dem Wohnhaus an. Mächtige Apfel- und Pflaumenbäume mit verschiedenen Sorten säumten eine Allee quer durch das Gelände, das an der breiten Graft bei einer großen Laube endete. Die Graft war ebenfalls von altem Baumbestand wie Kastanien, Eichen, Ulmen und Birken eingefasst.

Rechts lagen seit jeher die Gemüsebeete, und Viktoria war sich sicher, dass Rena und Charlotte sie noch immer hegten und pflegten, weil sie an den alten Traditionen festhielten.

Ihre kleine Schwester Rena. Bis heute verstand Viktoria nicht, warum sie den Vater von Charlotte nicht geheiratet und über alle Widrigkeiten hinweggesehen hatte. Nein, sie, Viktoria, traf keine Schuld, auch wenn Rena das immer anders gesehen hatte. Das Spießrutenlaufen in Neumöhlen musste für die alleinerziehende Mutter schlimm gewesen sein. Zart besaitet, wie Rena war, wunderte sich Viktoria bis heute, wie sie das ausgehalten hatte.

Als sie den Garten betrat, wurde ihr bewusst, dass sie sich nicht getäuscht und sich nichts verändert hatte.

Links befand sich eine Wiese, auf der im Sommer viele bunte Blumen blühten. Ihre Großmutter Alwine hatte vor einer weiteren Laube eine Terrasse angelegt. Dort wurde in der wärmeren Jahreszeit der Tee eingenommen. Immer, wenn die Wetterlage es zuließ, hatte um elf und um sechzehn Uhr ihr Glöckchen geklingelt, mit dem sie die Familie an den Tisch bat.

Der war stets mit einem gestärkten weißen Tischtuch bedeckt, deren Ecken ihre Mutter eigenhändig mit Ranken und bunten Blüten bestickt hatte. In der Mitte thronte eine bauchige Vase, in der Blumen von der umliegenden Wiese standen. Auf das Hutschenreuther Porzellan mit dem blauen Zwiebelmuster war ihre Oma besonders stolz gewesen, auch wenn sie immer wieder mit einem dunklen Unterton betont hatte, dass ein Teil der Teller und Tassen zerstört worden war. Warum, hatten sie nie erfahren.

Ob es das noch gibt?, überlegte Viktoria. Es muss heute ein Vermögen wert sein. »Wahrscheinlich steht es irgendwo in einem der massigen Schränke herum«, sagte sie sich. »Weil keiner in der Groote Mühle etwas wegwirft.« Sie grinste, und zugleich kroch ein Schaudern über Viktorias Rücken, da sie die Vorhersehbarkeit inzwischen hasste.

Aber so war es schon immer, und so würde es auch immer sein und bleiben. Die Groote Mühle und Neumöhlen. Ein Ort, wie er beständiger nicht sein konnte.

Ich ersticke hier, dachte Viktoria plötzlich. Sämtliche Wehmut und das Gefühl, doch etwas vermisst zu haben, waren wie weggeblasen. Ich ersticke, wenn ich an all das denke. Und sei es nur die Erinnerung an ein altes Porzellan, von dem wir sonntags immer gegessen haben.

Viktoria drehte um. Sie sollte jetzt ins Haus gehen. Von dort roch es verführerisch nach frischem Brot. Es gab drei Sorten in der Groote Mühle.

Das Schwarzbrot, das Opa Tjade als Rezept mit in die Bäckerei gebracht hatte, den Bottermelkstuut und das Roggenbrot. In der Weihnachtszeit buken sie auch Spekulatius, Klaben und Stutenkerle.

Das Schwarzbrot wurde immer dick mit Schmalz bestrichen oder mit hauchdünnem Schinken belegt.

Unwillkürlich wanderte Viktorias Blick zur oberen Kappe der Mühle, wo damals der Schinken zum Lufttrocknen an einem Tau aufgehangen worden war. Doch heute hing dort nichts. Wahrscheinlich machte man das nicht mehr. Wer wollte schon Schinken essen, in dem sich in der obersten Schicht jede Menge Maden befanden und die erst weggeschnitten werden musste?

»Viktoria!« Rena kam aus dem Haus gelaufen und begrüßte sie mit einem breiten Lächeln. Sie nahmen sich allerdings nicht in den Arm. Obwohl sie Schwestern waren, war da diese Fremdheit und Distanz, die keine von ihnen begründen konnte. Hatten sie doch stets alles gemeinsam erlebt. Die Veränderungen der Mühle. Den Kampf ums Überleben. Zusammen waren sie bei Regen durch die Pfützen gestapft, und bei der Schneekatastrophe 1979 hatten sie gemeinsam den Doktor zu Hilfe geholt, weil ihre Mutter Hilka sich beim Schneeschippen verletzt hatte.

Und doch war da diese Trennwand, die sich unsichtbar zwischen sie geschoben und die große von der kleinen Schwester getrennt hatte.

»Gut, dass du da bist«, sagte Rena jetzt. »Mama erwartet dich. Der Infarkt hat sie irgendwie aufgeschreckt, und sie muss noch etwas ins Lot bringen. Was auch immer Mama bedrückt.«

Viktoria schluckte. »Etwas ins Lot bringen« führte ihr die Endgültigkeit vor Augen.

»Ich war so lange nicht hier, ich glaube, ich habe verdrängt, wie alt Mama jetzt wirklich ist«, sagte sie vorsichtig.

Ihre ältere Schwester erwiderte nichts darauf, bat Viktoria aber ins Haus. »Komm erst einmal rein.«

Sie folgte Rena in den dunklen Flur, der mit einem Sammelsurium an verschiedenen Möbeln, die so gar nicht zueinander passen wollten, bizarr wirkte. Viktoria blieb kurz stehen und saugte die Atmosphäre in sich auf. Es roch nicht nur nach frisch gebackenem Brot, sie bildete sich sogar ein, dass aus dem Kontor des Großvaters noch immer der Geruch seiner Zigarre strömte.

»Wo soll ich meine Sachen hinbringen?«, fragte sie.

»Na, wohin wohl?« Rena schüttelte den Kopf. »Es hat sich nichts geändert, und die Groote Mühle ist noch immer dein Zuhause. Ich habe alles so gelassen, wie es war, weil ich gehofft hatte, dass du eines Tages zurückkommst.«

»Nur für kurze Zeit«, gab Viktoria zur Antwort. »Ich werde nicht bleiben.« Nach diesen Worten löste sich das

Gefühl zu ersticken nach und nach auf. Sie war zwar vorerst wieder da, aber sie konnte jederzeit gehen, wenn es ihr beliebte.

Rena lief voraus.

Viktoria folgte ihrer Schwester durch den langen Flur.

Am Ende gingen zwei Türen ab. Links wohnte Rena, rechts war schon damals Viktorias Zimmer gewesen.

»Bitte!« Ihre Schwester öffnete die Tür.

Viktoria schlug der muffige Geruch eines länger nicht gelüfteten Raumes entgegen. Auf dem Kirschbaumbett türmte sich eine überdimensionale Daunendecke, und die laut tickende Wanduhr machte nur allzu deutlich, wie die Zeit voranschritt.

Tick tack. Tick tack.

Und alle halbe Stunde schlug sie an.

Wie habe ich damals dabei bloß schlafen können?, dachte Viktoria. Auch wenn es kein lauter Gong war, so empfand sie den eben einsetzenden Ton doch als überaus penetrant. Sie beschloss, die Uhr später anzuhalten, sonst würde sie in der Nacht keine Ruhe finden.

Vor dem Fenster, das wie eh und je mit zur Seite gebundenen Scheibengardinen versehen war, stand Viktorias Sekretär. Hier hatte sie so viele Stunden gesessen und die Schulaufgaben gemacht. Stets abgelenkt vom munteren Treiben im Garten, wenn die Vögel über die Wiese flogen oder die Kaninchenfamilie Fangen spielte. Sogar die Grünlilie stand noch auf der Fensterbank. Ihre Schwester hatte wirklich alles so belassen.

»Danke, Rena«, sagte Viktoria.

»Kommst du gleich in die Küche zum Tee? Ich brühe ihn auf.« Rena hatte es zwar als Frage formuliert, aber es war eine Aufforderung und keine Bitte. In Haushaltsdingen hatte sie schon immer den Ton angegeben, weil es

Viktoria nicht interessierte. Bis heute bekam sie kein vernünftiges Essen auf den Tisch.

Eine Trotzreaktion, weil es für ihre Mutter und für Rena immens wichtig gewesen war, genau das zu beherrschen.

Viktoria nickte nur. Es war kurz vor vier.

Tied för Tee.

Wie immer.

*

Lutz war hin- und hergerissen. Niemals hätte er erwartet, dass er sich dermaßen verlieben würde. Nicht in diese Frau. Nicht in diesen Ort. Nicht in diese Mühle. Er durfte den klaren Kopf nicht verlieren, sondern musste zu Ende bringen, was er sich vorgenommen hatte. Nur deshalb war er nach Friesland gekommen. Nur deshalb hatte er sich Charlotte genähert.

Nur deshalb war alles aus dem Ruder gelaufen. Er war von dieser zarten Frau mit dem großen Herzen und dem unfassbaren Mut so fasziniert, dass sein Gefühl über den Verstand gewonnen hatte. Damit musste nun aber Schluss sein. Er durfte dem nicht länger nachgeben, denn er hatte eine Rechnung zu begleichen. Eine verdammt alte Rechnung. Nur war er derjenige, der unter alldem noch immer zu leiden hatte. Er würde auf Charlotte verzichten müssen.

Ihre Liebe mit Füßen treten und bestimmt lange brauchen, um darüber hinwegzukommen. Aber das war es ihm wert. Weil endlich geradegerückt werden musste, was schon viel zu lange in der Schieflage war.

Lutz biss die Zähne zusammen und wählte Josts Nummer. Mit ihm zusammen würde es gelingen.

Er nahm den Telefonhörer in die Hand, um endlich Nägel mit Köpfen zu machen, aber er zögerte. War es richtig, was er tat? Noch war ein Rückzieher möglich. Er könnte behaupten, er hätte Jost nicht erreicht oder sein Bekannter hätte keine Kapazitäten frei. Das alles könnte er …

Doch dann sah Lutz seine Mutter vor sich. Sie war ohne Eltern aufgewachsen. Beide umgekommen, obwohl sie hätten leben können. Er bekam es nicht aus dem Kopf. Das Bild des kleinen Mädchens mit dem zerrissenen grünen Mantel, an dem noch das Blut ihrer Mama klebte. Verloren in einer Welt, die so nicht hätte sein müssen. Und *eine* Ursache dafür lag in der Groote Mühle in Neumöhlen. Denn von dort war der Vater nicht zurückgekommen. Und keiner wusste, wo er abgeblieben war. Wäre er für sein Kind da gewesen – wie viel anders hätte die Welt für sie und für die nachfolgende Generation ausgesehen? Ein Dominostein war gefallen und hatte alle nachfolgenden mit sich gerissen.

Seine Mutter hatte den Verlust ihrer Eltern nie überwunden und war unfähig gewesen, sich wirklich um ihn, den kleinen Jungen, der Halt gebraucht hätte, zu kümmern. Sie hatte nie gelernt, da zu sein. Beständigkeit zu vermitteln. Liebe zu geben, denn sie konnte sich selbst nicht lieben.

Je älter Lutz wurde, desto mehr suchte er nach Ursachen, nach Schuldigen. Die Mörder seiner Oma waren nicht greifbar. Deutsche, die er nicht kannte. Namenlose Fratzen, die nur »ihre Pflicht« getan hatten. Aber es gab eine Spur zu seinem Großvater, und die endete in der Groote Mühle. Bei Charlottes Familie.

Obwohl er sich mit Haut und Haar in diese Frau verliebt hatte, war sie das Opfer, das er bringen musste. »Ich werde ihnen das nehmen, was sie am meisten lieben. Die Mühle! Das ist das Mindeste, was ich noch für meine Eltern und Großeltern tun kann.«

Lutz schürzte die Lippen und atmete einmal tief durch. Dann tippte er Josts Nummer in den Hörer.

*

Rena setzte den Kessel mit Wasser auf. Nun war ihre Schwester tatsächlich nach all den Jahren da. Zu einem sehr unerfreulichen Anlass, das schon, aber sie empfand es als ungemein tröstlich, dass sie durch Viktorias Anwesenheit nicht allein in diesen schweren Stunden war. Das erleichterte doch einige Dinge, und vielleicht war es möglich, das Kriegsbeil zwischen ihnen zu begraben. Rena hörte die Schritte ihrer Schwester und wandte sich um, als sie in die Küche trat.

»Ihr habt ja sogar noch den alten Holzofen zum Kochen und Backen«, entfuhr es Viktoria sofort.

»Er tut seinen Dienst«, antwortete Rena. »In der Backstube haben wir allerdings etwas aufgerüstet, das ging mit dem alten nicht mehr. Na ja, und die Mühle läuft auch nur noch am Wochenende als Schaubetrieb. Wir mahlen mittlerweile elektrisch. Körperlich war das mit den Mahlgängen der Mühle nicht mehr zu stemmen und überaus unrentabel. Ich hätte mindestens zwei Mitarbeiter einstellen müssen, und das würde sich hinten und vorne nicht rechnen.«

Viktoria setzte sich an den alten Tisch und schaute aus dem Fenster zur Straße. Rena folgte ihrem Blick. Die Sonne stand inzwischen recht tief, und die Mühle warf einen dunklen Schatten. Das Wasser im Kessel begann zu pfeifen, und dieser Ton durchbrach die Stille.

»Es hat noch nicht ganz gekocht, so schmeckt der Tee am besten«, erklärte Rena, aber Viktoria nickte nur abwesend.

»Klingt wie ein Déjà-vu, das hat Mutter auch immer gesagt«, meinte sie. »Du bist inzwischen nicht nur äußerlich zu Mamas Abbild geworden.«

Rena wusste nicht, ob sie das als Kompliment oder als Kritik auffassen sollte. Viktoria vertiefte es ohnehin nicht weiter. »Wann wollen wir los?«, fragte sie stattdessen.

Ihre Schwester wirkte unruhig, was Rena ihr nicht verdenken konnte. »Ich möchte, sobald es geht, ins Krankenhaus.«

Rena warf einen Blick auf die weiße Küchenuhr. Auch ein Relikt aus früheren Zeiten. »Nach dem Tee fahren wir, versprochen. Dann wird sie ausgeschlafen haben.«

»Es ist sechzehn Uhr. Wie lange schläft sie denn?«

Rena seufzte innerlich. Ihre Schwester wusste wirklich gar nichts von ihrer Mutter. »Mama macht immer eine längere Mittagsstunde, und ich glaube nicht, dass sie diese Gewohnheit ablegt, bloß weil sie im Krankenhaus liegt. Sie ist auch hier immer erst zum Tee aufgestanden. Mama ist fünfundneunzig und braucht viel Ruhe.«

»Und nachts turnt sie dann herum, oder was? Senile Bettflucht nennt man es dann.«

Rena ärgerte sich über die Bemerkung, schwieg aber, weil sie keinen Streit wollte.

Glücklicherweise sagte auch Viktoria dazu nichts mehr. »Es ist unmodern hier in der Mühle, ein bisschen wie im Museum. Wie hältst du diese Rückständigkeit bloß aus?«

Rena atmete einmal schwer. Jetzt fühlte sie sich von ihrer Schwester erneut angegriffen. Was kannte sie denn von ihrem Leben? Schon früher hatte Viktoria stets alles besser gewusst.

»Wir können uns nichts anderes leisten«, quetschte Rena zwischen zusammengepressten Zähnen hervor. »Das habe ich dir oft genug erzählt.«

Der Tee war gezogen, und sie stellte die Kanne mit etwas zu viel Schwung auf das vorbereitete Stövchen.

»Komm, Viktoria, jetzt nicht zanken«, sagte sie etwas versöhnlicher. »Die Groote Mühle war stets ein guter und sicherer Ort. Weißt du noch, wie Vater damals damit geprahlt hat, dass er nie hatte Hunger leiden müssen? Nicht mal im Krieg? Im Gegensatz zu allen Neumöhlenern? Hier war die Welt immer in Ordnung.«

Viktoria lachte bitter auf. »Du weißt, dass es nicht stimmt und wir uns etwas vorgemacht haben. Wäre es nämlich so, hätte ich nicht gehen müssen. Unser Streit wegen Jochen war aber nur der letzte Kick, den ich brauchte. Ich hatte schon vorher das Gefühl, hier stimmt was nicht. Je älter ich wurde, desto mehr hat sich diese Ahnung verdichtet.« Sie runzelte die Stirn, dann fuhr sie fort: »Die Groote Mühle ist ein Hort von Geheimnissen und Lügen. Davon kannst du mich nicht abbringen. Aber mir fehlte schon damals die Kraft, dem nachzugehen, und auch heute habe ich keinerlei Interesse. Ich glaube nicht, dass Mutter uns Wesentliches mitteilen möchte. Aber wir werden sehen.« Sie nahm einen Schluck Tee.

Rena ballte die Faust, weil sie Viktorias Gerede als überheblich empfand. Plötzlich waren sie wieder die kleinen Mädchen, die sich darum zankten, ob der Himmel dunkelrosa oder schon rot gefärbt war. Gewonnen hatte stets Viktoria. Sie war zwar die jüngere, aber auch die lautere Schwester und vor allem diejenige, die sich besser artikulieren konnte.

»Wie lange warst du nicht hier?«, fragte Rena provokativ.

Die Worte blieben unkommentiert im Raum hängen und schienen unzählige Fäden zu spinnen, an denen aber keine der beiden ziehen wollte. Aus Angst, dass danach Dinge freigelegt werden würden, über die sie nicht sprechen wollten, weil die Wunden zu tief waren, obwohl sie die Verursacher für den Schmerz nicht kannten. Viktoria hatte recht. Es hing etwas über der Mühle, was sie nicht einordnen konnten. Diese düstere Wolke hatte sie und Vicki schließlich auseinandergetrieben.

Rena griff nach dem Kluntjepott und gab zwei Kandisstücke in die Tasse. »Warum machst du mir ständig Vorwürfe?« Sie versteifte ihren Rücken.

»Ich bin eben meinen Weg gegangen und du den deinen. So ist das Leben nun mal. Ob es dir gefällt oder nicht.« Viktorias Stimme klang scharf, fast, als wäre es ihr nur so möglich, sich abzugrenzen.

Rena hob sofort abwehrend die Hände, wollte sich vor dem Angriff schützen und kam sich vor wie ein Kämpfer ohne Visier und dem Gegner hoffnungslos unterlegen. So, wie es schon immer gewesen war, wenn sie mit ihrer eloquenten Schwester sprach.

»Ich wollte dich nicht angreifen«, zog Rena sich schnell aus der Affäre. Hier half ihr nur der Rückzug. »Viele Dinge sind einfach an dir vorbeigegangen. Was natürlich ist, wenn man wie du woanders lebt. Du weißt halt nicht mehr, was Mama oder mich bewegt. Was wir treiben und wie wir versuchen, uns durchzuschlagen.«

Viktoria zog die Klauen wieder ein. »Das stimmt wohl.«

Damit war alles gesagt.

Sie hingen ihren Gedanken eine Weile nach.

»Jetzt sitzen wir beiden alten Damen hier, und uns fehlt der Gesprächsstoff«, sagte Rena, als das Schweigen unangenehm wurde. Sie musste etwas von sich geben, die Situation entspannen. Am liebsten so tun, als wäre nichts passiert und alles vollkommen normal.

Viktoria nahm den kleinen Löffel und rührte den Tee um, was Rena schon wieder als Provokation empfand, weil es unüblich war und ihre Schwester um die Gepflogenheiten wusste. Der Löffel wurde einzig dazu genutzt, ihn in die Tasse zu stellen, wenn kein Tee mehr gewünscht war. Aber niemals zum Rühren. Am liebsten hätte Rena Viktoria auf die Finger geschlagen, aber dann wäre die Situation wohl eskaliert.

Wir sind beide über siebzig und müssen uns nicht mehr gegenseitig erziehen, maßregelte Rena sich innerlich.

»Es war trotzdem gut, dass ich fort bin«, meinte Viktoria. »Das Landleben ist nichts für mich.« Sie hielt kurz inne. »Hat Charlotte nicht längst die Nase von alldem voll? Oder geht sie ihren eigenen Weg?«

»Charlotte liebt das alles. Die Mühle und das Drumherum.«

Viktoria schaute etwas skeptisch. »Meinst du das, oder ist es so?«

»Es ist so«, antwortete Rena im Brustton der Überzeugung, wobei sie zugeben musste, dass sie sich jetzt, da Viktoria es so direkt formulierte, gar nicht mehr sicher war, ob es der Wahrheit entsprach.

Charlotte war immer da. Ging ihrer Arbeit im Büro in Wilhelmshaven nach – und verrichtete klaglos alle Arbeiten an der Mühle, denen sie körperlich gewachsen war. Charlotte war keine Frau der großen Worte, sondern eher die Macherin. Und jetzt gab es Lutz. Ob sie sich bald anders orientierte, wusste Rena nicht. Weil sie es nicht hinterfragte, aus Furcht, es könnte sich etwas ändern.

Viktoria brachte sie ins Schlingern, und ihre Schwester war noch nicht fertig.

»Du hast nie wissen wollen, ob sie das alles«, sie machte eine ausschweifende Handbewegung, »überhaupt mag, stimmt's? Du hast es vorausgesetzt.«

Rena schluckte, ihr fiel keine passende Antwort ein. Weil Viktoria recht hatte.

»Sie hätte heiraten sollen«, fuhr Renas Schwester fort. »Kinder bekommen.«

Rena lachte bitter auf. »Als Familienfrau hatte sie mit uns als Vorbildern wohl kaum gute Beispiele!« Dann holte sie den Trumpf aus dem Ärmel. »Aber Charlotte hat einen Freund. Lutz.«

»Das überrascht mich«, antwortete Viktoria. »Immerhin etwas Bewegung im Hause Gerdes.«

Rena sah, dass es in Viktoria arbeitete. Sie wollte ihre ach so selbstherrliche Schwester jetzt verletzen. Weil sie ausgeteilt hatte und es gemein gewesen war. Vor allem, weil …

»Du hast doch auch keinen Mann. Und ich habe lediglich ein uneheliches Kind, auf das die Neumöhlener früher mit dem Finger gezeigt haben.« Sie kniff kurz die Lippen zusammen, ehe sie weitersprach. »Mit Charlotte wollten viele nicht einmal spielen. Sie war fast eine Aussätzige. Die Mühle mit allem hat ihr Halt gegeben. Ich glaube nicht, dass es an dir ist, Vorschläge zu machen.« Jetzt zückte sie den letzten Trumpf. »Außerdem hat Charlotte eine gute Arbeitsstelle.«

Viktoria zuckte nur die Schultern, dann fragte sie: »Warum hast du Jochen damals weggeschickt? Du hättest es nicht tun müssen. Es wäre alles anders gekommen und vielleicht …«

Rena war froh, dass Viktoria das Schreckliche nicht

aussprach. Noch nie hatte Viktoria sie das gefragt, und sie hatte immer gehofft, dass sie ihr diese Frage nicht stellen würde. Die Wunde in ihrer Seele begann plötzlich heftig zu bluten. Es war, als trenne jemand die Verletzung Stück für Stück auf.

»Deinetwegen«, flüsterte Rena. »Nur deinetwegen.«

Viktoria schaute sie überrascht an. »Warum das? Ich wollte nie etwas von ihm und habe es ihm mehr als deutlich gemacht. Und was dann passiert ist … Ich musste nach deinen haltlosen Unterstellungen hier weg. So schnell es ging!«

»Er hat dich geliebt«, entfuhr es Rena, und sie hieb heftig mit der Handfläche auf den Tisch. »Verdammt, Vicki, er hat *dich* geliebt!«

Viktoria schüttelte fassungslos den Kopf.

Jetzt überschlug sich Renas Stimme, und es war ihr peinlich, dass sie sich nicht im Griff hatte. Aber der Schmerz über diese Schmach bohrte heftig in ihr. »Es war so schlimm, als ich bemerkt habe, dass er nur deshalb mit mir zusammen war, weil er in deiner Nähe sein wollte.«

Viktoria schnappte nach Luft. »Ich habe nichts, gar nichts getan, um ihn dir abspenstig zu machen. Du bist doch meine Schwester!«

Es war das erste Mal, dass Viktoria versuchte, sich vor Rena zu verteidigen. Diese Tatsache gab ihr Macht – und das Gefühl der Genugtuung.

»Das spielt keine Rolle. Nicht nach dem, was dann geschehen ist. Du mit deinem lockeren Mundwerk und dieser Art, alles im Griff zu haben. Das hat Jochen imponiert. Er hing förmlich an deinen Lippen, so sehr hat er dich verehrt! Und dann kam deine Ansage! Das hat ihn vernichtet.«

Viktoria nahm einen Schluck Tee. »Wäre es dir lieber gewesen, ich hätte ihn erhört? Es tut mir leid, aber ich bin mir keiner Schuld bewusst, weil ich nichts getan habe, um diese Situation herbeizuführen. Das weißt du auch.« Sie ließ ihre Finger in Richtung Renas Hand wandern.

Aber die zog sie zurück. Sie hätte eine Berührung jetzt nicht ertragen.

»Es tut mir unsagbar leid, Rena.« Viktoria griff nach dem Sahnekännchen. Sie gab etwas von dem Rahm in die Tasse, trank alles in einem Zug leer und wechselte abrupt das Thema. »Das hier schmeckt nach wie vor sehr gut.«

»Ja, Tee kochen kann ich.« Rena war froh, sich wieder auf sicherem Terrain zu befinden. Tee war unverfänglich.

Viktoria sah sie von unten her an. Das hatte sie schon früher immer getan, wenn sie etwas zwischen ihnen zurechtbiegen musste. Dabei glitt ein vorsichtiges Lächeln über ihr Gesicht. »Ich weiß, ich habe vorhin mal wieder umgerührt und dich schon damals mit dieser Unsitte rasend gemacht.« Mit diesem Satz hatte Viktoria den Bann zwischen ihnen gebrochen.

»Damals wussten wir noch nicht, wie harmlos so etwas ist und wie kalt und ungerecht die Welt sein kann.«

»Nein, ich wünschte, wir hätten nur dieses eine Problem«, sagte Viktoria bedächtig.

»Komm, lass uns zu Mama fahren«, erwiderte Rena. »Ich räume später ab. Charlotte kommt gleich aus dem Büro, wir werden nachher mit ihr zu Abend essen. Sicher wird sie dir von Lutz berichten. Er ist ein sehr angenehmer Mann und – er liebt nur sie.«

»Charlotte hat ja auch keine Schwester«, erwiderte Viktoria und verzog dabei entschuldigend das Gesicht.

Rena runzelte nur die Stirn.

Sie und Viktoria waren so verschieden, und sie schafften es nicht mehr, sich gegenseitig zu unterstützen, sondern kämpften seit Jahren gegeneinander. Das war einmal anders gewesen, aber man konnte die Zeit eben nicht zurückdrehen.

Es war gut, dass sie durch die Entfernung viele Konflikte hatten vermeiden können.

Ihre Schwester hatte von allem, was sich in der Groote Mühle abspielte und abgespielt hatte, wirklich nichts mehr mitbekommen. Gar nichts.

*

Hilka hatte den Tee nicht getrunken. Diese Plörre mit dem Teebeutel mochte sie nicht. Zudem war das Wasser nur lauwarm, und deshalb war es ausgeschlossen, dass der Tee aromatisch schmeckte.

Außerdem war sie unruhig, weil sie auf Rena und Viktoria wartete. Ihre jüngste Tochter musste längst in Neumöhlen angekommen sein. Ihre beiden Töchter wieder vereint. Zwei Frauen, die so unterschiedlich waren wie Sommer und Winter. Der Vergleich gefiel Hilka, weil er so zutreffend war. Jedenfalls damals, als sie klein waren. Rena, der Sonnenschein, bunt und blühend, und dann Viktoria. Kühl, überlegt und distanziert und zugleich facettenreich. Eine Frau, der man nicht gern nah kam. Leider war Rena vorzeitig verblüht. Eine Blume, der das Wasser entzogen worden war. Und was sie nun erfahren würde, war sicher auch nicht dazu geeignet, dass es ihr besser ging.

Hilka zog die Schublade des Nachtschranks auf, nahm eine Schachtel heraus, klappte sie auf, sodass ihr der Ring, der dort seit vielen Jahren auf einem dunkelblauen

Samtuntergrund schlummerte, entgegenblinkte. Er war schlicht gestaltet und doch wunderschön. Aus zartem Silber, und in der Mitte prangte ein winziger heller Kristall.

Hilka küsste den Stein. Sie hatte die Schachtel mit dieser Kostbarkeit schon immer bei sich getragen und ihn überallhin mitgenommen. Niemals wäre sie auf die Idee gekommen, sie fortzulegen oder gar in einem Tresor zu verschließen.

Tief unten in der großen bestickten Handtasche, die sie nie ausgetauscht hatte, gab es ein Reißverschlussversteck, wo sie den Schatz all die Jahre aufbewahrt und behütet hatte. Tjade hatte davon nichts gewusst, und selbst wenn es so gewesen wäre, hätte er darüber geschwiegen. Er war kein Mann gewesen, der Probleme benannte. Redete man nicht drüber, gab es sie auch nicht. Eine einfache Philosophie, die er sich im Krieg angeeignet hatte.

»Nun wird es Zeit, das Eis des Schweigens zu brechen«, flüsterte Hilka. »Meine beiden Töchter haben das Recht auf die Wahrheit, so unbequem sie auch sein mag.«

Sie hörte Schritte auf dem Gang und war sicher, dass es sich um Rena und Vicki handelte. Rena schlurfte seit zwei Jahren immer etwas. Zudem hatte sie sich eine gebeugte Körperhaltung angewöhnt.

Es klopfte, und kurz darauf öffnete sich die Tür zum Krankenzimmer. Erst schob sich Rena hinein, ihr folgte Vicki. Ihre Vicki, die sie so lange nicht gesehen hatte.

Hilka schrak jedoch zusammen, denn sie hätte ihre Jüngste fast nicht erkannt. Ihr einst dunkles Haar war grau geworden. Um ihre Augen zeigten sich tiefe Falten, und ihre blauen Augen wirkten noch größer als damals, als es manchmal so schien, als gäbe es nichts als diesen Blick in ihrem Gesicht.

Noch immer trug Viktoria diese bunte, auffällige Kleidung – ihre Tarnung als Paradiesvogel, die von ihrer Kühle ablenkte. Auch das hatte sie sich als Mädchen angewöhnt. Auf diese Weise war es ihr möglich, neben ihrer natürlich glänzenden älteren Schwester zu bestehen. Vicki mit dem lauten Mundwerk. Sie hatte damit ihre Nische gefunden.

In Vickis Ohren steckten knallrote runde Kreolen, passend zu ihrer Bluse und der locker schwingenden schwarzen Hose. Die Lippen und Augen leicht geschminkt und das Haar kurz, aber akkurat geschnitten. Eine Strähne fiel ihr in die Stirnmitte und ließ ihre Gesichtszüge dadurch weich erscheinen.

Rena hingegen trug ihren grauen Rock mit rosafarbener Bluse, und das Haar stand nach wie vor strohig ab. Ihr Glanz war abgeblättert wie der der Groote Mühle. Es schien fast so, als habe sie sich dem Verfall des Gemäuers angeglichen. Renas einstige Schönheit konnte man nur noch erahnen.

»Mama, hallo«, begrüßte Vicki sie mit einem eher scheuen Lächeln. Ihr Blick flackerte, und sie wirkte verunsichert.

»Min Deern, moin!«, antwortete Hilka und streckte ihrer Tochter die Hände entgegen, in der Hoffnung, sie würde sie ergreifen. Aber das tat Vicki nicht. Sie stand einen Meter vom Bett entfernt und schien die Lage noch zu sondieren. Hilkas Herz aber klopfte vor Glück. Ihre Tochter war gekommen! Alles würde gut werden. Alles!

Endlich trat Vicki ans Bett und hauchte ihr einen Kuss auf die Wange. Sie roch so gut. Ein bisschen süßlich, ein bisschen exotisch. »Da bin ich also.«

»Ja, da bist du«, wiederholte Hilka.

»Moin, Mama!«, sagte nun auch Rena und drängelte

sich leicht an ihrer Schwester vorbei. »Ich habe dir Bananen mitgebracht. Die isst du doch so gern.«

Hilka nickte. »Danke, min Deern. Das ist gut. Setzt euch bitte, ich muss mit euch sprechen.«

Beide Frauen holten sich die Stühle, die um einen quadratischen Tisch drapiert waren. Vicki nahm auf der rechten Bettseite Platz, Rena auf der linken.

»Was gibt es denn, Muddi?«, fragte Rena mit ihrer typisch kratzigen Stimme, die auch Tjade zu eigen gewesen war.

»Ich muss was loswerden, und das duldet keinen Aufschub«, erklärte Hilka nachdrücklich. Es war wichtig, dass ihren Töchtern die Dringlichkeit deutlich war.

»Das haben wir uns schon gedacht«, sagte Rena. »So, wie du auf das Erscheinen von Viktoria gedrängt hast.«

Hilka schluckte, aber es half nichts: Das Ungesagte fraß sich schon viel zu lange durch die Familie und hatte eine Menge zerstört.

»Dann spuck mal aus, was du uns sagen willst«, forderte Rena sie auf.

»Ich muss Vicki erst etwas geben, denn das ist der Schlüssel zu allem«, sagte Hilka. Sie nahm die Schachtel unter der Decke hervor und reichte sie ihrer jüngeren Tochter. »Bitte, die ist für dich!«

Rena wurde blass, und die altbekannte Eifersucht auf ihre Schwester stand ihr auch mit fünfundsiebzig Jahren noch ins Gesicht geschrieben.

»Warum schenkst du Viktoria einen Ring?«, fragte sie fassungslos.

Hilka spürte starken Schwindel, aber sie war den ersten Schritt gegangen und würde nun auch den nächsten machen.

»Weil er ihr gehört. Er ist von Vickis Vater.«

1940

Die Hochzeitsfeierlichkeiten waren an Hilka vorübergegangen, als säße sie im Kino vor einer Großleinwand und schaute sich alles aus der zweiten Reihe an. Sie war von alldem noch immer überwältigt und fragte sich die ganze Zeit, ob wirklich ihr selbst dieses Glück zuteilgeworden war. Sie und Tjade – es war die große Liebe.

So langsam verabschiedeten sich die Gäste und machten sich auf den Heimweg. Vor ihr und Tjade lag nun die Hochzeitsnacht, die Hilka insgeheim fürchtete.

Sie schaute sich um, aber die noch anwesenden Gäste waren beschäftigt. Sie würde im Augenblick niemand vermissen, wenn sie sich zurückzog, um vor dem großen Augenblick ein paar Minuten allein zu sein. Hilka stahl sich durch den Hintereingang in den Garten der Gaststätte und schaute hinauf zum Himmel, wo sich gerade eine Sternschnuppe löste und ihre schnelle Bahn zog.

Sie setzte sich auf eine Bank im Garten und rieb ihre Schultern, denn es war merklich abgekühlt. Hatte sie eben beim Tanz noch ordentlich geschwitzt, fröstelte sie nun und bedauerte, die Stola im Saal über der Stuhllehne liegen gelassen zu haben.

»Hauptsache, ich kann kurz für mich sein.« Sie sog die kühle Nachtluft ein.

Hilka wusste, wie sehr sie von vielen der jungen Neumöhlener Frauen beneidet wurde. Die meisten Männer waren inzwischen an der Front, und jedes Mädchen konnte sich glücklich schätzen, wenn sie einen Partner abbekam. *Sie* hatte Tjade geheiratet – der durchaus heiß begehrt war. Hilka schmunzelte, sie hatten das schon als Kinder beschlossen.

Die Hochzeitsfeier war einer Vermählung auf dem

Land angemessen gewesen, so wie man auf dem Dorf mit einem solchen Ereignis umging. Viel Alkohol, viele Torten und ein üppiges Mahl mit Schweinebraten, Rotkohl und Klößen. Noch war von allem genug da, und kein Mensch musste darben. In der Groote Mühle mangelte es eben nicht, und das wollte ihr Vater allen zeigen.

Der Müller galt als kriegswichtig, weil er für Nahrungsmittel sorgte, und so war er guten Mutes, nicht an die Front zu müssen. Er gab sogar immer ein bisschen damit an, was Hilka peinlich war, denn sie wusste, wie sehr die Frauen und Mütter um ihre Männer und Söhne fürchteten.

Hilka zuckte zusammen, als die Tür aufgestoßen wurde. Es war nur Wilko Tammen, der beste Freund von Tjade, der ebenfalls auf Heimaturlaub war, sich am nächsten Busch erleichterte und schnell wieder im Saal verschwand.

Morgen musste Tjade zurück an die Front. Keiner wusste, wohin er kam – und schon gar nicht, ob und wann sie sich wiedersehen würden. Seine Mutter Mathilde weinte sich bereits seit zwei Tagen die Augen aus dem Kopf, weil sie davon überzeugt war, es wäre ein Abschied für immer. Sogar während der Feierlichkeiten hatte sie sich ständig die Tränen abgetupft.

Hilka wies den Gedanken, ihrem frisch angetrauten Ehemann könnte etwas zustoßen, weit von sich. Davon wollte sie nichts wissen. Tjade musste nach Neumöhlen und zu ihr zurückkommen, schließlich planten sie, eine Familie zu gründen – und gemeinsam für den Rest ihres Lebens glücklich zu sein. Daran hielt sie fest – sonst würde sie das alles nicht ertragen.

»Erst einmal wieder an die Westfront«, hörte Hilka Tjade in Gedanken sagen, denn ihn hatten heute viele angesprochen. »Da ist es nicht so schlimm.« Er sagte das stets mit einem merkwürdigen Unterton. Daher glaubte Hilka ihm nicht.

Sie spürte die Angst ihres Mannes, obwohl er das niemals zugeben würde. Denn wenn Hilka nachgefragt hatte: »Wohin geht es danach?«, war er ihr die Antwort schuldig geblieben. Er wusste es wohl selbst nicht.

Die Musik im Saal war verstummt.

»Hilka?« Das war Tjade, er suchte sie also schon.

»Ich bin hier!«, antwortete sie und konnte das aufgeregte Vibrieren in ihrer Stimme nicht verhindern.

Ihr Mann nahm sie in den Arm. »Ich habe dich vermisst. Was ist?«

Hilka beschloss, die Wahrheit zu sagen. »Ich fürchte mich ein wenig vor gleich und…«, sie schluckte, »ich habe Angst, weil du morgen wieder wegfährst. Nur möchte ich die nicht haben, denn es muss einfach alles gut werden.«

»Das wird es, Kleines«, versuchte Tjade sie zu beruhigen. »Das wird es. Du wirst sehen, Weihnachten bin ich zurück und wir werden zusammen am Tannenbaum sitzen.«

»Versprochen?«, fragte Hilka.

»Versprochen!« Tjade küsste sie auf die Wange.

»Und das andere?«, wagte sie nachzuhaken. Wieder überkam Hilka ein Zittern.

»Das andere wird auch wunderbar, das machen doch alle Ehepaare.« Tjade lächelte aufmunternd und hielt Hilka die Hand hin.

»Und nun komm. Wir müssen jetzt gehen. Sonst fahre ich morgen, ohne dass wir den Bund der Ehe vollzogen haben.«

Hilka gab sich einen Ruck. Die Stunde der Wahrheit näherte sich unaufhaltsam, aber ihr Mann hatte recht.

Alle Ehepaare taten das, und jede Frau hatte es überlebt.

Nur war sie absolut unerfahren.

Mehr als ein paar scheue Küsse hatte sie mit Tjade nicht ausgetauscht, doch er würde sie gleich ausziehen und nackt sehen. Hinzu kam, dass sie allenfalls ansatzweise wusste, was sie erwartete.

Zwar hatte sie mitbekommen, wie der Bulle die Kuh und der Eber die Sau begattete. Wie der Kater um die Katze herumschnurrte und wie kompromisslos der Rüde die Hündin besprang. Aber wie es im Ehebett zuging, das wusste sie nicht, denn darüber wurde nicht gesprochen.

Ihre Mutter hatte nur gesagt: »Schließ die Augen, lass ihn machen, er weiß, was zu tun ist. Denk an Deutschland!«

Was sie damit meinte, war Hilka erst später bei genauem Nachdenken aufgegangen, als ihr klar wurde, dass es um die Zeugung eines neuen deutschen Soldaten ging, der in ihrem Schoß für das deutsche Vaterland heranwachsen sollte. Denn der Führer wollte, dass die Frauen Kinder bekamen – für sein Land.

Hilka schluckte. Sie fand diese Vorstellung befremdlich, auch wenn alle seit einiger Zeit so merkwürdige Dinge sagten. Ob sie schnell empfing?

Gleichgültig, nun vertrau deinem Mann, schalt sie sich.

Sie bestiegen die Hochzeitskutsche, die vor der Gaststätte auf sie wartete und ins Brautgemach bringen würde. Weil sie keine eigene Wohnung hatten und Tjade nach dem Krieg ohnehin in der Mühle einsteigen würde, war von den Eltern beschlossen worden, dass die Hochzeitsnacht in der Groote Mühle vollzogen werden sollte.

Der Kutscher hielt direkt vor der Tür, lupfte den Zylinder und sagte anzüglich: »Dann wünsche ich eine angenehme Nacht!«

Während Tjade die Tür öffnete, schaute sie der Kutsche hinterher. Das Trappeln der Hufe war in der Stille deutlich zu hören.

Ihr Mann ließ Hilka den Vortritt. »Ich finde es gut, dass deine Eltern noch feiern wollen«, sagte er. »So haben wir etwas Ruhe.«

Hilka ging voraus in ihr Zimmer. Ihre Mutter hatte alles vorbereitet. Auf der Kommode stand die Waschschüssel, daneben lag ein Stück Seife. Tjade wusch sich als Erster, während Hilka das Hochzeitskleid auszog.

Ihre Mutter hatte auf dem Deckbett ein weißes Spitzennachthemd bereitgelegt, doch Hilka war unsicher, ob sie es nun anziehen oder erst liegen lassen sollte.

Sie öffnete mit zitternden Fingern das Mieder und entschied sich, hineinzuschlüpfen, denn die Vorstellung, Tjade gleich vollkommen nackt gegenüberzustehen, fand sie furchtbar.

Fertig angekleidet legte Hilka sich hin und zog die dicke Daunendecke bis zum Kinn hoch. Mit großen Augen beobachtete sie ihren Ehemann, der sich fertig gewaschen hatte und nur mit der Hose bekleidet ans Bett trat.

Er sah sie mit weichem und verständnisvollem Blick an.

»Du musst keine Angst haben«, sagte er. »Ich pass doch auf!«

Hilka wusste nicht, ob es die Situation an sich war oder die Tatsache, dass Tjade vielleicht längst Erfahrungen hatte, aber sie geriet plötzlich regelrecht in Panik.

»Ich habe solchen Schiss, dass es wehtut«, sagte sie.

Und was war, wenn sie Tjades Ansprüchen nicht genügen würde?

Ihr Mann schob das Daunenbett langsam von ihrem

Körper und betrachtete Hilka einen Augenblick. »Hübsch bist du«, murmelte er und legte sich neben sie.

Hilka machte sich steif, aber er ließ sich von ihrer Abwehr nicht beeindrucken, und langsam fand sie Gefallen an dem, was er tat. Mit gezieltem Griff strich er über ihre Brüste, entkleidete sie langsam und küsste sie überall sacht. Nach und nach entfachte er kleine Feuerstellen, die sich schließlich zu einem Brand ausweiteten und Hilka alle Furcht und Scham vergessen ließen. Sie wollte plötzlich mehr, spürte dieses Sehnen im Unterleib und den unwiderstehlichen Drang nach einer Nähe, die sie so noch nie empfunden hatte.

Tjade zog sich derweil die Hose aus, und Hilka erkannte seine Erregung. Doch es stieß sie nicht ab. Als sie seine Haut spürte, wollte sie, dass er in sie drang und ihr nah war. Sie wollte mit ihm fliegen – wusste in ihrer Unerfahrenheit aber nicht, wohin.

Tjade hatte etliche Schnäpse getrunken, und sein Atem roch sauer, als er Hilka weiter küsste. Er war umsichtig, zärtlich, und doch konnte er den Schmerz nicht verhindern.

Er wartete, bis auch sie bereit für ihn war. Erst dann tat er das, was alle Liebe machen nannten.

Hilka erschrak ein bisschen über die Töne, die sie von sich gab, staunte über die wohligen Schauer, die sich über ihren Körper ausbreiteten und sie unendlich glücklich machten, als sie am Ende zu explodieren glaubte. Und als Tjade laut aufstöhnte und sie anschließend ermattet nebeneinanderlagen, fielen ihr die Worte der Mutter wieder ein.

Das habe ich nicht für Deutschland getan, dachte sie und strich Tjade eine Locke aus der Stirn. Das habe ich für ihn und mich gemacht.

»Es war schön«, sagte ihr Mann zufrieden. »Ich liebe dich, Hilka Grotkopp. Und ich werde dich immer lieben. Das hier wird mich übers Schlachtfeld tragen. Und mit dieser Erinnerung werde ich ewig bei dir sein. Egal, was passiert.«

»Mein Liebster«, flüsterte Hilka, aber das hörte er wohl schon nicht mehr, denn Tjade war im nächsten Moment eingeschlafen.

Hilka lag noch lange wach und dachte über seine letzten Worte nach. Sie war jetzt Tjades Frau. Er aber war Soldat und lange weg. Sie hoffte, empfangen zu haben, um etwas von ihm zurückzubehalten. Und wie sie das hoffte.

*

So viele Wochen war Tjade nun schon wieder fort aus Neumöhlen, und mit jedem Tag war die Trennung von Hilka unerträglicher.

Seine Kameraden und die Heeresleitung gaben sich unverändert optimistisch, dass der Krieg bald siegreich beendet sein würde, aber Tjade hatte immer stärkere Zweifel daran. Schlimm war, dass er darüber nicht sprechen durfte. Das würde an Hochverrat grenzen, also war es besser, sich zurückzuhalten, zumal wohl nur Tjade diesen Pessimismus hegte. Der Krieg hatte seine schreckliche Fratze bislang schließlich nur ab und zu gezeigt und verstand es blendend, sich anderweitig als harmlos zu tarnen.

Wahrscheinlich ist meine Befürchtung der Sehnsucht nach Hilka geschuldet, dachte er, denn die Armee meldete einen Sieg nach dem anderen, sodass es keinen Grund gab zu zweifeln.

Tjade versuchte, weder nachzudenken noch Dinge zu hinterfragen, obwohl das nicht immer leicht war, denn er und seine Kameraden wurden mal hierhin, mal dorthin verlegt. Erst waren sie nach Orleans gekommen, und er hatte mit seinem Kameraden Hermann bei einer Familie in der Rue Fontainebleau in einem Zimmer gewohnt. Sie schliefen zusammen in einem französischen Bett und zogen sich versehentlich ständig die Decke fort. Es fiel ihnen leicht, sich gegenseitig zu foppen und ihren Einsatz immer wieder wie ein großes Abenteuer aussehen zu lassen. Den Kameraden gelang auf diese Weise mühelos, den Schrecken der Einsätze zu vergessen.

Viel vom Krieg bekamen sie nicht mit. Die Aufgabe der Einheit bestand in Orleans darin, den Flugplatz und die Bombenlager zu bewachen. Als Nächstes mussten sie das Armeekommando der 6. Armee mit dem Generaloberst von Reichenau schützen.

Auf diese Weise plätscherte die Zeit dahin, und das zweite Kriegsweihnachten näherte sich unaufhaltsam. Tjade würde das Fest ohne Hilka verbringen müssen, auch wenn er ihr etwas anderes versprochen hatte. Je mehr sich Weihnachten näherte, desto trüber wurden seine Gedanken, weil das Heimweh nach seiner Frau, seiner Mutter und Neumöhlen fast übermächtig wurde.

Die Feiertage verliefen für ihn trostlos, auch wenn jeder Soldat einen Teller mit Honigkuchen, Äpfeln, Datteln und Nüssen bekam. Vor allem die Datteln schmeckten Tjade, denn eine solche Frucht hatte er zuvor noch nie gekostet.

Ansonsten stieß ihn die Feier ab, denn es war eine Propagandaveranstaltung, in der die jungen Männer moralisch aufgeheizt wurden. Es ging um den Sieg und den deutschen Soldaten, der heroisch fürs Vaterland kämpfte und mitnichten zu besiegen war. So ganz glaubte Tjade das alles nicht, denn er hatte Kameraden fallen sehen, und das war kein aufbauender Anblick gewesen.

Und es war deutlich: Der Krieg war noch lange nicht vorbei, wenigstens das gaben die Militärs zu. Aber sie ließen keinen Zweifel daran aufkommen, dass sie ihn siegreich beenden würden. »Der deutsche Soldat muss bis aufs Blut gegen den Feind kämpfen und das deutsche Vaterland verteidigen!«

Tjade mochte die blecherne Stimme des Kommandanten nicht, aber er würde den Teufel tun, das auch nur ansatzweise zu erwähnen. Wenn die Obersten so redeten, dann wartete vermutlich Schlimmes auf ihn und die Kameraden. Der Zenit der Kampfhandlungen war noch längst nicht überschritten. Solche Reden schwangen sie nicht ohne Hintergedanken. Alle wussten es – und keiner sprach es aus. Da war die Furcht vor der Obrigkeit, aber auch die Angst, es zu hören oder zu formulieren, weil es dann eine Form der Realität erreichte, die keiner der Männer ertragen würde.

Am nächsten Abend wurde im Soldatenheim gefeiert. Schließlich hatten sie keine Wache und wollten das Leben in vollen Zügen genießen – solange sie es noch vermochten. Ziel der Heeresleitung war, die Jungs bei Laune zu halten. Sie hatte sich nicht lumpen lassen und eine Kapelle gebucht, die deutsche Schlager spielte.

Die Stimmung war ausgelassen, zumal sich viele Krankenschwestern und auch Nachrichtenhelferinnen, die sie scherzhaft Blitzmädel nannten, dazu gesellten.

Hermann hatte sogleich eine vollbusige Schönheit auf dem Schoß. Um Tjade bemühte sich Marianne, eine schmale blonde Krankenschwester, die ihn sehr an Hilka erinnerte, denn auch sie hatte Sommersprossen und diesen Schalk in den Augen. Tjade trank Sekt mit ihr und ließ zu, dass sie ihre Hand auf seinen Oberschenkel legte, denn es berührte ihn nicht. Die Stimmung wurde immer ausgelassener, und er forderte Marianne zum Tanz auf, weil er kein Spielverderber sein wollte und auch weil er keine Lust auf dumme Sprüche verspürte, die unweigerlich folgten, wenn er heute den braven Mann gab.

Sie waren harte Kerle, und jeder erwartete, dass sie sich entsprechend benahmen. Gleichgültig, ob sie verlobt oder verheiratet waren. Sie befanden sich in einer anderen Welt, in der Moral ein Fremdwort war. Wer tötete, durfte sich auch Frauen nehmen.

Im Laufe des Abends wurde die Musik gefühlvoller. Marianne schmiegte sich enger an Tjade, und das eine oder andere Pärchen verschwand durch die Hintertür im Flur, bis es eine Zeit später mit erröteten Wangen und einem Funken Glück im Blick wieder auftauchte. Auch Hermann nahm sich, was er heute offenbar brauchte, obwohl er in Köln ein Mädchen hatte.

Marianne drückte ihren Körper an Tjade, was ihn, angesichts der geflossenen Alkoholmenge, nicht mehr kaltließ. Es war Weihnachten und er so allein. Weit weg von zu Hause und in einem völlig anderen Leben. Hilka würde nie erfahren, was hier passierte. An diesem Abend, an dem er doch nur etwas Wärme und Nähe suchte. Tat, was alle machten, weil niemand wusste, was morgen sein würde.

Tjade war hin- und hergerissen. Er ließ zu, dass Marianne ihre Wange an seine legte und sich an ihm rieb. Sie duftete wunderbar nach Veilchen – für ihn der Inbegriff von Sommer und Glück. Nur ein kleines bisschen davon abbekommen an diesem einsamen Weihnachtsfest.

Tjade ließ zu, dass Mariannes weiche Lippen seine berührten, und schloss die Augen. Er brauchte diese

Nähe jetzt so sehr. Liebe machen, alles vergessen, bevor er sich morgen wieder der Realität stellte.

Seine Gedanken wanderten zu seiner Hochzeitsnacht, als er Hilka zur Frau gemacht hatte und sie sich so nahgekommen waren, wie sich zwei Menschen nur nahekommen konnten. Sein Widerstand schmolz dahin, zumal Marianne inzwischen Töne entfuhren, die ihn an das Schnurren einer Katze erinnerten. Ihre Haut war weich, ihre Bewegungen fordernd.

Ihre Zunge berührte seine Lippen, er konnte nicht anders, als den Mund zu öffnen und das Spiel zuzulassen. Tjade wollte dieses wunderbare Gefühl der Nähe zwischen Mann und Frau noch einmal spüren. Alle Moral über den Haufen werfen. Heute war heute, und keiner von ihnen wusste, was das Morgen bringen würde. Vor allem dann nicht, wenn man den Propagandareden von gestern glaubte. Wenn er jetzt nicht nachgab und womöglich schon bald im Schützengraben starb …

Marianne zog ihn von der Tanzfläche in den Flur, wohin schon die anderen Paare verschwunden waren. Tjade folgte ihr nur allzu willig.

Aus den Ecken drangen eindeutige Geräusche, Tjade sah im spärlichen Licht verzückte Gesichter und rhythmische Bewegungen. Alle taten es in der Hoffnung, ihre Verzweiflung für einen Augenblick in Glück umwandeln zu können – und morgen würde niemand mehr darüber sprechen.

Marianne schob ihn in die Vorratskammer. Die Tür war nicht verriegelt, hier hätten sie ein wenig Intimität. Ihnen schlug der Duft von Schinken und Mehl entgegen. Jener süßliche Geruch, der stets wie eine Wolke über der Groote Mühle hing – und der allzu sehr Tjades Zuhause spiegelte.

In diesem Moment wachte er auf. Er japste nach Luft und stieß Marianne von sich. »Verzeih!«, sagte er.

»Was ist denn los?«, fragte sie. Ihre Wangen waren gerötet, und sie versuchte erneut, ihn zu küssen, aber plötzlich fand Tjade, dass sie viel zu sehr nach Sekt roch und auch sonst kein bisschen was von seiner Frau hatte.

Er reckte das Kinn und knöpfte das Hemd wieder zu.

»Bitte verzeih, Marianne. Du bist hübsch und lieb. Aber du bist nicht Hilka.«

Er stürzte aus dem Soldatenheim ins Freie und übergab sich am nächsten Laternenpfahl.

»Hilka«, schluchzte er. »Ach, Hilka!«

Kapitel 4

Rena glaubte, sie hätte nicht richtig gehört, und war vollkommen verunsichert, wie sie nun reagieren sollte. »Warum hat Papa denn Vicki einen Ring hinterlassen und mir nicht?«

Da war er wieder, dieser dumpfe Schmerz, der sie seit Viktorias Geburt begleitete. Danach hatte sich das Leben für Rena über Nacht von Grund auf verändert. Ihre Schwester war stets etwas Besonderes in der Familie gewesen. Nicht hübsch, nicht zahm, sondern aufmüpfig und frech, mit dem Kopf durch die Wand. Sie selbst hingegen hatte immer versucht, das liebe Mädchen zu sein, war dadurch aber etwas unbeholfen geworden – und die gewünschte Anerkennung der Eltern war ausgeblieben.

Trotz der Unterschiedlichkeit war Viktoria immer an Renas Seite gewesen, hatte sich nie beirren lassen und zu ihrer Schwester gehalten. Wenn es darum ging, Rena zu verteidigen, hatte Viktoria an vorderster Front für sie gekämpft.

Das schlechte Gewissen war deshalb zu Renas ständigem Begleiter geworden. Sie hatte die Liebe ihrer Schwester fortgeworfen wie einen alten Rucksack, den man hässlich und unbrauchbar fand. Die Mauer zwischen ihnen war immer höher und dicker, ja am Ende unüberwindbar geworden.

Doch jetzt dieser Ring …

Ihre Mutter hatte noch keine Antwort gegeben, und Rena sah sie herausfordernd an. »Bitte, Mama, was heißt das alles? Warum hat Papa für Vicki etwas so Wertvolles hinterlassen?«

»Weil der Ring nicht von deinem Vater ist«, flüsterte ihre Mutter schließlich. Sie wirkte mitgenommen.

»Nicht von Papa?«, wiederholte Rena. »Nicht von Papa?« Sie erkannte aus dem Augenwinkel, dass ihre Schwester blass geworden war. Sie öffnete stumm den Mund, als wollte sie etwas sagen, aber ihr kamen die Worte nicht über die Lippen.

Rena benötigte ebenso eine Weile, um zu verstehen, was genau die Worte ihrer Mutter bedeuteten, es fühlte sich an, als hätte sie einen Eisberg gerammt. Es war nicht nur die Kälte, die ihr zusetzte, sondern auch der Schmerz, weil sie ihr Gesicht an den Kristallen verletzt hatte.

Ihrer Schwester schien es ähnlich zu gehen. Noch immer war sie bleich und atmete schwer.

»Aber das heißt ja …«, brachte Rena schließlich hervor. »Das heißt ja …«

»Ja, das heißt es«, antwortete ihre Mutter mit erstaunlich ruhiger Stimme. Sie musste sich die Worte lange zurechtgelegt haben, so bedächtig, wie sie wirkte.

Über Viktorias Lippen glitt ein schmerzvoller Laut, der dem eines gequälten Tieres glich. Er war so dumpf und tief, dass es Rena beinahe das Herz zerriss.

Er hallte lange nach, und danach herrschte betretenes Schweigen im Krankenzimmer.

Es dauerte, ehe Viktoria langsam und in gebückter Haltung aufstand und zum Fenster schlurfte. Sie öffnete es und atmete ein paarmal tief durch. Mit jedem Zug richtete ihre Schwester sich stärker auf, bis sie wieder die gewohnt gerade Haltung hatte.

Als sie sich kurz umdrehte, war ihr Blick verändert. Die blauen Augen wirkten kühl und abgeklärt. So, als hätte Viktoria nach all den Jahren begriffen, was sie zuvor nicht hatte fassen können, aber durchaus geahnt und befürchtet hatte. Die kühle Luft verbreitete sich rasch.

Rena sah, wie ihre Mutter fröstelnd die Schultern hochzog, und wollte das Fenster schließen, damit sie sich nicht erkältete. Doch sie war noch immer wie gelähmt und konnte sich nicht von der Stelle bewegen.

Da war sie nun, diese neue Wahrheit, die die alte ablöste, als hätte man einen schmutzigen Verband abgezogen, dabei aber eine Wunde freigelegt, die noch nässte und bei der nicht klar war, wann und ob sie sich je schließen würde. Das tat ungeheuer weh.

Gleichzeitig aber begriff Rena, was all die Jahre in ihrer Familie nicht gestimmt hatte. Warum Dinge waren, wie sie waren, warum so vieles zuvor unbegreiflich erschien. Hatten sie das letzte Teil eines Puzzles gefunden, das endlich ein Gesamtbild ergab? Eines mit Ecken und Kanten, Macken und verblichener Folie, eines, wo die Farbe an vielen Stellen abgeplatzt war und dem Bild eine gewisse Nachlässigkeit bescherte? Kein schönes Bild, aber ein großes Ganzes.

Sie waren keine homogene Familie. Sie gehörten gar nicht so zusammen, wie sie es sich erhofft und erwünscht hatten. Und es ergab einen Sinn, dass ihr Leben nie passend gemacht werden konnte, weil es, egal wie sehr sie sich auch anstrengten, gar nicht ineinanderzufügen war.

Als Rena diese Erkenntnis in ihren Gedanken sortiert hatte, wurde ihr aber noch mehr bewusst. Es gab einen anderen Mann in ihrer Familie, dessen Gesicht und Geruch sie nicht kannten – der ihrer Mutter jedoch sehr nah gewesen war. Ein namenloses Phantom, über siebzig Jahre alt.

Rena war froh über die kühle Luft, die ins Zimmer strömte, weil es den Anschein hatte, der Mief würde nach draußen geweht werden. Sie war beinahe erfreut, als sie zu frieren begann, weil es ein greifbares Gefühl war und ihr zeigte, dass sie noch lebte.

»Viktoria?« Rena ging zu ihrer Schwester und fasste nach ihrer Hand, aber die reagierte noch immer nicht. Sie schien sich in einer vollkommen anderen Welt zu befinden, weiter entfernt denn je, aber jetzt wollte Rena diese Fremdheit nicht mehr. Sie waren ihr ganzes Leben lang betrogen worden, und das war nun etwas, was sie gemeinsam hatten, was sie zusammenschweißen und nicht trennen sollte.

Weder sie noch Viktoria trugen Schuld an dem, was geschehen war. Die Verantwortung dafür lag einzig bei ihrer Mutter, die ihren Töchtern scheinbar unbeteiligt dabei zusah, wie sie sich bemühten, das Gesagte zu verarbeiten.

So war es immer, dachte Rena bitter. Sie hat angeordnet und befohlen, und wir Mädchen konnten zusehen, wie wir damit klarkamen.

Rena drückte die kalte Hand der Schwester etwas kräftiger. »Viktoria!«

Doch die starrte noch immer aus dem Fenster, als könnte sie da draußen in dem Blättergewirr die passenden Antworten finden. Rena war froh, dass ihre Schwester ihr die Hand zumindest nicht entzog, sondern die Berührung weiter zuließ.

Es dauerte, ehe sie das Fenster leise schloss und sich zu

Rena und ihrer Mutter umdrehte. »Mein geliebter Papa ist also gar nicht meiner?«

Ihre Mutter hielt den Blick aufrecht, sie musste mit der Frage gerechnet haben. »Nein. Tjade ist nicht dein Vater. Ich weiß, jetzt kommen die Fragen, aber ich werde es euch langsam erklären, damit ihr alles versteht.«

»Sag einfach, wer es ist!«, forderte Viktoria sie in ihrer direkten Art auf, aber Hilka schüttelte vehement den Kopf. »Ihr kennt den Krieg nicht. Wisst nicht um die Angst und was er mit den Menschen macht. Auch mit denen, die nicht an der Front stehen. Der Krieg ist überall. Streckt seine Tentakel aus, umschließt und würgt alle. Den einen mehr, den anderen weniger. Aber er bekommt sie alle zu fassen. Und dann passieren Dinge, die für euch unbegreiflich sind. Er verändert die Menschen. Auch die, die gar nicht von Angesicht zu Angesicht kämpfen müssen. Und er sorgt für Bestimmungen, die unmenschlich und kaum zu ertragen sind. Manchmal trifft man dann Entscheidungen … Die heute niemand mehr verstehen kann.«

Das war für ihre Mutter eine lange Rede. Ihre Stimme wackelte ständig, und als sie geendet hatte, liefen ihr Tränen über die runzligen Wangen.

Das alles ging Rena tief unter die Haut. Dennoch schüttelte sie den Kopf, es überforderte sie.

Viktoria aber hielt den Blick kerzengerade und fixierte ihre Mutter. »Du hast Papa also betrogen.«

Ihre Mutter fuhr sich durchs Haar und wirkte zum ersten Mal etwas nervös, als sie antwortete: »Es ist alles ganz anders, als es scheint. Ich kann das nicht mit wenigen Worten zusammenfassen. Ich muss weit ausholen, damit ihr verstehen könnt. Es ist so verzwickt.«

»Hat mein Erzeuger dich vergewaltigt?«, fragte Viktoria mit nunmehr schneidender Stimme.

»Nein, hat er nicht«, wehrte ihre Mutter ab. Es klang ehrlich.

»Hast du ihn geliebt?«

»Auch das nicht. Bitte, lasst mich doch erklären.« Hilka wirkte jetzt unglaublich erschöpft.

Rena bekam Mitleid mit ihr. Sie versuchte noch immer, das Gesagte zu begreifen. Aber es gelang ihr einfach nicht.

»Es war damals alles durcheinander und unvorstellbar«, fuhr ihre Mutter mit matter Stimme fort. »Aber Tjade habe ich immer geliebt wie keinen anderen.«

Rena kamen die Sätze nun doch reichlich verworren vor. Sie öffnete den Mund, aber ihre Mutter winkte ab.

»Ich kann jetzt nicht mehr. Kommt morgen wieder. Bitte.«

»Mama!«, entfuhr es Rena. »Das geht nicht. Erst knallst du uns so etwas an den Kopf, und dann willst du dich drücken?«

»Will ich gar nicht«, entgegnete ihre Mutter. »Ich kann nur nicht mehr.«

Rena aber ließ nicht locker, denn sie wollte, nein, sie musste jetzt alles genau wissen. »Wenn du aber Papa so sehr geliebt hast und ich das einzige Kind von ihm bin, dann sag mir bitte, warum du Viktoria oft so viel mehr zugetan warst als mir!«

Jetzt endlich zeigte ihre Mutter eine echte Regung. Renas Worte mussten sie sehr getroffen haben. Sie schluckte und sagte: »Weil sie nichts dafürkonnte. Sie war ein Opfer der Umstände. Sie war das Vögelchen, das einfach in mein Nest gelegt worden war.« Sie seufzte laut auf und schloss die Augen. »Entschuldigt mich jetzt.«

Aus ihrer Mutter war jetzt nichts mehr herauszubekommen. Hilka Gerdes hielt die Augen geschlossen und schien tief und fest zu schlafen.

Rena hatte Viktorias Hand noch immer nicht losgelassen. Es war momentan der einzige Halt, den sie hatten.

»Komm, Rena«, sagte Viktoria, als wäre ihre Mutter gar nicht anwesend. »Wir werden morgen wieder hier stehen. Jetzt sagt sie nichts mehr. Mama war schon immer stur. Ich muss hier raus und das erst sacken lassen.«

Sie griff nach der Ringschachtel und steckte sie in die Jackentasche.

»Vicki, wir finden heraus, wer dein Vater ist«, sagte Rena. »Wir beide gemeinsam.«

»Wir?«, fragte Viktoria. »Hast du wirklich wir gesagt?«

»Ja, wir sind doch Schwestern. So oder so.«

»Dann wohl eher so.«

Gemeinsam verließen sie das Krankenzimmer, begleitet vom Schnarchen ihrer Mutter. Sie, das einzig verbindende Glied zwischen ihnen.

*

Charlotte schaute entsetzt von ihrer Mutter zur Tante, dann wieder zu dem Ring, der wie eine Anklage mitten auf dem alten Eichenholztisch in der Küche lag. »Das kann doch gar nicht sein!«

»Doch, sie hat es so gesagt«, berichtete ihre Mutter. »Nur wissen wir nicht, wer der Vater von Tante Viktoria ist. Das wollte sie nicht mehr erzählen. Angeblich war Oma dazu zu müde. Sie möchte weiter ausholen, weil wir Dinge verstehen sollen.«

»Ob es ihr noch immer wehtut?«, überlegte Charlotte. »Dass es ihr deshalb schwerfällt, darüber zu sprechen? Sonst hätte sie den Namen des Mannes doch gleich nennen können und müsste kein solches Theater darum machen.« Sie kaute auf der Unterlippe und nickte dann bestätigend. »So wird es sein.«

Ihre Mutter wiegte zweifelnd den Kopf. »Es klang nicht so, als wäre ihr mit Viktorias Vater die ganz große Liebe begegnet«, sagte sie. »Mir scheint es eher so, als hätte sie ein ziemlich mieses Gewissen.«

Charlotte krauste die Nase. Das alles klang derart ungeheuerlich, dass sie es kaum fassen konnte. »Aber er hat ihr keine Gewalt angetan?«

»Auch das verneint sie«, sagte ihre Mutter. »Dahinter steckt etwas anderes. Wenn ich nur wüsste, was.«

»Wir finden es heraus«, versprach Charlotte. Ihr fiel auf, dass sich ihre Tante überhaupt noch nicht geäußert hatte. »Was meinst du?«

Viktoria zuckte mit den Schultern. »Momentan fehlen mir jegliche Vorstellungskraft und sämtliche Energien für das Thema. Meine Mutter hat mir soeben mein ganzes Leben vor die Füße gespuckt, und ich frage mich, welche Lügen es noch in der Familie Gerdes gibt. Ich fürchte, es ist nicht die einzige.«

Charlotte sah, dass ihre Mutter die Hand auf die ihrer Schwester legte. Eine vertraute Geste, die sie nicht erwartet hätte. »Es tut mir so leid«, sagte Rena.

»Was genau?«, fragte Viktoria. »Dass du die einzige Tochter von Papa bist? Dass ich nun vollends in die Rolle des schwarzen Schafs abdrifte? Oder dass du mich mit deiner Kälte dazu gebracht hast, die Brücken hier endgültig einzureißen?«

»Alles«, antwortete Rena. »Es betrifft ja nicht nur dich. Wir sind mit einer Lüge aufgewachsen, die von sämtlichen Seiten genährt und bestätigt wurde. Und doch haben wir wohl gewusst, dass etwas nicht stimmt. Ich fand es im Krankenzimmer richtig greifbar.«

»Ja, die Luft war plötzlich derart zum Schneiden, dass ich das Gefühl hatte, ohne das geöffnete Fenster ersticken zu müssen«, bestätigte Viktoria. »Und es war seltsam, weil ich es in der Tat so empfunden habe, wie du sagst. Die Fremdheit, die Lüge. Das Falsche, was in der Familie jegliche Nähe verhindert hat.«

»Deshalb musstet du gehen. Mir kommt es vor, als würde ich jetzt endlich begreifen, was passiert ist.«

Viktoria antwortete nicht, aber ihr Kinn zitterte so heftig, dass es aussah, als würde sie mit den Tränen kämpfen. Plötzlich wirkte sie nicht mehr wie eine Siebzigjährige, sondern wie ein kleines Mädchen, das die Welt nicht verstand. Es ist wohl besser, sie erst einmal in Ruhe zu lassen, dachte Charlotte und griff nach dem Ring.

Charlotte drehte und wendete den Ring zwischen den Fingern und schaute ihn genauer an. Er hatte einen Schliff, und in der Mitte prangte ein weißer, glitzernder Stein.

»So schön!«, sagte sie und drehte ihn ein weiteres Mal zwischen den Fingern. Dieses Schmuckstück hatte etwas Fesselndes. Im Licht der Küchenlampe schien das Silber regelrecht zu funkeln, und es kam Charlotte vor, als wollte der Ring die Geschichte der Großmutter zu Ende erzählen. Wenn er nur könnte und man ihn ließe.

Rena nahm ihn ihrer Tochter aus der Hand und hielt ihn ebenfalls ins Licht. »Er ist so wunderschön, ich kann die Augen fast nicht von ihm wenden. Er hat eine Magie, findest du nicht?«

Charlotte nickte, doch sie beobachtete weiterhin, wie ihre Tante mit unbewegtem Gesicht am Tisch saß und so tat, als ginge sie das alles überhaupt nichts an.

»Ob Viktorias Vater überhaupt von seiner Tochter weiß?«, fuhr Charlottes Mutter in ruhigem Tonfall fort.

»Er hätte sich doch bestimmt mal gemeldet, wenn er Kenntnis gehabt hätte.«

»Er hat den Ring hinterlassen«, widersprach Charlotte.

»Der war bestimmt für Oma gedacht, und sie hat ihn so lange unter Verschluss gehalten, bis sie sich jetzt entschlossen hat, doch die Wahrheit zu sagen«, schaltete sich nun Viktoria ein.

»Kann sein«, gab Charlotte zu. »Wir werden ihn wahrscheinlich nicht mehr fragen können, bestimmt lebt er nicht mehr. Die wenigsten Menschen werden so alt wie Oma.«

Ihre Mutter legte den Ring zurück in die Schachtel und trommelte anschließend mit den Fingerspitzen auf dem Tisch herum. »Ich kann es wirklich kaum fassen. Unsere heile Familie …«, sagte sie voller Ironie. »Alles Lug und Trug.«

»Es gab diese Bilderbuchfamilie schon vor Mutters Offenbarung nicht. Du hast dir lange was vorgemacht, Rena«, unterbrach Viktoria sie schroff. »In dieser Mühle stimmt doch nicht einmal die Einrichtung, weil sie keinen durchgängigen Stil und keine Linie hat. Alles ist zusammengesammelt von den vielen Betreibern, die sich hier seit Mitte des 18. Jahrhunderts aufgehalten haben. Das wirkt sich auch auf die Menschen aus, die hier leben. Und es hat uns geprägt. Diese Haltlosigkeit. Die mangelnde Orientierung. Das Durcheinander, das zwar äußerlich geordnet wirkt, aber eigentlich ein komplettes Sammelsurium ist.«

Charlotte zuckte zusammen, denn es stimmte, was ihre Tante sagte. Sie hatte die Situation auf den Punkt gebracht. Genau das entsprach der Realität. Und es stimmte noch viel mehr nicht. Doch wieder wagte sie nicht, das laut auszusprechen.

»Alles Äußerlichkeiten«, wehrte Rena ab.

Viktoria ließ sich nicht beirren. »Das sehe ich etwas anders, Schwesterchen. Diese düstere und zusammengesammelte Einrichtung ist ein Sinnbild dafür, wie das Leben in der Groote Mühle ist. An Altem festhalten. Nichts verändern und mit den wuchtigen Möbeln alles Schadhafte dahinter zustellen. Aus den Augen, aus dem Sinn.«

»Jetzt übertreibst du!«, brauste Rena auf. Charlotte war kurz davor, schlichtend einzugreifen, aber Viktoria ließ sich nicht beirren.

»Rena, wach auf! Hast du dir nie Gedanken darüber gemacht, warum weder du noch ich verheiratet sind und wir es nie hinbekommen haben, auch nur eine Beziehung anständig zu führen? Wir sind stets an uns selbst gescheitert. Daran hat auch meine Flucht nichts ändern können. Und Jochen? Das wäre vermutlich so oder so in die Hose gegangen.«

Bei der Wortwahl ihrer Tante musste Charlotte grinsen, weil es gar nicht zu ihr passte, wenn sie derart salopp daherredete. Andererseits geriet sie ins Grübeln.

Viktoria war aufgesprungen und lief mit großen Schritten in der Küche auf und ab. »Rena, das ist kein dummer Zufall, und es ist auch kein Schicksal. Wir leben so, weil wir alle drei, nicht nur ich allein, keinen Boden unter den Füßen haben, sondern eine Handbreit darüber schweben. Weil unsere eigene Mutter mit ihrer Lüge verhindert hat, dass wir uns erden können.«

Rena gab ein müdes Krächzen von sich. »Immerhin hat Mutter *dich* ständig nach Strich und Faden verwöhnt. ›Weil du ja nichts dafürkannst‹«, äffte sie Hilkas Stimme nach.

Das war zu viel für Charlotte. Mit der flachen Hand

schlug sie auf den Tisch. »Und was ist mit *mir*?«, entfuhr es ihr. Sie glaubte mit einem Mal zu platzen. All ihre angestauten Gedanken mussten heraus, jetzt, wo sich ein winziges Loch in dem prallen Schlauch der heruntergeschluckten Wünsche und Träume aufgetan hatte. Nur ein winziges Loch, aus dem sich erst nur kleine Perlen drückten, die aber mit jeder Sekunde größer wurden, bis ein großer Riss entstand und ihre Worte herausschießen ließ. »Tante Vicki hat doch recht. Ich klammere mich an dieses alte Gemäuer, weil ich mich unglaublich verantwortlich fühle, obwohl ich so gern etwas anders gemacht hätte.«

Ihre Mutter wurde blass. »Charlotte! Ich dachte… ich dachte, du möchtest dieses Erbe erhalten. Ich habe geglaubt, du liebst, was du hier tust!«

Charlotte schluckte und überlegte, wie sie deutlich machen konnte, was sie bewegte. »Ich bin hin- und hergerissen. Ja, ich liebe die Groote Mühle… weil sie das Einzige ist, was ich gut kenne… weil sie ein Fixpunkt für mich ist. Aber ich hatte auch andere Träume. Wäre gern verreist, hätte was von der Welt gesehen – und ich hatte mir gewünscht, mal in der Stadt zu leben. Dort in einer großen Firma im Büro Verantwortung zu haben und nicht bei einem Rechtsanwalt nur Akten zu sortieren und Briefe zu tippen. Oder nach Feierabend Brote zu backen. Zum Glück habe ich jetzt Lutz«, ergänzte sie abschließend.

Rena hielt sich die Ohren zu. »Verdammt noch mal! Ich will das nicht hören. Vorwürfe! Dieses Selbstmitleid wegen irgendwelcher ungelebter Träume! Dann hättest du es eben tun sollen! So wie ich mit jeder Faser meiner Seele für diese Mühle da war, hättest du dein vermeintlich besseres Leben ja führen können. Hast du aber nicht! Und nun gib weder Mutter noch der Einrichtung die Schuld daran!«

Sie rannte hinaus und knallte die Tür mit Wucht hinter sich zu.

Viktoria schaute ihrer Schwester mit nach oben gezogenen Brauen hinterher. »Das sehe ich vollkommen anders«, sagte sie. »Diese Mühle hat keine gute Aura. Jeder, der hierbleibt, der hier lebt, passt sich dem Gemäuer und Interieur an – und bleibt gefangen. Das haben wir alle erlebt. Rena will es nur nicht wahrhaben.«

Ihre Schwester riss die Küchentür wieder auf und funkelte Viktoria böse an. »Was redest du denn so geschwollen?«, fuhr sie sie heftig an.

Charlotte brach der Schweiß aus, sie fürchtete, die beiden könnten sich in ihrem Alter tatsächlich noch prügeln. Sie standen sich nämlich wie zwei Furien gegenüber und taxierten sich.

Viktoria fand als Erste die Sprache wieder, was dazu führte, dass die Aggression abflaute. Die Haltung der beiden Frauen entspannte sich.

»Ich rede nicht geschwollen«, verteidigte Viktoria sich. »Ich fasse nur zusammen, was ich all die Jahre gespürt habe. Es war nicht nur das Fremdsein in der eigenen Familie. In dieser Mühle fehlt … das Leben! Und das weißt du genauso wie ich und deine Tochter. Leben kann man nämlich nur, wenn man auch Freude empfindet und wenn man frei von Altlasten ist. Und das ist keine von uns. Jetzt wissen wir aber wenigstens, warum es sich so verhält.«

»Mach mal halblang«, empörte sich Rena. »Wir haben doch ein schönes Leben gehabt, und Mama hat alles stets zusammengehalten. Papa war nach dem Krieg nicht einfach. Ich glaube, er hat viele Dinge erlebt und nie verwunden. Heute weiß jeder, welche Traumata der Krieg in den Männern ausgelöst hat.«

Viktoria zog die Brauen hoch. »Vater war oft viel zu streng und beharrlich, aber er mochte mich aus unerfindlichen Gründen. Deshalb schließe ich daraus, dass er nicht wusste, welches Kuckuckskind er großzog.«

»Vermutlich nicht«, räumte Rena ein.

»Ich stelle mir aber auch die Frage«, fuhr Viktoria fort, »ob Vater je anders war oder ob der Krieg seine Charakterschwächen nur verschlimmert hat. Und doch habe ich ihn trotz allem so geliebt!«

»Er war immer für uns da, auch wenn er uns nie in den Arm genommen hat. Er war eben kein Mann zum Schmusen«, meinte Rena nachdenklich.

»Vater hat dafür gesorgt, dass wir zu essen und zu trinken und ein Dach über dem Kopf hatten. Alles andere fiel ihm schwer«, gab Viktoria zu. »Vermutlich, weil er gar nicht anders konnte. Verletzt. Geprügelt. Betrogen und traumatisiert. Bingo! Weil wir es so erlebt haben, war es für uns vermutlich schwer, sich wirklich auf eine richtige Familie einzulassen.«

Die drei starrten sich stumm an.

»Mama hat aber von einem anderen Tjade gesprochen«, brach Rena das Schweigen. »In ihren Erzählungen war er umsichtig und liebevoll. Er muss sich im Laufe der Jahre arg verändert haben.«

Viktoria lachte auf. »Ich weiß nur, dass in der Mühle und in der Familie alles nach seinem Gutdünken ablaufen musste.« Sie kratzte sich am Kopf. »Rena, er muss von mir gewusst haben!«

»Warum?«

»Weil er nicht dumm war. Er konnte es sich ausrechnen.«

Rena schüttelte den Kopf. »Oder er war kurz zuvor in Neumöhlen, und Mutter hat behauptet, du seist von ihm.«

»Auch möglich«, sagte Viktoria bestimmt. »Mit einem Kuckuckskind wäre Mama von den Leuten hier zerfleischt worden.«

»Schluss jetzt«, fuhr Charlotte dazwischen. »Verdammt! Ich will heute nichts mehr von Lug und Betrug hören! Nichts von falschen Vätern oder Häusern mit miesem Karma. Fragt Oma morgen, sie wird es euch genau sagen können. Mutmaßungen führen uns kein bisschen weiter.«

Ihre Mutter und Viktoria stimmten Charlotte wider Erwarten zu.

»Danke. Ich muss das alles erst verdauen und werde ein Stück laufen. Ihr zwei solltet euch allerdings besser aus dem Weg gehen.«

Viktoria nickte. »Das ist eine gute Idee. Wir schauen morgen, was Mutter berichtet. Jetzt reicht es erst einmal! Ich glaube, wir sind gerade hoffnungslos überfordert.«

Charlotte griff zu ihrer Strickjacke, die sie vorhin über die Stuhllehne gelegt hatte. »Ich mach mich dann vom Acker. Bis morgen erbitte ich mir Waffenstillstand.«

Sie verließ die Küche, und als sie im düsteren Flur stand, sah sie die gediegene Einrichtung plötzlich mit Viktorias Augen. Die Kirschbaumkommode, den dunklen Eichenschrank und die Bilder an der Wand, von denen sie die toten Verwandten in dunkler Kleidung anstarrten, als wären sie Krähen auf der Suche nach Nahrung.

Nein, sie wollte jetzt nicht mehr nachdenken. Auf keinen Fall.

Tjade saß mit Hermann und den anderen Kameraden im Soldatenheim. In der Einheit herrschte Unruhe, weil es abzusehen war, dass die gemächlicheren Tage sich dem Ende zuneigten. An der Front tat sich was, und sie würden nicht länger verschont bleiben. Dafür hatten die Soldaten einen Riecher. Zu oft hatten sie schon andere Informationen bekommen, und dann war doch das eingetreten, was sie insgeheim befürchtet hatten.

Es waren die Blicke der Offiziere, der verschärfte Ton, aber auch die Tatsache, dass sie plötzlich nicht mehr auf die Wache mussten, sondern von einem Tag zum nächsten eine andere Einheit mit frischen Reservisten anrückte, die diese Aufgabe übernahm.

»Wir werden verlegt.« Dietmar kratzte sich am Kopf, so wie er es immer tat, wenn er unruhig wurde. »Kein Zweifel.«

Tjade gab ihm recht, und auch ihm war mulmig zumute. In erster Linie, weil die Führung so geheimnisvoll tat. Das bereitete ihm mehr Kopfzerbrechen als die Tatsache, erneut verlegt zu werden.

»Sie können doch sagen, wohin es geht«, meinte Tjade, aber vermutlich wussten es die Offiziere nicht einmal selbst. Oder wollten sie Panik unter den Männern vermeiden, weil es nach Russland ging? Dort, wo keiner hinwollte? Noch verhielt sich alles still. Die Soldaten vertrieben sich die Zeit mit Kartenspielen und rätselten dabei weiter, wohin die Reise fortan gehen würde.

»Nach Polen.« Dietmar stellte die erste Mutmaßung an, dass sie die Einheit doch Richtung Osten schicken würden. Er warf ein Ass auf den Stapel und bekam den Stich.

»Was sollen wir in Polen, wo wir doch einen Pakt mit Russland haben«, erwiderte Tjade, doch schon während er es aussprach, wusste er, dass er sich in seiner Hoffnung, nicht dorthin zu müssen, etwas vormachte. Er mischte die Karten neu und teilte sie aus.

»Ich glaube, es geht nach Afrika.« Manfred gähnte. »Die Italiener brauchen bestimmt Hilfe. Und da kommt ihnen die glorreiche deutsche Armee genau richtig.«

Es fielen noch etliche andere Ziele, einer behauptete sogar, sie würden bestimmt zum Mond verlegt werden. Diese Aussicht hob die Stimmung etwas – über Unmöglichkeiten zu witzeln, nahm die Angst. Aber es war und blieb ein Rätselraten.

Ende März hieß es dann tatsächlich packen, doch noch immer sagte keiner, wohin es sie verschlagen würde. Nur musste es offenbar schnell gehen, sie wurden zu großer Eile angetrieben.

Tjade wusste nicht, ob er sich darauf freute, dass etwas Abwechslung in den stupiden Alltag, der sich gleichförmig wie ein Rad drehte, kam, oder ob er sich doch fürchtete. Er wollte nicht wieder schießen. Er wollte keine Kameraden mehr fallen sehen. Aber er wollte auch keine Däumchen mehr drehen. Eigentlich wollte er nur noch nach Hause.

Seinen Mitstreitern schien es ähnlich zu gehen. Weder Manfred noch Dietmar rissen ihre üblichen Witze.

Mit gemischten Gefühlen bestiegen die Männer den bereitgestellten Güterzug, der etwa vierzig Waggons führte und zunächst gemächlich loszuckelte.

Und endlich kam die Mitteilung, wohin sie fuhren. »Es geht gen Osten«, schnarrte der Offizier und bestätigte damit die schlimmsten Befürchtungen.

»Der Osten ist groß«, meinte Manfred, aber keiner

wollte seine Hoffnung teilen, dass es vielleicht doch nicht so weit weg gehen würde.

Tjade schloss die Augen und versuchte, ruhig zu bleiben. Sie fuhren definitiv in die falsche Richtung. Er musste doch nach Norden. Zu Hilka. Stattdessen brachte ihn dieser ratternde Zug immer weiter von seiner Frau fort. Es war lange her, dass sie Feldpost bekommen hatten und Hilka ihm geschrieben hatte. Er liebte jedes ihrer Worte und hütete die Post wie einen wertvollen Schatz. Leider hatte seine Frau in der Hochzeitsnacht nicht empfangen. Das stimmte ihn angesichts dieser Verlegung ins Ungewisse trübsinnig. Wenn ihm etwas zustieß, würde er nichts hinterlassen. Keinen Sohn. Keine Tochter. Nichts als die Erinnerung, die eines Tages verblassen würde.

Das ratternde Lied des Zuges sang seine eigene Melodie, und die klang nach Ferne und Trennung, nicht nach Nähe und Liebe. Sie durchquerten Ulm, fuhren weiter an der Donau entlang über Ingolstadt, Regensburg, Passau in Richtung Wien und nach Rumänien.

»Da bringt ihr der Armee mal bei, wie ein moderner Krieg geführt wird!«, bekamen sie zu hören. »Der deutschen Truppe wird Respekt entgegengebracht, denn wir wissen, wie man einen Krieg gewinnt!«, sagte der Kommandeur. Tjade mochte es nicht, wenn er so sprach. Es war arrogant, überheblich und der Sache nicht angemessen.

Nur blieb ihm nichts anderes übrig, als sich zu fügen. Stillgestanden. Salutieren und Hacken zusammenschlagen. Tjade hatte das Geräusch nachts im Ohr. Es klang wie ein Schuss.

Acht Tage lang wurden sie durch halb Europa geschaukelt, bis sie in Craiova in Rumänien ankamen.

Dort erhielten sie wieder Feldpost. Tjade hätte vor

Freude tanzen können, als er den Brief von Hilka in den Händen hielt. Er beeilte sich, seine Aufgabe, die darin bestand, mit Hermann die Feldbetten in den Zelten aufzubauen, schnell und sorgfältig zu verrichten, damit er den Brief schon bald und ganz in Ruhe lesen konnte.

Es kamen auch Mädchen, die ihnen ihre Körper für wenig Geld anboten. Ein paar der Soldaten nutzten es sofort, aber Tjade zückte den Brief und verkroch sich damit im Schlafsack. Er nahm die Taschenlampe und begann Hilkas Zeilen zu lesen. Sein Lebenselixier. So weit weg von zu Hause. So allein in diesem Land, in dem nicht nur die Sprache fremd war.

Mein liebster Tjade,
ich grüße dich aus Neumöhlen, wo noch immer alles seinen Gang geht. De Möhlen dreiht sük, wie du weißt. Ich denke oft an jene Stunden unserer gemeinsamen Nacht und daran, wie gern ich jetzt einen kleinen Tjade unter dem Herzen tragen würde. Ach, ein Mädchen wäre aber auch schön. Hauptsache etwas von dir. Beim nächsten Fronturlaub klappt es bestimmt. Ich bin voller Zuversicht. Der Krieg wird bald vorbei sein, da sind sich alle sicher.
So erwarte ich dich freudig.
Herzlich und in Liebe
Deine Hilka

Tjade drückte den Brief an seine Brust und las ihn noch einmal. Und noch einmal. Der nächste Fronturlaub war so weit weg. Er wusste nicht, wann er ihn bewilligt bekäme. Erst einmal ging es weiter fort, denn er war sicher, dass sie nicht in Rumänien bleiben würden.

Tjade nahm den Bleistift aus der Jackentasche, griff nach seinem Block und schrieb.

Liebste Hilka,
wir sind erst einmal gen Osten verlegt worden, und wir werden bestimmt weiterfahren. Deshalb wird es mit meinem nächsten Urlaub wohl leider noch lange dauern. Aber auch ich kann das Wiedersehen kaum erwarten. Ich rieche und schmecke dich noch und weiß, dass wir uns bald erneut in den Armen liegen werden.
In Liebe
Dein Tjade

Er war kein Mann der großen Worte, und seine Gefühle auf dem Papier auszubreiten, fiel ihm schwer. Aber er wusste, dass Hilka ihn auch so verstand und diesen Brief in Ehren halten würde. So wie auch er die ihren. Er steckte seine Post in den Umschlag, um sie morgen aufgeben.

Hilkas Brief aber nahm er zusammengerollt in die Hand und schlief mit ihrem Duft im Herzen ein.

In der Nacht stand Tjade noch einmal auf und nahm Hilkas Bild in die Hand. Er musste ihre Post und das Foto schützen, niemals könnte er es sich verzeihen, wenn beides Schaden nahm. Und er hatte auch schon eine Idee, was er tun könnte.

Kapitel 5

Hilka erwachte, weil sie auf dem Gang eilige Schritte hörte. Sie schaute zum Wecker, doch es war noch dunkel. Vermutlich war es kurz vor sechs, und im Krankenhaus kam die Frühschicht zum Dienst.

Es wurde Zeit, dass sie sich wusch. Zu Hause war sie auch immer um diese Zeit wach und begann mit dem Tagwerk. Niemals durfte man ruhen, denn in der Landwirtschaft und in der Mühle war stets genug zu tun.

Hilka reckte sich nach der Klingel und drückte auf den roten Knopf. Kurz darauf steckte die Nachtschwester ihren Kopf ins Krankenzimmer. Inge hieß sie. Das hatte Hilka sich gemerkt.

»Was ist, Frau Grotkopp?«

»Ich möchte aufstehen und mich waschen. Bitte machen Sie Licht!«

»Die Frühschicht wird Ihnen helfen. Jetzt machen wir die Übergabe. Bitte gedulden Sie sich etwas.«

»Ich möchte mich anziehen«, beharrte Hilka. »Heute ist ein bedeutender Tag, weil meine Töchter kommen werden und ich ihnen ein paar wichtige Dinge zu sagen habe.«

Schwester Inge seufzte. »Sie haben aber noch Bettruhe und dürfen nur in Begleitung kurz aufstehen. Bitte warten Sie eine halbe Stunde, dann kommt Schwester Birgit und wird sich um Sie kümmern.«

»Ich möchte aber jetzt!« Hilka fehlte die Geduld, darauf zu warten, dass ihre Bedürfnisse sich dem Klinikalltag unterordnen sollten.

Die Nachtschwester reagierte genervt und rollte mit den Augen. »Frau Grotkopp! Ihre Töchter werden bestimmt nicht soo früh kommen. Sie haben auf jeden Fall Zeit genug!«

Auf diese Weise kam Hilka nicht weiter und beschloss einzulenken. »Gut, dann machen Sie aber bitte wenigstens das Licht an!«

»Das kann ich tun. Und versprochen, Sie sind die Erste, die versorgt wird.« Die Nachtschwester drückte den Lichtschalter und schloss die Tür.

»Ich kann mich auch allein waschen«, murmelte Hilka trotzig. »Außer hier im Krankenhaus hat mir noch nie jemand dabei geholfen. Noch nie! Und das will ich auf meine alten Tage auch nicht einführen.«

Hilka schlug die Decke beiseite und kletterte aus dem Bett. Das war nicht so leicht, denn es war viel zu hoch für ihre kurzen Beine. Aber sie stand und hielt sich an ihrem Infusionsständer fest. Immerhin hatte sie keinen Katheter mehr, was ihr die Mobilität erleichterte.

Es dauerte etwas, ehe sie das Gefühl von festem Halt hatte, und so taperte sie, immer mit der linken Hand an der Wand entlang, zur Waschecke. Sie war froh, in einem Einzelzimmer liegen zu dürfen.

»Wahrscheinlich haben sie keinen Pfifferling auf mein Leben gegeben und dachten, ich mach mich in Kürze vom Acker – zu Recht!« Sie grinste. »Aber ich bin wieder da und habe vor, noch ein Weilchen zu leben. Schließlich gibt es noch was zu erledigen.«

Hilka hatte das Waschbecken erreicht und ließ sich schnaufend auf dem Toilettenstuhl nieder, wo sie sich zunächst erleichterte. Das wäre schon mal geschafft. Den Rest würde sie ebenfalls hinbekommen. Da hatte sie schon schwierigere Aufgaben gemeistert. Hilka spülte zuerst den Mund aus und glättete das Haar. Sie hatte sich stets erfolgreich dagegen gewehrt, es abschneiden zu lassen, und ließ den dünnen Zopf nachdenklich durch die Finger gleiten. Hübsch war etwas anderes, da hatte Rena recht. Ihre Tochter lag ihr schon länger in den Ohren, doch endlich mal zum Friseur zu gehen. Wieder zu Hause würde sie das tatsächlich mal tun.

»Weg mit den alten Zöpfen«, murmelte Hilka. Immerhin wollte sie in den nächsten Tagen in ihrem Leben aufräumen, und da konnte auch schon mal solch dünnes Gebilde verschwinden, was doch nur ein Relikt aus alten Zeiten war.

Hilka griff nach dem Waschlappen und wusch sich mit ihrem Stück Seife überall dort, wo sie hinkam. Am Ende fand sie sich einigermaßen vorzeigbar für ihre Töchter. Nun fehlte nur noch das Frühstück, und sie konnte ihre Erzählung fortsetzen, denn Hilka war absolut sicher, dass ihre beiden Mädchen sehr früh kommen würden. Immerhin hatte sie ihren Bericht gestern an einem markanten Punkt unterbrochen.

Sie war im Begriff, sich zurück ins Bett zu begeben, als es klopfte und Schwester Birgit eintrat.

»Frau Grotkopp! Was machen Sie denn da?«, rief sie entsetzt. »Sie dürfen doch gar nicht allein aufstehen!«

»Ich darf, was ich will!«, brach es aus Hilka heraus. Ihr wurde schwindelig. Mit zittrigen Händen suchte sie Halt an der Wand. »Das bestimme ich noch immer allein«, krächzte sie.

Sie klang trotzig wie ein kleines Mädchen. Es setzte ihr zu, dass im Augenblick fremde Menschen über ihr Leben bestimmten. Ihr schien es wichtig, ihre Unabhängigkeit noch einmal zu betonen.

Schwester Birgit sprang ihr sofort zur Seite. »Nun ist es ja zu spät, aber es wäre für Ihre Genesung besser, Ihre Unternehmungen mit uns abzusprechen. Schließlich wollen wir Sie nicht ärgern, sondern dafür Sorge tragen, dass Sie, so schnell es geht, wieder in Ihre Mühle zurückkehren können.«

Das war eine klare Ansage, und Hilka beruhigte sich ein wenig. »Gut, ich stimme das zukünftig mit Ihnen ab.«

Schwester Birgit lächelte. »Dann jetzt Abmarsch ins Bett, damit Sie ausgeruht sind, wenn Ihre Töchter kommen.«

Die Pflegerin bugsierte Hilka vorsichtig zurück. Schwester Birgit schüttelte Decke und Kissen auf und prüfte, ob Hilka gemütlich lag.

»So ist es besser«, sagte sie. »Ich bringe Ihnen gleich das Frühstück, dann sind Sie richtig gestärkt. Ihre Beine haben eben heftig gezittert.«

Hilka ruckelte sich noch ein bisschen zurecht. »Ja, dann bin ich in der Lage, alles Wichtige zu erledigen. So schnell kann ich nicht sterben, ich bin noch nicht fertig mit dem Leben.«

»Dann passen Sie lieber gut auf sich auf. Einen Herzinfarkt sollten Sie keinesfalls auf die leichte Schulter nehmen. Schon gar nicht in Ihrem Alter.«

Hilka fiel ihr ins Wort. »Das mach ich schon, meine Liebe. Ich möchte nur manierlich aussehen, wenn ich regle, was zu regeln ist.« Sie schloss die Augen.

Schwester Birgit strich Hilka übers Haar, ging auf das Gesagte aber nicht ein. »Ich messe jetzt den Blutdruck, und sobald der Frühstückswagen kommt, kann es losgehen. Wieder warme Milch dazu?«

»Ich bitte darum!« Hilka schaute auf den Wecker. Hoffentlich ließen ihre Töchter nicht allzu lange auf sich warten.

*

Viktoria hatte schlecht geschlafen, obwohl sie diese schreckliche Uhr angehalten hatte, damit sie nicht jede halbe Stunde von deren Schlagen aus ihren Träumen geweckt wurde. Hilfreich war es dennoch nicht gewesen, denn die Stille hatte alles wie tot wirken lassen – und das war auch nicht besser.

Sie lag seit vier Uhr wach, und ihr Gedankenkarussell kreiste. Mal schnell, mal langsam – es war aber nicht zu stoppen. Wie auch, dachte sie. Da knallt einem die eigene Mutter so etwas an den Kopf und verfällt an der entscheidenden Stelle in Schweigen.

Viktoria hatte kein gutes Gefühl und wünschte, sie wäre in ihrem geliebten England geblieben. Weit weg von allen Schwierigkeiten in Neumöhlen.

Sie sollte ihren Traum wahr machen und ganz nach Großbritannien übersiedeln. Verwirklichen, was ihr schon so lange vorschwebte und was sie ständig auf die lange Bank geschoben hatte, obwohl klar war, dass sie es eines Tages tun würde.

»Jetzt ist ein guter Zeitpunkt für Veränderungen«, flüsterte Viktoria. »Jetzt, wo ich erfahre, dass mein Vater gar nicht mein Vater ist. Auch wenn ich Tjade Grotkopp, so schwierig er auch gewesen war, noch immer liebe. Er war ein Charakter, der stets das durchgesetzt hat, was er für richtig hielt. Aber im Grunde war er ein feiner Mensch. Zuverlässig und beständig. Sein Wort galt. Immer und überall.«

Viktoria fiel es schwer, sich vorzustellen, dass ihre Mutter eine Affäre hatte. Mit einem Mann, der ihr scheinbar so wichtig war, dass sie ihren geliebten Tjade betrogen hatte. Ihre Eltern waren eine eingeschworene Gemeinschaft gewesen, und es hatte nie den Anschein gehabt, als wäre ihre Zuneigung nur gespielt. Etwas passte nicht zusammen, nur wusste Viktoria einfach nicht, was es war.

Sie wollten dich schützen und haben ein Theaterstück inszeniert, resümierte sie. Das musste es sein. Wenn sie ein uneheliches Kind war und sich das ins Neumöhlen herumgesprochen hätte, wäre es nicht nur für ihre Mutter ein Spießrutenlauf gewesen, sondern auch sie wäre als kleines Mädchen durch die Hölle gegangen.

Viktoria dachte an Hinnerk, der nie mitspielen durfte, weil er ein Hurenkind war. Seine Mutter Andrea hatte sich von einem der Besatzer schwängern lassen, und es gab keinen in Neumöhlen, der sich darüber nicht das Maul zerriss. Seine Mutter galt als Kanadierschlampe, denn Neumöhlen war nach dem Krieg zunächst in kanadischer Hand gewesen. Viel wusste Viktoria davon allerdings nicht.

Jetzt aber hatte sie den Rotschopf mit den Kniebundhosen und den Segelohren genau vor Augen. Seine aufgeschlagenen Knie, wenn er wieder von der Meute mit Ästen in der Hand durchs Dorf getrieben worden war.

»Kanadierkind.«

»Bastard!«

»Schlampenkeerl!«

Viktoria selbst hatte sich auch an den Verfolgungsjagden beteiligt, weil es für sie als Kinder lustig gewesen war, einen Sündenbock zu haben, an dem sie all ihren Frust abladen konnten. Viel zu lachen gab es ja nicht. Und so hatte sich der Hass der Neumöhlener Kinder einzig über Hinnerk ergossen. Eines Tages war er mit seiner Mutter fortgezogen.

Und da hatte es noch Willi gegeben. Der stammte angeblich von einem Zwangsarbeiter. Niemand wusste, ob das stimmte, denn das hätte den Tod des Mannes nach sich gezogen und der Frau wären unter Hitler die Haare geschoren worden. Aber das Gerücht hatte sich auch nach dem Krieg hartnäckig gehalten. Willis Mutter hatte sich kurz nach der Kapitulation das Leben genommen, als ein paar Leute ihr faule Äpfel an die Scheibe geworfen und die Hauswand beschmiert hatten. Der Junge war in Varel im Waisenhaus gelandet.

Viktoria schluckte. Jetzt musste sie feststellen, dass sie selbst ein Hurenmädchen war. Wer auch immer ihre Mutter geschwängert hatte. Wer wusste, vor welchem Schicksal sie ihre Eltern mit der großen Lüge bewahrt hatten.

Ich sollte sehr dankbar sein, schoss es Viktoria durch den Kopf. Ihr Vater hatte Größe bewiesen und sie und ihre Mutter geschützt. Weil er Hilka liebte. Und sie, die kleine Vicki, die doch für all das nichts konnte. So wie Mama es gestern gesagt hatte.

»Aber es ist kein Wunder, dass er oft so rechthaberisch und unbeherrscht war. Die Ursache lag nicht nur im Krieg. Irgendwo musste wohl auch seine Wut hin.«

Viktoria fragte sich, warum sie und Rena eigentlich so wenig vom Leben ihrer Eltern wussten.

»Weil jede Frage von vornherein unbeantwortet geblieben ist«, gab sie sich selbst die Antwort, während sie in den Spiegel schaute und das kurze graue Haar zurechtzupfte. Es musste heute nicht gewaschen werden. »Ich weiß nichts vom Krieg, nichts von dem danach. Nur das, was Mama bislang preisgeben hat, und das war dann vermutlich nur ein Schauspiel.«

Viktoria ging ins Bad, duschte und begab sich in die Küche, wo das Frühstück schon auf dem Tisch stand. Von Rena und Charlotte fehlte jedoch jede Spur. Viktoria belegte ein Stück Schwarzbrot und beschloss, auf den Dachboden zu gehen und zu schauen, was ihre Mutter all die Jahre über dort aufbewahrt hatte. Es war nicht ihre Art zu schnüffeln, aber der Zweck heiligte die Mittel. Über Nacht war alles anders geworden.

Sie ließ sich kaum Zeit, zu frühstücken, weil die Neugierde immer stärker wurde. Sie trank die Tasse Kaffee aus und erklomm die alte Treppe zum Dachboden. Hier oben hatten auf halber Höhe früher die beiden Mägde ihre Kammern gehabt.

Viktoria stieß die erste Tür auf und musste niesen, weil ihr eine dicke Staubwolke entgegenkam. In diesem Raum war ewig keiner mehr gewesen, und er war mit Gerümpel vollgestellt. Auf dem alten Bett türmten sich zerbrochene Stühle und Planen, aus der Truhe daneben lugten Schuhe heraus. Die Tür vom Kleiderschrank, in dem alte Mäntel auf Holzbügeln hingen, stand offen, aber hier war nichts zu entdecken, was Viktoria auch nur einen Schritt weiterbringen würde.

Mit der nächsten Kammer verhielt es sich ebenso.

»Also auf zum großen Dachboden, mit etwas Glück finde ich dort etwas«, beschloss Viktoria und nahm die letzten Stufen.

Ihre Augen mussten sich zuerst an das Dunkel gewöhnen, doch dann zeichneten sich die Konturen deutlich vor ihr ab. Mächtige Truhen standen aufgereiht an der Wand, alte Eichenschränke beherbergten Bekleidung von allen Generationen, die ihre Zeit in der Groote Mühle verbracht hatten. Sie arbeitete sich weiter von Kiste zu Kiste, von Schrank zu Schrank.

Schließlich stand sie vor einer Truhe und hatte sofort das Gefühl, etwas Verbotenes zu tun, als sie den Deckel anhob und der einen quietschenden Ton von sich gab.

Vor ihr türmten sich alte Fotoalben, die sie noch nie zu Gesicht bekommen hatte. Viktoria nahm das oberste vom Stapel und schlug es auf. Ein muffiger Geruch quoll ihr entgegen, und die Fotos waren arg vergilbt.

Sie blätterte darin herum und versuchte, die einzelnen Gesichter zuzuordnen. Bei einigen gelang es ihr problemlos, bei anderen wusste sie nicht, um wen es sich handelte. Es rächte sich jetzt, dass sie sich nie für die bereits verstorbene Verwandtschaft interessiert hatte.

»Bestimmt hätte es mir jetzt weitergeholfen«, murmelte sie, nur nützte das Bedauern nichts.

Plötzlich stutzte Viktoria, denn ein Foto zeigte einen jungen Mann neben ihrer Mutter. Er wirkte ärmlich gekleidet, und sein Haar stand wirr in alle Richtungen ab. Hilka und er lächelten sich so liebevoll an, dass man kein Psychologe sein musste, um die Verbundenheit zwischen ihnen zu erkennen. Sie waren mindestens Freunde – wenn nicht mehr.

Viktoria nahm das Foto heraus und drehte es um. Auf der Rückseite stand mit krakeliger Schrift:

Tomasz und Hilka beim Heumachen.

Sie runzelte die Stirn und schüttelte den Kopf. Diesen Namen hatte sie tatsächlich noch nie gehört. Sie konnte sich an keine Erzählung erinnern, in der dieser Name gefallen war. Viktoria schaute noch einmal genau hin. Nein, sie hatte sich keineswegs getäuscht: Ihre Mutter und Tomasz mochten sich. Aber wer zum Teufel war dieser Mann? Ihr Vater?

Akribisch suchte sie nach einer Ähnlichkeit. Doch sie fand nichts. Sie schloss die Augen und legte die Spitze des Zeigefingers auf den Kopf des Mannes. Aber sie spürte nichts. Keine Verbindung, keine Nähe. Nichts. Und doch – er musste es sein!

Ich werde Mama gleich auf den Zahn fühlen, um wen es sich da handelt, dachte sie. Viktoria blätterte weiter.

Es gab drei Fotos, auf denen dieser Mann abgebildet war. Immer wieder spärlich bekleidet, immer bei der Arbeit. Aber er stand nie mehr neben ihrer Mutter.

Er war ein Zwangsarbeiter, folgerte Viktoria. Darüber hat keiner mehr nach dem Krieg gesprochen. Dann schlug sie sich mit der flachen Hand vor den Kopf. Wie hätte die Kornmühle auch laufen sollen. Ohne Arbeiter? Denn Fritz und Alfred waren ja doch noch eingezogen worden, obwohl es erst andere Verlautbarungen gab. Das hatte ihr Großvater oft fluchend erzählt. Er allein hätte es nicht stemmen können. Und ihrer Mutter oder Großmutter hätte die Kraft für die meisten der körperlichen Arbeiten gefehlt, ganz abgesehen davon, dass es früher reine Männersache war, zu müllern.

Viktoria durchsuchte auch die anderen Alben. In einem fand sie ein paar Männer in Uniform. Sie blickten sehr ernst und ein wenig besitzergreifend. Wahrscheinlich waren das stationierte Besatzer.

Soweit Viktoria wusste, war der Ort zunächst von den Polen befreit worden, die aber unter kanadischer Flagge in den Ort rollten. Die Kanadier selbst hatten sich unter anderem im Schloss Gödens niedergelassen und die Grafenfamilie auf einen benachbarten Bauernhof verbannt. Dunkel arbeiteten sich Erinnerungen an Erzählungen hoch, dass sie auch im Friesenhof und an der Horster

Straße gewesen waren. In Neumöhlen in der Gaststätte *Zum Koyer*.

So kam sie nicht weiter. Die Einzige, die Licht ins Dunkel bringen konnte, war ihre Mutter.

Viktoria hoffte inständig, dass sie heute mehr erfahren würde.

*

Rena saß mit einem Strickstrumpf in der Küche und wartete bereits auf ihre Schwester. »Wir wollen doch ins Krankenhaus! Bist du nicht neugierig? Also ich will jetzt unbedingt alles wissen.«

»Natürlich möchte ich das auch«, erwiderte Viktoria betont ruhig, weil sie keine Lust hatte, erneut zu diskutieren.

»Wo hast du denn bloß gesteckt?« Der Vorwurf in Renas Stimme war unüberhörbar. So wie immer, wenn die kleine Schwester maßregelte. Das hatte sie auch als erwachsene Frau nicht abgelegt, und es stieß Viktoria noch immer auf.

»Ich war auf dem Dachboden«, verriet sie.

Rena kniff die Augen zusammen. »Was wolltest du denn da? Da steht doch nur altes Gerümpel. Oder meinst du, dort einen Geist zu finden, der uns sagt, welche Geheimnisse unsere Mühle verbirgt?«

Viktoria zog nur die Brauen hoch. Sie setzte sich zu Rena an den alten Eichentisch, obwohl sie am liebsten sofort losgestürmt wäre. Aber es war besser, erst Rena zu fragen, ob sie mit ihrem Fund etwas anfangen konnte. »Dort liegt eben nicht nur Gerümpel und unwichtiger Kram.«

»Sondern?«

»Ich habe alte Fotos gefunden.«

Rena legte das Strickzeug auf den Tisch und sah sie neugierig an. »Was denn für Fotos?«

»Sagt dir der Name Tomasz etwas?«

Rena wiegte den Kopf. »Nie gehört. Wer soll das sein?«

Viktoria griff nach der Thermoskanne und schüttelte sie. »Ich muss einen Kaffee haben.« Sie holte sich einen Becher und schenkte sich den Rest ein. »Wenn du Tomasz auch nicht kennst, müssen wir Mama fragen. Sie ist mit ihm zusammen auf einem Bild zu sehen. Sie lächeln sich darauf *sehr* freundlich an.«

Rena sah, dass Viktoria nach dem Zuckertopf Ausschau hielt, und schob ihn zu ihr rüber. Erst jetzt schien sie zu begreifen. »Ach, du denkst also, dass er…« Sie kämpfte mit den Worten, als könne sie das Ungeheuerliche nicht aussprechen, rang sich dann aber doch durch. »Ein Zwangsarbeiter? Tomasz klingt polnisch oder russisch.«

Viktoria zuckte mit den Schultern und trank einen Schluck. »Könnte ja immerhin sein, oder nicht?« Sie stellte die Tasse zurück, denn der Kaffee war noch heißer, als sie dachte.

Rena schwieg, ergriff das Strickzeug mit zitternden Fingern und arbeitete weiter. Das leise Klacken der Nadeln erfüllte den Raum.

»Mutter und ein solcher Mann, das kann ich mir nicht vorstellen«, sagte sie. »Im Leben nicht.«

Sie hatte eine Masche verloren, unruhig, wie ihre Finger waren, und es fiel ihr so schwer, sie wieder aufzunehmen, dass Rena das Strickzeug in die Ecke pfefferte. Sie sah ihre Schwester an.

»Tomasz sagt mir nichts, gehört habe ich aber nur mal

von einer Alesja, die aus Charkow in die Mühle gekommen ist.«

»Weißt du mehr über sie?«, hakte Viktoria sofort nach. »Richtige Erinnerungen können es ja nicht sein. Du warst zu klein.«

Rena überlegte. »Ich weiß auch nur das, was ich als Kind aufgeschnappt habe.« Sie zog die Stirn in Falten. »Alesja muss sehr jung gewesen sein, und sie hat in der Achterkök gewohnt. Da konnte die junge Deern früh am Morgen mit der Arbeit beginnen und hat keinen gestört, wenn sie den Herd eingeheizt hat.«

»In der Achterkök«, wiederholte Viktoria. Sie erinnerte sich noch sehr gut an den kleinen Raum, der sich der Küche anschloss. »Was ist da heute drin?«

»Alte Töpfe und Pfannen. Lauter so Zeug, was wir zum Kochen und Backen heute nicht mehr verwenden«, gab Rena bereitwillig Auskunft. »Ich habe den Raum schon fast vergessen, weil ich so lange nicht mehr drin war.«

»Was weißt du noch über sie?«, fragte Viktoria.

Ein seliges Lächeln glitt über Renas Gesicht. »Opa hat oft von ihren Kochkünsten geschwärmt«, wusste sie zu berichten. »Und er hat stets betont, dass ›unsere Alesja‹ nie gestohlen hat.«

Viktoria rollte mit den Augen, denn das war typisch für ihren Großvater! »Warum war das so besonders, wenn ein junges Ding nicht stahl?«

»Dachte man eben damals«, meinte Rena lapidar. »Aus dem Lager Sande-Neufeld sind damals wohl viele unterwegs gewesen und haben die Gegend nach der Kapitulation unsicher gemacht.«

»Vermutlich zu Recht, nach alldem, was man ihnen angetan hat«, hielt Viktoria dagegen.

»Mama hat mal erzählt, dass sie vor allem auf Fahrräder aus waren«, sprach Rena weiter.

»Damit wollten sie bestimmt, so schnell es ging, fort von hier und nach Hause. Ich kann es verstehen.«

»Stimmt, Räder waren eben die besten Fortbewegungsmittel. Busse und Bahnen fuhren ja nicht oder kaum. Auf jeden Fall waren die Männer nicht zimperlich und haben die Leute sogar vom Rad gestoßen, um eines zu ergattern.«

»Ich möchte nicht wissen, was unsere Eltern und Großeltern all die Jahre zuvor mit diesen Menschen angestellt haben. Mann, was waren das schlimme Zeiten.«

Rena kniff die Lippen fest zusammen, bevor sie sagte: »Das ist doch jetzt auch unerheblich, oder meinst du nicht?«

Viktoria trank den Becher leer, lehnte aber ab, als Rena ihr eine Scheibe Brot reichen wollte. »Wie man es nimmt. Lass uns jetzt ins Krankenhaus fahren.«

»Also bist du fertig«, stellte Rena fest.

Viktoria nickte und schob ihr den leeren Becher hin.

Ihre Schwester griff danach und stellte das Geschirr übereinander. Dann erhob sie sich und brachte es zur Spüle. »Dann können wir los.« Sie wischte noch rasch den Tisch ab und sortierte das abgeräumte Geschirr. »Ich kann es einfach nicht leiden, wenn ich das Haus unordentlich verlasse«, sagte sie.

»Warum hast du eigentlich keine Spülmaschine?«, fragte Viktoria. »Dann könntest du das Geschirr einsortieren, und schon wäre alles paletti.«

Rena schaute sie an, als hätte ihre Schwester von ihr verlangt, sich einen Elefanten zu kaufen, damit er den Fußboden mit dem Rüssel nass spritzt und sie nicht mehr feudeln musste.

»Wir gehen jetzt. Mama wartet schon«, entgegnete Rena. Sie stürzte förmlich in den Flur und riss ihre Steppjacke vom Haken.

*

Lutz war gleich am frühen Morgen nach Norden gefahren. Dort traf er sich mit dem Mühlenbauer an der Ludgerikirche.

»Und ich bekomme die Hälfte?«, fragte Jost.

»Ja, alles, was du nicht benötigst, um diese Welle einzubauen«, bestätigte Lutz. »Ich möchte kein Geld. Mir geht es um etwas anderes.«

»Das verstehe, wer will. Aber ich trage ja auch ein großes Risiko.« Jost schob seinen Elbsegler kurz in den Nacken und ruckelte ihn anschließend wieder zurecht. »Wenn das rauskommt, dass ich falsche Preise mache, dann hab ich bannig ein Problem. Aber ich will ja aufhören mit dem Job, da ist es eigentlich egal.«

»Komm, du verdienst eine Menge an der Sache, da musst du ein gewisses Risiko schon eingehen.«

»Jo. Nützt jo nix!« Jost seufzte einmal laut. »Komm, lass uns eenmol um den Pudding gehen, und dann schnacken wir mal darüber, wie wir es hinbekommen, ohne dass es auffällt.« Jost war in seinem blauen Troyer offenbar kalt, er rieb sich ständig die Schultern.

Lutz hatte vorsorglich seine Daunenjacke angezogen, denn es wehte ein scharfer Wind aus Nordwest, der auch in Norden um die Ecken pfiff.

»Ich sach dann mal, der Spaß würde hunderttausend Euro kosten. So mit allem Drum und Dran«, schlug Jost vor. »Wird sich aber höchstens auf fünfzigtausend belaufen. Kurzum, die Hälfte ist dann mein Verdienst.«

Lutz hob anerkennend den Daumen und wich einem vorbeifahrenden Radfahrer aus.

Jost räusperte sich. »Du willst also, dass sie das Geld nicht aufbringen können und die Familie alles verkaufen muss?«

»So sieht das aus«, erklärte Lutz zufrieden.

»Die hunderttausend Euro sind wirklich eine ziemliche Hausnummer«, meinte Jost. »Für mich ist die Differenz dann die vorgezogene Rente.«

Sie hatten die Ludgerikirche zur Hälfte umrundet. Dieses Gotteshaus war imposant. Es handelte sich um ein romanisch-gotisches Gemäuer, wie Lutz mit Kennerblick bemerkte.

»Gut, dann haben wir es jetzt geklärt«, meinte Jost. »Ich muss dann mal. To Huus is dat een beeten wärmer. De Wind pustet doch tüchtig.«

Lutz winkte kurz. »Dann schick mir bitte das Angebot schriftlich.«

»Jo, das will ik wol don!«

Lutz sah Jost lange nach, ehe er sich zurück zu seinem Wagen aufmachte, den er auf dem großen Parkplatz an der Uffenstraße abgestellt hatte.

Es dauerte, ehe er den Motor gestartet hatte, denn ihn plagte nun doch das schlechte Gewissen. Mit seinem Plan würde er Charlotte das zerstören, was ihr am wichtigsten war. Er würde anschließend wieder in sein altes Leben verschwinden und ihr einen Haufen Scherben hinterlassen. Auge und Auge. Zahn um Zahn.

Ihre Familie hatte mit allem begonnen. Nicht seine.

*

Hilka saß schon aufrecht im Bett und wirkte erheblich munterer als gestern. Stolz berichtete sie, dass sie sich eigenständig gewaschen hatte.

»Darfst du das denn?«, fragte Rena besorgt, aber ihre Mutter winkte ab.

»Ich habe mir noch nie etwas verbieten lassen. Und das werde ich jetzt auf meine alten Tage auch nicht tun.«

»Haue ha«, sagte Rena seufzend. »Du musst doch auf dich achtgeben.« Sie konnte es nicht leiden, wenn sich ihre Mutter nicht an Abmachungen hielt.

»Mama ist schon erwachsen und kann tun und lassen, was sie will«, mischte sich Viktoria ein.

»Du hast doch gar keine Ahnung, was sie kann oder …«, wollte sich Rena ereifern, aber ihre Mutter hob warnend die Hand. Das hatte sie schon früher immer getan, wenn sich zwischen ihren Mädchen ein Streit anbahnte. Und auch jetzt verfehlte es die Wirkung nicht: Beide verstummten.

Viktoria griff nach einem der Stühle, die um den Tisch herum platziert waren, und zog ihn zum Bett. Rena tat es ihr gleich.

»Gut, dass ihr sitzt, dann kann ich ja fortfahren«, sagte ihre Mutter. Sie machte einen aufgeräumten Eindruck und wirkte erheblich wacher als gestern.

»Das Wichtigste wisst ihr ja nun«, begann sie.

»So? Das sehe ich absolut anders«, knurrte Viktoria. »Dann würde ich jetzt wirklich gern erfahren, wer mein Vater ist. Das ist das Ausschlaggebende! Nur das! Mach es kurz und schmerzlos!« Sie ruckelte unruhig auf dem Stuhl hin und her.

»Nun sitz schon still!«, maßregelte Rena sie. Sie saß wie immer kerzengerade und die Füße nebeneinander auf den Boden gestellt. Die Hände lagen gefaltet in ihrem

Schoß auf dem blauen Rock. Ihr blondes Haar hatte sie heute sorgfältiger frisiert, aber sie konnte nie verhindern, dass sich das eine oder andere Löckchen herausstahl. Rena strich sich über die Stirn, wo sie gerade von einem gekitzelt wurde.

Ihre Mutter ließ den Blick von einer Tochter zur anderen schweifen. »Sind wir dann so weit?«, fragte sie. Auch wie früher, bevor es eine Predigt hagelte, die sich gewaschen hatte.

»Du kannst doch wenigstens erst mal sagen, wer mein Vater ist, und dann weitererzählen, was du noch loswerden möchtest!«, drängte Viktoria sie wieder. Weil ihre Mutter nicht sofort antwortete, sondern schon wieder abwiegelte, sprang Viktoria empört auf. »Na gut, dann fangen wir doch gleich mit einer wichtigen Frage an, weil wir dann vermutlich zwei Fliegen mit einer Klappe geschlagen haben. Wer ist Tomasz?«

Nun wurde Hilka blass, und die knochigen Hände zitterten heftig.

Viktoria ließ sich zurück auf den Stuhl fallen.

»Wie kommst du auf Tomasz?«, fragte Hilka.

Viktoria erzählte von ihrem Besuch auf dem Dachboden.

»Dann gibt es tatsächlich noch Fotos von ihm?«, murmelte ihre Mutter und fuhr sich hektisch mit der Zunge über die trockenen Lippen. »Ich dachte, Vadder hätte sie alle vernichtet.«

»Wohl nicht. Sonst würde ich diese Frage nicht stellen«, antwortete Viktoria.

Hilka atmete schwer, bevor sie sagte: »Er ist eines Tages einfach verschwunden.«

Viktoria rang sichtlich damit, nicht aus der Haut zu fahren, weil ihre Mutter so zögerlich agierte. »Wo kam er denn her, und was hat er in der Groote Mühle gemacht?«

»Er kam aus Polen«, sagte ihre Mutter dann zaghaft. »Er war ein guter Mann. Sehr hilfsbereit.« Wieder rang sie sichtlich um Fassung.

Viktoria runzelte die Stirn. »Ich fasse mal zusammen: Er war ein integrer Mann, ist einfach verschwunden und hat offenbar etwas hiergelassen.«

Jetzt schien Hilka zu verstehen, was Viktoria mit ihren Fragen bezweckte. »Ach, das meinst du.«

»Ja, das meine ich. Er ist also mein Vater?«, hakte Viktoria nach, aber ihre Mutter schüttelte so vehement den Kopf, dass sich das Gummi aus ihrem dünnen Zopf löste.

»Er ist…« Hilka schob sich im Bett etwas nach oben und bat ihre Älteste, das Kopfteil höher zu stellen. Dann griff sie zum Wasserglas und trank es in einem Zug leer. »So geiht dat nicht. Ich bekomme es nicht zusammen, wenn ich nicht weiter vorn beginnen kann. Sonst vergesse ich Wichtiges. Und wenn ihr diese Zeit, in der alles passiert ist, nicht begreift, werdet ihr nie verstehen, was damals geschehen ist und warum. Der Schlüssel ist die Liebe. Zwischen mir und Tjade. Ohne ihn wäre das alles nicht möglich gewesen. Und es gäbe euch als Töchter der Kornmühle nicht.«

Rena war verwirrt. Welchen Sinn ergab das? »Mama, ich fürchte, du bist etwas durcheinander. Gestern hast du doch noch behauptet, dass Tjade nicht Vickis Vater ist, und jetzt sagst du, ohne ihn gäbe es uns nicht.«

Hilka schnaubte. »Nun lasst mich doch einmal zu Ende erzählen. Sonst geht es nicht voran!« Sie holte tief Luft. »Wie ihr inzwischen wisst, war Tjade an der Westfront und ist in den Osten verlegt worden. Damit begann das Dilemma. Alles wurde anders.«

»Vater war in Russland«, sagte Rena. »Das weiß ich.« Und auch Viktoria nickte.

»Ja, da war er. Aber erst später. Er hat darüber erzählt und es sogar aufgeschrieben, weil er nicht über alles reden konnte. Deshalb weiß ich Details. Wir waren eine Einheit. Ein solche Einheit!«

Rena nahm die Hand ihrer Mutter, in der Hoffnung, sie würde dann besser sprechen können. Es schien ihre Gedanken in ruhigere Bahnen zu lenken. Mit leiser Stimme sprach sie weiter.

»So viele waren dort. So viele junge Männer haben für den Wahnsinn ihr Leben gelassen. Und Tjade, mein Tjade war dabei.« Sie begann zu weinen, wischte sich verstohlen mit dem faltigen Handrücken die Tränen von den Wangen. »Danach war er nicht mehr derselbe Mann. Wie auch, wenn er erleben musste, dass es die Hölle auch auf Erden geben kann.«

1941

Tjade trug Hilkas Foto und die Briefe von nun an stets bei sich und hatte alles extra in einem Metallrohr verpackt, aus Angst, sie könnten zerstört werden. Wie häufig robbten sie jetzt durch den Schlamm, wie oft wurde ihre Kleidung von Nässe durchtränkt. Für ihn wäre es eine Katastrophe, wenn auch nur ein Spritzer auf Hilkas Gesicht gelangen würde. Das wäre für Tjade wie ein Zeichen gewesen, dass auch ihr etwas im Krieg geschah.

Tjade lag wach auf der Pritsche, obwohl er hundemüde war.

Es fiel ihm immer schwerer durchzuschlafen, weil nachts die Gedanken kamen und ihn quälten, als würde er mit einem heißen Schwert malträtiert.

Nichts war in der Truppe mehr übrig von der Aufbruchsatmosphäre und der Abenteuerlust, die sie zu Beginn in diesen Krieg getragen hatten. Es lief inzwischen immer auf dasselbe hinaus. Kämpfen, ausruhen. Kämpfen. Sich innerlich von toten Kameraden verabschieden, den Schmerz nicht zulassen, weil man die Kraft für den nächsten Tag brauchte. Gefühle waren hinderlich, raubten Energie, die ohnehin knapp bemessen war.

Schlimm war im Spätsommer die Schlacht bei Kiew gewesen, nicht nur, weil sie Manfred und viele andere Kameraden verloren hatten. Sein Witz und seine Sprüche fehlten, damit hatte er die Moral oft aufrechterhalten. Ihnen ging es nicht gut, auch wenn sie siegreich aus dem Kampf hervorgegangen waren und dieses Gefecht als Hitlers bisher größter Sieg galt. Die Deutschen hatten vier russische Armeen mit tausend Panzern vernichtet, fünfhunderttausend Gefangene gemacht. Und doch – es blieb dieses schale Gefühl, das Tjade Nacht für Nacht die Luft raubte. Er unterdrückte ein Schluchzen bei dem Gedanken daran, wie Manfred neben ihm zu Boden gegangen war. Tjade hatte ihm nicht helfen können. Er musste weiter.

Kämpfen. Schießen. Überleben.

Kämpfen. Schießen. Überleben.

Der Feind oder er.

Unter lauten Flüchen hatte er sich durch diese Schlacht geschossen. Ein Feuerstoß nach dem anderen. Dann folgte ein Laufwechsel wie auf dem Exerzierplatz und weiter. Plötzlich entdeckte er den Feind auf den Bäumen – und er knallte die drei Männer ab, sodass sie wie tote Vögel zu Boden fielen.

Tjade hielt sich die Ohren zu, als ob es ihm dadurch gelänge, das dumpfe Geräusch des Aufpralls zu verdrängen. Er bekam es nicht aus dem Kopf. Nicht das und auch nicht den furchtbaren Anblick. Er hatte die Männer getötet. Er allein.

Ich kann nicht mehr, dachte er und wischte sich mit dem Handrücken eine Träne aus dem Gesicht. Ich bin ein Mörder. An meinen Händen klebt Blut.

Und doch stand er am nächsten Morgen auf und machte auch in den kommenden Wochen das, was von ihm erwartet wurde.

Tjade wusste stets genau, welcher Tag es war, denn es war ihm wichtig, nicht die Orientierung zu verlieren.

Für Deutschland war er schon lange nicht mehr unterwegs.

Und so schleppte sich seine Einheit durch die Hitze des Spätsommers, wurde zwischenzeitlich von schweren Gewittern, die Schlammwüsten hinterließen, gestoppt, und doch schafften sie auch das. Kesselschlachten, der Einsatz von Stukas, die ihre tödliche Fracht über den flüchtenden Kolonnen abwarfen. Noch immer hoffte jeder Soldat, dass dieser Wahnsinn bald ein Ende hatte. Egal, wie siegreich sie waren. Es gab zu viele Tote.

Und es ging noch tiefer in den Osten. Dachten sie bislang, der Schlamm wäre ihr größter Feind, wurden sie schnell eines Besseren belehrt. Denn es wurde kalt.

So kalt, dass die einfachen Mäntel wie ein Fähnchen wirkten und der Kälte nicht trotzten. Ein Lichtblick war der Nachschub und die Post aus der Heimat. Hilka hatte ihm geschrieben.

Mein liebster Tjade,
ich vermisse dich so sehr und hoffe täglich auf ein Lebenszeichen. Nur habe ich so lange nichts mehr von dir gehört, dass es mich in Angst und Schrecken

versetzt. Hier ist es, wie üblich an der Nordsee, regnerisch und kühl, eben das typische Schietwedder. Du kennst es ja. Manchmal wünsche ich mir Schnee, aber dann denke ich wieder, dass es für dich zu kalt wäre, und ziehe diesen Gedanken zurück. Wobei du wahrscheinlich ohnehin anderes Wetter hast als wir in Neumöhlen.
Ich würde so gern wissen, wo du jetzt steckst! Und ob du frieren musst. Vorsichtshalber habe ich dir ein paar dicke Socken gestrickt. Das ging vom Gewicht gerade so, denn ich wollte dir auch unbedingt noch ein paar Weihnachtskekse mitschicken.
Hier lebt seit ein paar Wochen ein polnischer Zwangsarbeiter, weil Alfred und Fritz nun doch an die Front mussten und Vater allein nicht zurechtkam. Der Arbeiter heißt Tomasz und darf nicht mit uns am großen Tisch essen, auch wenn er dieselbe Arbeit wie die alten Müller tun muss. Er trägt sogar ein gelbes P an der Jacke, sodass man ihn als Polen erkennen kann. Ich finde das schrecklich. Wer bei uns arbeitet, wurde bislang immer gut behandelt, und nun dürfen wir das nicht mehr. Aber was rede ich, die Politik kann ich doch nicht ändern. Und ich will mich auch nicht um Kopf und Kragen schreiben, wenn jemand diesen Brief lesen sollte.
Auf jeden Fall ist Tomasz ein freundlicher Mann. Wenn ich kurz mit ihm spreche, darf ich mich nicht von Vater erwischen lassen. Er würde mich grün und blau schlagen, aus Furcht, jemand würde uns anzeigen.
Manchmal stecke ich Tomasz ein bisschen Wurst oder Schinken zu. Und nun bete ich, dass der Brief nicht konfisziert wird oder wir Ärger bekommen. Aber ich

glaube, dann hätten sie viel zu tun, und ich mache schließlich nichts Schlimmes.
Der Schinken hat übrigens wieder oben an der Mühle gehangen, nachdem wir das Schwein geschlachtet haben. Gestern wurde er abgenommen. Wir mussten circa zwanzig Zentimeter abschneiden, weil so viele Maden in der äußeren Schicht waren, aber das ist ja jedes Jahr dasselbe.
Trotzdem schmeckt der Schinken wieder vorzüglich und ist so zart, dass ich gar nicht genug davon bekommen kann. Ach, Tjade, nun ärgere ich dich womöglich mit meinem Überschwang, während du an der Front für unser Vaterland kämpfst. Ich freue mich auf ein baldiges Wiedersehen.
Deine Hilka
PS: Wir sollen auch bald ein Mädchen aus dem Osten bekommen, das beim Kochen und in der Backstube hilft. Das hat Vater beantragt.

Tjade ließ den Brief sinken. In ihm regte sich Eifersucht, weil Hilka diesen Zwangsarbeiter nett fand. Hoffentlich machte sie mit ihrem großen Herzen keine Dummheiten.

»Nun spinn mal nicht rum«, schalt er sich. »Hilka liebt nur dich.«

Ach, wenn er nur bald wieder Heimaturlaub bekommen würde! Und hoffentlich waren ihm bis dahin nicht sämtliche Zehen abgefroren. Dietmar hatte Tjade beim Lesen beobachtet und hielt ihm eine Zigarette hin. »Tauschst du gegen einen Keks? Die duften so himmlisch. Wie bei Muttern.«

Tjade zögerte, denn diese Plätzchen hatte Hilka sicher eigenhändig für ihn ausgestochen und gebacken. Sie rochen wunderbar. Er konnte es kaum erwarten, eins zu kosten. Aber eine Zigarette hatte auch etwas. Sie würde ablenken und ihn auf andere Gedanken bringen.

Er reichte Dietmar ein Plätzchen. »Aber genieße es!«

»Versprochen!«

Gemeinsam rauchte er mit seinem Kameraden, der leider keine Feldpost erhalten hatte und deshalb traurig und besorgt war.

»Es ist so kalt, dass einem draußen der Atem gefriert«, sagte Tjade und schaute der Wolke nach, die sich sogar in der Baracke bildete. Er hatte noch nie solchen Frost erlebt.

Am Nachmittag hatten sie den hart gefrorenen Schlamm mit Spitzhacke, Hammer und Meißel von den Rädern der Gefechtsfahrzeuge schlagen müssen. Es wehte zudem ein eiskalter Wind und trieb den Schnee tänzelnd über die Felder. Schneewehen türmten sich mannshoch auf, und doch wussten sie, dass sie schon morgen in der Früh einen zwanzig Kilometer langen Marsch durch die weiße Hölle nach Rubesnaja am Donez vor sich hatten.

Da war es gut, eine Zigarette zu rauchen, Kekse zu verspeisen und sich mit den Gedanken an seine Frau warme und schöne Gefühle zu machen.

*

Die Nacht war kurz und kalt. Mit gesenktem Kopf, durchgefroren und mit Raureif an den Ohrenschützern, kämpfte sich die Einheit durch die Eiswüste. Ihre Tücher hatten sie tief ins Gesicht gezogen, weil der Wind schneidend kalt war.

Quartier bezogen sie später in einer Försterei, die auf einer Anhöhe an einem Waldrand lag. Ringsum waren die Stellungen schon ausgebaut, denn zuvor hatte eine Panzerdivision hier gelegen. Das sparte ihnen viel Arbeit, wofür sie unter diesen Bedingungen sehr dankbar waren.

Tjade spürte weder Zehen noch Hände. Es kam ihm vor, als wären es Fremdkörper, die nicht zu ihm gehörten. Er war froh über Hilkas warme Socken, so war die Gefahr geringer, dass sie ihm wirklich abfroren. Keiner der Soldaten hatte warme Wintersachen. Sie trugen noch immer ihre üblichen Mäntel. Auch die Schlafdecke war viel zu dünn, und es grenzte an ein Wunder, dass nicht mehr von den Kameraden den Kältetod erlitten. Geschah das, wurden sie abgelegt und mit Schnee bedeckt. Sie konnten ihnen keine Gräber schaufeln.

Tjade war stets froh, wenn wieder ein Tag geschafft war und er sich auf die Pritsche legen konnte. Auch wenn die Decke kaum wärmte, so war es doch eine Schicht mehr über seinem Körper.

Er kuschelte sich fest ein, dachte an Hilka und ihre einzige gemeinsame Nacht, von der er noch immer zehren musste. Das war angesichts der inzwischen draußen herrschenden minus achtundvierzig Grad nicht einfach. Auch der Hunger setzte Tjade zu, denn die Rationen waren knapp geworden, weil der Nachschub nur schleppend kam. Hilkas Kekse waren längst vertilgt, obwohl er sie sich wirklich gut eingeteilt hatte.

Am nächsten Morgen tauten sie Schnee über dem Feuer auf und zerhackten das tiefgefrorene Brot, damit sie an den Krumen lutschen konnten. Den Rest tauten sie in der Hosentasche auf. Am schlimmsten waren die Toilettengänge, denn sie mussten achtgeben, dass ihnen das Geschäft nicht gleich gefror. Tjade zögerte es jedes Mal heraus, aber schließlich blieb auch ihm an diesem Morgen keine Wahl. Er schlich sich aus der Försterei zum Donnerbalken, wo Dietmar schon hockte. Plötzlich zischte es neben ihnen. Sein Kamerad fiel vom Balken wie ein Huhn, das man heruntergestoßen hatte. In seiner Stirn klaffte ein rundes Loch, und seine Augen starrten ins Leere.

Hektisch zog sich Tjade die Hose hoch und brachte sich in Deckung. Keine Sekunde zu früh. Es knallte erneut und traf genau die Stelle, wo er zuvor gesessen hatte. Geduckt rannte er zurück in die Försterei und machte Meldung.

Dietmar wurde fortgebracht und bei den anderen Toten mit einem Haufen Schnee bedeckt. Tjade schluckte die aufkommenden Tränen hinunter. Nun waren seine beiden engsten Kameraden tot, und er fühlte sich trotz der großen Truppe allein wie ein Einzelkämpfer.

»Gut, dass wir Zigaretten und Kekse noch geteilt haben«, murmelte er. »Immerhin hat er noch eins von Hilkas Plätzchen kosten dürfen.«

Ein winziger Trost.

Kapitel 6

Es war ein furchtbarer Winter«, bestätigte ihre Mutter. »Schon der hat euren Vater zu einem anderen Menschen gemacht. Als er auf den nächsten Heimaturlaub kam, habe ich ihn kaum wiedererkannt, und ich rede nicht davon, dass er anders aussah.« Ihre Stimme klang traurig. Sie griff nach dem Becher Wasser und nippte daran. »Im Nachhinein hatte ich stets ein schlechtes Gewissen, denn uns in der Groote Mühle ging es gut. Wir mussten weder frieren noch hungern. Im Gegenteil: Es war alles im Übermaß da. Der Krieg war zu der Zeit hier noch kaum spürbar. Das sah in anderen Gegenden ganz anders aus. Im Juni 1941 und im September 1942 wurde zum Beispiel das Ruhrgebiet massiv unter Beschuss genommen. Und auch Wilhelmshaven wurde ab 1939 mehrfach bombardiert. In Neumöhlen war es dagegen ruhig, wir mussten uns lediglich darum sorgen, dass wir unsere Arbeit bewerkstelligen konnten. Aber dann kamen ja die Hilfen aus dem Osten, und es wurde leichter. Wir hatten drei. Ein Mädchen und zwei Männer. Damit konnten wir die Mühle weiter betreiben. Das war für uns ein Segen.«

»Der eine war Tomasz, oder?«, hakte Viktoria wieder nach. »Und Alesja das Mädchen?«

»Dazu später«, wich ihre Mutter aus. »Noch sind wir bei Tjade.« Sie hielt inne. »Er hatte Läuse, weil sie sich bei der Kälte ja gar nicht waschen konnten. Euer Vater hat erzählt, dass sie ihm teilweise aus dem Kragen herausgekrochen sind. Und die Viecher haben Typhus übertragen. Daran sind viele Männer verreckt.«

»Wie kann man das überleben?«, fragte Rena. »Diese Kälte, den Schmutz? Das Elend und diese Grausamkeiten?«

Ihre Mutter wiegte den Kopf. »Körperlich haben es die Menschen eben ausgehalten. Aber die Seele ist Stück für Stück davongeflogen – und nie zurückgekommen. Bei keinem! Auch wenn sie alle so taten, als wäre es nicht so schlimm gewesen. Das stimmt nicht. O nein, das stimmt ganz und gar nicht.«

»Es gab doch Lieder zum Durchhalten wie das von Lale Andersen«, warf Viktoria sarkastisch ein.

Rena schickte ihr einen tadelnden Blick. Ihre Mutter lächelte. »Davon hat Tjade oft erzählt.« Sie begann die erste Zeile zu singen. Doch dann brach sie ab, und Rena sah die Augen ihrer Mutter feucht schimmern. Sie legte sofort den Arm um ihre Schultern und spürte, wie knochig sie geworden war.

»Er ist auch in diesem Jahr nicht zu Weihnachten gekommen«, sagte Hilka nach einer Weile. »Das dritte Jahr in Folge, in dem er diese schönen Tage weit weg verbringen musste.«

»Du hast ihn vermisst«, stellte Rena fest.

»Und wie! Obwohl wir ein schönes Weihnachten hatten. Es gab Gans mit Rotkohl und Klößen. Etwas von dem Schinken, der jetzt die richtige Reife hatte. Zudem duftete es überall nach Klaben und Spekulatius und Krintstuut. Alles von Mutter gebacken. Ja, wir haben noch immer ganz fest an den Sieg geglaubt und dass alles gar nicht so schlimm wäre.« Sie seufzte. »Was waren wir naiv.«

»Und Tomasz war auch da?«, wollte Viktoria wissen. »Durfte er mit euch feiern?«

Ihre Mutter schüttelte den Kopf. »Nein, er war doch Pole!«

Sie sagte das so, als wäre damit alles geklärt.

»Wo hat *er* denn gewohnt?«, fragte Rena.

»In der Upkammer über dem Keller. Ihr wisst doch, der kleine Raum auf halber Höhe an der Kellertreppe, bevor man ganz hinabsteigt.«

»In *dem* Loch?« Viktoria war entsetzt, denn dort konnte man zwar mal eine Nacht verbringen, aber doch nicht wohnen! »Ihr habt einen Menschen da über einen längeren Zeitraum schlafen lassen? Die Decke ist nicht einmal eins sechzig hoch. Er konnte sich doch nur gebückt bewegen!«

»Es waren andere Zeiten, Vicki«, verteidigte sich ihre Mutter. »So andere Zeiten. Alfred und Fritz haben dort zuvor auch manchmal genächtigt, wenn es spät geworden war.«

»Aber das war nicht ständig«, insistierte Viktoria mit scharfer Stimme. »Das ist … unmenschlich und grausam. Da hatten die Schweine im Stall mehr Platz und Komfort!«

»Ich habe diese Entscheidung nicht getroffen«, wehrte sich ihre Mutter. »Das war euer Großvater, und der wiederum hatte zu diesen Menschen seine eigene Meinung.«

»So wie alle damals«, meinte Rena düster.

Viktoria stimmte ihr zu. Sicher hatten auch die anderen Familien, genau wie sie selbst, die Tatsache verdrängt, dass sich der braune Schleim überall eingenistet und den klaren Verstand verklebt hatte.

»Aber ich habe ihm ab und zu Essbares zugesteckt. Heimlich«, versuchte sich ihre Mutter zu verteidigen.

»Das sagtest du schon«, entgegnete Viktoria und setzte ironisch hinzu: »Wie honorig.«

Rena schwieg, aber ihrem Gesicht war abzulesen, dass auch sie entsetzt war, wie die Arbeiter behandelt wurden. Hilka hüstelte leicht, verzichtete jetzt aber darauf zu trinken.

»Wie ging es weiter, Mama?«, fragte Rena in die Stille hinein.

»Tjade hatte viele schlimme Gefechte. Ihr glaubt nicht, wie schwer ihm die Berichte gefallen sind. Ich kenne keinen, der wirklich drüber sprechen wollte. Es war wie ein Kokon, der sich um die jungen Männer gelegt hatte, damit sie die Grausamkeit ertragen konnten. Einmal hat Tjade von einer Ladehemmung erzählt. Wie er im Schützengraben lag und der Feind auf ihn zukam. Ein Kamerad hat eine Handgranate geworfen. Zwar hat er Tjade das Leben gerettet, aber er konnte damit nicht umgehen. Er hat in der Nacht geschrien, weil er immer wieder sah, wie sein Gegenüber plötzlich dastand. Das Kinn gereckt. Der Körper sackte weg, die Hände wie zum Beten gen Himmel gestreckt. Und am Ende lag wohl nur der zerfetzte Leib im Gebüsch …«

»Hör auf, Mama«, flüsterte Rena. »Bitte hör auf.«

»Mehr sag ich auch nicht, aber mir ist es wichtig, dass ihr versteht. Losgefahren ist ein lustiger, wunderbarer Mann mit Mut im Herzen. Zurückgekommen ist am Ende ein unsicherer und verängstigter Mensch, der sich zu Beginn nicht einmal die Schuhe binden konnte, weil seine Hände zu heftig zitterten.« Ihre Mutter hielt kurz inne. »Das müsst ihr wissen, wenn ihr wirklich verstehen wollt, was in unserer Familie passiert ist. Dazu gehört die ganze Wahrheit und nicht nur das, was ihr hören wollt.«

Viktoria hätte sich am liebsten die Hände vor die Ohren gehalten. Es war grausamer, als sie gedacht hatte, und es war ein Teil von dem, was sie all die Jahre gespürt und hatte fliehen lassen. Es ging nicht nur um Jochen und Renas Eifersucht. Es steckte so viel mehr dahinter. Und es beeinflusste sie alle bis heute. Sie selbst. Rena. Charlotte. Und natürlich ihre Mutter.

Dieser Krieg hatte sich tief in die Familie gefressen. Auch wenn er in Neumöhlen gar nicht richtig stattgefunden hatte.

»Bei einem Kampf ist fast die Hälfte der Kompanie gefallen«, fuhr ihre Mutter mit ruhiger Stimme fort. »Und ich bin froh, es nicht gewusst zu haben, sonst wäre ich wohl schier wahnsinnig vor Angst geworden.«

Sie verstummte. »Aber Tomasz hat geredet. Wie es war, als Polen überrannt wurde.«

»Du hast also doch öfter mit ihm gesprochen?«

Hilka nickte. »Schließlich mussten wir auf dem Feld zusammenarbeiten. Tjade hat das nicht gefallen. Vor seinem nächsten Heimaturlaub ist er noch ausgezeichnet worden. Mit dem Sturmabzeichen und dem EK2 als Anerkennung für die Abwehrschlacht von Tarnowaja. Und er hat auch noch die bulgarische Kriegsmedaille mit Kronen und Schwertern bekommen. Das Zeug ist aber im Osten geblieben. Stolz war mein Mann auf das alles ohnehin nicht.« Sie lachte bitter auf. »Geärgert hat er sich über die Parteibonzen, weil sie sich an der Front nicht blicken ließen, aber ein feucht-fröhliches Leben hatten, mit allem, was das Herz begehrte. Das hat die Moral der Jungs wohl sehr gesenkt.«

»Und war Papa denn auch in Stalingrad?«, fragte Rena.

Ihre Mutter nickte. »Ja. Sie marschierten Anfang August 1942 bei großer Hitze durch die Steppe auf den Don zu. Aber bevor sie dorthin kamen, durfte Tjade noch einmal zu mir kommen, und Mitte August war er dann da. Blass, ausgemergelt und apathisch. Aber ich konnte ihn an mich drücken.«

»Hat er Läuse mitgebracht?« Rena schrak bei ihrer Frage selbst zurück. Sie sah, dass Viktoria diese Frage ebenso unsinnig fand wie ihren eigenen Einwurf mit dem Durchhaltelied.

Aber ihre Mutter ließ sich nicht beirren. »Nein, sie sind zuvor in einer Kommandantur bei Charkow samt Klamotten entlaust worden«, gab sie bereitwillig Auskunft. »Sie durften sogar mit dem D-Zug fahren und nicht wieder im Güterwaggon. Allerdings dauerte die Reise, weil in der Ukraine die Strecken nur eingleisig waren.« Mutter lachte auf. »Aber sie bekamen in Krakau ein Führerpaket.«

»Was soll denn das sein?«, fragte Viktoria, die sich bei den Erzählungen zunehmend verspannte. Sie wollte nichts von der Front hören. Keine Rechenschaft dafür, dass ihr Vater im Krieg gekämpft und getötet hatte. Sie wollte einzig wissen, wer ihr Vater war. Und Mutters lange Vorrede ging ihr langsam auf die Nerven.

»Komm zum Punkt, Mama!«

Aber ihre Mutter winkte ab. »Du erfährst es noch früh genug. Jetzt wärst du nur …« Sie stockte.

Viktoria atmete einmal schwer und ergab sich. Was blieb ihr anderes übrig?

Hilka atmete tief durch. »Zurück zum Führerpaket«, nahm sie den Faden wieder auf. »Damit sollten die Soldaten wohl motiviert werden. Darin enthalten waren wunderbare Sachen wie Zucker, Mehl, Erbsen, Fleisch und Fischkonserven, zehn Eier, Zigaretten, Schokolade und – jetzt kommt's!« Die Augen der Mutter leuchteten. »Eine Flasche Rotwein!«

Viktoria war aufgesprungen und lief ungeduldig im Krankenzimmer auf und ab.

»Dann ist Papa also gekommen, und Rena ist entstanden, richtig? Wenn ich deinen Erzählungen korrekt gefolgt bin, müsste es jetzt Sommer '42 sein, und rein rechnerisch passt das.«

Ihre Mutter nickte. »Tjade kam im August und ist im September gefahren. Neun Monate später war ich glückliche Mutter. – Aber der Besuch war nicht konfliktfrei.«

*

Lutz saß schon eine halbe Stunde in Jever im Café *Hof von Oldenburg* und wartete auf Charlotte, weil sie gemeinsam frühstücken wollten. Charlotte hatte sich ein paar Tage freigenommen, weil sie ihre Mutter in der Mühle unterstützen wollte. Sie würde sich nun allerdings etwas verspäten.

Er hielt das Bild seiner Mutter in der Hand und erschrak, als Charlotte plötzlich hinter ihn trat, ihn umarmte und auf die Wange küsste. Eigentlich hatte sie es nicht sehen sollen.

»Wer ist das?« Charlotte zeigte auf das Foto.

»Meine Mutter!« Lutz steckte es zurück, weil er mit Charlotte nicht über sie sprechen wollte. Zum Glück fragte sie nicht weiter nach.

»Hast du schon bestellt?«, erkundigte sich Charlotte, während sie die Jacke auszog.

Lutz schüttelte den Kopf. »Nein, ich habe auf dich

gewartet. Außerdem ist die Auswahl so groß und verführerisch, da wollte ich noch überlegen, ehe ich mich entscheide. Setz dich doch«, fügte er förmlich hinzu, und ihm fiel auf, dass er seine Freundin vor Aufregung noch gar nicht geküsst hatte.

Charlotte sah ihn prüfend an, und Lutz wusste, dass er sich zusammenreißen musste, um keinen Verdacht zu erregen, weil er sich so distanziert gab. Es fiel ihm schwer, ihr in den Rücken zu fallen. Sie persönlich hatte es schließlich nicht verdient, von ihm hintergangen zu werden, aber sie war leider in die falsche Familie hineingeboren worden. Schon als kleiner Junge, nachdem er zum ersten Mal davon gehört hatte, dass an der Groote Mühle etwas Schlimmes mit seinem Opa passiert war, hatte er sich geschworen, eines Tages an den Bewohnern Rache zu üben. Denn sie trugen die Schuld daran, dass es seiner Familie schlecht ging. Und er würde seinem Schwur nachkommen. Nur war es wichtig, dazu nicht Charlottes Vertrauen zu verspielen, weil sein Plan sonst nicht aufging.

Lutz lächelte sie an und wies mit der Hand auf den ihm gegenüberstehenden Stuhl. »Setz dich! Dann können wir die Bestellung aufgeben.«

»Ich nehme das ›Mittlere Frühstück‹, das weiß ich schon jetzt. Ein normales Brötchen, ein Mehrkorn, Rührei und auch sonst alles, was das Herz begehrt. Dazu ein Kännchen Tee auf dem Stövchen. Und du?«

»Tee klingt gut. Auf jeden Fall aber das ›Große Frühstück‹, mir hängt der Magen nämlich in den Kniekehlen«, verkündete er. »Dann gibt es nämlich auch Lachs.«

Das Misstrauen in Charlottes Gesicht war gewichen, nachdem sie die Bestellung aufgegeben hatten. Lutz strich sanft über ihren Handrücken. Sie war so schön. Er mochte den schmalen, mit Sommersprossen übersäten Arm mit den feinen Härchen. Er liebte Charlottes verschmitztes Lächeln, das ihr zwar ein paar Fältchen ins Gesicht zauberte, die sie aber umso attraktiver machten, weil sie zeigten, wie gern sie fröhlich war.

»Hast du schon mit Jost Habbinger gesprochen?«, fragte sie, aber er konnte nicht gleich antworten, weil die Bedienung an den Tisch trat und die Bestellung aufnahm.

»Ja, er schaut, dass er das Angebot rasch fertig bekommt. Grundsätzlich werden wir mit einer hohen Summe für den Aus- und Wiedereinbau der Flügelwelle rechnen müssen. Dazu die Welle selbst und das Material.« Lutz zuckte mit den Schultern. »Wie erwartet eben.«

»Ich bin wirklich dankbar, dass du es mir abnimmst. Omas Geschichte nimmt doch recht obskure Ausmaße an.«

Die Kellnerin brachte erst die Getränke und servierte dann die Frühstücksplatten.

Lutz bedankte sich mit einem Kopfnicken und wandte sich dann wieder Charlotte zu. »Inwiefern?«

»Ich habe eben kurz mit meiner Mutter telefoniert. Oma kommt nicht zum Punkt, was die Vaterschaft meiner Tante angeht«, erklärte Charlotte. Sie prüfte, ob der Tee lange genug gezogen war, und legte ein Kluntje in die Tasse, bevor sie sich einschenkte und etwas Sahne hinzugab.

»Warum?«

»Sie verstrickt sich in merkwürdigen Geschichten.« Charlotte lächelte ihn an. »Komm, lass uns von etwas anderem reden. Von der Zukunft zum Beispiel.« Charlotte belegte das Mehrkornbrötchen mit Käse und biss genüsslich hinein. Dabei schloss sie die Augen, und am liebsten hätte Lutz sie jetzt geküsst.

»Hat sie denn was Bestimmtes gesagt?« Lutz brannte darauf, mehr zu erfahren.

»Warum interessiert dich das?« Charlotte hatte die Augen noch immer geschlossen und schien dem Geschmack nachzuspüren.

»Nur so«, murmelte Lutz.

Charlotte sah ihn liebevoll an. »Heute geht es wohl hauptsächlich um einen Zwangsarbeiter, der im Krieg in der Groote Mühle beschäftigt war.«

Lutz nahm einen Schluck Tee. »Wie hieß er denn?«

Charlotte hob die Schultern und verzog den Mund. »Weiß ich nicht mehr. Aber es war ein polnischer Name.«

Lutz atmete einmal schwer ein. »Soso, dann hat eure Mühle also auch ein paar finstere Ecken.«

Charlotte nickte mit zusammengepressten Lippen. »Das scheint so. Ich habe ehrlich gesagt nicht gewusst, dass auch mein Großvater in solche Machenschaften verstrickt war und dass er sich Zwangsarbeiter geholt hat. Wahrscheinlich hätten sie die Mühle sonst stilllegen müssen, und dann wäre die Versorgung der Region mit Getreide nicht mehr gewährleistet gewesen.« Charlotte griff zur Gabel und probierte vom Rührei. Es war wunderbar gewürzt. »Bitte Themenwechsel! Kein Neumöhlen mehr! Wollen wir gleich noch an den Strand, bevor wir zu mir fahren?«

Lutz stimmte zu, er würde jetzt ohnehin nicht weiter nachfragen können, ohne ihr Misstrauen zu wecken.

1942

Als der Zug im Sander-Bahnhof einlief, konnte Tjade es kaum erwarten, endlich nach Hause zu kommen. Tief sog er die klare Luft in sich ein, die ein wenig nach Nordsee roch und ihm augenblicklich ein Heimatgefühl vermittelte. Als über ihm eine Silbermöwe zu kreischen begann, liefen ihm Tränen über die Wangen. Verstohlen wischte er das Nass mit dem Ärmel ab.

Das Führerpaket hielt er fest im Arm. Es würde seiner Mutter und Hilkas Familie große Freude bereiten, enthielt es doch Delikatessen, die auch in Neumöhlen sicher nicht zur Tagesordnung gehörten.

Tjade würde es natürlich aufteilen müssen. Da Hilka aber an Mehl, Zucker und Eiern keinen Bedarf hatte, denn davon gab es in der Groote Mühle ausreichend, stellte es für ihn keine Schwierigkeit dar. Weder seine Mutter noch seine Frau würden benachteiligt.

Die Flasche Rotwein wollte Tjade aber mit Hilka allein trinken. Ihr Wiedersehen feiern, schließlich in ihren goldenen Locken abtauchen und ihre weiche Haut spüren, ihre Lippen erforschen …

Was sehnte er sich nach seiner Frau!

Tjade verließ den Bahnhof und machte sich mit ausgreifenden Schritten auf den Weg in Richtung Neumöhlen. Er hatte Glück, denn kaum war er auf der Hauptstraße, rumpelte ein Pferdefuhrwerk neben ihm und hielt sofort an. Es war Eike, ein alter Kumpel von Tjade. Er hatte bei einem Unfall die rechte Hand verloren und war deshalb nicht eingezogen worden.

»Moin, Tjade, wieder im Lande?«, fragte er. »Denn man tau, und komm rauf. Dann musst du nicht bis Neumöhlen laufen.«

Das ließ sich Tjade nicht zweimal sagen und erklomm den freien Platz auf dem Kutschbock.

»Bist ja gut bepackt«, sagte Eike mit einem Seitenblick zu Tjades Rucksack und dem Paket, das er vor sich auf den Schoß legte.

»Was ist das?« Eike deutete darauf. »Sieht aus, als wäre etwas Wertvolles darin, so fest, wie du es umklammerst.«

»Es ist das Führerpaket«, erklärte Tjade und zählte die Leckereien auf.

»Soldat müsste man sein«, meinte Eike seufzend. »Dann bekommt man die dollsten Sachen geschenkt!« Er hob seinen verstümmelten Arm. »Damit ist und bleibt ein Mann ein Krüppel. Zu nichts nutze, nicht einmal, um fürs Vaterland zu kämpfen!« Eike schnalzte mit der Zunge, und der dicke Braune trabte an. »Weißt du eigentlich, wie ich dich beneide, Tjade Gerdes? Gnadenlos, weil du für Deutschland an der Front kämpfen darfst, wie es ein richtiger Mann tun soll.«

»Du *bist* doch ein richtiger Mann«, warf Tjade ein. Er wollte nicht darüber reden, was wirklich passierte. Eike würde es nicht verstehen.

»Ich kann nur Kutsche fahren«, jammerte sein alter Freund weiter. »Weil es diesen vermaledeiten Sensenunfall gab. Wie ich diesen Tag verfluche!«

Tjade schwieg. Es gab keine Erklärungen zu seinem Leben an der Front. Jetzt hatte er Urlaub und war froh, kein Knattern der Gewehre und kein Kettenrasseln von Panzern oder das Herannahen von Fliegern hören zu müssen. Schon der Gedanke daran trieb ihm kalten Schweiß auf die Stirn.

Mit klackernden Hufen trabte der Braune über die Straße, bis sie den Ortseingang von Neumöhlen erreicht hatten.

»Ich muss weiter nach Gödens, ich setz dich hier ab«, erklärte Eike. »Echt heroisch, dass du aus vielen ruhmreichen Schlachten kommst! Hab gehört, du hast sogar zwei Orden bekommen! Ganz Neumöhlen feiert dich als Helden!«

In dem Moment bereute Tjade es, dass er seiner Mutter davon geschrieben hatte.

Eikes Augen blitzten neidvoll.

Am liebsten hätte Tjade ihn angeschrien, dass er sich glücklich schätzen sollte, weil das Schicksal ihn mit diesem Unfall vor so vielem Unheil bewahrt hatte.

Aber es wäre sinnlos gewesen. Wie sollte Eike verstehen, was die Gefechte wirklich bedeuteten? Hier in diesem friedlichen Neumöhlen, wo der Krieg keine hässliche Fratze hatte. Zwar war Wilhelmshaven bereits zweimal angegriffen worden, aber das war bislang einigermaßen glimpflich und mit nur geringen Schäden ausgegangen. Die Neumöhlener waren davon allenfalls beunruhigt worden.

»Besonders gesprächig bist du ja nicht!«

»Ich bin müde«, wich Tjade aus. »Danke fürs Mitnehmen.«

»Da nich für«, antwortete Eike. »Weiß din Fru, dass du kommst?«

Tjade schüttelte den Kopf.

»Das wird ja eine feine Überraschung! Moi!« Eike nickte zum Abschied und ließ das Pferd erneut antraben.

Tjade schaute ihm nicht hinterher, er freute sich viel zu sehr auf Hilka.

Mit jedem Schritt wurde ihm leichter, und es kam ihm vor, als legte er eine lähmende Schicht nach der anderen ab.

Er war zu Hause! Endlich! Was würden sie gleich für Augen machen, wenn er dort überraschend auftauchte. Auch Mutter wusste nichts von seinem Heimaturlaub.

Tjade stapfte weiter. Er war hin- und hergerissen, ob er erst zu ihr und dann zu Hilka gehen sollte oder umgekehrt.

Schließlich entschied er sich für seine Frau, auch wenn das zur Konsequenz hatte, dass er den Rucksack und das Führerpaket ein Stück weiter schleppen musste. Er hatte Hilka so vermisst, und als einer der wenigen war er ihr auch treu geblieben und hatte jeglicher Versuchung widerstanden. Niemals hätte er es sich verziehen, wenn er schwach geworden wäre. Das eine »Beinahe-Erlebnis« ließ ihn noch immer nicht los.

Tjade lief auf die Groote Mühle zu und hielt Ausschau nach Hilka. Die Vögel sangen, die Büsche ringsum standen noch immer in saftigem Grün, und über ihm flog ein Schwan mit seinen singenden Schwingen.

Das alles war wie immer, und dennoch spürte er eine Veränderung, die er zunächst nicht zuordnen konnte. Er verharrte eine Weile, und dann begriff er, dass es die Ruhe war, die ihn irritierte. An der Groote Mühle herrschte nicht wie sonst reges Treiben, es war auffallend still. Nicht einmal die Mühlenflügel drehten sich, und es waren auch keine Segel gesetzt, obwohl der Wind kräftig aus Osten blies und für einige Enden sorgen würde, sodass das Müllern kein Problem wäre.

Tjade legte das Führerpaket neben der Mühle ab und lief in den Garten. Die Obstbäume hingen voller Äpfel und Birnen, auch die Pflaumen waren schon reif und riefen förmlich danach, gepflückt und zu köstlichem Kompott verarbeitet zu werden.

Ein paar Hennen stolzierten pickend durchs Gras, und zwei stritten sich um einen Regenwurm. Wie hatte er das vermisst! Diese Idylle! Tjade hatte viel von Europa gesehen, aber für ihn gab es kein schöneres Fleckchen Erde als diesen Ort in Ostfriesland. Er saugte sämtliche Eindrücke in sich auf und schloss kurz die Augen.

Wie schön war es gewesen, als Kinder durch diesen

Garten zu laufen. Sie hatten sich hinter den Büschen versteckt, Höhlen gebaut und Pläne geschmiedet. Sie hatten später einmal so reich werden wollen wie eine Grafenfamilie. Mit einem Schloss, das viel prächtiger war als das Wasserschloss in Gödens. Schon damals hatte Tjade sich in Hilka verliebt und geschworen, sie später zu heiraten. Er lächelte. Immerhin hatten sie sich bereits mit fünf Jahren verlobt.

Noch einmal atmete Tjade tief durch und sog die süßliche Luft in sich auf. Er würde sie mitnehmen, wenn er zurück an die Front musste, und von diesen Minuten zehren.

Plötzlich hörte er fröhliche Stimmen und öffnete die Augen wieder. Sein Herz hüpfte, denn eine davon hatte er erkannt.

Es war Hilkas. Und als er nun in Richtung Graft blickte, lief sie neben einem schlanken Mann mit muskulösem Oberkörper, der nur mit einem hellen Unterhemd bedeckt war. Noch hatten sie ihn nicht gesehen, aber sie wirkten viel zu vertraut miteinander. War das etwa der Kriegsarbeiter, von dem sie ihm geschrieben hatte? Der Fremde lachte Hilka an, und sie lächelte scheu zurück. Tjade durchfuhr die Eifersucht so sehr, als hätte man ihm ein Schwert ins Herz gejagt.

»Hilka!«, stieß er aus. Sofort hob sie den Blick.

Ungläubig schaute sie ihm entgegen. Sie schüttelte den Kopf und rieb ihre Augen. Erst dann schien sie zu begreifen, dass keine Fata Morgana vor ihr stand, sondern ihr Ehemann.

»Tjade!«, entfuhr es ihr. »Tjade!«

Sie ließ den Arbeiter einfach stehen und stürzte auf ihn zu. »Du hier?«, rief sie aus, während sie ihre Wange an seine Brust drückte und ihn dann herzte und küsste.

»Ich habe überraschend Heimaturlaub und bin auf dem schnellsten Weg zu dir gekommen!«

Hilka fing an zu weinen. Ihre Schultern zuckten, sie schluchzte laut auf und drückte Tjade wieder und wieder.

»Bist du so erschrocken über meinen Besuch?«, fragte er. »Störe ich etwa?«

Hilka schob ihn ein Stück weg. »Wie kommst du denn darauf? Das sind Freudentränen!« Sie wischte sie mit dem Ärmel fort. »Weil du da bist und ich nicht damit gerechnet hatte. Es ist so … überwältigend.«

Tjade wollte das gern glauben, aber er hatte noch immer ihr fröhliches Lachen an der Seite dieses Mannes im Ohr. So oft war ihm in den letzten Jahren von anderen etwas versprochen worden, und am Ende hatte es sich als einzige Lüge herausgestellt.

Hilka lügt nicht, hämmerte es in seinem Kopf. Sie liebt dich und ist deine Frau und nicht dein Vorgesetzter. Er umarmte sie unbeholfen. Warum nur zweifelte er so sehr?

»Wer ist dieser Mann?«, fragte er, denn der Fremde war zwar dabei, das Fallobst aufzusammeln, starrte aber ständig zu ihnen herüber.

Hilka wandte den Kopf. »Das ist Tomasz. Unser Arbeiter aus Polen. Ich habe dir doch von ihm geschrieben«, gab sie bereitwillig Auskunft.

Tjade warf dem Mann einen bitterbösen Blick zu. »Komm, gehen wir!« Er schulterte den Rucksack und nahm das Führerpaket wieder auf.

»Was ist das?«, fragte Hilka.

»Eine Kiste mit lauter kleinen und großen Wundern«, gab Tjade zurück.

»Du bist mir Wunder genug und ohnehin das größte von allen.« Hilka kicherte übermütig.

»Ich bin so froh, dass du da bist!«, wiederholte sie und legte den Kopf an seine rechte Schulter.

»Ja?«, antwortete er knapp.

»Natürlich! Du hast bestimmt viel zu erzählen.« Vorsichtig musterte sie Tjade. Er war dünn geworden. Seine Augen lagen in dunklen Höhlen, und seine Bewegungen waren längst nicht mehr so geschmeidig, wie sie es von ihm kennen musste. Wo war der schmucke Tjade Gerdes geblieben?

Er spürte ihren Blick und schluckte. Warum nur glaubten alle, es wäre die helle Freude, vom Krieg und den Schlachten zu reden? So als hätte er eine wunderschöne Wanderung gemacht und wäre voll von seinen Erlebnissen, die er unbedingt teilen wollte?

Tjade wusste, dass er ungerecht war, denn die Propaganda erzählte den Menschen genau das. Wie sollten sie es besser wissen? Er beschloss, mal wieder vage zu bleiben, um keine weiteren unliebsamen Fragen heraufzubeschwören.

»Ich habe nicht viel zu sagen, Hilka. Nun bin ich erst mal hier, und ich möchte nicht über die Zeit an der Front reden. Schon gar nicht in meinem Urlaub. Ich freue mich darauf, in einer anständigen Wanne zu baden. Gut zu essen und keinen Kanonendonner zu hören.«

Glücklicherweise gab sich seine Frau damit zufrieden.

»Arbeitest du viel mit dem Mann von eben? Diesem Tomasz?«, fragte er aber doch, während Hilka die Tür zum Haus aufhielt und ihn in die Küche lotste. Dort stellte er das Paket auf den Küchentisch und lehnte den Rucksack gegen den Stuhl. Tjade war froh, dass sie allein waren und in Ruhe miteinander sprechen konnten. Hilkas Eltern wären nach so langer Zeit der Trennung jetzt eher hinderlich gewesen.

»Es bleibt nicht aus, dass ich öfter mit ihm zu tun habe«, erwiderte sie. »Schließlich fehlen die anderen Männer zum Arbeiten, und er packt kräftig mit an. Genau wie Jan, unser anderer Hilfsarbeiter. Er ist meist mit Vadder unterwegs.« Sie rückte für Tjade den Stuhl zurecht, damit er sich setzen konnte. »Ich muss höllisch achtgeben, weil Tomasz und ich keine privaten Gespräche miteinander führen dürfen.«

»Also weißt du nicht viel über ihn?«, fragte Tjade, noch immer misstrauisch.

»Nein, nur dass er aus der Gegend von Danzig kommt und eine Frau und ein Kind hat. Sie haben im Augenblick keinen Kontakt. Wie auch?«

»Soso, der Zwangsarbeiter heischt also um Mitleid.«

Hilka schaute etwas ärgerlich. »Was soll das, Tjade? Er hat mir geantwortet, weil ich ihn gefragt habe. Besonders sicher ist er mit der deutschen Sprache nicht.«

»Magst du ihn?«, fragte Tjade lauernd.

Sie zuckte mit den Schultern. »Was heißt mögen? Er tut mir leid, denn er ist ziemlich allein. Die meisten halten sich an die Anordnungen und behandeln ihn wie einen Menschen zweiter Klasse. Ich mag das nicht, und meine Eltern lassen ihn jetzt auch bei uns mitessen.« Sie schnaubte. »Er muss schon in der Upkammer wohnen! Stell dir das mal vor!«

»Das ist ein Loch.«

»Eben.«

Damit war alles gesagt, aber es gefiel Tjade dennoch nicht, denn er hatte den Blick gesehen, mit dem der Mann Hilka bedacht hatte. Ob er unter anderen Umständen auch so eifersüchtig reagiert hätte, wusste er nicht, aber es störte, ja verunsicherte ihn, seine wunderschöne Frau mit diesem Mann unter einem Dach zu wissen.

»Ich fände es besser, wenn er in einem der Lager leben würde«, sagte er.

»In Sande-Neufeld?«, fragte Hilka entsetzt. »Das kann doch nicht dein Ernst sein! Da ist er in unserer Upkammer wirklich noch besser aufgehoben.«

Tjade zuckte mit den Schultern. »Mir gefällt das alles nicht.«

»Komm, nun bist du doch da!«, erwiderte Hilka. »Die Polen sind alle strenggläubig, da weiß er schon, was eine Ehe wert ist!«

Überzeugt war Tjade noch immer nicht, aber er wollte nicht weiterbohren. Er schaute seiner Frau lange in die Augen und spürte endlich das Innige, das sie beim letzten Mal miteinander verbunden hatte. Langsam zog er sie auf seinen Schoß und begann, ihr Gesicht mit seinen Küssen zu bedecken. Hilka schloss die Augen und tat es ihm gleich. Dass er nach Schweiß und Schmutz roch, hielt sie keinesfalls davon ab, ihm nah zu sein.

»Haben wir etwas Zeit für uns allein?«, fragte Tjade. »Ich würde mich gern waschen und dann …« Er sah sie mit vielsagendem Blick an.

Hilka nickte. »Wir gehen in unser Zimmer. Dort sind wir ungestört. Wir können die Tür abschließen.« Sie kicherte. »Schließlich sind wir verheiratet. Ich möchte so gern ein Kind von dir!« Grinsend fügte sie hinzu: »Um es mit den Worten meiner Mutter zu sagen: Lass uns versuchen, ein Kind für Volk und Vaterland zu zeugen.«

Es sollte ein Spaß sein, aber Tjade zuckte kurz zusammen.

»Für diese Hölle möchte ich kein Kind in die Welt setzen, und ich bete darum, dass wir nur Mädchen bekommen, die wir nie in den Krieg schicken müssen.«

Hilka strich ihm mit der Außenkante des Zeigefingers über die kratzige Wange. »Dann soll es so sein.«

»Nun lass uns verschwinden, ehe alle vom Feld zurück sind.«

Das Führerpaket ließ Tjade auf dem Tisch stehen, seinen Rucksack nahm er aber mit, weil sich darin auch das Zahnputzzeug befand.

Sie huschten durch den Flur in ihr Schlafzimmer. Das Bett war gemacht, es wirkte sauber und freundlich. Auf der Kommode stand eine Schüssel, und im Krug befand sich frisches Wasser. Daneben lag auf einer weißen Porzellanschale ein Stück Kernseife.

»Bitte!«, forderte Hilka ihren Mann auf. »Ich habe mich heute Morgen gründlich gewaschen. Als hätte ich dein Kommen erahnt. Ach – wie ich es mir doch gewünscht habe!«

Tjade wusch sich, rasierte die Bartstoppeln gründlich, putzte sich die Zähne und fühlte sich danach gleich viel besser.

Er war zu Hause. Bei Hilka.

Jetzt wollte er sich als Mann fühlen. Erst danach würde er zu seiner Mutter gehen und sie mit den Präsenten aus dem Führerpaket überraschen. Das würde sie von Fragen ablenken, denn niemals durfte sie wissen, was er alles gesehen und getan hatte. Niemals!

Er war der siegreiche und ausgezeichnete Soldat Tjade Gerdes. Und als solcher würde er nach Stalingrad gehen und dort die hoffentlich letzte und entscheidende Schlacht kämpfen, bevor er ganz zurück nach Neumöhlen kam und endlich ein Familienleben führen konnte. Mit seiner Frau – und seinem Mädchen, das er zeugen wollte.

Nur ein Mädchen, keinen Jungen. Er hoffte, dass der liebe Gott seine Gebete erhören würde.

Kapitel 7

»Frau Gerdes?«

Die Tür des Krankenzimmers wurde aufgerissen, der Arzt stürzte herein und unterbrach die Erzählung. Ihm folgten andere Mediziner und eine Krankenschwester, die die Patienteninformationen von Hilka in der Hand hielt.

Viktoria gefiel die Unterbrechung gar nicht. Langsam fand sie sich in die Geschichte hinein, auch wenn es für ihre Begriffe viel zu zäh voranging.

Außerdem war es nach wie vor erschreckend, dass sie erst jetzt, mit siebzig Jahren, von vielen Dingen erfuhr und begreifen konnte, wie ihre Mutter dachte, fühlte und wie sie als junge Frau gewesen war. Offenbar eine völlig andere als die, die sie zu kennen glaubte.

»Doktor Müller ist mein Name. Sind Sie verwandt?«, fragte der Arzt mit einem skeptischen Blick zu den Schwestern.

»Meine Töchter«, erklärte Hilka sofort, und in ihrer Stimme schwang unverhohlener Stolz. Sie deutete erst zu Rena, dann zu Viktoria und stellte beide namentlich vor. »Sie dürfen bleiben und alles hören, was Sie zu sagen haben. Vor ihnen habe ich keine Geheimnisse. – Nicht mehr«, fügte sie leise hinzu. »Nicht mehr …«

Der Arzt nickte nur und vergrub seinen Blick in der Akte. »Gut, dann schauen wir uns mal die Befunde an.«

Er studierte alles, was die Krankenschwester ihm reichte, und spitzte dann die Lippen, ehe er die Unterlagen herumreichte. Danach stellte er sich mit vor dem Bauch gefalteten Händen direkt an das Fußteil vom Krankenbett.

Er wiegte den Kopf und legte seine Worte zurecht.

»Es sieht gar nicht übel aus«, begann er schließlich mit monotoner Stimme, aber in verbindlichem Ton. »Der Infarkt war weniger heftig, als wir zunächst gedacht haben, Frau Gerdes. Wir haben für Sie tun können, was möglich war.«

Er räusperte sich, und Hilka fiel ihm ins Wort, so wie es ihre Art war. »Sie meinen also, ich gebe sowieso bald den Löffel ab?«

Sie brachte Doktor Müller sichtlich in Verlegenheit. »Das habe ich so nicht gesagt.« Er wand sich regelrecht. »Nur sind Sie eben schon fünfundneunzig Jahre alt, und natürlich ist das Krankheitsbild in solch einem Fall sehr bedrohlich.«

»Gut, dann ist es ja so, wie ich gesagt habe«, insistierte Hilka.

Viktoria musste sich ein Grinsen verkneifen.

»Was wollen Sie mir noch sagen?«, fragte ihre Mutter.

»Ich möchte Sie gern nach Hause schicken«, fuhr der Arzt fort. »Wenn Sie mir versprechen, es ruhig angehen zu lassen. Also im Garten auf der Bank sitzen oder in der Küche bei einer Tasse Tee! Dann spräche nichts dagegen, wenn Sie die Klinik verlassen.«

Viktoria schmunzelte jetzt, und sie sah, dass Rena das Gleiche dachte: Ihre Mutter zum Nichtstun zu verdonnern war unmöglich. Egal wie viele Infarkte sie auch immer haben mochte, sie würde niemals still sitzen, sondern herumwuseln und zumindest irgendwelche Spinnweben finden, die sie dringend beseitigen musste.

»Frau Grotkopp hat sich heute Morgen schon allein gewaschen, obwohl sie noch Bettruhe hatte«, mischte sich nun die Krankenschwester in anklagendem Tonfall ein.

Der Arzt runzelte die Stirn. »So etwas habe ich mir schon gedacht. Sie haben Hummeln im Hintern, aber das geht jetzt eine Weile nicht. Bitte nehmen Sie meine Worte ernst!«

»Was soll denn schon groß passieren?«, fragte Hilka.

»Sie könnten einen weiteren Infarkt erleiden und sterben«, dozierte der Arzt.

Viktorias Mutter kicherte. »Also Sie befürchten, dass ich in meinem Alter tot umfallen könnte? Damit kann ich leben!«

»Wir sind hier nicht im Comedy-Club«, maßregelte sie Doktor Müller und wandte sich an Rena und Viktoria. »Sie können Ihre Mutter also später mitnehmen, aber bitte sorgen Sie für Ruhe, und stellen Sie sie einmal wöchentlich dem Hausarzt vor. Blutentnahme, EKG und so weiter. Das ist alles im vorläufigen Arztbrief vermerkt. Den mache ich noch fertig.« Er klappte die Krankenakte schwungvoll zu.

»Heute?«, entfuhr es Rena dann. Viktoria sah ihrer Schwester an, dass sie in Windeseile alle Probleme durchkaute, die nun auf sie zukommen würden. »Jetzt soll sie schon mitkommen? Da muss ich aber noch ein paar Dinge vorbereiten, das verstehen Sie sicher.«

Viktoria stand auf und trat vor den Arzt. »Wir bekommen das hin. Meine Schwester muss es nicht allein stemmen. Ich bin ja auch noch da.«

Rena warf ihr einen ärgerlichen Blick zu. »Natürlich hätte ich das allein hinbekommen«, zischte sie. »Ich brauche eben nur Zeit, das ist doch nichts Schlimmes. Du musst dich nicht immer einmischen!«

Viktoria fuhr herum. »Hätte ich mich nicht eingemischt, dann wären so einige Dinge in deinem Leben schiefgelaufen, Rena. Das weißt du genau!«

»Ich bin jahrelang sehr gut ohne dich klargekommen!«

»Du hast mich verjagt. Wegen Jochen, obwohl ich nichts, aber auch gar nichts dafürkonnte!« Viktorias Ton war scharf.

Doktor Müller schaute befremdet von einer zur anderen, und auch sein Team wirkte konsterniert.

»So sind sie, meine Deerns«, mischte sich Hilka ein. »Da können sie auch noch so alt werden: Sie benehmen sich zwischendurch immer noch wie zwei pubertierende Mädchen, die sich den Dreck unterm Fingernagel nicht gönnen.«

Viktoria blickte zu Boden. Ihr Ausbruch war peinlich. Auch Rena sah betreten aus, und sie überspielte die Situation, indem sie schnell sagte: »Entschuldigen Sie bitte. Ja, es ist in Ordnung, wenn Mutter heute kommt.« Sie sah Viktoria an. »Wir bekommen das hin.«

Der Arzt nickte. »Gut, dann machen wir es so.« Er winkte den beiden Schwestern. »Können wir bitte kurz draußen allein miteinander sprechen?«

Viktoria schluckte. Da waren sie wohl zu weit gegangen. Niemals hätten sie sich in dieses unsinnige Wortgefecht hinreißen lassen dürfen. »Ja, natürlich«, sagte sie, und auch Rena nickte.

Nur hatten sie die Rechnung ohne ihre Mutter gemacht. »Wenn es was zu bereden gibt, dann ja wohl über mich, und ich habe das gute Recht, alles zu erfahren. Hinter meinem Rücken wird hier gar nichts besprochen.«

»Ich möchte Ihren Töchtern nur ein paar Dinge zur Pflege sagen und zeigen«, redete sich der Arzt heraus. Es war nicht die Wahrheit, das wussten alle, aber wider Erwarten gab Hilka sich damit zufrieden. Sie musste noch sehr müde sein, sonst hätte sie nicht lockergelassen.

Viktoria und Rena folgten dem Arzt auf den Flur und warteten, bis die Tür geschlossen war.

»Wird sie sterben?«, fragte Rena sofort.

»Ihre Mutter ist sehr betagt, und das Krankheitsbild hat in diesem hohen Alter eine ungünstige Prognose«, begann der Arzt vorsichtig. »Wir können hier nichts mehr für Ihre Mutter tun, und sie ist ein Mensch, der sich zu Hause am wohlsten fühlt. Ich persönlich halte es für wichtig, dass sie nun in eine behagliche Atmosphäre kommt. Das wird ihr mehr Stabilität geben, als wenn wir an ihr herumdoktern und sie sich unwohl fühlt. Zumal sie sich ohnehin nicht an die Regeln hält und tut, was sie will.«

Rena schluckte hörbar. »Dann müssen wir also mit dem Schlimmsten rechnen?«

»In dem Alter immer, Frau Gerdes. Vor allem mit ihrer Vorerkrankung. Niemand ist unsterblich.« Er zuckte bedauernd mit den Schultern.

»Ich finde es gut, dass Sie so menschlich agieren«, stellte Viktoria klar. »Wir sind zu zweit, mit Renas Tochter Charlotte sogar zu dritt, und das bekommen wir gestemmt. Mutter wird es an nichts fehlen.«

Rena schaute ihre Schwester skeptisch an. »Du übernimmst jetzt also das Zepter?«, fragte sie, aber Viktoria wollte keinen neuerlichen Streit vom Zaun brechen.

»Mama will noch eine Menge loswerden, das ist ihr wichtig, wie du weißt. Ist sie zu Hause, wird es doch viel einfacher.«

»Sie räumt ihr Leben auf, habe ich das richtig verstanden?«, fragte Doktor Müller.

»So ist es«, bestätigte Viktoria.

»Dann sollten Sie Ihre Mutter erst recht nach Hause holen! Es wird ihr guttun, zu sprechen. Das macht das Ende später leichter.«

Rena schien nicht restlos überzeugt, widersprach aber nicht.

»Gut, dann machen wir es so«, schloss Doktor Müller. »Kochen Sie ihr, was sie gern möchte, sorgen Sie für ein ruhiges Umfeld, und passen Sie auf, dass sie sich schont!«

Er blickte zur Krankenschwester und bat darum, die Entlassungspapiere fertig zu machen. »Der Arztbrief ist«, er sah auf die Uhr, »am frühen Nachmittag fertig. Den bringen Sie bitte dem Hausarzt. Darin ist die Medikation festgelegt, für heute geben wir Ihnen was mit, ab morgen bekommen Sie es dann verschrieben.«

Er verabschiedete sich und eilte mit wehendem Kittel und seinem Tross ins nächste Krankenzimmer.

»Na, dann packen wir mal Mamas Sachen zusammen«, schlug Rena vor. »Ich hoffe, sie spielt mit und lässt sich von uns was sagen.« Sie lachte auf. »Mama und Ruhe, ha! Da kannst du auch dem norddeutschen Wind sagen, er soll aufhören zu pusten. Es hätte denselben Effekt!«

Viktoria stimmte ihrer Schwester zu. Ihr passte es wunderbar in den Kram, da sie nun vor Ort mit ihrer Mutter sprechen konnten und nicht ständig ins Krankenhaus fahren mussten. Das würde viele Dinge erleichtern. Sie gingen zurück ins Zimmer.

Ihre Mutter war eingeschlafen und schrak zusammen, als die beiden an ihr Bett traten. »Entschuldigt, da war ich wohl doch kurz weggenickt«, sagte sie. »Was habt ihr jetzt verhackstückt?«

»Du darfst am frühen Nachmittag nach Hause.« Viktoria hob den Daumen. »Auf geht's!«

»Das gefällt mir«, erklärte Hilka. »Ich muss noch eine Menge loswerden. Und zu Hause bei einer moi Tass Tee geiht dat doch viel besser.«

1942

Als Hilka und Tjade wieder in die Küche kamen, war das Führerpaket verschwunden.

»Wo ist es denn geblieben?«, fragte er fassungslos. »Ich habe es doch mit reingenommen und auf den Tisch gelegt!«

Hilka war in Gedanken noch bei der letzten Stunde, sie war so schön gewesen. »Ach, bestimmt war Mutter hier und hat es fortgeräumt«, sagte sie versonnen. »Sie kann es nicht leiden, wenn etwas rumliegt.«

»Glaub ich nicht. Wir haben sie doch gar nicht gehört.«

Hilka stieß ihren Mann neckisch in die Seite. »Wir waren ja auch mit anderen Dingen beschäftigt und haben nur einander gehört, wie du weißt …«

Tjade blieb ernst.

Verwundert sah Hilka ihn an. Früher hätte er jetzt gelacht und sie geküsst, aber nun verfinsterte sich sein Gesicht, und es tanzte Wut darüber. Seine Augen verengten sich, und er zog die Stirn in Falten. Dazu ballte er die Faust.

»Deine Mutter hätte nach uns gerufen!«, quetschte er hervor. »Es muss jemand anders in der Küche gewesen sein. Jemand, der nicht gehört werden wollte.«

Nun wurde es Hilka doch zu bunt. »Tjade!«, rief sie aus, in der Hoffnung, ihn über die Lautstärke zu erreichen. »Wer to'n Düwel soll denn in unsere Küche kommen und das Paket stehlen?«

»Ich hätte da einen Verdacht«, antwortete ihr Mann düster.

Hilka ahnte, von wem er sprach. »Tomasz stiehlt nicht.«

»Und woher weißt du das?« Tjade schaute seine Frau grimmig an. »Woher willst du das wissen? Möchtest du deine Hand für den Feind ins Feuer legen?«

Er packte sie am Genick und zog sie so dicht zu sich heran, dass sie seinen Atem spüren konnte. Er roch jetzt aber nicht mehr frisch wie eben, sondern sauer und scharf.

»Lass mich los, Tjade!«, keuchte Hilka.

Er aber hielt sie umklammert.

»Lass mich los!«, wiederholte sie und strampelte.

Plötzlich löste sich der Griff, und er schüttelte den Kopf. Er schlug die Hände vors Gesicht und ließ sich auf den Stuhl sinken. »Entschuldige bitte.«

Hilka rieb sich den Hals. Das eben hatte schrecklich wehgetan, und am liebsten hätte sie ihren Mann in diesem Augenblick zum Teufel gejagt. Doch die Leere in seinem Blick hielt sie davon ab. Er schien keinen wirklichen Punkt zu fixieren, obwohl er aus dem Fenster zur Straße schaute.

»Was ist los mit dir?«, fragte sie.

»Ich weiß nicht.« Seine Stimme klang mit einem Mal dünn.

»Das bist doch nicht du!« Hilka sah ihren Mann forschend an.

Tjade zitterte derweil heftig. »Manchmal ist da so etwas, was ich nicht im Griff habe. Das ist dann, als ob mich ein wildes Tier anspringt und ich kämpfen muss.«

Hilka konnte nicht anders, als ihn in den Arm zu nehmen. Tjade hockte vor ihr wie ein Junge, der sich schämte und nun dringend Trost brauchte. Sie wiegte ihren Mann wie ein kleines Kind, bis er aufhörte zu zittern und sich wieder in der Gewalt hatte.

»Was hat der Krieg bloß mit dir gemacht«, sagte sie schließlich. »Es ist nicht das, was sie uns erzählen, stimmt's? Es ist das Fegefeuer auf Erden.«

Tjade nickte nur.

Die beiden saßen eine Weile still da, lauschten dem Ticken der Wanduhr und hielten sich einfach aneinander fest.

»Es ist wieder gut«, meinte Tjade und löste sich aus der Umarmung. »Kommt nicht wieder vor.«

»Versprich bitte nichts, was du nicht halten kannst«, sagte Hilka. »Das ertrage ich nämlich nicht.«

Tjade atmete schwer. »Aber das Führerpaket… es sollte doch eine Überraschung sein«, murmelte er.

»Gut, zurück zum Paket«, sagte Hilka. »Es ist zwar verschwunden, wir wissen aber nicht, wer es genommen hat. Ich denke, es war Mutter, du meinst, es wäre Tomasz gewesen. Infrage kämen auch noch die beiden Mägde, wobei ich auch bei ihnen davon ausgehe, dass sie es nur beiseitegelegt haben. Hier wurde noch nie etwas gestohlen. Wir schließen nicht einmal die Türen ab, wie du weißt.«

Hilka griff nach Tjades Hand, die noch immer zitterte. »Komm, wir gehen in die Mühle«, schlug sie vor. »Bestimmt ist Vater dort, und er kann Licht ins Dunkel bringen. Außerdem weiß er sicher, wo Mama steckt, sodass wir auch sie fragen können.«

»Was soll denn dein Vater wissen?«, fragte Tjade.

»Er hat seine Augen und Ohren überall«, gab Hilka zurück. Ihr war es wichtig, dass ihr Mann sich wieder vollends beruhigte, und sie hoffte, das würde im Beisein ihres Vaters schneller geschehen.

Tjade folgte Hilka nur widerwillig. Draußen schaute er nach rechts und links, wohl auf der Suche nach Tomasz.

Hilka entdeckte ihn hinten im Garten am Gemüsebeet und deutete erleichtert mit dem Kopf dorthin. »Siehst du? Er hat das Paket sicher nicht genommen. Wie sollte er es auch unauffällig verschwinden lassen? Das wäre unmöglich, sieh nur, Vater arbeitet unten in der Mühle mit offener Tür.«

»Es gibt immer Wege …«

»Warum willst du unbedingt, dass er böse ist?«, entgegnete Hilka.

Tjade versteifte sich. »Das will ich gar nicht. Aber er … er hat dich so angesehen, als ob …« Er brach ab. »Lass gut sein.«

Hilka wusste, dass sie keine weitere Antwort bekommen würde.

Sie betraten die Mühle. Es war staubig hier, und es roch nach gemahlenem Getreide, auch wenn die Ruten sich heute nicht drehten. Aber dieser Duft verschwand nie ganz.

Ihr Vater stand in seiner typisch beigefarbenen Müllerkleidung am Sackaufzug und prüfte das Seil. »War kaputt, das Ding. Wir konnten nicht einmal mahlen, weil wir die Säcke nicht befördern konnten«, erklärte er, schaute aber nicht auf. »Es hat gedauert, bis ich das repariert habe, dammich. Nun will ich aber schnell die Segel setzen, damit wir noch ein bisschen was wegmüllern und die Bestellungen abarbeiten können. Rufst du Tomasz? Ich brauche seine Hilfe!« Er zog noch einmal am Seil, nun schien alles zu funktionieren.

Hilka lächelte, weil ihr Vater noch nicht bemerkt hatte,

wer neben ihr stand. So war er immer: Wenn es um seine Mühle ging, war er nur damit beschäftigt und hatte keinen Blick für die Umgebung.

Deshalb könnte Tjade recht haben. Vielleicht hat Tomasz doch das Paket genommen, raunte eine böse Stimme in Hilkas Kopf, die sie sogleich beiseitewischte.

»Papa, sieh nur, wer da ist!«, sagte sie beschwingt.

Ihr Vater fuhr herum, und sofort glitt ein breites Grinsen über sein Gesicht. Dabei zeigte sich der fehlende Schneidezahn, den er mal bei einer Dorfschlägerei verloren hatte.

»Tjade!« Er machte zwei Schritte auf den Schwiegersohn zu und klopfte ihm väterlich auf die rechte Schulter. »Min Jung, wat moi, dass du auf Urlaub bist!«

»Moin, Vadder«, begrüßte auch Tjade ihn.

»Du bist ganz schön dürr geworden«, stellte Johann Grotkopp fest. »Aber nun kann Hilka dich ja hübsch aufpäppeln. Wie lang darfst du denn bleiben?«

»Vier Wochen.«

»Moi, dann musst du ja nicht gleich wieder los«, antwortete er knapp, wie es seine Art war.

Tjade schabte mit der Schuhspitze über den Steinboden der Mühle.

»Irgendwas stimmt doch mit euch nicht«, bemerkte Hilkas Vater, nachdem sein Blick zwischen den beiden hin- und hergewandert war. »Ihr guckt so kritisch. Was quält euch denn, wo ihr doch fröhlich sein solltet?«

Hilka fasste kurz zusammen, was geschehen war.

Ihr Vater hörte sich alles in Ruhe an und rieb sich das Kinn.

»Mudder kann das Paket nicht genommen haben. Sie ist in Gödens und pflückt bei Tant Anni Äpfel.«

»Also doch«, entfuhr es Tjade, und seine Hände bebten. Er umklammerte sein Handgelenk und versuchte, diese Regung unter Kontrolle zu bekommen, doch es gelang ihm nicht.

»Was also doch?«, fragte Johann sofort.

»Tjade glaubt, dass Tomasz es genommen hat«, erklärte Hilka. »Aber das ist ausgeschlossen.«

»Tomasz?«, hakte ihr Vater nach.

Hilka zupfte Tjade am Ärmel, damit er diese Anschuldigung nicht untermauerte, denn es war nach wie vor eine unbewiesene Behauptung. Doch nun war es ausgesprochen. Die Worte hingen wie giftige Dämpfe in der Mühle.

Ihr Vater wurde blass. »Wenn das so ist, dann wird der Kerl das bereuen. Für so was wird glatt die Hand abgehackt. Oder er wird standrechtlich erschossen!«

Hilka wich einen Schritt zurück und hob die Hände. »Papa! Es ist doch gar nicht belegt! Wir haben nichts gesehen und gehört, und Tomasz arbeitet nach wie vor im Garten! Wann sollte er das denn getan haben? Du bist hier, und er wäre Gefahr gelaufen, von dir erwischt zu werden.«

Sie sah, dass ihre Worte an beiden Männern abprallten.

»Um so etwas zu tun, braucht man nicht lange. Ich fürchte mal, ihr wart anderweitig beschäftigt. Wie solltet ihr da was hören?«, sagte Johann schnaubend. »Ich durchsuche auf der Stelle die Upkammer! Dann werden wir ja sehen.«

Tjade schwieg und schien seine Worte bereits zu bereuen, aber er war offensichtlich nicht in der Lage, Einwände zu erheben.

»Viel Auswahl bleibt schließlich nicht, Diebesgut zu verstecken. Wie groß ist das Paket?«, fragte Johann.

Hilka deutete mit den Händen an, welchen Umfang es in etwa hatte. »Aber wir werden es nicht bei ihm finden.«

Ihr Vater tat so, als hätte er die Worte seiner Tochter nicht gehört, und stapfte in Richtung Wohnhaus. Hilka und Tjade folgten ihm.

»Was hast du bloß gemacht!«, fuhr Hilka ihren Mann an.

Der stammelte so etwas wie eine Entschuldigung.

Hilka packte ihren Vater am Arm. »Papa! Nun lass uns doch erst mit ihm sprechen!«

Er winkte wütend ab. »Als ob ein Dieb seine Schandtat dann zugeben würde.« Er öffnete die Tür zum Keller, wo auf halber Höhe die Upkammer abging. Mit Wucht stieß er sie auf, aber weder auf dem Bett noch darunter war das Paket zu finden.

Hilka wollte schon erleichtert aufatmen, als ihr Vater das Kissen anhob und darunter eine einzelne Zigarette fand.

»Wusste ich es doch!«, brachte Tjade bleich hervor. Immerhin sprach er wieder deutlich. »Wusste ich es doch!«

»Was wusstest du?«, fragte Hilka.

»Dass er es war. Diese Zigarette ist Teil der Diebesbeute!« Ihr Mann ergriff die angerauchte und lädierte Zigarette.

»Tomasz raucht hin und wieder, und manchmal stecke ich ihm eine zu. Die da hat er von mir, ich kenne die Marke«, flüsterte Hilka, und schon als sie es aussprach, spürte sie den Schlag auf die Wange. Er kam allerdings nicht von ihrem Mann, sondern von ihrem Vater.

»Du machst was?«, fragte er mit gefährlich ruhiger Stimme.

»Ich habe Mitleid mit ihm, und er hat es doch schwer genug«, versuchte Hilka sich zu verteidigen. »Da kann er doch wenigstens mal rauchen!«

»Willst du zu einem Polenflittchen werden?«, schrie ihr Vater. »Wir dürfen eigentlich nicht einmal mit ihm reden. Es ist schon großzügig, dass er das Abendessen bei uns am Tisch einnehmen darf, und schon da kann ich in Teufels Küche kommen, wenn sich das rumspricht! Deswegen sind schon andere Bauern zur Strafe eingezogen worden. Fiete vom Marschhof zum Beispiel…« Das Gesicht ihres Vaters war feuerrot angelaufen, und er winkte ab. Seine Hand landete ein weiteres Mal in Hilkas Gesicht. Sie schmeckte Blut, denn er hatte ihre Lippe getroffen. Erst liefen ihr nur ein paar Tränen über die Wangen, doch dann schluchzte sie laut auf.

Tjade hob die Hand, als ob er seiner Frau helfen wollte, aber brachte es nicht fertig einzuschreiten.

Was hat er sich verändert, dachte Hilka, die ihren Mann immer weniger zu kennen glaubte. Früher hätte er sie mit allen Mitteln verteidigt. Nun stand er da wie ein kleines dünnes Männchen und bekam gegenüber dem dominanten Schwiegervater den Mund nicht auf.

»Es ist beschämend, wie sehr du diesen Polen verteidigst und dass du ihn auch noch unterstützt«, sagte ihr Vater, als Hilkas Schluchzen etwas nachließ.

»Ich knöpfe mir den Kerl jetzt vor, dann wird er schon singen, wo er das Paket versteckt hat!«

Johann stürmte in den Garten.

Kurz darauf hörte Hilka dumpfe Schläge, ein Wimmern, und dann war Ruhe. Tjade schwieg noch immer. Hilka sah ihren Mann an, als würde sie einem Fremden gegenüberstehen.

Kapitel 8

Das Feuer knisterte im Küchenofen, als Hilka müde die Augen schloss, nachdem sie den Vorfall mit Tomasz erzählt hatte. Rena und Viktoria hatten für sie zuvor den grünsamtigen Ohrensessel aus der Stube geholt und neben den Tisch gestellt, damit ihre Mutter bequem sitzen konnte. Über ihren Beinen lag eine Decke.

»Hat Großvater ihn totgeschlagen?«, fragte Viktoria entsetzt. Sie hatte Opa Johann als umsichtigen und freundlichen Mann in Erinnerung, und das Verhalten ging mit ihren Vorstellungen gar nicht zusammen.

»Nein, Tomasz hat es überlebt«, sagte ihre Mutter mit schwerer Stimme. »Aber er hatte einige Blessuren.«

»Es ist erschreckend, dass ihr alle irgendwie von diesen Nazis geleitet wart«, entfuhr es Viktoria. »Vor allem ist es schlimm, wie Großvater sich verhalten hat. Wie konnte er so etwas tun, ohne Beweise zu haben?«

Ihre Mutter rieb sich die Augen. »Das stimmt. Es gibt keine Entschuldigung dafür. Aber wir haben zu Beginn der Propaganda Glauben geschenkt, weil es guttat, das zu tun.« Ihre Mutter schob die Unterlippe vor. »Dann war es irgendwann zu spät. Es wäre gefährlich gewesen, nicht mitzulaufen – und da haben wir unseren Mund gehalten.«

»Das mag ja sein, aber es rechtfertigt nicht, dass Opa

Tomasz verprügelt hat, obwohl doch gar nicht bewiesen war, dass er der Dieb ist«, widersprach Viktoria vehement. »Da kann er sich nicht rausreden, finde ich.«

Ihre Mutter fühlte sich offenbar in die Enge getrieben, denn sie hob abwehrend die Hände, als wollte sie sich schützen. »Mein Vater hatte Angst, weil er den Ostarbeitern mehr Zugeständnisse gemacht hatte, als erlaubt war. Und in der Situation ist er durchgedreht, weil es nun vielleicht rausgekommen wäre. Da wollte er wohl ein Zeichen setzen, was weiß denn ich?« Hilka senkte den Kopf. »Du hast aber recht. Es war unmenschlich und übel, was er getan hat. Aber genau deshalb müsst ihr die Geschichte der Mühle mit allen Facetten kennen. Es gibt so viele Zwischentöne, so viele Dinge, die bei allem mitgeschwungen haben. Ich will nichts verschweigen. Ohne den Krieg, ohne dem, was euer Vater, ich nenne ihn trotzdem mal noch so, mitmachen musste, ohne das alles, wärt ihr andere Mühlentöchter, das glaubt mal.«

Hilka lehnte sich erschöpft in ihrem Sessel zurück. Viktoria wollte noch etwas entgegnen, aber Renas warnender Blick hielt sie ab. »Lass es!«, formten ihre Lippen lautlos.

Viktoria verstand. Es brachte sie nicht weiter, ihre Mutter zu attackieren. So würden sie die Wahrheit nicht erfahren, und darum ging es. Einzig und allein darum.

Es war ein Segen, dass die Tür aufgestoßen wurde und Charlotte zusammen mit Lutz eintrat. Sie stellte Viktoria ihren Freund vor. Viktoria taxierte ihn und wusste gleich, dass er ihr unsympathisch war. Dieser unruhige Blick, die Hände, die er nicht stillhalten konnte, seine ganze Körperhaltung. Sie fand, er hatte etwas von einem Schakal. Aber sie wollte ihre Nichte nicht verletzen und bemühte sich um Freundlichkeit.

»Schön, Sie kennenzulernen!«

»Wir waren erst frühstücken und dann am Strand«, erklärte Charlotte, bevor ihr Blick auf ihre Großmutter fiel. »Oma!«, rief sie erfreut aus. »Du bist entlassen! Das ist ja wunderbar.« Sie umarmte sie fest. »Aber du siehst müde aus.«

»Dat geiht schon, min Deern. Dat geiht schon. Ich musste ja eine Menge loswerden.«

Charlotte schüttelte den Kopf. »Ich kann verstehen, dass du das alles erzählen willst, aber es nützt ja keinem, wenn du zusammenbrichst. Du bist doch heute erst nach Hause gekommen, und da musst du dich schonen. Ich denke, das werden dir die Ärzte auch gesagt haben.«

»Jo, aber man muss schließlich nicht auf alles hören, was die Doktoren reden. Die haben auch nicht immer recht.«

Lutz grinste. »Ich denke doch, Oma Hilka. Nun komm du man her, und ich bringe dich zusammen mit Charlotte in dein Zimmer. Dann schläfst du ein bisschen, und danach kannst du gern weitererzählen.«

Oma Hilka willigte überraschend schnell ein. »Wenn de jung Keerl dat seggt, dann ist dat wohl so.«

Lutz und Charlotte brachten sie kurzerhand in ihr Zimmer.

»Hat Oma gegessen?«, fragte Charlotte, als sie zurückkam. »Das ist ungeheuer wichtig, das wisst ihr!«

Ihre Mutter nickte. »Das hat sie noch im Krankenhaus gemacht. Und hier eben Tee getrunken und einen Keks zu sich genommen.«

»Gibt es was Neues, was sie loswerden musste?«

Viktoria bestätigte das und fasste kurz zusammen, was Oma Hilka berichtet hatte. »Ich weiß, wie sehr sie das erschöpft hat, aber sie möchte es zu Ende bringen. Das ist ihr so wichtig, dass sie sich sicher gerade übernommen hat.«

»Ihr müsst besser auf sie achtgeben!«, bat Charlotte.

Lutz setzte sich an den Tisch und rückte etwas beiseite, damit seine Freundin auf der Eckbank Platz nehmen konnte.

»Wasser?«, fragte sie ihn. Er griff sofort nach einem der bereitgestellten Gläser auf dem Tisch. Charlotte schenkte sich auch etwas ein und trank alles in einem Zug leer. Dann schnaufte sie tief durch. »Puh, ganz schön was passiert in diesem Haus, was? Und da kommen wir auch noch mit Nachrichten, die, sagen wir mal, etwas unerfreulich sind.«

»Ach, deshalb musste Oma weg?«, fragte Rena.

Charlotte nickte. »Wir sollten sie auf ihre alten Tage nicht auch noch beunruhigen. Es reicht, dass sie von der defekten Flügelwelle weiß.« Sie zupfte einen Umschlag aus der Handtasche.

»Was ist das?«, fragte Rena.

»Leider keine guten Nachrichten«, erklärte Charlotte. »Aber wir müssen drüber sprechen.«

Rena sah ihre Tochter abwartend an. »Dann raus mit der Sprache! Ist es das, was ich befürchte?«

»Könnt ihr mich mal aufklären, worum es geht?«, fragte Viktoria. »Was ist mit der Flügelwelle?«

Lutz erklärte kurz, welcher Schaden eingetreten war.

»Das ist ja übel«, antwortete Viktoria. »Dann darf die Mühle vorerst auf keinen Fall laufen. Im schlimmsten Fall könnten sich die Ruten verabschieden, das ist schrecklich gefährlich.«

»So ist es«, bestätigte Charlotte. »Wahrscheinlich hast du es noch nicht bemerkt, aber die Mühle ist deshalb auch stillgelegt. Wir müssen sie erst reparieren lassen.«

Viktoria war es unangenehm, dass es ihr tatsächlich nicht aufgefallen war.

»Lutz war so freundlich und hat einen Kostenvoranschlag bei einem Mühlenbauer machen lassen«, fuhr Charlotte erklärend fort. »Er kennt ihn gut, und Jost hat zudem einen hervorragenden Ruf. Wir haben schon mal mit ihm zusammengearbeitet.«

»Und den hast du jetzt?«, fragte Rena. »Den Kostenvoranschlag von Jost?«

Charlotte zeigte auf den Brief. »Ja, der steckt in diesem Umschlag.« Sie hob ihn bedeutungsschwer an.

»Zeig her!« Rena machte Anstalten, ihrer Tochter das Schreiben aus der Hand zu reißen.

»Mama, bitte! Immer langsam.« Sie holte tief Luft. »Es ist wie erwartet erheblich mehr, als wir es uns erlauben können.«

Rena wurde bleich. »Sag einfach, um wie viel Geld es sich handelt.«

»Es sind circa hunderttausend Euro, Mama.« Ihre Worte hingen unheilschwanger in der Luft und klangen eine Weile nach. Es dauerte, ehe jemand was sagte, und es war Rena, die den Anfang machte.

»So viel?« Sie griff zur Stuhllehne.

»So viel«, bestätigte Charlotte. »Das können wir uns nie und nimmer leisten.«

Viktoria runzelte die Stirn. »Moment! Ist es üblich, dass das so viel kostet?«

»Du hast doch gar nichts mehr mit der Mühle zu tun, also kannst du es wohl kaum beurteilen«, warf Charlotte ein. »Warum sollte Jost danebenliegen?«

Viktoria warf einen Blick zu Lutz, der ihr beunruhigt erschien, es aber versuchte, mit einem Pokerfacelächeln zu überspielen. Ihr erster Eindruck hatte sie nicht getrogen, nur stand ihr nicht zu, sich in Charlottes Leben einzumischen. Viktoria konzentrierte sich lieber auf die Tatsachen.

»Fakt ist, dass ich die Kosten exorbitant finde und wir eine zweite Meinung einholen sollten«, meinte Viktoria. »Das ist ohnehin ein normales Geschäftsgebaren. Vor allem, wenn es um solche Summen geht. Ja, das sollten wir unbedingt tun.«

»Wir?«, fragte Rena. »Auf einmal wir?«

Viktoria hob beschwichtigend die Hand. »Nun bleib mal ruhig, Schwesterherz. Ihr könnt es selbstverständlich für diesen Preis in Auftrag geben, aber ich habe das Gefühl, das ist zu teuer. Wenn ich eins gelernt habe, dann ist es, nicht immer gleich das erste Angebot zu akzeptieren.«

»Lutz weiß, was er tut, und wir kennen Jost Habbinger ja auch«, wandte Charlotte ein. Sie warf ihrem Freund einen unsicheren Blick zu, den er mit einem freundlichen Lächeln erwiderte.

Rena gab ein lautes Stöhnen von sich und sackte auf ihrem Stuhl zusammen. »Wir sind am Ende!«

Am liebsten hätte Viktoria ihre Schwester jetzt in den Arm genommen, denn mit dieser schrecklichen Nachricht brach gerade ihre Welt zusammen. Früher hätte sie das auch getan, aber heute erschien ihr eine solche Geste übergriffig, und so rührte sie sich nicht von der Stelle.

»Ich weiß, dass es mir nicht zusteht, mich einzumischen«, sagte sie nur. »Aber ich werde nicht zusehen, wie ihr alles verliert, was euch wichtig ist!« Sie wandte sich an ihre Nichte. »Bitte zeige mir den Kostenvoranschlag mal!«

Mit wenigen Blicken überflog sie die Aufstellung.

»Das ist wirklich ein hübsches Sümmchen«, sagte Viktoria schließlich, »aber ich bezweifle nach wie vor, dass der hohe Preis gerechtfertigt ist.«

Lutz nahm ihr das Schreiben aus der Hand. »Das ist alles rechtens. Ich finde es eigenartig, wie du dich hier aufführst und alles hinterfragst. Soweit Charlotte mir erzählt hat, scherst du dich doch sonst nicht um die Mühle.«

Charlotte ergriff seine Hand und sagte in beschwichtigendem Ton. »Ihr könnt uns schon vertrauen, dass wir keinen Mist bauen. Dazu ist uns das alles viel zu wichtig!«

»Wer ist Jost Habbinger denn?«, hakte Viktoria sofort nach und holte ihr Handy aus der Tasche. Sie gab seinen Namen bei Google ein.

»Ein uns bekannter Mühlenbauer, das hat Charlotte doch schon gesagt. Den kennt man hier. Gibt auch noch Hein Harms. Der ist etwas jünger und noch nicht so erfahren, aber auch gut in dem, was er tut«, gab Rena Auskunft.

Viktoria fand Habbingers Homepage und konnte zunächst nichts entdecken, was seine Reputation anzweifelte. Sie wollte dem später aber noch gründlicher nachgehen.

»Dann müsst ihr jetzt zur Bank und einen Kredit beantragen, damit ihr die Reparatur stemmen könnt. Das wird wohl die einzige Lösung sein, wenn ihr dieses Angebot akzeptiert.«

Charlotte zuckte mit den Schultern. »Das wird schwierig, weil wir keine wirkliche Sicherheit haben. Die marode Mühle zählt nicht, und wir haben keine Rücklagen. Unsere finanzielle Situation ist schon länger am Limit.«

Viktoria wusste, was das wahrscheinlich bedeutete, aber Lutz sprach es vor ihr aus, wofür sie ihm ein bisschen dankbar war, denn sie hatte sich für heute genug in die Nesseln gesetzt.

»Ihr müsst wahrscheinlich verkaufen«, sagte Lutz düster. »Dann habt ihr die Sorgen nicht mehr!«

»Niemals!« Rena war so heftig aufgesprungen, dass die Tassen schepperten. »Wir werden alles versuchen, damit wir das gestemmt bekommen. Es ist unser Zuhause!«

Charlotte wirkte ebenfalls sehr geknickt. Sie stand auf, umarmte ihre Mutter von hinten und legte die Wange an ihre. So standen sie eine Weile eng umschlungen da. Viktoria musste sich abwenden, weil ihr die Tränen kamen. Sie wäre in derselben Situation nicht in den Arm genommen worden. Sie hätte vor allem allein gestanden.

Charlotte ließ ihre Mutter los und sagte mit leiser Stimme: »Mama, so schwer es auch ist, wir dürfen die Möglichkeit zu verkaufen keinesfalls außer Acht lassen. Es ist nicht ausgeschlossen, dass wir die Groote Mühle verlieren.«

Rena wollte schon wieder aufbegehren, aber Charlotte zwang sie, ihr in die Augen zu schauen. »Zuvor werden wir aber Himmel und Erde in Bewegung setzen, um das zu vermeiden.«

In Viktoria arbeitete es. »Ihr könnt auch notfalls die Flügel abnehmen und die Mühle stilllegen. Also die Reparatur einfach sein lassen.«

Rena wurde noch blasser, als sie schon war. »Niemals. Die Groote Mühle muss sich drehen. Immer.«

»Besser, als sie zu verkaufen«, sagte Charlotte.

»Es ist aber keine Mühle mehr, wenn die Ruten fehlen!«, beharrte Rena. Und dann begann sie zu weinen.

Es waren stumme Tränen, die über ihre Wangen flossen. Tränen der Verzweiflung, die so sehr schmerzten, dass kein Ton sie begleiten musste.

Viktoria wollte das nicht hinnehmen. Es gab immer Wege. Es musste welche geben. »Ich schlage Folgendes vor«, begann sie wieder. »Erstens: Wir holen einen weiteren Kostenvoranschlag ein. Zweitens: Wir lassen den Teil des Grundstücks schätzen, auf dem die Scheune steht. Vielleicht kann man das zu Geld machen und davon die Reparatur bestreiten. Ihr benötigt nicht das ganze Land, oder?«

Rena sah auf. »Das eigene Land verkaufen? Dann verkauft man seine Seele. Das hat schon Großvater immer gesagt. Nur über meine Leiche!«

Lutz warf einen Blick auf seine Armbanduhr. »Ich muss leider los. Lasst mich wissen, wie ihr euch entscheidet!« Er gab Charlotte einen Kuss auf die Wange, und sie brachte ihn zur Tür.

Viktoria winkte nur kurz. In ihr arbeitete es weiter, aber etwas vom Land abzugeben, erschien ihr nach wie vor plausibel. Es musste ja nicht gleich ein Verkauf sein. »Dann verpachte es als Bauland. Erbpacht oder so. Irgendwie musst du alles stemmen, Rena. Und dafür sollten eben alle Optionen ins Auge gefasst werden.«

»Niemals«, wiederholte ihre Schwester.

»Dann schlag was Besseres vor!«, fuhr Viktoria sie an. »Willst du die hunderttausend Euro selbst drucken?«

Rena fixierte sie. »Du … du kannst uns doch helfen!«

»Ich?«, fragte Viktoria. »Wie denn das?«

»Du hast in Hamburg deine Eigentumswohnung und damit Sicherheiten. Warum nimmst du den Kredit nicht auf?«

Viktoria erstarrte und nahm nur am Rande wahr, dass Charlotte wieder in der Küche stand und dem Gespräch lauschte. »Ich soll euch das Geld besorgen?«

»Es ist auch dein Erbe. Das wäre jetzt mal eine Möglichkeit, uns zu unterstützen, nachdem du dich so viele Jahre gedrückt hast.«

Rena war wieder ganz in ihrem Element, und die Verzweiflung war, angesichts der nun greifbaren Lösung, wie weggeblasen.

»Mir geht schon länger durch den Kopf, alles zu verkaufen und nach England zu ziehen«, sagte Viktoria ganz ruhig. »Ich kann euch leider nicht helfen. Ich brauche dort das Startkapital.«

»Du musst!«, zischte Rena. »Du kannst uns doch jetzt nicht einfach hängen lassen!«

Viktoria schüttelte entschieden den Kopf. »Mein Leben findet schon viele Jahre woanders statt, und ich bin bereit, dir meinen Anteil der Mühle zu überschreiben, ohne mich auszahlen zu lassen. Aber mehr ist ausgeschlossen, weil ich andere Pläne als die Groote Mühle habe.« Viktoria fand, dass ihr Angebot sehr großzügig war, aber Rena wusste es definitiv nicht zu schätzen. Sie starrte ihre Schwester feindselig an. So wie früher, wenn Viktoria nicht das tun wollte, was Rena sich in den Kopf gesetzt hatte.

»Man kann nicht immer an vertrauten Dingen festhalten«, sagte Viktoria. »Auch in unserem Alter nicht. Es ist besser, das zu akzeptieren, Rena. Ich kann euch nicht retten, ohne meine eigenen Ziele zu verraten!«

»Du bist so eine Egoistin!«, entfuhr es ihrer Schwester. »Solche Worte können auch nur von dir kommen! Der Frau, der dieses Zuhause so was von gleichgültig ist. Du bist immer weggelaufen, wenn es drauf ankam. Du bist wirklich keine echte Gerdes! Wahrscheinlich hat Mutter sich doch mit diesem Tomasz eingelassen, und dann ist dieser Wechselbalg dabei herausgekommen, dem nichts wichtig ist, außer sie selbst. Ich schäme mich für dich – Schwester!« Das letzte Wort spuckte Rena förmlich aus.

Dass sie Viktoria dabei nicht vor die Füße spie, grenzte an ein Wunder.

»Mama!« Charlotte sah aus, als wollte sie dazwischengehen, aber sie schluckte dann doch nur heftig.

Viktoria stand auf und verließ wortlos die Küche.

»Wir treffen uns in zwei Stunden an Mamas Bett«, hörte sie noch. »Sei pünktlich!«

Obwohl Viktoria am liebsten sofort zurück in ihre Wohnung nach Hamburg gefahren wäre, wusste sie, dass sie dazukommen würde. Welches Geheimnis die Mühle auch immer versuchte, mit ihren großen Flügeln fortzuwehen: Sie wollte es kennen.

*

Rena lächelte Charlotte entschuldigend an. »Das ist jetzt etwas dumm gewesen, aber mit Viktoria und mir, das klappt leider nicht immer so, wie es sollte. Früher dachte ich, dass Schwestern zusammenhalten, sich lieben und aufeinander achtgeben. Bei mir und Vicki ist das anders. Eigentlich war es schon immer so.«

Charlotte stand auf und umarmte ihre Mutter. »Ich glaube, sie wollte einfach nur helfen. Sagtest du nicht, dass Tante Viktoria schon seit jeher sehr kritisch war?«

»Ja, sie hinterfragt alles und hat auch oft recht. Aber das eben ging zu weit, finde ich.«

»Lutz hat es wirklich genau abgeklopft«, erklärte Charlotte. »Natürlich ist es viel Geld, aber da ist dann auch alles drin, und wir haben keine weiteren Kosten.«

Rena lehnte ihren Kopf an Charlottes Unterarm. »Ich weiß, min Deern, aber es hätte einfach nicht so eskalieren dürfen.«

Charlotte gab ihrer Mutter einen Kuss auf die Wange.

»Ich schau kurz nach Oma, und dann reden wir! Über dich und Tante Vicki.«

Rena verstand, was ihre Tochter gleich von ihr wollte. Nur – wie viel war sie bereit, von der Geschichte damals preiszugeben?

Viktoria und sie, das war ein heikles Thema, weil es nicht greifbar war. Hassliebe wäre zu hoch gegriffen, aber ein anderes Wort fiel ihr nicht ein. Sie liebten sich, sie rieben sich aneinander. Konnten nicht ohne die andere, aber zusammen ging es auch nicht.

Rena schrak zusammen, als Charlotte zurück in die Küche kam. »Es ist wunderbares Wetter. Wollen wir an den Deich fahren, und du sprichst dir mal alles von der Seele? Oma schläft tief und fest. Tante Viktoria sitzt in ihrem Zimmer und liest. Ich habe sie gefragt: Sie passt auf Oma auf.«

Dankbar sah Rena ihre Tochter an. Sie war stets unglaublich umsichtig und wusste immer, was ihr Gegenüber gerade brauchte.

Rena holte ihre Jacke, und sie fuhren nach Cäciliengroden. Dort parkten sie an der Grundschule und liefen auf den Deichfuß zu.

»Rechts oder links?«, fragte Charlotte. Links ging es zum Flugplatz nach Mariensiel, rechts war es meist ruhiger, und sie konnten in der Ferne Richtung Butjadingen gucken.

Rena musste nicht lange überlegen, denn sie liebte den Kurort Dangast, auch wenn es von hier zu Fuß zu weit war, um dorthin zu gehen. »Rechts!«

Und so erklommen sie den Deich, weil sie von der Krone aus einen wunderbaren Blick über den Jadebusen und die vor ihnen liegende Salzwiese hatten. Auch Wilhelmshaven war gut zu erkennen.

Es roch etwas schlickig. Rena sog die Luft tief ein und glaubte, die feinen Salzkristalle des Meeres zu inhalieren. Hier fühlte sie sich frei. Hier waren alle Probleme plötzlich so weit weg wie die Möwen, die am blauen Himmel ihre Kreise zogen. Sie breitete die Arme aus und kam sich zugleich unglaublich kindisch vor, als sie so tat, als könnte sie fliegen.

Rena sah, dass Charlotte sie mit einem feinen Lächeln beobachtete. »Du solltest öfter ans Meer fahren«, sagte sie. »Es scheint dich glücklich zu machen. Und jünger!«

Eine feine Böe fuhr ihnen durchs Haar. Während Charlotte ihre blonden Locken mit einem breiten Samtgummi gebändigt hatte, zerzauste der Wind die Haare ihrer Mutter jetzt vollends.

»Ich sehe aus wie ein Besen. Ein Besen, der fünfundsiebzig lange Jahre immer wieder den Schmutz weggekehrt hat und eigentlich erfolglos war, denn kaum habe ich das Ding weggestellt, war alles wieder verdreckt.«

»Ach, Mami!« Charlotte drückte ihrer Mutter einen Kuss auf die Wange. »So schlimm?«

Rena kamen die Tränen. »Ich bin langsam zu alt für Konflikte, weißt du? Viktoria und ich haben uns früher gut verstanden. Als wir noch kleine Mädchen waren und es ein bisschen war wie: Wir gegen den Rest der Welt. Nur war unsere Welt klein«, fügte sie versonnen hinzu. »Sie bestand ausschließlich aus Neumöhlen. Mir hat das bis heute gereicht, Viktoria aber fing schon damals an, alles zu eng zu finden. Sie rebellierte.«

Ihnen kam eine Gruppe Hundebesitzer entgegen, und sie machten ihnen Platz. »Moin«, begrüßten sie sich, so wie es hier üblich war.

Als die Leute vorbei waren, fragte Charlotte: »Und wie äußerte sich Tante Viktorias Rebellion?«

»Als Kind darin, dass sie sich mit allem und jedem anlegte. Später trug sie extrem ausgefallene Klamotten.« Rena schmunzelte. »Sie war ein echter Hippie, und ich finde, es ist ihr bis heute anzusehen.«

»Stimmt, Tante Viktoria ist irgendwie… bunt«, ergänzte Charlotte.

»Ein Paradiesvogel in Neumöhlen und eine scheue Nachtigall«, ergänzte Rena versonnen. »Wobei ich früher auch geschillert habe. Mama fand, ich wäre eine natürliche Schönheit, die von innen glänzt. Dazu brauchte ich keine bunten Kleider wie Vicki.«

»Ja, das hat Oma oft erzählt«, bestätigte Charlotte. »Du warst eben immer mit dem zufrieden, was du hattest, und ich brauche nur die Bilder von damals zu betrachten, um zu sehen, wie schön du warst.«

»Wir passten irgendwann nicht mehr zusammen, und es ist klar, dass der Paradiesvogel sich ein luxuriöseres Zuhause sucht als eine alte Mühle, die nur Arbeit und Dreck macht. Vicki war und ist keine Müllerin, obwohl sie sich mit allem genauso gut auskennt wie ich. Nur fehlt ihr das Herzblut. Und das braucht es, wenn man eine Mühle betreibt.« Sie klopfte mit der Hand aufs Herz. »Da muss es stimmen, genau da!«

Charlotte deutete auf eine Brandgans, die aus der Salzwiese in Richtung Deichfuß watschelte. Ihr folgte kurz drauf eine zweite. »So schöne Vögel«, meinte sie.

»Alles hier ist schön, aber für Viktoria eben nicht schön genug.«

»Sei doch froh«, sagte Charlotte nach kurzer Überlegung. »Stell dir vor, deine Schwester hätte ebensolches Interesse an der Mühle gehabt wie du. Dann hättet ihr euch doch noch viel mehr gestritten!«

»Auch wieder wahr.«

Die beiden Frauen marschierten strammen Schrittes auf der Deichkrone entlang. Am Außendeich fuhren ein paar Radfahrer und grüßten wieder mit einem freundlichen »Moin!«.

Die Schafe grasten und ließen sich von Rena und Charlotte nicht stören.

»Es ist ein friedliches Bild«, sagte Rena. »Ich möchte hier nicht weg, auch wenn es für viele kleinkariert und engstirnig wirkt.«

»Jeder wie er mag, Mama. Ich finde es schlimm, wenn man sich rechtfertigen muss. Glück ist doch sehr individuell. Für dich ist es die Groote Mühle und die Landschaft am Meer, und für Viktoria ist es wiederum die Weite der Welt. Und offenbar England. Warum auch immer sie sich in diese Insel verliebt hat.«

Rena wusste, dass ihre Tochter recht hatte. Nur warum beneidete sie ihre Schwester, wo sie doch deren Leben gar nicht haben wollte?

»Und weil die Groote Mühle dein Glück ist«, fuhr Charlotte fort, »müssen wir versuchen, sie zu erhalten. Wobei Lutz meint, dass es wahrscheinlich schwierig wird!«

Rena überkam bei diesen Worten ein kalter Schauer. Sie wollte das nicht hören. »Sag das nicht, ich finde einen Weg.«

Charlotte bezweifelte das, aber sie ging nicht mehr weiter darauf ein. Doch dann stellte sie die Frage, die Rena die ganze Zeit befürchtet hatte.

»Was war denn eigentlich der Grund für das endgültige Aus zwischen dir und Tante Viktoria? Es kann nicht nur der Konkurrenzkampf um meinen Vater gewesen sein. Sie wollte Jochen doch angeblich nicht.« Charlotte blieb stehen und sah ihre Mutter an. »Es ist mir unverständlich, warum du ihr die Schuld gibst? Sie kann nichts dafür.«

»Doch!«

»Mama, was war da?«

Rena druckste herum. Durfte sie ihrer Tochter die ganze Wahrheit sagen?

Sie schaute über den Jadebusen. Links reckten sich die Schornsteine der beiden Kohlekraftwerke von Wilhelmshaven in den Oktoberhimmel, rechts konnte sie ihren Lieblingsort Dangast erkennen. Sie aber stand zwischen diesen beiden Extremen. So wie in ihrem Leben. Sie war der Scheitelpunkt und hatte stets darauf zu achten, dass nichts kippte. Damals aber war sie gescheitert.

»Dein Vater ist bei einem Autounfall ums Leben gekommen«, sagte sie.

»Ich weiß«, meinte Charlotte. »Auch das ist nichts Neues.«

»Ich bin mir sicher, dass er mit Absicht vor das Fahrzeug gelaufen ist.« Jetzt, da Rena es aussprach, klang es nicht mehr so bedrohlich wie all die Jahre zuvor, als die Gedanken in ihrem Kopf Fangen gespielt hatten. »Vickis Zurückweisung muss ihn zutiefst getroffen haben. Vor allem, weil auch ich ihn zum Teufel gejagt habe.«

Charlotte packte ihre Mutter bei den Schultern. »Wusste er von mir? Jetzt bitte die ganze Wahrheit. Wo wir doch schon dabei sind.«

Rena wunderte sich über ihre ruhige Stimme. »Dein Vater hat es hingenommen, dass ich ihm den Laufpass gegeben habe. Und nein, er wusste nicht, dass ich sein Kind unter dem Herzen trug. Aber er hat wieder bei Viktoria angeklopft.«

»Und sie hat ihn dann doch genommen, obwohl sie wusste, wie sehr du ihn liebst?«, fragte Charlotte.

Rena schüttelte heftig den Kopf. »Sie hat ihn nicht erhört, wie wir das früher nannten. Im Gegenteil: Sie hat ihn rund gemacht. So, wie es ihre Art ist. Jochen einen Schlappschwanz genannt und dass er keinen Hintern in der Hose hätte, weil er mich einfach sitzen lässt, um mit ihr anzubandeln. Von dir hatte sie aber auch nichts verlauten lassen, das wusste sie damals nicht, weil ich zu dem Zeitpunkt mit niemandem darüber gesprochen habe.«

»Oje«, sagte Charlotte. »Das kann ich mir von Tante Viktoria lebhaft vorstellen. Sie kann ganz schön kiebig sein, wie wir ja wissen.«

»So ist sie. Nur war sie dieses Mal zu weit gegangen. Was sie ihm noch an den Kopf geknallt hat, kann ich dir nicht sagen, ich kenne ja nur ihre Darstellung. Jochen konnte all die Fragen nicht mehr beantworten. Er muss aber so in Gedanken oder so verzweifelt gewesen sein, dass er vors Auto gerannt ist. Ich tendiere zu Letzterem.«

»Aber dafür kann doch Tante Viktoria nichts«, warf Charlotte ein.

Ihre Mutter zuckte mit den Schultern. »Es kommt drauf an, was sie ihm wirklich gesagt hat. Ihre spitze Zunge war schon damals legendär. Ich glaube, sie hat ihn in den Tod getrieben.«

Charlotte starrte auf den Jadebusen, und Rena fuhr fort. »Das Mysteriöse daran ist aber: Es fuhren zu dieser Zeit in Neumöhlen fast keine Fahrzeuge. Wer von den Leuten konnte sich denn schon einen Wagen leisten?« Sie musste sich sammeln, denn die Erinnerung an diesen schwarzen Tag in ihrem Leben übermannte sie. »Und dann rennt Jochen ausgerechnet in das eine, seltene Auto, das an der Groote Mühle vorbeifährt? Mir kam es damals vor, als wäre neben purer Verzweiflung auch Hexerei im Spiel.«

»Mama, das glaubst du doch selbst nicht!« Charlotte war entsetzt.

»Heute nicht mehr, aber damals, als der Schmerz mich beinahe zerrissen hat, schon. Er war sofort tot. Einfach überfahren, weil ich ihn fortgeschickt hatte und Viktoria ihm den Kopf gewaschen hat, statt ihn zu trösten. Und ich stand allein da. Schwanger und ohne Mann. Weißt du, was das für eine junge Frau damals bedeutet hat?«

Charlotte konnte es nicht wissen, weil sie in einer anderen Zeit groß geworden war. Da galt es als Makel, aber es war keine Katastrophe und kein gesellschaftlicher Abstieg. Sie sammelte sich. »Mama, auch wenn es eine Verkettung unglücklicher Umstände war, trägt daran keiner die Schuld. Du nicht und Tante Viktoria nicht. Du hättest dich längst versöhnen müssen.«

Rena wusste, dass Charlotte recht hatte. Für diesen jahrelangen Streit gab es keine Entschuldigung. Viktoria war keine Hexe, und sie hatte nichts getan, was ihre Ablehnung auch nur ansatzweise rechtfertigte. Selbst wenn ihre Worte an Jochen hart gewesen waren: Sie hatte einfach die Wahrheit gesagt.

»Kann es sein, dass du nur einen Grund gesucht hast, sie loszuwerden, weil die Konkurrenz zwischen euch zu groß geworden war?«

Rena durchfuhr es eiskalt. »Ich weiß es nicht!« Die Flut der so viele Jahre unterdrückten Gefühle brach jetzt aus ihr heraus, und sie konnte ihre Tränen nicht länger zurückhalten. »Ich frage mich halt ununterbrochen, ob er es absichtlich getan hat und ob wir ohne Vicki nicht doch glücklich geworden wären!«

Charlotte nahm ihre Mutter in den Arm und wiegte sie so, wie Rena es früher mit ihr, dem kleinen Mädchen, getan hatte. »Du wirst es nicht mehr herausfinden, das musst du akzeptieren. Aber das kann und darf doch deine Beziehung zu Tante Viktoria nicht zerstören! Sie hat ihn schließlich nicht umgebracht! Sie wollte dir helfen!«

»Vielleicht hätte sie sich das eine Mal einfach raushalten sollen. Nur dieses eine Mal.«

Charlotte schüttelte den Kopf. »Nein, es war richtig, dass sie Position bezogen hat. Weil sie nämlich auf deiner Seite war. Und du hast es nicht gewürdigt, sondern sie beschimpft. Wäre es möglich, dass Viktoria Jochen sogar mochte und sie für dich auf ihn verzichtet hat?«

Rena stierte über die Salzwiese. Auch damit lag Charlotte richtig. Sie hatte ihrer Schwester großes Unrecht angetan. Aber nun war es zu spät.

1942

Hilka saß bei Tomasz in der Upkammer und kühlte sein blaues Auge. Er atmete schwer, denn ihr Vater hatte ihm auch eine Rippe gebrochen, weil er noch einmal zugetreten hatte, als Tomasz am Boden lag.

Jetzt stöhnte er leise auf und öffnete die Augen.

»Durst«, sagte er. Hilka hob seinen Kopf vorsichtig an, damit sie ihm Wasser einflößen konnte. Tomasz trank etwas zu hastig und verschluckte sich. Hilka tupfte ihm den Mund mit einem Tuch ab und wartete, bis der Husten vorbei war. Dieses Mal passte sie auf, und er konnte die dargebotene Menge trinken.

»Schmerz«, flüsterte Tomasz. »Viel großer Schmerz.«

Hilka nickte, aber sie hatte keine Handhabe, ihn zu lindern. Medikamente gab es kaum, und Vater würde fuchsteufelswild werden, wenn er mitbekam, dass sie dem Polen half. Auch jetzt galt es, vorsichtig zu sein, denn er durfte sie auf gar keinen Fall hier antreffen, wenn sie keine weitere Eskalation wollte.

Hilka saß deshalb in Habtachtstellung auf der Kante der Pritsche und betete inständig, dass keiner in die Upkammer kam.

»Du musst schlafen«, sagte sie zu Tomasz. »Das hilft ein wenig.«

»Danke!«, hörte sie sein heiseres Flüstern, als sie aufstand.

»Ich schaue später noch einmal nach dir«, versprach sie.

»Vorsicht«, raunte er. »Vorsicht!«

Hilka winkte kurz, drückte die Klinke hinunter und huschte die paar Stufen hinauf zur Diele. Dort blickte sie sich prüfend um, bis sie sicher war, von keinem gesehen zu werden. Anschließend atmete sie erleichtert durch und war froh, Tomasz wenigstens ein wenig helfen zu können. Es war so ungerecht! Er hatte nichts getan, und doch wurde er eines Verbrechens beschuldigt.

Hilka hoffte nur, dass ihr Vater die Sache für sich behielt und nicht bei den Behörden zur Anzeige brachte, denn das würde Tomasz wahrscheinlich nicht überleben. Mit Zwangsarbeitern gingen die Deutschen rabiat um. Trotzdem hätte auch sie gern gewusst, wohin das Führerpaket verschwunden war. Irgendwer musste es schließlich genommen haben.

Hilka knotete das Kopftuch fest und trat vor die Mühle.

Heute war ein schöner Sommertag, und die Äpfel konnten gepflückt werden. Außerdem wollte sie das Gemüsebeet hacken und schauen, was es schon zu ernten gab, denn danach richtete sich ihr Speiseplan. Alle Gewächse, die sie nicht sofort essen konnten, wurden für die Wintermonate haltbar gemacht. Viele Dinge kochten sie ein. Andere wurden getrocknet, das Fleisch gepökelt.

So hingen ab dem Herbst in der Küche stets die Updrögt-Bohnen über dem Ofen, und die Speisekammerborten bogen sich unter der Last des Eingemachten. Daran hatte auch der Krieg bisher nichts ändern können. Hilka ahnte, welch Privileg das war.

Tjade hielt sich am heutigen Tag in Wilhelmshaven auf, weil er dort angeblich etwas zu erledigen hatte. Aber Hilka vermutete, dass er ihr aus dem Weg gehen wollte. Er war schließlich nicht unschuldig daran, was ihr Vater Tomasz angetan hatte, und ihn plagte das schlechte Gewissen. Sie würden das aber schon wieder hinbekommen. Schließlich liebten sie sich, und mit Liebe war alles zu bezwingen. Sie mussten nur achtgeben, dass das wilde Tier nicht wieder mit ihm durchging und er zu diesem anderen Tjade wurde. Der, den sie nicht kannte.

Morgen würde Vater Tomasz sicherlich zwingen, mit aufs Feld zu gehen, auch wenn er noch immer Schmerzen hatte. Da gab es kein Pardon. Männer wie Tomasz und Jan waren dazu da, ihnen das Leben auf dem Hof zu erleichtern, und sie hatten bedingungslos zu gehorchen.

Nur würde sie Tomasz wieder unweigerlich über den Weg laufen, denn die Hofarbeit machten sie nun mal gemeinsam. Wie sollte es auch sonst gehen?

Hilka war unruhig – was war, wenn ihr Mann seine Eifersucht nicht würde zügeln können, es womöglich zu einem weiteren Eklat kam und Tomasz erneut im Mittelpunkt des Streits stehen würde?

Wenn ihr Vater es wollte, würde er ihn zertreten wie ein widerliches Insekt. Es würde kein Hahn danach krähen, ob Tomasz wirklich schuldig war. Er war in den Augen der Deutschen ein Nichts – und offenbar auch in denen ihres Vaters. Sonst hätte der sich anders verhalten und ihn nicht derart zugerichtet.

»Was hat der Krieg die Menschen um mich herum verändert«, flüsterte sie. »Ich kenne keinen mehr wieder.«

Doch. Ihre Mutter. Sie schuftete nach wie vor klaglos und unauffällig vor sich hin, sorgte dafür, dass alle ausreichend zu essen hatten. Sie äußerte sich weder zur politischen Situation noch jammerte sie, wenn es Schwierigkeiten oder Probleme gab. Hilkas Mutter war so unscheinbar und selbstverständlich, dass ihr Fehlen nur dann auffallen würde, wenn das erwartete Essen nicht pünktlich auf dem Tisch stand oder die Wäsche ungewaschen war. Für ihre stillen Arbeiten bekam sie nicht einmal ein Dankeschön!

So will ich nicht sein, und so will ich nicht werden, dachte Hilka. Und auch nicht so wie Vater, der sogar den Anstand anderen Menschen gegenüber vergisst. Nein, ich will ein anderes Leben! Sie ballte die Faust und sagte laut: »Ich werde kämpfen. Und niemals aufgeben, egal was kommt. Aber dabei will ich immer Hilka Gerdes bleiben. Die Frau, die in den Spiegel schauen kann und die ein guter Mensch ist.«

»Sprichst du mit dir selbst?«

Hilka fuhr zusammen, als plötzlich Tjade neben sie trat. Ihr Mann stand breitbeinig in Kniebundhosen, die mit Hosenträgern gehalten wurden, einem naturfarbenen Leinenhemd und einer Schiebermütze am Eingang der Mühle.

Zwischen den Lippen hing eine Zigarette. So sah er fast aus wie vor dem Krieg, nur hagerer. Und sein Blick war schärfer.

»Du bist schon zurück?«, entfuhr es ihr. Mit dem Fahrrad benötigte ihr Mann doch eine Weile für die lange Strecke.

»Ja, ich bin ehrlich gesagt gar nicht ganz bis Wilhelmshaven gefahren«, gab Tjade zu. »Sondern nur bis nach Mariensiel. Immer am Kanal entlang. Musste nachdenken. Deshalb bin ich eher zurückgekommen als gedacht.«

Hilka musterte ihn und vor allem die Zigarette in seiner Hand. »Hast du das Paket doch gefunden, oder woher hast du die Fluppe?«

Ihre Frage schien ihn nicht sonderlich aus dem Konzept zu bringen. Im Gegenteil: Ihr Mann wirkte reichlich siegessicher. »Ich habe mich eben auf die Suche gemacht und bin fündig geworden.«

»Und wo?« Hilkas Stimme zitterte. Nicht bei Tomasz, betete sie innerlich. Bitte nicht bei Tomasz!

Als Tjade antwortete, wäre sie ihm vor Erleichterung fast um den Hals gefallen. »Das Führerpaket stand in der Mühle direkt neben dem Absackschuh«, erklärte er.

»Da hätten wir es doch sehen müssen«, überlegte Hilka. »Vadder hat dort gearbeitet, somit hätte er gemerkt, wenn es jemand dorthin gestellt hat.« Sie strich sich durchs Haar. »Und auch wir hätten es entdeckt. Es muss jemand später da abgestellt haben.«

»Der Dieb hat ein schlechtes Gewissen bekommen«, triumphierte Tjade. »Das erhärtet meinen Verdacht. Ich weiß, dass du es nur ungern hören möchtest, Hilka. Aber dein Tomasz hat ein doppeltes Gesicht.«

»Es ist nicht mein Tomasz«, stellte sie richtig. »Er ist einer unserer Arbeiter, aber ich halte ihn für absolut loyal.«

»Weil er dir schöne Augen macht! Aber lassen wir das. Ich denke nur, wir sollten ihn noch mal zur Rede stellen.« Tjade gab ihr einen Kuss auf die Wange. »Sei ohne Sorge, ich mach das allein, und ich werde ihm kein Haar krümmen. Das war nicht richtig.«

Hilkas Mund wurde trocken. »Bitte, lass Gnade vor Recht ergehen. Ich kann das nicht glauben!«

»Was du glaubst, ist unerheblich. Und noch einmal: Natürlich werde ich ihn nicht schlagen, so wie dein Vater es getan hat. Sollte Tomasz allerdings der Dieb sein, muss er schon mit Repressalien rechnen. Ein Führerpaket stiehlt man nicht!«

Hilka wollte einfach nicht aufhören, an Tomasz' Unschuld zu glauben. »Du hast keinen Beweis für deine Behauptung«, erklärte sie mit Nachdruck. »Vater hat ihn heftig verprügelt, und es geht ihm verdammt schlecht.«

»Woher weißt denn du, wie es ihm geht?«, fragte Tjade mit einem so dunklen Unterton in der Stimme, dass es Hilka kalt den Rücken hinunterlief. Mist, sie hatte sich mit dieser unbedachten Bemerkung verraten. Doch sie würde jetzt nicht klein beigeben. Tat sie das, würde sie es immer müssen, und sie wollte sich ihre Selbstachtung erhalten.

»Ich habe eben nach ihm gesehen«, antwortete Hilka so ruhig wie möglich. »Wir haben gegenüber unseren Leuten schließlich Verantwortung. Vor allem, wenn sie verletzt sind und wir es ihnen angetan haben!«

Schon als Hilka das aussprach, ahnte sie, was jetzt folgte.

Tjade wurde leichenblass und kniff die Augen fest zusammen. War er eben schon wieder fast der Alte gewesen, mutierte er nun zu dem Menschen, vor dem sie sich fürchtete.

»Du warst bei ihm?«, fragte er mit scharfer Stimme. »Hast du etwa Händchen gehalten?«

Hilka wollte sich nicht provozieren lassen, das hätte die unbegründete Eifersucht ihres Mannes nur unnötig verschärft. »Ich habe ihm lediglich etwas zu trinken gegeben. Nun bleib bitte ruhig! Da ist nichts. Überhaupt nichts!«

»Ich soll ruhig bleiben? Wenn meine Frau – meine Frau – am Bett eines anderen Mannes sitzt?« Er zog Hilka an sich, und sie spürte sein Herz pochen. »Du kommst jetzt mit mir! Wir werden die vier Wochen bei meiner Mutter wohnen. Das ist besser für unsere Ehe.«

Hilka riss sich los. Das lief jetzt ganz anders, als sie es sich wünschte. »Wenn du wieder an der Front bist, muss ich auch in der Mühle sein. Schließlich brauchen Mutter und Vater mich. Wir bleiben deshalb hier! Deine Eifersucht ist vollkommen unbegründet!« Hilka sah ihrem Mann fest in die Augen. »Ich weiß nicht, was sie mit dir an der Front gemacht haben. Ich weiß nicht, warum du mir nicht vertraust. Aber ich liebe dich, Tjade Gerdes. Und nur dich! Hast du gehört? Nur dich!«

Ihr Mann beruhigte sich etwas, und plötzlich sah Hilka, dass er Tränen in den Augen hatte. Er schluchzte auf und weinte bitterlich.

Anschließend wischte Tjade sich mit dem Hemdsärmel die Tränen aus dem Gesicht. »Lassen wir das. Der Krieg macht uns alle noch ganz verrückt. Es ist sicher bald vorbei, und wir werden eine Familie haben. Dann muss ich mir über so etwas keine Gedanken mehr machen.« Er atmete ein paarmal schwer, wirkte danach aber ruhiger. Hilka war froh darüber, auch wenn sie befürchtete, dass ein winziger Funke genügen könnte, um dieses vernichtende Feuer in ihm erneut zu entfachen.

»Hilka?«

Sie fuhr herum und sah Traute mit hängendem Kopf auf sich zukommen.

Die Kleine Magd sah vollkommen verängstigt aus. »Ich bin schuld!«, brach es aus ihr heraus.

»Woran?«

»Dass Tomasz so krank ist und dein Vater ihn geschlagen hat!«

Hilka verstand nicht recht. »Was möchtest du mir sagen?«

»Das Paket. Ich habe es genommen!«

»Was?« Fast wäre Hilka jetzt die Hand ausgerutscht, doch als sie in das verzweifelte Gesicht der Magd sah, konnte sie nicht zuschlagen. »Bitte sag, was passiert ist«, forderte sie Traute stattdessen auf.

»Es tut mir unendlich leid, Hilka. Aber ich dachte, es wäre besser, es fortzuräumen, und habe es zunächst in die Speisekammer gebracht. Da lag es die ganze Zeit abgedeckt unterm Regal, und weil es doch solchen Ärger gab, habe ich es heute in die Mühle gebracht. Aber ich habe so ein schlechtes Gewissen Tomasz gegenüber, da will ich nicht länger schweigen.«

»Warum kommst du erst jetzt?«, fragte Hilka in scharfem Ton. Sie ballte vor Wut die Faust. Hätte Traute doch bloß schon eher alles gebeichtet. Wie viel Ärger wäre ihnen erspart geblieben!

Traute rang nach Worten, und es dauerte eine Weile, ehe sie sie über die Lippen brachte. »Weil … weil … ich hab mich nicht getraut. Erst habe ich gar nicht mitbekommen, zu welchem Missverständnis mein Handeln geführt hat. Und als der Müller Tomasz verprügelt hat, war es zu spät … und ich hab's mit der Angst zu tun bekommen.«

»Also hast du geschwiegen und es erst später rausgetragen?«

Die Kleine Magd nickte. »Ich musste es jetzt doch sagen! Tomasz soll schuld sein. Das kann ich nicht zulassen, wenn er nichts gemacht hat! Niemand hat hier gestohlen. Niemand!« Sie begann jämmerlich zu weinen. »Ich dachte, ich werd auch geschlagen, wenn ich das zugebe. Nun wird es wohl so sein.«

Hilka seufzte und strich ihr übers Haar. »Dir wird nichts geschehen, dafür sorge ich. Und es ist gut, dass du jetzt ehrlich warst.«

»Danke!« Traute knickste und rannte davon.

Hilka sah ihr nachdenklich hinterher. Noch nie hatte sich einer ihrer Bediensteten fürchten müssen.

»Ich hasse den Krieg«, murmelte sie. »Ich hasse Hitler!«

»Ich auch«, stimmte Tjade ihr zu. »Ich auch. Du glaubst gar nicht, wie sehr.«

Sie nahmen einander bei der Hand und knoteten das angerissene Band vorerst wieder zusammen. Sie und Tjade. Mann und Frau.

*

Tjade war heute Morgen schon wieder früh ins Dorf zu seiner Mutter gefahren, denn in seiner Abwesenheit war eine Menge liegen geblieben, was nun abgearbeitet werden musste, weil endlich ein Mann im Haus war.

Zum Glück hatte Traute gestern Licht in die furchtbare Sache gebracht, denn nun konnte es in der Groote Mühle hoffentlich friedlich weitergehen. Natürlich hatte Hilka das beim Abendessen erzählt, nur war es genauso gekommen, wie sie befürchtet hatte. Ihre Mutter schwieg wie immer, und ihr Vater hatte lediglich ein leises Grunzen von sich gegeben. Sein Zeichen dafür, dass er ihr wohl zugehört, aber ihren Worten keine große Bedeutung beigemessen hatte. Passiert war passiert.

Dass ihr Vater sich bei Tomasz entschuldigen würde, daran glaubte Hilka auch nicht. Johann Grotkopp gab

Fehler nicht zu. Er zog nicht einmal in Erwägung, dass er welche machte. Sollte Hilka tatsächlich auf einer Entschuldigung bestehen, würde er lediglich antworten, dass Tomasz dann eben schon mal eine Strafe für etwas bekommen hatte, was er sicherlich irgendwann einmal anstellen würde.

Heute Morgen war der Arbeiter tatsächlich wieder dazu verdonnert worden, mit anzupacken. Er lief etwas gekrümmt und verzog bei jedem Schritt das Gesicht, aber er tat, was von ihm verlangt wurde.

Die Einzige, die sich über diese Ungerechtigkeit ganz offen grämte, war Hilka. Dann werde ich eben von jetzt an besonders freundlich zu Tomasz sein, beschloss sie im Stillen. Sie schlüpfte in ihre Joppe, weil sie schauen wollte, ob ihr Vater Hilfe in der Mühle brauchte.

Heute sollte gemüllert werden, und als sie vor die Tür trat, sah sie, dass die Segel auf den Ruten schon gesetzt worden waren. Dazu musste einer der Männer hinaufklettern und die Segel, die seitlich aufgerollt waren, lösen. Unten wurden sie mit einem speziellen Knoten fixiert. Danach galt es achtzugeben, nicht vom Mühlenflügel erwischt zu werden, denn der zweite Mann betätigte an der rückwärtigen Seite nun das Fangseil und löste den Fangarm, damit sich die nächste Rute so stellte, dass auch hier das Segel gesetzt werden konnte.

Es dauerte, ehe alle vier betriebsbereit waren.

Heute wehte ein guter Wind zum Müllern, und Hilka erfreute sich am stetigen Drehen der Mühlenflügel. Es übte für sie schon von Kindesbeinen an eine besondere Faszination aus.

»Gut, dass du da bist«, wurde Hilka von ihrem Vater begrüßt. »Gehst du erst Tomasz oben an der Seilwinde zur Hand, damit wir genug Korn am Trichter haben?«

Hilka nickte.

»Ist optimal zum Müllern heute, ich habe siebzig Enden gezählt.«

siebzig Enden war gut, dann würden sie heute circa sechshundert bis achthundert Kilo Getreide in der Stunde mahlen können. Das war wichtig, weil der Stillstand gestern eine Menge Zeit gekostet hatte.

Hilka erklomm die erste Leiter und befand sich auf dem Mahlboden. Der Rüttelschuh war noch nicht an und gab deshalb kein Klappern von sich. Das würde sich allerdings bald ändern.

Die Mühle verfügte über mehrere Ebenen. Ganz oben befand sich der Mühlenkopf mit der Flügelwelle, der Windrose und dem Achskopf, an dem die Flügel angebracht waren.

Tomasz arbeitete bereits auf dem Galerieboden. Von dieser Ebene aus wurde das Korn in den Trichter des Mahlgangs gefüllt. Der Rüttelschuh transportierte das Getreide über eine Öffnung im Läuferstein zwischen die Mahlsteine.

Dort wurde es gemahlen und sank eine Ebene tiefer zum Absackschuh auf dem Mahlsoller. Jan war gerade dabei, die Getreidesäcke mit dem Sackaufzug durch das Luk zu hieven, wo Tomasz sie oben in Empfang nahm.

Immer wenn Hilka diese Arbeit sah, musste sie innerlich lächeln. In den weitverbreiteten Märchen sah man stets Müller mit schweren Säcken laufen. Wer auch immer sich das ausgedacht hatte: Es war ein Mythos. Vom Getreidespeicher aus transportierten sie das Korn mit der Sackkarre zur Seilwinde. Das fertig gemahlene Getreide gelangte von der Mahlebene aus über eine Tür mit Rutsche auf die jeweiligen Anhänger der Kutschen oder Traktoren.

»Am Nachmittag kommt eine Flaute«, sagte ihr Vater, der ihr gefolgt war und sämtliche Winde vorhersagen konnte. Wie auch immer er das machte. »Wir müssen uns beeilen, damit wir so viel wie möglich schaffen. Gehst du gleich auf den Mahlboden?«

»Mach ich, Vadder!« Diese Arbeit liebte sie sehr, auch wenn sie staubig war.

Hilkas Aufgabe würde gleich sein, am Absackschuh zu stehen, das gemüllerte Schrot im Sack aufzufangen und diesen später zu tauschen. Sie musste zudem die Qualität des gemahlenen Getreides kontrollieren und es abwiegen.

Nach dieser Arbeit würde sie mit einer dicken weißen Mehlschicht gepudert sein und aussehen wie ein Schneemann.

»Bist du so weit?«, rief Tomasz von oben.

»Ja, kann losgehen!«, antwortete Hilka, und schon bald strömte ihr das frisch gemahlene Schrot entgegen.

Es war nicht nur staubig, sondern auch körperlich schwere Arbeit. Ihr Vater sorgte für den Kornnachschub, den Jan an die Seilwinde hängte, damit Tomasz ihn oben abnehmen und das Korn in den Trichter geben konnte.

Schon bald hustete Hilka furchtbar, denn der Staub klebte nicht nur in sämtlichen Poren, sondern setzte sich auch in Nase, Mundhöhle und Lunge fest.

Hilka mochte diese Tätigkeit trotzdem – auch wenn es normalerweise Männer waren, die diese Arbeiten verrichteten. Nur waren im Augenblick zu wenige da, als dass sie sich vor dem Müllern drücken konnte. Es musste weitergehen mit der Groote Mühle. Krieg hin oder her.

Sie arbeiteten bis in den Nachmittag hinein und unterbrachen das Mahlen nur für eine kurze Mittagspause, für die Hilkas Mutter ihnen eine Gemüsesuppe gekocht hatte.

Gegen sechzehn Uhr ließ der Wind – wie vorhergesehen – plötzlich nach, und die Enden wurden so wenig, dass sie das Müllern unterbrechen mussten.

»Wir haben eine Menge geschafft«, sagte Johann Grotkopp. »Moi, min Deern!«

Hilka wischte sich über die Stirn, weil sie fürchterlich schwitzte. »Ich geh mich dann waschen«, sagte sie.

»Jo, denn man tau«, antwortete ihr Vater. »Ich räume mit Tomasz und Jan auf, und wir können die Segel abnehmen. Heute wird das nichts mehr. Du kannst gleich in den Garten gehen, das Unkraut hinten an der Graft steht hoch.«

Hilka nickte, aber zuvor wollte sie den Mehlstaub von ihrem Körper bekommen. Es würde einige Kübel kaltes Wasser brauchen, um ihn aus den Haaren zu bekommen. Auch wenn sie ein Kopftuch getragen hatte, war ihr Haar darunter weiß, denn der feine Staub drang durch jede Ritze.

Hilka zog die bemehlten Sachen aus und wusch sich gründlich an der Waschschüssel. Dann schlüpfte sie in einen neuen Rock mit Bluse und Schürze. Die staubigen Sachen wollte sie später mit dem Teppichklopfer bearbeiten und nächste Woche bei der großen Wäsche mitwaschen.

Anschließend lief sie mit einem Stück Kernseife in der Hand zur Pumpe und füllte die Gießkanne. Sie war froh, wenn der Staub aus dem Haar heraus war und ihr nicht ständig in die Augen rieselte.

Es kostete sie dennoch auch bei diesem warmen Wetter große Überwindung, sich das kalte Wasser über den Kopf zu schütten, doch es waren mehrere Gänge notwendig, ehe der Mehlstaub ganz ausgewaschen war.

Sie biss die Zähne zusammen, kippte sich die erste

Ladung darüber und hielt den Kopf über die Blechwanne. Dann schäumte sie das Haar ein und nahm die neuerlich gefüllte Kanne wieder in die Hand.

»Kann helfen.«

Hilka zuckte zusammen, als sie Tomasz' Stimme hörte.

»Ich kippen«, schlug er vor und gestikulierte, dass es dann einfacher sein würde, die Seife aus dem Haar zu bekommen, weil sie beide Hände frei hatte. »Ist so kalt«, radebrechte er mit seinem unvergleichlichen Akzent.

Hilka überlegte nicht lange. Was war schon dabei?

Sie befanden sich hinterm Haus, und keiner konnte diesen Teil des Gartens von der Straße aus einsehen. Außerdem war sie angezogen. Tomasz würde sie nicht berühren, sondern lediglich die Kanne halten. Damit war es entschieden. Hilka reichte Tomasz das Gefäß.

Er war mindestens dreißig Zentimeter größer als sie und konnte das Wasser in ausreichender Höhe auf sie herunterlaufen lassen. Auf diese Weise war Hilka tatsächlich viel schneller fertig. Trotzdem genügte die eine Kanne bei ihrem langen, lockigen Haar nicht, und Tomasz füllte sie nach.

»Noch Seife da«, kommentierte er.

Hilka holte tief Luft, als ein weiterer Guss auf sie niederging. Dann endlich konnte sie nach dem Handtuch greifen und es sich ums Haar schlingen. »Danke«, sagte sie.

Tomasz nickte freundlich. Er sah noch immer sehr lädiert aus, und am liebsten hätte Hilka ihn in den Arm genommen und sich für ihren Vater entschuldigt.

Er wollte eben weitergehen, als er innehielt und erstarrte. Hilka folgte seinem Blick und sah sofort, was ihn so erschrecken ließ. An der Hausecke stand Tjade mit zusammengezogenen Augenbrauen, die Arme vor der Brust verschränkt.

»Hau ab«, flüsterte Hilka, denn sie befürchtete das Schlimmste.

Tjade stand der Zorn ins Gesicht geschrieben. Zorn, der kurz vor der Explosion stand. Hilka musste Tomasz schützen. Wieder war er unschuldig und hatte nichts Schlimmes getan.

»Moin, Tjade!«, begrüßte sie ihren Mann deshalb freundlich. »Schön, dass du da bist! Konntest du deiner Mutter helfen?«

»So, das findest du schön?«, fragte er.

»Aber natürlich!« Hilka flötete regelrecht, weil sie hoffte, ihren Mann so bei Laune zu halten.

»Das sah aber eben ganz anders aus«, knurrte er.

Hilka lief auf Tjade zu und küsste ihn auf die Wange. »Tomasz hat nur die Kanne gehalten. Ich habe den ganzen Tag gemüllert und war staubig. Das Haarewaschen geht allein schwer.«

»Das hätte besser eine der Mägde tun können.«

»Er war eben gerade da«, meinte Hilka und hakte sich bei Tjade ein. »Nun komm, gehen wir in unsere Kammer, dann flechte ich das Haar neu. Vadder möchte, dass ich gleich noch das Unkraut am Beet hinten bei der Graft jäte.« Sie zog ihren Mann ins Haus.

Aus der Küche waberte der Duft von frisch gebackenem Brot zu ihnen herüber, darunter mischte sich der von Sellerie und Fleisch, denn Alwine Grotkopp war dabei, Knochen für die morgige Suppe auszukochen.

»Leise!«, flüsterte Hilka, sie wollte nicht entdeckt werden. Es war wichtig, gleich in Ruhe und unter vier Augen mit Tjade zu sprechen. Er musste lernen, ihr zu vertrauen. Wie sonst sollte es gehen, wenn er wieder fortmusste? Doch einfach war es nicht. Seine Miene war noch immer bitter und der Ärger längst nicht verraucht.

Als sie im Zimmer waren, schloss Tjade die Tür nachdrücklich hinter ihnen und drehte den Schlüssel.

Er wartete nicht, bis Hilka das Handtuch vom Kopf genommen hatte, sondern stieß sie mit Wucht aufs Bett.

»Autsch!«, rief sie aus und versuchte, es mit Humor zu nehmen. »Du bist ja stürmisch heute!«

»Ich will das nicht!«, sagte Tjade mit zitternder Stimme und wirkte plötzlich wie ein kleiner Junge, der etwas ausgefressen hatte. »Ich habe Angst vor diesem Mann. Dass er dein Herz besitzen könnte, wenn ich so weit weg bin.«

Hilka setzte sich wieder auf und rückte an seine Seite.

»Das wird niemals passieren. Niemals!« Sie strich Tjade das Haar aus der Stirn, küsste seine Wangen von oben nach unten ab und legte dann ihren Kopf auf seine Schulter. Langsam wurde er ruhiger.

Ihre Lippen fanden sich, er griff nach Hilkas Brust, und sie fielen wie Ertrinkende übereinander her. Heute war es keine Nähe, sondern Verzweiflung, die sie zueinander trieb.

Kapitel 9

»An diesem Tag bin ich entstanden«, sagte Rena düster. »Ein Kind der Verzweiflung, keines der Liebe!« Sie wirkte traurig.

Ihre Mutter schwieg zunächst, und es schien, als wollte sie ihrer Tochter recht geben. Viktoria glaubte, das nächste Puzzleteil entdeckt zu haben. Es passte einfach perfekt in die Lücke. Sofort schoben sich eine Reihe von Bildern vor ihr geistiges Auge.

Die kleine Rena mit ihren drahtigen blonden Zöpfen. Die kleine Rena, die sich stets etwas ungeschickt anstellte, oft Dinge fallen ließ und zugleich einen solchen Charme versprühte, dass ihr keiner die Fehler übel nahm. Das Mädchen, das ihrer Mutter zwar äußerlich bis aufs Haar glich und das alle mochten und dem es dennoch unmöglich war, deren Herz so zu erreichen, wie sie es sich wünschte.

Viktoria hingegen war schon als Mädchen gewandt. Konnte den Tisch in Windeseile decken und zauberte zudem meist noch eine behagliche Atmosphäre, weil sie sich mit der Einfachheit nicht zufriedengab, sondern stets auch für Blümchen auf dem Tisch sorgte. Viktoria, deren Haare immer gepflegt waren und glänzten, als würden sie ununterbrochen von der Sonne gestreichelt. Viktoria, die aber zugleich bei der Anmut und Schönheit ihrer großen Schwester nicht mithalten konnte, schlaksig und hochgewachsen, wie sie war. Viktoria mit den viel zu dünnen Beinen, von denen sich die Kniescheibe grob abhob und ihr ein ungelenkes Aussehen gab.

»Ja, du bist vermutlich an jenem Nachmittag entstanden«, bestätigte Hilka. »Aber trotz aller Verzweiflung warst du ein Kind der Liebe. Weil zwischen deinen Vater und mir kein Blatt passte. Wir gehörten zusammen. Von der ersten bis zur letzten Sekunde. Und in diesem Urlaub habe ich mir nichts mehr gewünscht, als endlich in Umständen zu sein.«

Viktoria nahm das passend wirkende Puzzleteil in Gedanken wieder heraus. Dass Rena und ihre Mutter Probleme miteinander hatten, war dem also nicht geschuldet.

Ihrer Schwester schienen ähnliche Gedanken durch den Kopf zu gehen. »Dann hast du Viktorias Vater also doch mehr geliebt als meinen? Weil du oft so abweisend zu mir warst?«, fragte sie schließlich.

»Nein, das habe ich nicht, und es hat damit auch nichts zu tun«, entgegnete ihre Mutter. »Ich habe dich und Vicki immer gleich geliebt, das kannst du mir glauben. Es schmerzt mich, dass du es anders empfunden hast.«

Charlotte, die bisher schweigend zugehört hatte, stand auf und füllte den Kessel mit Wasser.

»Ich finde es wirklich wichtig, dass wir unsere Familiengeschichte aufarbeiten«, sagte sie. »Aber es ändert nichts daran, dass wir in der Gegenwart ein massives und existenzielles Problem mit der Mühle haben, das alles andere als gelöst ist.« Sie schaute schuldbewusst von einem zum anderen, weil Viktoria ein »Oma weiß doch von nichts« mit den Lippen formte.

»Ich habe ihr reinen Wein eingeschenkt. Sie hat gefragt, weil natürlich nichts, was die Mühle betrifft, an ihr vorbeigeht.«

Rena schüttelte zwar den Kopf, sagte dazu dann aber nichts. Sie räusperte sich. »Gut, aber auf was möchtest du hinaus?«

»Oma liebt euch beide, und ihr habt es eben ab und zu anders wahrgenommen. Das geht sicher vielen Geschwistern so.« Charlotte stellte den Herd an.

»Können wir das nicht einfach als gegeben hinnehmen? Wir müssen uns primär mit dem vordringlichen Problem der Finanzierung der Flügelwelle beschäftigen! Was nützt es, in der Vergangenheit zu graben, sich mit Vorwürfen zu zerfleischen und zu diskutieren, wer mehr oder weniger geliebt wurde!«

»Es ist beides wichtig!«, sagte Rena bestimmt.

»Ich streite es gar nicht ab«, entgegnete Charlotte, während sie die Teeblätter ins Sieb gab. »Aber ich habe euch erzählt, welche Kosten auf die Groote Mühle zukommen. Welchen Aufwand wir betreiben müssen, damit wir unser Zuhause behalten können. Und ihr spaziert weiter unverdrossen in eurer Vergangenheit herum und verschließt die Augen vor dem, was nun zuerst gelöst werden muss. Und das dringend!«

Viktoria zog die Brauen hoch. »Du möchtest also, dass wir uns jetzt sofort und mit großer Hingabe der Mühle widmen?« Ihr Sarkasmus war unüberhörbar.

»Ja, das meine ich«, sagte Charlotte. Sie goss den Tee auf und schaute zur Uhr. In exakt drei Minuten würde sie die Teeblätter entfernen.

»Gut, ich gebe dir recht, denn es ist wirklich nicht zielführend, wenn wir uns wegen der Kindereien von damals an den Hals gehen, und es ist auch Mama gegenüber offenbar nicht ganz fair, denn sie hat vermutlich versucht, gerecht zu sein.«

»Das habe ich«, bestätigte Hilka erleichtert. »Ich weiß gar nicht, wie ihr darauf kommt, es könnte anders sein. Besser, wir machen eine Pause und reden erst einmal über die Flügelwelle. Das ist jetzt wichtig.«

»Ich vertraue Lutz«, meinte Rena. »Er ist schließlich Charlottes Freund, und er gehört zu uns. Ich bin so dankbar, dass er sich der Sache annimmt und wir uns nicht selbst darum kümmern müssen.«

Viktoria griff nach dem Kluntjepott und legte sich einen Kandis in die Teetasse. »Wie lange kennst du Lutz eigentlich schon?«, fragte sie ihre Nichte, während sie nach der Teekanne griff.

»Ein halbes Jahr«, gab die bereitwillig Auskunft. »Warum fragst du?« Sie schenkte sich Tee ein und reichte die Kanne an ihre Mutter weiter, die auch Hilka eingoss.

»Aus Interesse. Was weißt du über ihn?«

Rena rollte mit den Augen. »Sind wir hier im Verhör, oder was?«

»Nein«, antwortete Viktoria, »aber ich möchte mir ein Bild von dem Mann machen, dem wir gerade die Zukunft der Groote Mühle anvertrauen.«

Rena lachte bitter auf. »Du und dein Misstrauen.«

Charlotte nickte bestätigend.

Viktoria ließ sich nicht beirren. »Es könnte wichtig sein, was er tut und woher er kommt. Also raus mit der Sprache!« Sie bemühte sich um einen lockeren Tonfall, obwohl es ihr verdammt ernst damit war.

Charlotte seufzte. »Wenn es für dich wichtig ist: Er ist in Frankfurt geboren, und er arbeitet als Pharmavertreter, hat aber schon immer großes Interesse an Windmühlen gehabt, weshalb er sich bestens damit auskennt.«

Sie stutzte ein weiteres Mal. »Warum interessiert es dich eigentlich so?«

Viktoria ging auf die Frage nicht ein, sondern hakte weiter nach. »Und seine Eltern?«

Nun wurde es Charlotte offenbar zu bunt. »Darüber weiß ich nichts. Er hat seine Mutter auf jeden Fall früh verloren und ist bei seinem Vater aufgewachsen.«

»Vicki, das ist doch alles unerheblich!«, mischte sich Rena wieder ein, aber Viktoria hob beschwichtigend die rechte Hand. »Bedingt, Schwesterchen. Bedingt. Ich frage mich eben nur, ob er irgendein Interesse daran hat, warum er uns ausgerechnet Jost Habbinger empfiehlt.«

Charlotte schlug mit der geballten Faust auf den Tisch. »Jost ist eben ein bekannter Mühlenbauer, der nicht zum ersten Mal für uns arbeitet, wenngleich wir auch schon Hein gewählt haben. Was soll das jetzt?«

»Dann ist ja gut«, versuchte Viktoria ihre Nichte zu beruhigen, auch wenn sie selbst alles andere als beruhigt war.

»Lass bitte Charlotte und Lutz zufrieden. Bloß weil wir ständig Pech mit Männern hatten, muss das bei ihr ja nicht so sein. Du musst auch mal vertrauen, Viktoria!«

Sie zuckte ergeben mit den Schultern. Vertrauen war eine feine Sache, wenn es gerechtfertigt war. Nur leider hatte Viktoria den Eindruck, dass ihrer Schwester so manches Mal die richtige Einschätzung fehlte. Sie war skeptisch, was die Gutgläubigkeit Renas anging. Das war schon früher oft ins Auge gegangen.

Ihre Mutter schien Viktorias Gedanken zu erahnen. »Du meinst, Rena ist nicht objektiv?«, fragte sie. »Sie glaubt alles, so wie damals dem Kohlenmann?«

»Da war ich sieben Jahre alt«, empörte Rena sich sofort.

»Aber du hast ihm geglaubt, dass er unter den Kohlen Gold transportiert, und bist mitgegangen«, insistierte Viktoria.

»Jaaaa, das bin ich«, antwortete Rena genervt. »Und du bist mir zu Hilfe gekommen, obwohl bestimmt nichts Schlimmeres passiert wäre.«

»Man geht nun mal als Mädchen nicht mit Männern«, sagte ihre Mutter. »Da kannst du schon dankbar sein, dass Viktoria ihm diesen Unsinn nicht geglaubt und uns Bescheid gegeben hat.«

Rena winkte ab. Sie wurde nicht gern daran erinnert. Und auch nicht an die Episode, als sie dem Dorfschlingel das Geheimrezept vom Schwarzbrot verraten hatte, weil er behauptete, dass Oma Grotkopp es erlaubt hätte, um es seiner Großmutter zukommen zu lassen. Danach war es auch im Nachbardorf in der Bäckerei erhältlich.

Rena war gutgläubig – weil sie selbst immer ehrlich war und keinem etwas Böses zutraute. Nur leider hatte sie all die Jahre nichts dazugelernt. Man musste alles hinterfragen. Vor allem, wenn es um finanzielle Belange ging. Trotzdem war es besser, das jetzt nicht weiter zu vertiefen, denn das würde die Fronten unnötig verhärten.

»Gut, dann lassen wir das und gehen mal davon aus, dass Lutz sich mit Jost um den richtigen Mann gekümmert hat«, lenkte Viktoria ein, hatte aber die Rechnung ohne ihre Mutter gemacht.

»Dennoch werden wir eine weitere Meinung einholen«, bestimmte sie. »Ich frage mich nämlich, warum ihr nicht auch Hein gefragt habt. Der Jung ist doch bannig viel günstiger, weshalb er auch die letzten Reparaturen übernommen hat.«

»Oma, das haben wir gemacht, weil Lutz sich angeboten hat und er Jost kennt. Er möchte uns helfen«, erklärte

Charlotte. »Das war einfach praktischer. Und nun Ende der Diskussion!«

»Nein, liebe Charlotte«, widersprach Hilka. »Ich möchte nichts dem Zufall überlassen. Und bevor ich diesem Mühlenbauer hunderttausend Euro in den Rachen werfe, gebe ich Viktoria recht, dass wir es überprüfen müssen und sollten.« Ihr Blick wanderte zu Rena. »So wie das Eis auf dem Teich damals, wo du einfach so draufwolltest – was dann auch fast schiefgegangen ist.«

Rena wurde rot. An diese Episode wurde sie nicht so gern erinnert, während Viktoria plötzlich alles wieder klar vor Augen hatte.

»Nein, Rena, wir laufen nicht einfach auf dem Eis herum. Es muss getestet werden!«, hörte sie sich in Gedanken rufen, als sie sah, wie ihre neunjährige Schwester unbeirrt auf die Eisfläche des Ententeichs zusteuerte. Sie hatte einmal im Leben beweisen wollen, dass sie Dinge allein entscheiden konnte und dass sie mindestens ebenso mutig wie ihre kleine Schwester Viktoria war. Schließlich hob Mutter das immer sehr hervor. Vicki, die Mutige. Rena, der kleine süße Tollpatsch!

»Ich bin nicht schwer, und sieh, Eike und Klaus sind auch drauf! Lass mich nur machen!«

»Sie tappen nur am Rand herum! Komm zurück, Rena. Das ist Wahnsinn! Es hat noch nicht lange genug gefroren!«

Rena aber hatte nicht hören wollen und war munter auf die viel zu dünne Eisfläche gelaufen, die zudem vom Schnee gepudert war. Weit war ihre Schwester nicht gekommen. Nach etwa drei Metern hatte es bedenklich geknirscht, und noch ehe sie reagieren konnte, brach sie ein. Das kalte Wasser nahm ihr die Luft. Rena japste und war nicht einmal in der Lage, zu schreien. Klaus und Eike schauten erschrocken auf – und rannten weg.

Vicki hatte nach einem dicken Ast gegriffen, der am Rand des Teiches lag. Damit bewaffnet betrat sie vorsichtig die Eisfläche, legte sich anschließend auf den Bauch und schob sich auf Rena zu. »Halt durch!«, brüllte sie. Die Panik stand ihrer Schwester ins Gesicht geschrieben.

Rena aber verließen die Kräfte, denn der dicke Wollpulli hatte sich mit Wasser vollgesogen, und auch die Schuhe erschwerten jede Bewegung. Sie konnte sich nicht mehr lange halten und würde in diesem See ertrinken.

Rena hatte hinterher erzählt, dass sie diese Erkenntnis ganz ruhig gemacht und sie dazu bewogen hatte, mit dem hektischen Rudern aufzuhören. Bereit, ihr Leben wegen dieser Dummheit im Ententeich zu beenden. Doch dann sah sie den Ast, und mit letzter Kraft griff sie danach.

»Festhalten, ich ziehe«, hatte Vicki mit so ruhiger Stimme gesagt, als wäre das hier eine völlig alltägliche Situation. Hinter Viktoria stürzte Renas Vater heran.

»Dammich!«, schrie er laut. »Wat för een Schiet!«

Er legte sich ebenfalls aufs Eis und packte Viktorias Füße. Zentimeter für Zentimeter zogen sie Rena aus dem Wasserloch, bis sie auf der Eisfläche lag und den Kopf darauf presste.

Mutter hatte Rena schließlich vor dem Kamin rasch aus den nassen Klamotten geschält und mit einem Handtuch so lange gerubbelt, bis ihre Haut feuerrot war.

Ja, Viktoria prüfte alles und ging kein Risiko ein. Aber sie wollte diese Geschichte jetzt nicht auch noch vertiefen, denn Rena wirkte aufgelöst genug.

»Damals war Papa so besorgt um mich«, brach es aus Rena hervor. »Das hat gutgetan, weil ich das Gefühl hatte, er liebt mich ganz doll. Mehr als Vicki. Auch wenn er sie natürlich über den grünen Klee gelobt hat, weil sie meine Retterin war.«

Charlotte kannte die Geschichte offenbar. »Ach, die alte Story. Ja, Tante Viktoria hat dich zweimal so richtig aus dem Dreck gezogen. Aber das jetzt ist doch etwas völlig anderes. Mich nervt extrem, dass wir ständig wie die alten Tanten in die Vergangenheit abdriften!«

»Wir sind alte Tanten«, sagte Hilka lachend. »Zusammen sind wir immerhin zweihundertneunzig Jahre alt. Und es gab ja auch noch die Situation, als Rena im Sommer, da war sie allerdings schon ein Backfisch, bei Ebbe ins Watt gegangen ist und schon wieder beinahe ertrunken wäre. Zum Glück gab es dann eine gehörige Tracht Prügel von ihrem Vater, weil das wirklich bodenloser Leichtsinn war.«

Rena erschauderte bei der Erinnerung an diesen Tag. »Es war schrecklich, wie das Wasser unaufhaltsam aufgelaufen war und mich mit den vollgelaufenen Prielen umschlossen hat«, flüsterte sie. »Dieses Lecken an meinen nackten Zehen, während ich auf der Sandbank stand und …« Sie stockte. »Ja, auch da war es Vicki, die mich gerettet hat.«

»Warum hast du dich so in Gefahr begeben? Wieder, damit Opa sich sorgt?«, fragte Charlotte.

Rena schluckte, und Viktoria überkam Mitleid mit ihrer großen Schwester, die doch immer eher die kleine gewesen war. Sie ergriff ihre Hand. »Lassen wir das. Wir schauen, ob es noch ein günstigeres Angebot für die Flügelwelle gibt, und dann sehen wir weiter. Was wir früher getrieben haben, tut hier tatsächlich nichts zur Sache. Und Lutz werden wir jetzt mal keine bösen Absichten unterstellen, okay?«

Rena sah Viktoria dankbar an. »Gut, so machen wir das. Eine zweite Meinung kann immerhin nicht schaden.«

*

Es hatte drei Tage am Stück geregnet. Die Straßen waren nass und glitschig, die Wege schlammig. Hilka hatte in dieser Zeit keine Kraft gehabt, weiterzuerzählen. Ihr war oft schwindelig, und sie kämpfte mit den immer wieder aufflackernden Diskussionen und Streitereien ihrer Töchter. Es war wirklich so gewesen, dass Viktoria ihre Schwester oft aus schwierigen Situationen gerettet hatte. Renas unverhohlener Neid war vermutlich der Anlass dafür gewesen, dass sie über die Stränge geschlagen und sich häufig in Gefahr gebracht hatte. Anstelle der erwarteten Anerkennung aber hatte Rena Ärger bekommen und Kritik, obwohl sie sich offenbar nach Liebe gesehnt hatte. Wie hatte sie das als Mutter nicht bemerken können?

Das war dann augenscheinlich der Punkt, an dem Rena sich nicht ausreichend geliebt gefühlt hatte.

Hilka schaute aus dem Fenster. Auch heute nieselte es noch, was ein Fortschritt war, denn die Tage davor hatte der Regen eine fast undurchdringliche Wand gebildet, die er munter vor sich hergetrieben hatte.

Hilka fühlte sich heute wesentlich kraftvoller, und sie würde gleich weitererzählen können. Demnächst sollte das Angebot von Hein für die Flügelwelle kommen. Sie betete inständig, dass es preiswerter als das erste war.

Sie fuhr sich durchs Haar und ordnete den Zopf, weil sie es nicht leiden konnte, wenn die Frisur nicht saß.

Erst dann taperte sie durch die Diele in die Küche, wo sie ihre beiden Töchter gemeinsam und friedlich am Tisch sitzend vorfand. Rena strickte Strümpfe, was sie schon von Jugend an stets sehr beruhigt hatte, und Viktoria hielt einen Becher mit Kaffee umklammert. Der aromatische Duft zog sich durch den Raum.

»Moin, ihr beiden«, begrüßte Hilka ihre Mädchen, die schon so lange keine mehr waren, die sie aber immer als solche sehen würde. »Wat för een Schietwedder!«

»Wird später besser«, sagte Rena. »Hat zumindest der Wetterbericht verkündet.«

»Geht es dir wieder besser?«, fragte Viktoria. »Möchtest du etwas essen?«

Es roch nach Schweinebraten, die Küche war allerdings schon wieder aufgeräumt.

Rena war bereits aufgesprungen und füllte einen Teller. »Wir wollten dich nicht wecken, aber das Essen ist noch warm. Heute ist Backtag, da musste alles pünktlich auf dem Tisch stehen.«

Hilka setzte sich und genoss das Mahl. Es war vorzüglich wie alles, was ihre älteste Tochter kochte. Doch sie konnte nicht viel zu sich nehmen und schob den Teller schon nach kurzer Zeit von sich. »Ihr wollt hören, was weiter geschehen ist, stimmt's?« Sie lächelte. »Gut, dann los!«

Rena aber hob die Hand. »Ich muss jetzt backen, weil ich gestern gemahlen habe. Es ist wichtig, die Bestellungen abzuarbeiten.«

Viktoria schaute ihre Schwester verärgert an.

»Um das Brot kannst du dich auch später kümmern, weil Mama nicht so lange durchhält. Das kommt doch auf eine Stunde nicht an.«

»Da sieht man mal wieder, wie weltfremd du bist und dass du überhaupt keine Ahnung davon hast, was wir hier leisten. Ich habe gestern die Elektromühle aktiviert, weil es für unsere Kunden wichtig ist, dass wir ausschließlich mit frisch gemahlenem Getreide backen. Allein der Vitamine wegen. Also misch dich jetzt bitte nicht in unseren Ablauf ein.«

Viktoria blieb ganz ruhig. So war sie schon als Kind gewesen. Sie hatte sich nicht provozieren lassen, was Rena erst recht auf die Palme brachte.

»Ich weiß darum, und ich verlange keineswegs, dass du erst morgen backst. Aber die eine Stunde, in der Mama wach und stabil ist, sollten wir nutzen!«

»Der Sauerteig ist jetzt genau richtig!«, beharrte Rena und verschwand in der Backstube.

»Warum ist sie so stur und torpediert ausgerechnet unsere Unterhaltung?«

Hilka hob bedauernd die Schultern. »Ich bin dafür, dass wir dann allein weitermachen. Du kannst es ihr später erzählen. Ich glaube, die Zeit drängt. Ich werde von Tag zu Tag müder.«

Ihre Jüngste schaute sie besorgt an, aber Hilka winkte ab. »Wir müssen uns doch nichts vormachen, min Deern. Nun hock dich hin, und ich erzähle, solange ich kann.« Sie schlurfte zu ihrem Sessel und glitt schwer atmend hinein. Dann putzte sie ihre Nase umständlich mit einem weißen Spitzentaschentuch, das sie wieder in ihrer Rocktasche verschwinden ließ.

»Tjade musste nach vier Wochen zurück an die Front, und ich habe Rotz und Wasser geheult«, sagte Hilka. Als sie es aussprach, kamen ihr wieder die Tränen.

»Obwohl er so eifersüchtig und ungerecht war?«, fragte Viktoria erstaunt.

Hilka nickte. »Er hat sich schnell beruhigt und es mir auch erklärt«, fuhr sie fort. »Tjade sagte, es wäre dann so, als hätte ihn ein Puma angefallen und ihm bliebe nichts, als sich zu wehren.«

»Ein Puma?«

»So haben wir das böse Tier genannt, wenn er sich in der anderen Welt befand und ich nicht Tjade, sondern einen fremden Soldaten vor mir hatte.« Hilka wischte sich die letzten Tränen aus dem Gesicht. »Wir haben danach versucht, unsere gemeinsame Zeit mit schönen Dingen zu füllen. Das ist uns gelungen, und kaum war er fort, wusste ich, dass ich ein Kind erwartete.«

Hilka hielt wieder kurz inne. »Wir konnten nicht sagen, wie lange unsere Trennung dieses Mal dauerte. Und wir hatten keine Ahnung, was wirklich auf ihn wartete.«

»Russland im Winter«, sagte Viktoria.

»Russland im Winter.«

1942

Tjade war schweren Herzens gefahren, und er schämte sich noch immer sehr, weil er Hilka zu Beginn seines Besuchs mit seiner Eifersucht derart traktiert hatte. Niemals hätte er sich so gehen lassen dürfen, denn beinahe wäre es ins Auge gegangen. Er musste dieses Tier in sich bezwingen und durfte nie wieder zulassen, dass er derart die Beherrschung verlor.

Tjade war dankbar, dass Hilka ihm alles verziehen hatte, ja, dass sie sogar Verständnis für ihn aufbrachte. Sie hatte all die Wochen vermieden, oft mit Tomasz zusammenzutreffen. Warum ihn dieser Mann so reizte, konnte Tjade nicht sagen. Machte er ihm vielleicht deutlich, wie unzulänglich er durch die Kriegserlebnisse geworden war? Das musste es ein, denn Tomasz gegenüber fühlte er sich klein und unbedeutend. Der Zwangsarbeiter verkörperte für ihn im Augenblick das, was er selbst gern wäre.

Weil er in der Groote Mühle ausreichend und deftig zu essen bekam – ein Zugeständnis, das anderen Zwangsarbeitern auf den umliegenden Höfen nicht vergönnt wurde –, war er kräftig, muskulös und jeden Tag an Hilkas Seite. Das war der ausschlaggebende Punkt.

Dann wieder schalt Tjade sich selbst, weil Tomasz alles andere als beneidenswert war. Man hatte ihn aus der Heimat fortgeschleppt und in ein fremdes Land auf einen fremden Hof gebracht, wo er Arbeiten verrichten musste, von denen er vermutlich zuvor noch nie etwas gehört hatte. Hilka hatte ihm erzählt, dass er eigentlich Elektriker war und eine Familie hatte

Aber diese Gedanken brachten Tjade nicht weiter. Er durfte sich keinesfalls hineinsteigern, denn er musste seine Kräfte darauf bündeln, zu überleben.

Zunächst war er nach Leipzig gefahren. Es war ein sonniger und wunderschöner Herbst, als sie sich Charkow näherten. Von dort ging es mit dem Güterzug weiter nach Millerowo. Dort meldeten sich Tjade und die anderen Urlaubsheimkehrer bei der Frontleitstelle, wo sie erfuhren, dass ihre Einheit inzwischen bei Stalingrad kämpfte.

War Tjade bis dahin gefasst gewesen und hatte sich selbst Mut gemacht, weil er ständig Hilka vor Augen hatte, so stand diese Stadt jetzt wie ein großes und unüberwindbares Hindernis vor ihm. Er schnappte nach Luft und versuchte, das rasende Herz zu beruhigen. Doch das funktionierte nicht. Genau wie auch seinen Kameraden die Angst ins Gesicht geschrieben stand. Er hatte einfach ein verdammt mieses Gefühl, allein, wenn er an die Kälte dachte, die ihm im Osten so sehr zugesetzt hatte. Tjade schloss die Augen, versuchte, ruhig zu bleiben und die aufkeimende Furcht irgendwie unter

Kontrolle zu bekommen, aber es wurde immer schlimmer.

Er sah sich wieder mit dem Gewehr über blutige Leiber rennen und schießen. Schießen. Schießen.

»Hey, was ist?« Kamerad Heinz Winkler stieß ihn an.

»Mir ist grad nicht gut«, sagte Tjade. »Ich habe wohl was Falsches gegessen.«

»Geht mir genauso«, sagte Heinz. Er flüsterte: »Ich will das alles nicht mehr.«

Als sie in Gorodische angekommen waren, lag ihnen Stalingrad förmlich zu Füßen. Die Stadt wirkte riesig, geprägt von Industrieanlagen.

»Fünzigtausend Einwohner, dreißig Kilometer in der Ausbreitung entlang der Wolga«, dozierte Heinz. Er grinste verunglückt, weil ihn die anderen Kameraden fragend ansahen. »Ich habe mich erkundigt, weil ich geahnt habe, dass wir da landen. Das hat mir geholfen. Irgendwie.« Er zuckte mit den Schultern.

Bei der Einheit angekommen, wurden sie von den anderen Kameraden begrüßt, nur war die Stimmung auf dem Nullpunkt. »Warum seid ihr denn nicht zu Hause geblieben?«, fragten sie. »Hier kommt doch keiner mehr lebend raus!«

»Sehr witzig«, sagte Heinz. »Als ob wir eine Wahl gehabt hätten.«

Tjades Gewitter im Kopf nahm zu, doch er riss sich zusammen, weil er sich zusammenreißen musste. Er wollte auch das hier durchstehen. Für Hilka und seine Tochter, die er hoffentlich gezeugt hatte.

Ihnen blieb ohnehin kaum Zeit zum Durchschnaufen, denn sie wurden unmittelbar nach ihrer Ankunft eingesetzt.

Es war jedoch kein Gefecht, wie sie es von den anderen

kriegerischen Auseinandersetzungen her kannten. Es war ein Abschlachten, ein schreckliches Blutvergießen, sodass ihnen der metallische Geruch lange nicht mehr aus der Nase ging. Ein unmenschlicher Nahkampf, der nur Verlierer zurückließ. Jedes Haus, jeder Keller, jeder unterirdische Abwasserkanal wurde verbissen verteidigt.

Tjade rannte über zerfetzte Körper, ignorierte die schrecklichen Schreie nach Sanitätern. Rufe nach Müttern und Vätern, Frauen und Kindern. Das Wimmern und Wehklagen, das jedem Tränen in die Augen treiben sollte, das sie aber nicht zulassen durften, um weitermachen zu können und nicht selbst zu verrecken. Irgendwann verstummte es ohnehin.

Tjade schaffte es, alles nicht an sich heranzulassen. Er lebte nicht mehr – er funktionierte, weil er funktionieren musste. Er hatte aufgehört, darüber nachzudenken, welcher Tag, welche Woche oder welcher Monat es war, doch als es kälter wurde, ahnten alle, dass erneut ein fürchterlicher Winter bevorstand.

Inzwischen hatte ihre Einheit starke Verluste zu verzeichnen, sie waren auf Zugstärke zusammengeschrumpft. Wenig war mehr übrig von der einst so siegreichen Armee, die die Welt hatte erobern wollen. Die Soldaten schliefen im Schneetreiben zwischen den Häuserzeilen und wurden von den Essensträgern dort versorgt.

Anfang Dezember wurden sie aus dem Kampfabschnitt abgezogen und kamen in die Ortschaft Marinovka, die vierzig Kilometer westlich von Stalingrad lag. Es war der westlichste Punkt der Stalingradfront und sollte unbedingt gehalten werden, da in der Nähe der Flugplatz Pitomnik lag – ein strategisch wichtiger Ort. Hier landeten die Ju 52 mit ihren Versorgungsgütern für die 6. Armee.

Tjades Truppe lag jedoch in einem Kessel gefangen. Die Moral der Kameraden war am Boden. Keiner glaubte mehr daran, hier lebend wieder rauszukommen. Sie würden getötet werden oder im Schneetreiben erfrieren. Eine andere Möglichkeit sah niemand mehr. Oft dachte Tjade, wie erlösend es doch wäre, zu den Ersten zu gehören, ein schneller Tod, um das Inferno zu verlassen.

Dann griff die 4. Panzerarmee unter Generaloberst Hoth vom Süden her an, um die Truppe aus dem Kessel zu befreien. Die Soldaten hörten den Schlachtenlärm schon aus der Ferne, und nachts sahen sie das Blitzen der Mündungsfeuer. Tjade war es, als marschierten die Bewohner der Hölle direkt auf sie zu. Er konnte nicht mehr kämpfen. Er hatte keine Kraft mehr, sich in das ewige Töten zu werfen, und wartete nur noch darauf, dass alles endlich vorbei war.

»Die kommen nicht ran«, hörte er den Kommandanten. »Sie sind noch dreißig Kilometer von unserem Kessel entfernt und stecken geblieben.«

Tjade wunderte das nicht. Die Übermacht war zu groß, der Winter zu hart. Sie würden hier alle vor der vermaledeiten Stadt verrecken. Und so folgten Angriffe auf Angriffe.

»Noch zwölf Tage bis Weihnachten«, sagte Heinz. »Und wir werden das Fest der Liebe schon wieder mit Töten und Sterben verbringen.«

Kaum waren seine Worte verklungen, setzte ein Trommelfeuer ein, das von hektischen Rufen begleitet wurde. »Die Stellung ist nicht zu halten!«

Die Soldaten rannten los. Laufen ums Überleben. Rennen, um ins nächste Fegefeuer zu gelangen.

Plötzlich verspürte Tjade einen schweren Schlag gegen sein Bein. Kopfüber fiel er in den festgefrorenen Schnee.

Er wusste nicht genau, wo er getroffen war, doch dann sah er, dass Blut aus dem linken Stiefel quoll. Er versuchte aufzustehen, doch der Schmerz war unerträglich. »Hilfe!«, rief er, doch sein Ruf verhallte ungehört. »Hilfe!«

Tjade hörte auf zu schreien, er brauchte jetzt alle Kraft. Hatte er in den letzten Wochen noch so oft gedacht, welche Erlösung es wäre, einfach abgeknallt zu werden, erwachte in ihm plötzlich ein unbändiger Lebenswille. Er musste es schaffen! Er musste zu Hilka. Schauen, ob sie seine Deern unter dem Herzen trug. Er wollte zurück zur Groote Mühle und mit seiner Frau müllern. Von Mehlstaub umgeben sein und den Schinken am Mühlenkopf hängen sehen. Nein, er durfte nicht aufgeben. Niemals. Womöglich nahm Hilka dann doch diesen Tomasz zum Mann, wenn er nicht zurückkam, und der würde an Tjades Stelle seine Tochter aufwachsen sehen. Niemals! Niemals!

Diese Gedanken gaben ihm Kraft.

Er blickte sich vorsichtig um. Was er sah, war nicht das, was ein Mensch je sehen sollte. Doch er musste es ertragen.

Die Schreie um ihn herum verstummten. Alle Kameraden ringsum waren tot. Ausgelöscht für einen Krieg, den keiner von ihnen verstand.

Tjade nahm noch einmal seine ganze Kraft zusammen und schrie, so laut er konnte. Endlich drang das Geräusch von Schritten an sein Ohr.

»Tjade!« Heinz Winkler war zurückgekommen. Der gute Heinz. Er rief lautstark nach den Sanitätern, ruderte wild mit den Armen und hörte erst auf, als zwei Kameraden vor ihnen standen. Gemeinsam trugen sie den Verletzten über das Schlachtfeld zum Verbandsplatz.

Dort kümmerte sich der herbeigerufene Arzt eilig um die Verletzung. »Der kann nicht mehr kämpfen«, erklärte er und diagnostizierte einen Schussbruch. »Versorgen und dann weg von hier.«

Heinz winkte nur kurz mit verzweifeltem Blick. Er musste zurück in die Hölle. Das Gefecht ging weiter. Gnadenlos.

Tjades Bein wurde geschient und er weiter zum Hauptverbandsplatz gebracht, der sich in der Nähe des Flughafens von Pitomnik befand. Er bekam von alldem nicht viel mit, denn sein Körper wurde plötzlich von schlimmen Fieberattacken geschüttelt, und die Schmerzen katapultierten ihn in eine andere Welt. Er bemerkte kaum, dass er in eine Ju 52 geladen und aus dem Kessel geflogen wurde.

Im Feldlazarett von Millerowo erwachte er. Dort herrschten furchtbare Zustände, weil viele Verletzte aus Stalingrad hierhergebracht wurden. Den Gestank von Eiter und Blut, Äther und Chloroform würde er in seinem Leben genauso wenig loswerden wie diese grausamen Schreie und das Stöhnen der Verletzten.

Tiefer kann es nicht gehen, dachte Tjade. Jetzt werden wir alle bestraft, weil wir voller Hochmut in einen Krieg gegangen sind, den wir nicht gewinnen konnten. Leid und Elend, das kein Mensch erleben möchte. Tjade wollte erst einmal nichts mehr hören, nichts mehr sehen, doch die Schwestern hatten kein Erbarmen.

»Erst wird gebadet!«, beschloss die eine. Etwas stämmiger gebaut, aber mit zwei freundlichen Grübchen. Zu zweit wuchteten sie ihn in eine Wanne, wuschen ihn und desinfizierten anschließend die Wunde. Tjade glaubte, vor Schmerz zu vergehen.

»Nützt jo nix«, sagte die Schwester mit breitem norddeutschem Akzent. Diese Sprache zu hören, beruhigte Tjade etwas. »Sonst wird das noch schlimmer. Dreck macht Entzündungen, und Läuse können wir hier nicht brauchen. Sie übertragen schlimme Krankheiten.«

Sie packte kräftig, aber zugleich umsichtig an und versorgte das Bein neu. »Nun sieht das wieder besser aus, Gerdes. Sonst wärst du dem Tod geweiht gewesen, glaub der alten Emma das!«

»Du kommst aus dem Norden?«, murmelte er.

»Jo, Wilhelmshaven«, sagte sie. »Und du?«

»Neumöhlen.«

Sie strich ihm über den Kopf. »Bist een fein Keerl. Sei froh, dass du da draußen wech bist. Das wird nix mehr mit dem versprochenen Sieg. Darf ich nur nicht laut sagen, dann bin ich dran. Wir sind angehalten, weiter an alles zu glauben.«

»Richtig, Schwester Emma!«, ertönte da auch schon die Stimme der Oberschwester. »Genauso ist das. Und nun gönnen wir dem Patienten mal Ruhe, du hast noch genug anderes zu tun.«

Emma zwinkerte Tjade zu und verschwand.

Kapitel 10

Und dann ist Vater wieder nach Hause gekommen?«, unterbrach Viktoria ihre Mutter, denn die Stimme wurde schleppender, und ihr fielen ständig die Augen zu.

»Ja, mit dem Lazarettzug, der aber auch noch beschossen wurde, obwohl er die Rotkreuzflagge trug.«

»Gibt es Papas Aufzeichnungen noch?« Ihre Tochter sah sie auffordernd an.

»Nein«, kam es knapp und eine Spur zu hastig, als dass Viktoria ihrer Mutter Glauben schenkte. »Ich berichte, was ihr wissen müsst, dabei gehe ich schon über so manche Grenze.«

»Ist schon gut«, gab Viktoria überraschend schnell nach.

Die Küchentür flog auf, und Rena stapfte herein. Sie wurde vom süßlichen Duft des frisch gebackenen Brotes begleitet. »Jetzt sagt nicht, ihr habt einfach ohne mich weitergemacht?« Sie schnappte demonstrativ nach Luft und schaute erstaunt abwechselnd von ihrer Mutter zu Viktoria.

»Ich wollte es dir anschließend erzählen«, sagte Viktoria. »Mama ist wie erwartet jetzt müde.«

Die beiden Schwestern funkelten sich an.

»Gibt es eigentlich Momente in deinem Leben, in

denen du mal nicht bestimmst, wo es langgeht?«, ranzte Rena ihre Schwester an.

»Es geht schließlich um meinen Vater, und ich würde doch gern möglichst rasch erfahren, wer es ist. Und da Mama beschlossen hat, uns eine ganze Geschichte zu erzählen, bin ich natürlich etwas ungeduldig. Es ist dein Problem, wenn du Dinge anders gewichtest als ich.«

»Ich geh jetzt auf mein Zimmer«, mischte sich Hilka ein und erstickte die Auseinandersetzung auf diese Weise im Keim.

»Nach dem Nachmittagstee geht es weiter. So lange gedenke ich zu ruhen.«

»Ich muss wieder in die Backstube, weil ich noch nicht fertig bin.« Rena fixierte ihre Schwester. »Wäre nett, wenn du mir hilfst, damit ich wenigstens später dabei sein kann. Dabei kannst du mich auf den neuesten Stand bringen.«

Widerwillig folgte Viktoria ihr. Backen war nie ihre große Leidenschaft gewesen, und auch im Alter konnte sie dem nichts abgewinnen.

Aber sie wollte keinen weiteren Unmut erzeugen. Ihre Schwester hatte recht. Es war unfair gewesen, einfach ohne sie weiterzumachen, nur hatte sie die Neugierde übermannt. Plötzlich waren so viele Fragen zu klären. Was war mit Tomasz passiert? Warum hatte man in der Groote Mühle zwar über Alesja, aber nicht über ihn gesprochen? Wer war ihr Vater, wenn es der Zwangsarbeiter doch nicht war? Nein, sie hatte nicht warten können, bis Rena ihre Brote und Teilchen gebacken hatte. Ihr blieb ohnehin nur die Hoffnung, dass ihre Mutter noch alles zu Ende erzählen konnte, denn sie baute immer mehr ab.

»Hier, du kannst mir helfen und den Teig noch einmal durchkneten.« Rena schob Viktoria einen Klumpen hinüber. »Wie das geht, weißt du noch, oder?«

»Das vergisst man ja wohl nicht, wenn man in einer Mühle aufgewachsen ist. Aber früher hat uns das Pferd dabei geholfen.« Bei großen Mengen wurde das Tier mit Scheuklappen an einen Schwengel gebunden, musste in die Runde laufen und walkte den Teig durch. Viktoria schob die Ärmel hoch und begann mit der anstrengenden Arbeit. Wie sehr war sie dabei ins Schwitzen geraten. Und wie oft hatten ihre Muskeln geschmerzt.

Gemeinsam formten sie schließlich Brot um Brot.

»Dass du dir immer noch so viel aufhalst…« Weiter kam Viktoria nicht.

»Es geht nicht darum, beschäftigt zu sein!«, fuhr Rena sie an. »Und es geht auch nicht um Reichtum. Weder ich noch Charlotte müssen am Hungertuch nagen. Aber wir wollen dieses alte Gemäuer am Leben erhalten. Sonst ist doch alles sinnlos.« Sie hörte mit dem Kneten auf. »Ich mache immer weiter mit dem, was getan werden muss, aber es genügt nicht, wie du siehst. Ich bin alt, Viktoria. Mir fehlt zunehmend die Kraft. Ohne Gerd und Hans wäre ich vollkommen aufgeschmissen. Und die Reparatur jetzt wird mir das Genick brechen. Woher sollen wir das viele Geld denn nehmen? Die Bank gibt uns nichts, du gibst uns nichts… Mein Lebenswerk ist dabei, in den Abgrund zu stürzen. Alles futsch, für was ich gelebt habe.« Ihre Worte hingen schwer in der Luft.

Kurz war Viktoria versucht, doch einzulenken und für ihre Schwester das Geld aufzutreiben. Aber wollte sie wirklich für ein Gebäude, an dem ihr Herz nicht hing, ihre eigenen Träume aufgeben? War das nicht zu viel verlangt?

Ja, dachte sie. Ich kann das jetzt nicht entscheiden.

Erst muss ich wissen, was es mit unserer Familie auf sich hat. Welche Geheimnisse ich noch erfahren werde.

Sie nahmen den nächsten Schwung Brote aus dem Ofen und schoben weitere nach.

»Nun müssen sie zwei Stunden backen. Unsere Brote brauchen noch Teigruhe«, erklärte Rena, wieder ganz in ihrem Element. Ihre Backstube – auch das war ihr Leben. Schon immer.

Ein bisschen beneidete Viktoria ihre Schwester, weil sie so genau wusste, was sie wollte, auch wenn sie nun in Schwierigkeiten steckte. Aber sie hatte etwas, für das sie brannte. Einen wirklichen Lebensinhalt, der sie jeden Morgen gern aufstehen ließ. Hatte sie sich noch vor ein paar Tagen lustig über sie gemacht und ihr vorgeworfen, am Glücklichsein vorbeizuleben, musste sie sich jetzt eingestehen, dass Rena viel mehr als sie angekommen war. Sie, die Flüchtende, die sich in einem Land zu Hause fühlte, mit dem sie eigentlich nichts verbunden hatte. Oder gerade deswegen.

»Ich schau mal nach Mutter«, sagte Rena. »Manchmal deckt sie sich ab.«

»Ich räume in der Zeit auf«, schlug Viktoria vor. Dabei konnte sie noch etwas nachdenken.

Rena strich sich die bemehlten Finger an der Schürze ab und verschwand.

Wenig später ertönte ein gellender Schrei.

»Vicki! Vicki, komm. Mama!«

Viktoria erstarrte. Hatte sie es doch geahnt, aber noch schwelte die Hoffnung, dass sie irrte. Dass es nicht so war.

»Bitte nicht. Bitte, bitte nicht«, sandte sie ein Stoßgebet zum Himmel.

Dann stürzte sie zum Zimmer ihrer Mutter und sah

Rena mit bebendem Oberkörper auf dem Bett kauern. Immer wieder entwich ihr ein »Mama!«.

Viktoria schluckte. Schaute einmal hin. Zweimal. Doch das schreckliche Bild blieb gleich. Ihre Mutter schlief nicht. Sie war gestorben.

Einfach so, bevor sie ihren Töchtern das Wichtigste zu Ende erzählen konnte.

Bevor sie sich richtig versöhnen durften, weil noch zu viel zwischen ihnen stand.

Tot hämmerte es durch Viktorias Kopf. Tot. Endgültig. Unumkehrbar. Nichts mehr, was geradegerückt werden konnte. Vorbei.

»Mama!«, schluchzte Rena wieder auf.

Viktoria setzte sich neben sie auf die Bettkante, und auch ihr liefen Tränen über die Wangen. Sie weinten lange. Hielten sich fest und waren in den Stunden wieder die Schwestern, die sie all die Jahre hätten sein sollen.

»Wir müssen Charlotte Bescheid geben«, wisperte Rena schließlich. »Kannst du das machen? Mir fehlt die Kraft.«

Viktoria erhob sich. »Mach ich.« Ihre Beine fühlten sich an, als hätte sie jemand mit Blei beschwert, und als sie stand, begannen sie so heftig zu zittern, dass sie sich zunächst nicht von der Stelle bewegen konnte. Es dauerte etwas, ehe sie sich wieder in der Gewalt hatte. »Wir müssen auch den Pastor und das Beerdigungsunternehmen informieren. Ich übernehme das.« Viktoria verließ das Zimmer. Schon als sie in der Diele vor der alten Kirschbaumkommode stand, kroch das Unbehagen in ihr hoch. Wieder übernahm sie die Verantwortung, da ihre Schwester sich dazu nicht in der Lage sah. Es war typisch, und es hatte sich in all den Jahren nicht geändert.

Gab es ein Problem, hatte Viktoria es zu lösen, weil

Rena es grundsätzlich nicht schaffte. Wie war sie die letzten Jahre bloß ohne sie klargekommen?

Wahrscheinlich hatte Charlotte in kritischen Fällen die Fäden in der Hand gehabt. Und nun gab es Lutz, der den beiden unter die Arme griff. Viktoria hoffte, dass sie dem Mann mit ihrem furchtbaren Misstrauen nicht unrecht tat.

*

Die Woche war an Viktoria, Rena und Charlotte wie ein Schwarz-Weiß-Film vorübergegangen. Sie hatten Hilka an Tjades Seite auf dem Neumöhlener Friedhof bestattet, und langsam wurde allen dreien die Leere in der Groote Mühle bewusst. Hilka fehlte. Immer und überall. Ihr leises Lachen, ihre oft bissigen Bemerkungen … Alles wirkte tot und leer.

Viktoria hatte ihre Heimreise und auch die Überlegung, sich nach einem Domizil in England umzusehen, bis auf Weiteres verschoben. Es war ausgeschlossen, ihre Schwester und Nichte jetzt allein zu lassen. Die Familie ging vor.

»Ich glaube, ich brauche Luft um die Nase«, sagte Rena, als sie beim Frühstück saßen und den Kaffee getrunken hatten. »Wir haben die letzten Tage so eng aufeinandergehockt, ein Tapetenwechsel schadet uns bestimmt nicht.«

»Wohin möchtest du?«, fragte Charlotte. Sie war blass, und ihre Augen lagen in tiefen Höhlen. Sie litt am meisten unter dem Tod ihrer Großmutter. Die beiden hatten ein besonderes Verhältnis zueinander gehabt.

»Lasst uns zum Südstrand fahren und ein bisschen laufen. Das Meer hilft bei jedem Kummer, meint ihr nicht?«

»Gute Idee.« Charlotte sprang sofort auf. »Mir fällt tatsächlich die Decke auf den Kopf. Lutz kommt erst am

Abend von seiner Dienstreise zurück, und morgen muss ich wieder zur Arbeit. Da kann ich heute frischen Nordseewind gut brauchen. Er wird wohl ein paar der trüben Gedanken vertreiben.«

Viktoria war das recht, denn sie wünschte sich nichts sehnlicher, als wieder ein Stück Normalität zurückzubekommen. Außerdem hoffte sie, dass der Spaziergang ein guter Rahmen dafür war, mit ihrer Schwester und Nichte darüber zu sprechen, ob und wo ihre Mutter Tjades Tagebuch versteckt haben könnte. Ohne dieses Schriftstück würden alle Fäden weiter in der Luft schwingen und niemals zusammengeknotet werden können. Sie musste aber herausbekommen, wer ihr Vater war, sonst würde sie keine Ruhe mehr finden. Und auch, warum Tomasz zu einem Problem in der Groote Mühle geworden war, wollte Viktoria unbedingt genauer wissen.

Charlotte erklärte sich bereit zu fahren. Sie machten sich sofort auf den Weg nach Wilhelmshaven und parkten den Wagen am Fliegerdeich. Von dort gelangten sie direkt zum Deich und konnten über den Jadebusen bis Eckwarderhörne blicken.

Am Strand war es windig. Die Wellen des Jadebusens warfen sich machtvoll gegen das befestigte Ufer, spritzten ihre Gischt gegen Steine und Beton und ließen kleine Schaumflöckchen liegen, die der Wind fröhlich weiterpustete.

»Sieht aus wie Eischnee.« Rena bohrte ihre Schuhspitze in das flockige Weiß, das sich sogleich wieder befreite.

Viktoria zog sich als Schutz vor dem beißenden Wind die Mütze tiefer ins Gesicht. »Ganz schön steife Brise«, sagte sie. »Passt zu unserer Stimmung. Dieses aufgewühlte Meer, der Wind …« Sie machte eine ausladende

Handbewegung. »Wild und ungezügelt. Niemand weiß, wo die nächste Welle landen wird.«

»Norddeutschland eben.« Rena zog die Kapuze tiefer in die Stirn.

»Ich vermisse Oma so.« Charlotte sog die frische Meeresluft tief in ihre Lunge.

»Wir auch. Sie war das Herz der Mühle.« Rena blieb stehen und ließ den Blick über die raue See schweifen. »Sie mochte den Arngaster Leuchtturm«, sinnierte sie. »Ich bin oft mit Mama hier gewesen. Das Meer trägt die Seelen, hat sie immer gesagt. Und am Leuchtturm machen sie stets halt und verpusten sich.«

»Nun schwimmt Omas Seele bestimmt auch in diesen Wogen.« Charlotte lächelte versonnen. »Und sie hat ihre Geheimnisse mitgenommen. Ich bin froh, dass sie es nicht gemerkt hat. Ich glaube, sie ist einfach friedlich eingeschlafen. So, wie es sich jeder wünscht. Das ist mein großer Trost.«

»Das stimmt«, bestätigte Viktoria.

Charlotte sprach unbeirrt weiter. »Oma war müde und ist schlafen gegangen. Sie hat vermutlich geträumt, und dann hat der Tod sie auf seinen Armen davongetragen. Dabei hat sie gar nicht mitbekommen, dass ihr Vorhaben auf Erden unvollendet geblieben ist. Oder sie hat sogar geträumt, alles wäre längst erledigt und sie darf gehen.«

»Aber uns hat sie ratlos zurückgelassen«, sagte Viktoria. »Kann doch auch sein, dass sie kalte Füße bekommen hat und gar nicht zu Ende berichten wollte. Gerade weil es offenbar mit Tomasz ein größeres Problem gegeben hat.«

»Mann, Vicki!«, fuhr Rena sie an. »Du und deine Unkerei. Als ob man seinen Todeszeitpunkt bestimmen könnte. Blödsinn!«

»Du hast gut reden. Ich weiß immer noch nichts über meine Herkunft, und wir haben keine Ahnung, was aus Tomasz geworden ist«, beharrte Viktoria.

»Ist das noch ausschlaggebend? Wir sind Schwestern. So oder so, weil wir dieselbe Mutter haben. Vater lebt nicht mehr und dein Erzeuger vermutlich auch nicht. Gibt es nicht Wichtigeres, als in der Vergangenheit herumzustochern, obwohl uns die Gegenwart so sehr drückt?«

Viktoria schaute ein paar Steinwälzern zu, die in einem Pulk am Strand herumpickten. »Das mag für dich so aussehen, ich empfinde es anders.«

»Uns beiden gehört die Mühle«, meinte Rena. »Wir haben nun die gemeinsame Verantwortung. Wir sind beide erbberechtigt, daran wird Mama nicht gerüttelt haben.«

Viktoria hatte darüber schon nachgedacht. »Wenn ich das Erbe annehme, ist es so. Dazu habe ich dir doch bereits ein Angebot gemacht!«

Rena schnellte herum. »Du willst die Mühle wirklich nicht?«

»Nein.« Damit war alles gesagt.

»Lass uns eine Vereinbarung treffen.«

»Und welche?«, fragte Rena.

»Mama hat erzählt, dass Vater Tagebuch geführt hat. Daher hatte sie auch die Informationen über das Kriegsgeschehen. Hast du eine Idee, wo es ist? Vielleicht finden wir dort Hinweise auf alles, was noch ungeklärt ist.«

»Ich weiß es wirklich nicht«, antwortete Rena.

»Auf dem Dachboden?«, mutmaßte Viktoria.

Ihre Schwester zuckte mit den Schultern.

»Wenn wir zurück sind, durchkämmen wir alles.« Charlotte stieß die beiden an und lächelte aufmunternd.

Kapitel 11

Lutz war auf dem Rückweg bei Jost vorbeigefahren, denn der bekam zunehmend kalte Füße und schrieb ihm ständig Nachrichten, in denen er seine Zweifel deutlich machte. Es wurde Zeit, ihn in einem persönlichen Gespräch ein weiteres Mal zu bestärken, bei der Stange zu bleiben. Sie hockten nun in Josts winziger Küche, in der es stets nach Kohl roch, selbst wenn keiner auf dem Herd stand. In den Raum fiel kaum Sonnenlicht, was zum einen den kleinen und zugleich schmutzigen Sprossenfenstern geschuldet war und zum anderen der Tatsache, dass sich direkt vor seinem Haus eine mächtige Kastanie ausbreitete.

»Ich kann das nicht machen«, sagte Jost ein ums andere Mal und gab einen Kluntje nach dem anderen in die kleine Teetasse. »Wenn das rauskommt, bin ich geliefert.«

Lutz reagierte zunehmend genervt. »Du bekommst doch eine Menge Geld dafür«, sagte er. »Danach kannst du dich zur Ruhe setzen, und gut ist es. Warum schert es dich? Du brauchst doch keine Aufträge mehr.«

»Es ist kriminell, und das weißt du auch! Ich mache einen Rückzieher, allein aus alter Verbundenheit zu Hilka und Rena!«

»Jost, die Alte ist tot, und sie war diejenige, die eine

zweite Meinung einholen wollte. Viktoria möchte, so schnell es geht, weg, und Rena und Charlotte habe ich im Griff. Gib dir einen Ruck, und wir ziehen das durch.«

Jost stand die Skepsis ins Gesicht geschrieben. »Mann, Lutz! Wir haben ein paar Bierchen zu viel gehabt! Lass es uns beenden. Ich sag einfach, ich hätte mich verrechnet!«

»Nein.« So leicht würde Lutz es Jost nicht machen. Er war kurz vorm Ziel, und er musste es zu Ende bringen.

»Ich frage mich schon die ganze Zeit, warum du der Familie Gerdes eigentlich schaden willst. Was ist denn vorgefallen?«, fragte Jost. »Ich kenne dich als freundlichen und integren Mann. Nicht als Racheengel. Das passt nicht zu dir!«

Lutz schluckte. Jost hinterfragte in seiner ruhigen ostfriesischen Art nie etwas, sondern nahm alles als gegeben hin, das hier musste ihn arg beschäftigen. »Es ist eine alte Geschichte. Bitte lass es gut sein.«

»Jemandem zu schaden hat noch keinem geholfen«, sagte Jost. »Das führt nur zu noch größerem Unheil. Glaub mir, aus der Sicht hätte auch ich einen Grund, die Mühle zum Einsturz zu bringen. Doch was bringt mir das? Ja, es hat sich an dem Abend gut angefühlt, Rena eins auszuwischen, aber ich will das nicht. Das bin nicht ich.«

»Bist du jetzt unter die Philosophen und Gutmenschen gegangen, weil du dich als Heiliger hinstellst? ›Das bin nicht ich‹«, äffte Lutz ihn nach.

So kamen sie nicht weiter.

Jost verzog das Gesicht. »Ich bin dir nichts schuldig, außer einem Versprechen, das ich im Suff gegeben habe, weil ich einen kurzen Moment tatsächlich der Ansicht war, auch mir würde Rache helfen, mit meiner Verletzung von damals fertigzuwerden. Aber das ist nicht so«, setzte er hinzu. »Ich weiß, dass ich unsere Freundschaft gerade aufs Spiel setze, aber ich werde das mit Rena geradebiegen.« Jost schaute ihn ernst an. »Und überleg dir bitte, ob du deine Liebe deswegen auch gefährden willst. Charlotte ist sicherlich unschuldig! Egal, was früher mal war und dich so verbittert hat.«

Lutz winkte ab. Er stand auf und verließ das Haus. Im Auto legte er den Kopf aufs Lenkrad und begann zu weinen. Josts Worte hatten ihn berührt, aber er konnte nicht mehr zurück. Er hatte sich viel zu tief hineingeritten und sein Glück bereits verspielt.

*

Rena und Viktoria begannen mit dem Dachboden, doch außer einigen Fotoalben, die aber keinen Aufschluss brachten, fanden sie nichts. So kamen sie nicht weiter. Hilka hatte wirklich viele Dinge aufbewahrt. In einem der düsteren und wuchtigen Schränke hingen sogar noch ihre alten Mädchenkleider.

»Sieh nur!«, rief Rena begeistert aus. »Das hatten wir zum Dorffest an und sahen aus wie das doppelte Lottchen.«

»Na ja, die Haarfarbe stimmte nicht so ganz«, antwortete Viktoria lachend. »Trotzdem haben uns die Neumöhlener so genannt, als wir in denselben Kleidern angekommen sind. Erst war es auch lustig und hat Spaß gemacht. Aber dann kam der Schock.« Sie seufzte bei der Erinnerung daran.

»Es war ein schlimmes Fest«, bestätigte Rena düster.

Charlotte sah Mutter und Tante erstaunt an. »Was ist denn passiert, dass ihr noch immer so erschrocken ausseht?«

»Danach hat die Mühle gebrannt«, antwortete ihre Mutter.

»Nein!«, entfuhr es Charlotte. »Erzählt.«

»Den Mühlen wurde nach dem Krieg alles sehr schwer gemacht«, begann Rena. »Am Tag nach dem Fest musste dein Uropa zur Gemeinde, weil er Männer brauchte, wenn die Mühle überhaupt weiter betrieben werden sollte«, erklärte sie. »Es sah schlecht aus.«

»Inwiefern?«, fragte Charlotte

»Früher, also vor und während des Krieges, kamen die Marschenbauern zum Müllern. Dann aber haben sie das Korn immer öfter selbst mit eigenen Anlagen gemahlen. Unser Verdienst schmolz zusammen, weil die Kunden ausblieben.«

»Und an Personal mangelte es auch. Nach dem Krieg gab es keine Leute mehr«, fuhr Viktoria fort. »So viele junge Männer sind auf den Schlachtfeldern verreckt. Auch unsere Gesellen. Man braucht, wie du weißt, Kraft, aber auch Können. Ein Gespür für den Wind. Die Technik und die Geräusche, die uns erzählen, ob die Mühle gesund ist oder ob es ein Wehwehchen gibt, das es auszumerzen gilt. Wer hatte das Wissen und konnte auch die schwere Arbeit machen?«

»Es sind doch mindestens zwei Leute nötig.«

»Deshalb ist Opa Johann auch los«, sagte Viktoria.

»Ich erinnere mich, dass beide sehr verdrossen waren«, erläuterte Rena versonnen. »Wie oft ist Opa Johann am Abend durch den Garten bis zur Graft gelaufen und hat über die Marsch geblickt. Das konnte ich von meinem Fenster aus sehen.« Sie schloss die Augen, sah es vor sich. Sein kräftiger Rücken inmitten der mächtigen Bäume und dahinter die Marsch mit ihren Nebelschwaden und der Mond am Himmel.

Viktoria nickte, denn auch sie hatte es beobachtet.

Rena hielt die Augen nach wie vor geschlossen und sprach mit der Stimme ihres Großvaters, die sie unglaublich gut imitieren konnte. Es war fast so, als stünde Johann Grotkopp neben ihnen. »Dann muss sie stillstehen, bis ich sie wieder betreiben kann. Und es werden zahlreiche Reparaturen anfallen. Wer weiß, ob das gute Stück den Stillstand überlebt.«

Rena öffnete die Augen wieder und schüttelte sich, als müsse sie wieder im Hier und Jetzt ankommen.

»Oh, diese Sorge kann ich mir von Uropa gut vorstellen«, sagte Charlotte. »Es muss ihm die Seele versengt haben.«

»Das hat es, und er ist losgefahren, in der Hoffnung, alles würde sich mit der Unterstützung der Gemeinde noch zum Guten wenden«, erzählte Rena.

»Und dann?«, hakte Charlotte sofort nach. »Was passierte, als er fort war?«

»Dann kam der Wind. Opa war immer sehr gründlich mit allem, aber die Vorstellung, dass er die Groote Mühle würde vielleicht aufgeben müssen, hat ihm vermutlich die Beine weggezogen.«

»Er hat die Windrose nicht richtig festgesetzt«, ergänzte Viktoria rasch, als sie das ungläubige Gesicht ihrer Nichte sah.

»Das kann ich mir nicht vorstellen«, sagte Charlotte.

»Doch, es war so«, bestätigte Rena. Sie schien schon wieder ganz entrückt.

Viktoria sah sich wieder neben ihrer großen Schwester unten an der Mühle stehen. Hand in Hand, weil sie ahnten, dass es nicht normal war, was sie dort sahen. Dass ihnen große Gefahr drohte, spürten sie, sie konnten aber nicht ausmachen, was genau sie so beunruhigte.

»Uropa ist ein solch schwerwiegender Fehler unterlaufen?« Charlotte konnte es noch immer nicht fassen.

Viktoria räusperte sich, weil sie sich erst aus der Vergangenheit zurückkatapultieren musste. »Daran kann man sehen, wie durcheinander er war. Noch nie, wirklich noch nie hat er so etwas gemacht.«

Sie schaute zu Rena, und unwillkürlich fanden sich ihre Hände. Sie drückten einander, und in Gedanken schauten sie jetzt hinauf zum Mühlenkopf der Groote Mühle und nicht in das Dunkel des Dachbodens. Sie waren zwei blonde kleine Mädchen mit geflochtenen Zöpfen und grauen Kleidchen, die es einerseits spannend fanden, was da geschah, andererseits auch Furcht hatten, ihrem Zuhause könnte nachhaltig Schaden zugefügt werden, weil ihre Umgebung in heller Aufregung war.

»Was ist denn genau passiert? Hat sich die Befestigung gelöst?« In Charlottes Kopf lief sichtlich ein Film ab, denn als Müllerstochter wusste sie, was geschehen konnte.

»Genau«, bestätigte Rena. »Die Eisenstange hat sich aber nur etwas gelockert, und dadurch war es möglich, dass sich die Windrose blitzschnell in Bewegung setzen konnte.«

»Woher kam der plötzliche Wind?«, unterbrach Charlotte sie.

Viktoria zuckte mit den Schultern. »Ein hereinbrechender Sommersturm. Urplötzlich frischten heftige Böen auf und trieben die Windrose an, weil sie nicht festgestellt war.«

»Oje …«, ließ Rena das Geschehnis wieder aufleben, »… dann ist die Eisenstange an der Befestigung entlanggerattert.«

»So ist es.« Viktoria holte tief Luft. »Es kam zu einem regelrechten Feuerball.«

»Und was habt ihr dann gemacht? Uropa war doch fort!«, entfuhr es Charlotte. »Oder war euer Vater da, um das Ganze zu stoppen?«

Viktoria und Rena sahen sich an. »Er war unterwegs, aber dann kam Oma Hilka. Ohne zu zögern, kletterte sie die schmalen Stiegen bis in die Mühlenkappe hinauf und hat versucht, die Eisenstange ganz rauszuziehen, damit sich die Mühlenflügel bewegen konnten. Die Reibung musste aufhören, so schnell es ging.«

»Das hat Oma allein bewerkstelligt?«, fragte Charlotte. »Wie hat sie denn das geschafft?«

»Gar nicht«, gab Rena zurück. »Ich habe gewusst, dass es schiefgehen würde, und bin ihr nachgerannt.« In ihrer Stimme schwang unverhohlener Stolz.

»Da war Rena sehr mutig«, bestätigte Viktoria. »Ich wusste, was sie vorhat, und ich wusste, dass es noch mehr Kraft erforderte. Also bin ich auch hinterher.«

»Ich glaube, wir sind die Leitern noch nie so schnell nach oben geflitzt!«, erklärte Rena. »Mama versuchte alles, aber es war ausgeschlossen, es allein zu stemmen.«

»Mit vereinten Kräften habt ihr es dann hinbekommen?«

Viktoria und Rena nickten. »Danach waren unsere Hände kaputt, aber die Mühle war gerettet.«

Sie erzählten weiter, wie erschrocken ihr Großvater gewesen war.

»Immerhin gibt es die Mühle noch. Dann war er auch erfolgreich bei der Mitarbeitersuche?«, resümierte Charlotte.

»Das war er«, antwortete Rena. Sie hatte die Hand ihrer Schwester noch nicht losgelassen. »Er bekam einen

Lehrling, das war Hauke, den er zum Gesellen ausgebildet hat, und so konnte es zunächst bis 1966 weitergehen. Sogar das Mühlensterben Anfang der 1970er-Jahre haben wir überstanden.«

»Warum weiß ich das alles nicht?«, fragte Charlotte. »Ich habe so oft Fragen gestellt und nie Antworten bekommen.«

»Oma mochte nicht über Vergangenes reden«, gab ihre Mutter zur Antwort. »Sie blieb immer lieber vage und ließ Details aus. Und der Brand war für Johann peinlich. Er, der erfahrene Müller, begeht einen solchen Fehler!«

Charlotte sah sie und Viktoria mit schief gelegtem Kopf prüfend an. »Mama, ich habe auch dir Fragen gestellt …«

Rena wurde feuerrot. »Das Schweigen liegt uns Gerdes-Frauen mehr als das Reden. Vicki war fort …« Sie brach ab und kämpfte sichtlich mit den Tränen. »Keiner wollte sich Gedanken machen. Weder deine Oma noch ich.«

Charlotte fasste die freie Hand ihrer Mutter und drückte sie.

»Nach dem, was nun in der Luft schwebt, verstehe ich das. Aber jetzt sollten wir sehen, was wir mit dem Erbe machen.«

Viktoria blickte ihre Nichte an und ließ Rena los. Die Situation war surreal. Sie standen auf dem staubigen Dachboden, und während sie in den Kisten der Vergangenheit herumwühlten, beförderten sie nicht nur alte Bilder und Klamotten zutage, sondern auch Erlebnisse, über die sie lange nicht gesprochen und die sie damals zusammengeschweißt hatten. Was war nur passiert, dass dieses Band eines Tages zerriss? Hatten sie die Familienlüge die ganze Zeit gespürt, bis sie unbemerkt so dominant geworden war, dass es nicht mehr gemeinsam ging?

Sie hatten sich als Schwestern weit voneinander entfernt und waren sich schließlich fremd geworden. Verlangte Charlotte ernsthaft, dass sie den Grund dafür nicht herausfinden sollten? Alles auf sich beruhen lassen, ein weißes Tuch darüber decken und weitermachen wie bisher? Das konnte nicht funktionieren. Nicht, seitdem Viktoria wusste, auf welchem Lügengebilde ihre Familie aufgebaut war.

»Wenn es doch nur so einfach ginge, jetzt den Schalter umzulegen und sich auf die Gegenwart und den Erhalt der Mühle zu konzentrieren!«, seufzte Viktoria.

»Warum nicht?« Charlotte runzelte genervt die Stirn.

»Es mag für euch beide unerheblich sein«, beharrte ihre Tante, »aber ich werde keine Entscheidung treffen, bis alle Geheimnisse gelüftet sind. Das habe ich oft genug gesagt!«

Betreten senkte Charlotte den Kopf. »Ist okay«, antwortete sie. »Wir sind die Töchter dieser Mühle, und sie wird nur bestehen können, wenn wir zusammenhalten. Also suchen wir gemeinsam.«

Viktoria lächelte und wandte sich der vor ihr stehenden Truhe zu, deren Deckel aber klemmte.

Charlotte hatte die Hand ihrer Mutter inzwischen losgelassen. Sie öffnete den nächsten Schrank, der mit Kisten vollgestellt war. Ihr sprang eine Maus entgegen, und Charlotte schrie erschreckt auf. »Sind hier noch mehr?« Sie blickte sich um. »Dann müssen wir Fallen aufstellen.«

»Was ist denn in den Kartons?«, fragte Viktoria, ungeachtet der Mausattacke, und zog eine Kiste heraus. »Aktenordner.« Sie nahm einige in die Hand und durchblätterte sie. »Nur Rechnungen über Getreidelieferungen. Es ist unwahrscheinlich, dass wir Vaters Tagebuch hier finden.«

Rena sah aus dem dreieckigen Fenster im First. »Mutter hat den Dachboden eigentlich gehasst. Niemals hätte sie hier so etwas Wichtiges wie Vaters Tagebuch versteckt.«

»Und das sagst du erst jetzt?« Viktoria legte den letzten Ordner zurück in den Karton und nieste, es war wirklich staubig hier oben.

»Mir ist es gerade eben erst eingefallen, dass sie nur selten auf dem Speicher war«, rechtfertigte sich Rena.

Charlotte zog die Augenbrauen hoch und schloss die Schranktür. Dennoch half sie Viktoria, den Deckel der Kiste zu öffnen. »Aber Opa? Es war doch sein Tagebuch. Vielleicht hat er es hier hinterlegt, weil er sicher sein konnte, dass kaum jemand an einem solchen Ort sucht.«

Die Kiste knarrte, und der Deckel sprang auf.

»Was ist denn das?«, fragte Charlotte entgeistert.

»Bücher, die falsch gelagert wurden und völlig zerstört sind.« Rena hielt mit zwei Fingern ein von Mäusen zerfressenes Exemplar hoch. »Ebendeshalb wird hier keiner ein Tagebuch verstecken. Kann eben passieren hier oben, auch wenn nicht alles zerstört ist.«

Obwohl Rena wahrscheinlich recht hatte, suchten die drei verbissen weiter, klammerten sich an die Hoffnung, doch einen Hinweis zu finden, aber es blieb erfolglos.

Nach drei Stunden hatten sie den letzten Schrank und die letzte Kiste durchstöbert. Rena wischte sich mit dem Handrücken über die Stirn. »Ich habe es ja gesagt. Zwecklos.«

Inzwischen musste auch Viktoria einsehen, dass sie hier nicht fündig wurden.

»Es ist Zeit fürs Abendbrot«, sagte Charlotte. »Ich

schlage vor, wir lassen uns was vom Pizzadienst kommen. Ich glaube, nach diesem Tag hat keine von uns mehr Lust zu kochen.«

Sie sah ihre Mutter und Tante abwartend an und schien erleichtert, dass keine der beiden widersprach. Sie verließen den Dachboden und standen wieder in der Diele.

»Ich dusche mich rasch, weil ich glaube, den Staub in jeder Pore zu haben. Sogar mein Mund ist ganz pelzig«, sagte Rena.

»Das mache ich auch gleich«, verkündete Viktoria. »Und dann freue ich mich auf die Pizza. Ich habe einen Bärenhunger.«

Rena verharrte plötzlich wie angewurzelt in der Diele und starrte zur Kirschbaumkommode.

»Ist was, Mama?«, fragte Charlotte. Sie nahm das Tuch vom Kopf und rieb sich mit der Handfläche durchs Haar.

Rena antwortete nicht, sondern steuerte auf das wuchtige Möbelstück zu. »Die gab es hier schon immer«, flüsterte sie. »Sie ist so hässlich und passt gar nicht zu uns. Mama aber hat sie geliebt, warum auch immer.«

Viktoria und Charlotte warfen sich fragende Blicke zu.

Rena riss die beiden oberen Schübe auf. Hektisch nahm sie Papiere heraus und legte sie auf die Kommode.

»Was machst du da eigentlich?«, fragte Charlotte.

»Mir ist etwas eingefallen«, gab ihre Mutter fahrig zurück. »Ich glaube …« Sie stockte und nickte stumm, als sie eine Platte aus der Schublade hob.

Viktoria war hinter ihre Schwester getreten und sah ihr über die Schulter. »Ein doppelter Boden?«

»Ja, ich habe als Kind mal gesehen, dass Mama darin etwas versteckt hat. Und das fiel mir eben ein, als ich die Kommode betrachtet habe.« Rena glitt ein feines Lächeln übers Gesicht, als sie eine lederne Kladde hervorzog, in der eine weitere, etwas dünnere steckte. »Das scheint es zu sein.«

Sie schlug die lederne auf, doch dann senkten sich ihre Mundwinkel.

»Was ist?« Viktoria versuchte, ebenfalls einen Blick auf das Geschriebene zu erhaschen, und dann erkannte sie, warum Rena so stutzte. »Das ist Mamas Tagebuch«, flüsterte sie.

»Und das andere?«

Rena schaute hinein. »Treffer. Papas Handschrift! Ich hoffe, auch hier werden wir erfahren, was damals passiert ist. Beide Aufzeichnungen werden wohl sehr aufschlussreich sein.«

Es klingelte an der Haustür, und Rena legte die Tagebücher zurück in die Schublade.

»Wir sehen uns in einer Stunde zur Pizza in der Küche«, bestimmte sie. Dann ordnete sie das Haar und öffnete die Tür. Vor ihr stand ein untersetzter, etwa vierzigjähriger Mann mit rotblondem kurz geschorenem Haar und einer Nickelbrille im pausbackigen Gesicht.

»Guten Tag, Frau Gerdes. Cordes mein Name. Ich bin von der Bauaufsicht. Es gab eine Meldung, dass die Flügelwelle defekt ist, und ich muss prüfen, ob das Bauwerk in der Form so noch betrieben werden darf oder ob weitergehende Sicherheitsmaßnahmen vonnöten sind.«

Nun passierte etwas, mit dem Viktoria nicht gerechnet hatte. Ihre Schwester, die nur das eine Mal, als sie die Mühle vor dem Feuerball hatten retten müssen, zu einer durchsetzungsfähigen und entschlossenen Person geworden war, mutierte zu einer Furie. Sie machte einen Schritt auf den Mann zu und baute sich in voller Größe vor ihm auf. Dabei stemmte sie die Fäuste in die Hüfte und reckte das Kinn. Rena war inzwischen eine kräftige Frau, was aber meist nicht auffiel, weil sie mit leicht gebeugtem Oberkörper lief. Doch jetzt zeigte sie Haltung.

»Nun hören Sie mir mal gut zu, junger Mann. Ja, die Flügelwelle ist defekt, und wir werden sie erneuern. Bis dahin steht die Mühle still, und deshalb kann alles so bleiben, wie es ist. Was wir nicht brauchen, sind Klookschieter wie Sie, die uns dreinreden wollen. Wir kommen klar, und natürlich bringen wir niemanden in Gefahr!«

»Aber es ist meine behördliche Pflicht, dem nachzugehen!«, wehrte sich der Mann und drückte seinen Notizblock an die Brust.

Jetzt ritt Viktoria der Teufel. »Dann kommen Sie doch mit mir mit. Ich zeige Ihnen die Mühle. Wissen Sie, unsere Müller sind nicht da, aber da Sie sicher vom Fach und schwindelfrei sind, können Sie das bestimmt vortrefflich selbst beurteilen.«

Charlotte und Rena verstanden sofort und hoben den Daumen.

»*Ich* geh mit«, schlug Charlotte vor. »Dann könnt ihr euch schon um alles Weitere kümmern.« Sie zwinkerte den beiden zu und bat Herrn Cordes, ihr zu folgen.

*

Ein bisschen mulmig war Charlotte schon, als sie Herrn Cordes in die Mühle führte. Es war besorgniserregend, wenn ein Mann in solch offizieller Mission eigens zur Kontrolle herkam.

Was sie aber keinesfalls wollte, war, dass ihre Mutter oder Tante Viktoria die steilen Leitern nach oben kletterten und sich womöglich auf ihre alten Tage verletzten, weil sie wegen dieses schrecklichen Besuchs so nervös waren. An und für sich kannten sie in der Mühle jeden Zentimeter und wären auch im Dunkeln vermutlich unfallfrei bis in die Mühlenkappe gekommen, aber es war so viel passiert in der letzten Zeit, dass sie sich sorgte. Eine Zehntelsekunde Unaufmerksamkeit würde schon zu einer Katastrophe führen. Ein Sturz aus der Höhe wäre nicht nur in ihrem Alter lebensgefährlich.

Herr Cordes schaute Charlotte abwartend an, rückte die Brille zurecht und wirkte sehr entschlossen. Er sah sich bereits unten in der Mühle um und notierte ein paar Stichpunkte.

»Das hier hat mit der Flügelwelle nichts zu tun«, sagte Charlotte. »Da brauchen Sie nichts zu kontrollieren.«

»Ich weiß, aber es geht um das Gesamtbild«, entgegnete er. Täuschte sie sich, oder war er doch nervös?

Ihre Ahnung verstärkte sich, als der Blick des Beamten kritisch die erste steile Leiter mit den schmalen Stufen taxierte. Rechts hing ein Tampen, an dem man sich festhalten konnte.

»Soll ich vorgehen?«, fragte Charlotte freundlich, obgleich es ihr durchaus gefiel, dass dem Mann offenbar nicht wohl war, sich in die erste Ebene hinaufzubegeben. Das konnte ja noch heiter werden, denn die defekte Flügelwelle befand sich ganz oben im Mühlenkopf.

»Ja, bitte!« Seine Stimme wackelte.

Charlotte erklomm die Stufen in Windeseile und wartete auf dem Mahlboden, bis Herr Cordes sich hochgequält hatte. Ihm stand der Schweiß auf der Stirn.

»Wir müssen noch weiter.« Charlotte wies zur nächsten Leiter, die ebenso schmal war und zur Galerie in der zweiten Ebene führte. Herr Cordes nickte tapfer und folgte Charlotte, wenngleich sich sein Schritt schon verlangsamt hatte. Oben angekommen, atmete er schwer und stützte die Hände auf die Oberschenkel.

Charlotte tat so, als bemerke sie sein Unbehagen nicht. Er wollte die Flügelwelle prüfen, dann sollte er seinen Willen bekommen. Was konnte sie dafür, dass er offenbar an Höhenangst litt. Schließlich hatte sie ihn nicht eingeladen.

»Von hier geht es auf die Galerie«, erklärte sie betont munter. »Wenn Sie die Ruten prüfen wollen, müssen wir da nachher raus. Es ist durch den Regen aber so glatt wie Eis. Wir müssen vorsichtig sein, damit wir nicht ausrutschen.«

Wieder nickte er nur und schaute skeptisch, als Charlotte zur nächsten Leiter wies. »Sind nur noch zwei«, verdeutlichte sie ihm. »Wenn Sie jetzt nach oben klettern, zeige ich Ihnen, wo Sie sich festhalten können, damit Sie nicht abgleiten, und dann ist es nur noch die kurze, schmale Hühnerleiter bis ganz oben.«

Herr Cordes schluckte, denn nun wurden die Tritte erheblich steiler.

Charlotte zeigte auf einen Querbalken, der frei über dem Boden angebracht war. »Der ist stabil. Oben angekommen, drehen Sie sich etwas, und mit nur wenig Schwung haben Sie es geschafft. Ihren Block sollten Sie besser ablegen.«

Charlotte kletterte voraus. Herr Cordes zögerte. Ihm stand der Schweiß auf der Stirn, aber er wollte sich die Blöße offenbar nicht geben und tat, was von ihm erwartet wurde. Er folgte Charlotte Schritt für Schritt die Leiter hinauf, wurde jedoch immer langsamer.

Der hat richtig Schiss inne Büx, dachte sie. Geschieht ihm nur recht, wenn er uns das Leben schwer machen will. Trotzdem kam sie sich gemein vor, denn Herr Cordes tat vermutlich auch nur das, womit man ihn beauftragt hatte. Wobei sich ihr nun die Frage aufdrängte, wer ihm überhaupt von ihrem Schaden erzählt haben könnte. Nun, das würde sie schon noch herausfinden.

Charlotte zeigte dem Beamten noch einmal, wo er sich festhalten konnte, und dann standen sie auf der nächsten Ebene. »Nun ist es wohl geschafft«, sagte Herr Cordes und atmete durch.

»Nein, jetzt kommt der richtige Aufstieg«, gab Charlotte zurück und zeigte zur Hühnerleiter. Sie war zwar erheblich kürzer als die anderen, dafür hing sie frei in der Luft und hatte Wechselstufen.

»Da noch rauf?« Herr Cordes fuhr sich übers schüttere Haar.

»Da noch rauf«, bestätigte Charlotte.

Der Beamte zögerte dieses Mal länger. Aber er setzte tapfer den ersten Schritt. Charlotte wartete oben auf ihn und reichte ihm die Hand.

»Danke. Ich sehe keine weitere Stiege mehr«, stellte er erleichtert fest. Er blinzelte nervös und versuchte seine zitternden Knie zu überspielen.

»Dahinten ist die Flügelwelle.« Charlotte deutete nach rechts. Leichtfüßig lief sie dorthin und wies auf den wuchtigen rechteckigen Balken.

»Die Welle ist marode, dort ist der Käfer drin. Das erkennen Sie an den Löchern, die größer als zwei Millimeter sind. Das bedeutet, die Flügelwelle ist von Pilz befallen, und wir müssen sie austauschen.«

»Sie haben den Betrieb eingestellt?«

»Ja natürlich, es ist zu gefährlich, wenn die Mühle richtig in Bewegung kommt.«

Charlotte musterte ihr Gegenüber. Sie wollte endlich ihre Frage loswerden.

»Woher wissen Sie eigentlich, dass wir Probleme haben?«

Jetzt geriet Herr Cordes sichtlich in Bedrängnis. »Es

war ein anonymer Hinweis. Und wir sind dafür verantwortlich, dass die Sicherheit gewährleistet bleibt.«

Charlotte kniff die Lippen zusammen. Ein Maulwurf also. Das konnte jeder sein, denn dass die Groote Mühle in Schwierigkeiten steckte, war in Neumöhlen kein Geheimnis.

»Fair ist etwas anderes«, entfuhr es ihr. »Nun werden wir zu allem Überfluss auch noch zum Opfer von üblem Gerede. Als ob wir nicht genug um die Ohren haben. Ganz mein Humor. Ich kann gar nicht mehr aufhören zu lachen!«

Herr Cordes schwieg.

»Und Sie wissen nicht, wer uns angeschwärzt hat?«

Er schüttelte den Kopf. »Leider nein. Aber jetzt habe ich das ja gesehen!« Herr Cordes wollte offensichtlich, so schnell es ging, wieder den Gang nach unten antreten.

Doch nun ritt Charlotte der Teufel. Ob es der Wut auf den Maulwurf geschuldet war oder ob sie grundsätzlich ein Ventil für ihren angestauten Ärger brauchte, wusste sie nicht. »Um es genauer zu prüfen, müssen wir noch auf die Galerie.«

»Ich denke, ich habe genug gesehen«, wich Herr Cordes aus und warf einen skeptischen Blick die Hühnerleiter hinunter. »Wenn Sie die Mühle jetzt nicht betreiben, dann ist ja alles in Ordnung.«

»Ohne die Ruten kontrolliert zu haben, werden Sie Ihr Gutachten nicht korrekt schreiben können«, beharrte Charlotte. »Wir müssen auch keine Treppen mehr erklimmen«, versuchte sie ihn zu beruhigen und fügte in Gedanken gehässig hinzu: Aber ich werde dich die Ruten emporklettern lassen.

Dazu würde sie ihn aber zunächst dazu bewegen müssen, ihr auf die glitschige Galerie zu folgen. Charlotte war sich sicher, dass Herr Cordes kneifen und mitnichten diese circa zehn Meter Höhe in Angriff nehmen würde. Deshalb war es ausgeschlossen, dass sie das Fangseil betätigen und die Ruten drehen musste. Denn dazu fehlte ihr allein die Kraft, nur brauchte Herr Cordes das nicht zu wissen.

Sie kletterte erst in Windeseile die Hühnerleiter hinab und wartete, bis auch ihr Besucher sich heruntergequält hatte.

»Ich zeige Ihnen jetzt, wo Sie sich festhalten müssen, damit Sie sicheren Fußes auf der nächsten Ebene ankommen.« Charlotte gab sich überfreundlich. Sie zeigte zu zwei Querbalken. »Dort können Sie sich wieder festhalten.«

Unten angekommen, wischte er sich den Schweiß von der Stirn. Seine Hände zitterten. »Die nächsten Treppen sind nicht so schlimm«, machte er sich selbst Mut und folgte Charlotte auf die nächstuntere Ebene.

Charlotte lief leichtfüßig voraus auf die Galerie. »Wie eben schon gesagt: Bitte aufpassen, damit Sie nicht ausrutschen. Am besten halten Sie sich an der Wand der Mühle fest, dann kann nichts passieren.«

Herr Cordes mochte Charlotte wohl nicht widersprechen und tat wie ihm geheißen. Vorsichtig glitschten sie über das mit Grünspan überzogene Holz, bis sie bei den Flügeln zum Stehen kamen.

»Da müssen Sie dann zum Spannen der Segel rauf. Wenn Sie damit fertig sind, gehe ich zum Fangseil und drehe die Flügel«, sagte Charlotte. Sie deutete auf die seitlich aufgerollten Planen und die Ruten, die mit Holzlatten, die wie Sprossen aussahen, versehen waren. »Ist wie eine Leiter. Mehr als zehn Meter sind es nicht, und so können Sie prüfen, ob die Ruten, so sagen wir das hier, nicht marode sind.«

Jetzt schluckte Herr Cordes. Er atmete einmal schwer und sagte dann mit einem verrutschten Lächeln: »Nein, das tut nicht Not. Ich denke, Sie machen alles richtig, und wenn die Groote Mühle nicht betrieben wird, solange die Flügelwelle defekt ist, sehe ich keine Veranlassung, mehr zu unternehmen.«

Charlotte grinste bei seiner Wortwahl. Es war so offensichtlich, dass Herr Cordes nur noch eines im Sinn hatte: die letzten beiden Treppen nach unten zu klettern und so schnell wie möglich zu verschwinden. Er würde ihnen sicherlich keine Scherereien mehr machen. Gleichgültig, wer auch immer sie zukünftig anschwärzte.

Ein bisschen tat er Charlotte leid, aber sie konnte es sich nicht verkneifen, ein wenig anzugeben. »Ich geh jedes Wochenende da hoch, wenn die Mühle für die Besucher betrieben wird. Das geht nur, wenn die Segel gesetzt sind.« Sie fügte gönnerhaft hinzu: »Aber wenn Sie nicht hinaufwollen, ist es in Ordnung.«

Herr Cordes nickte und stellte keine weiteren Fragen. »Gut, dann können wir?« Er wartete Charlottes Antwort gar nicht ab und schlitterte über die Holzbohlen zurück.

Charlotte folgte ihm amüsiert und war froh, dass alles glimpflich abgegangen war und sie die Situation hatte retten können. Nun konnten sie sich endlich zusammen mit ihrer Mutter und Tante den Aufzeichnungen von Oma Hilka und Opa Tjade widmen. Außerdem knurrte Charlottes Magen, und sie freute sich auf die Pizza.

Herr Cordes hob die Hand zum Gruß und verschwand eilig in seinem Wagen.

Charlotte war sicher, ihn nicht so schnell wiederzusehen. Sie öffnete erleichtert die Küchentür und fand Viktoria neben ihrer Mutter am Tisch sitzend. Vor ihnen lagen die Kladden, die sie in der Kommode gefunden hatten.

»Wir haben bereits ein bisschen vorsortiert, damit es nicht durcheinandergeht«, erklärte ihre Tante.

»Und die Pizza ist schon bestellt«, sagte ihre Mutter. »Für dich wie immer Hawaii.«

Charlotte setzte sich. »Der Kerl war da, weil uns jemand angezeigt hat. Echt übel. Wer auch immer das war: Er hat sein Ziel verfehlt. Unheil abgewendet. Herr Cordes kommt so schnell nicht wieder. Der hat Höhenangst und sich fast in die Büx geschietert.«

Viktoria und Rena lachten zwar, aber ihrer Tante stand die Skepsis ins Gesicht geschrieben. »Wäre durchaus interessant, wer uns verpetzt hat«, sagte sie. »Aber nun lasst uns weiterlesen.«

1943

Tjade war froh, als er so weit hergestellt war, dass er mit seiner Schussverletzung nach Hause auf Genesungsurlaub fahren konnte. Die Fahrt dauerte ewig, bis er endlich die Groote Mühle vor Augen hatte. Hilka rannte ihm entgegen, fiel ihrem Mann um den Hals und küsste ihn mit überschwänglicher Freude.

»Wir erwarten ein Kind, Tjade! Wir erwarten ein Kind«, sprudelte es nur so aus ihr heraus.

Tjade umarmte sie scheu und wartete darauf, dass auch ihm die Gefühle durchgingen. Dass sein Herz klopfte und die Sonnenstrahlen seine Seele wach küssten. Aber nichts davon geschah. Er fühlte – nichts. Ein wenig Erleichterung, dass er eine Weile keine Bomben fallen hörte, dass er kein Gewehr in der Hand hielt. Und sonst … war er innerlich wie tot.

Hilka spürte seine Distanz, schien dennoch zu verstehen und bat ihn ins Haus. Dort stand eine Teekanne auf dem Stövchen. Er setzte sich und wartete, bis ihm seine Frau eine Tasse hingestellt hatte. Sie gab ein Kluntje hinein und goss die braune Flüssigkeit darüber. Es knackte einmal laut, und Tjade hielt sich bei diesem Geräusch augenblicklich die Ohren zu. Plötzlich hatte er das Geschützfeuer im Ohr, das Donnern der Kanonen, und er sah das Mündungsfeuer blitzen.

Er gab einen kehligen Laut von sich, der auf seine Frau befremdlich wirken musste. Doch Hilka lief nicht weg. Sie stellte auch keine Fragen, sondern nahm ihn einfach in den Arm und wartete ab, bis das Zittern aufhörte und er wieder in der Realität ankam.

Wie gern hätte er seine Frau an sich gedrückt und ihr gesagt, dass sich nichts geändert hatte und alles gut war. Doch es wäre eine Lüge gewesen. Den alten Tjade gab es nicht mehr – und es würde ihn auch nicht mehr geben. Der Tjade, den seine Frau liebte, der war irgendwo auf dem russischen Schlachtfeld verreckt. Aber er würde zurückkommen, ganz bestimmt würde er das.

Die kommenden Tage vergingen zäh, denn er konnte nicht viel unternehmen. Sein Bein schmerzte, und er musste es hochlegen und schonen. So war er zum Nichtstun verdammt und ständig allein mit den düsteren Gedanken, denn Hilka hatte auf dem Hof und in der Mühle ordentlich mit anzupacken.

Tjade wollte es nicht, aber er konnte seine Eifersucht auf Tomasz wieder kaum zügeln, denn Hilka arbeitete noch immer ständig an seiner Seite. Weil es nicht anders möglich war, das wusste er selbst.

»Der verdreht ihr noch den Kopf!«, grummelte er jetzt, als er seine Frau an der Seite des Kriegsarbeiters in die Mühle gehen sah. »Und ich bin ein Krüppel, der das mit ansehen muss.« Tjade wusste, wie ungerecht er war.

Um sich abzulenken, lag er meist in der Stube auf dem Canapé und hörte Radio. An der Front waren sie mit Nachrichten nur unzureichend bis gar nicht versorgt worden, aber was ihm jetzt an Beschönigungen über den Äther entgegengespuckt wurde, das, was sie dem Volk auftischten, war unfassbar.

Es folgt der Wehrmachtsbericht vom 15.1.1943.
Im Raum von Stalingrad schlugen unsere Truppen, die dort seit Wochen im heldenmütigen Abwehrkampf gegen den von allen Seiten angreifenden Feind stehen, auch gestern starke feindliche Infanterie und Panzerverbände unter großen Verlusten für die Bolschewisten. Führung und Truppe geben uns damit wiederum ein leuchtendes Vorbild heroischen deutschen Soldatentums.

Tjade hatte das Gefühl zu ersticken. Er musste etwas tun. Irgendetwas zerstören, damit dieser Ring um seine Brust zersprang. Er stemmte sich hoch und humpelte in die Küche. Dort öffnete er den Schrank, griff nach einem Stapel Teller und zerschmetterte ihn mit Wucht auf dem Boden. Es war das Hutschenreuther Porzellan. Er wusste, dass seine Schwiegermutter stocksauer sein würde. Und doch tat es gut, als es klirrte. Deshalb pfefferte er auch noch ein paar Tassen auf den Boden. Es tat gut, inmitten dieser Scherben zu stehen, denn das war die Welt. Ein einziger Scherbenhaufen. Nicht das, was die Regierung den Menschen verkaufte. Verdammt, wie viele junge Kameraden hatte er sterben sehen? Wie viele Tränen hatte er unterdrücken müssen, um nicht im Sumpf der Verzweiflung zu versinken?

Hilka hatte das Scheppern gehört und kam in die Küche gestürzt. Sie begriff sofort und nahm ihn bei der

Hand. »Komm!«, sagte sie nur. »Ich fege es weg. Und du ruhst dich weiter aus.«

Sie fragte ihn nicht, warum er das getan hatte, sondern akzeptierte einfach, was passiert war. Tjade liebte seine Frau für genau diese Haltung.

Sie ging kommentarlos zurück an die Arbeit, und er saß nutzlos mit seinem verletzten Bein herum. Zwar konnte er inzwischen besser gehen, aber seine Konstitution reichte nicht dafür, auf dem Hof oder in der Mühle mit anpacken zu können. Er empfand es als sinnlos, sich auszuruhen, denn seine Kräfte würde er doch nur wieder dafür sammeln, gegen einen Feind zu kämpfen, den er gar nicht kannte. Für den er weder Wut noch Hass oder Liebe und Zuneigung empfand.

Tjade fühlte sich überflüssig.

Nachts schlief er kaum, weil ihn die Ohnmacht über seine Situation und den Krieg immer stärker quälte. Es war, als säße in ihm der Wehrmachtswurm, der ihn von innen her zerfraß. Das zermürbte ihn, weil er seiner Frau gegenüber nicht einmal ein richtiger Mann sein konnte. Es ging einfach nicht. Und so saß er weiterhin still in der Ecke und beobachtete das Treiben um sich herum. Oft nahm er im Garten an der vorderen Laube Platz, weil es dort windgeschützt war und er dem Fasanenhahn zuschauen konnte, wie er über den Rasen stolzierte. In dem Augenblick beneidete er sogar dieses Tier mit dem schillernden Gefieder und dem türkis gefärbten Kopf. Weil es eine Aufgabe hatte, die es nicht dazu zwang, anderes Leben zu zerstören. Der Fasan musste nur picken und schreiten. Picken und schreiten. Ab und zu ein Sandbad nehmen. Und dafür sorgen, dass es auch im nächsten Jahr Nachwuchs gab.

Tjade hasste sich selbst wegen seiner großen Unzufriedenheit. Kam ihm Tomasz zu nah, ranzte er ihn an, sodass der Kriegsarbeiter ihm weitestgehend aus dem Weg ging, was Tjade ganz recht war. Tomasz hatte das, was er sich wünschte. Er war täglich bei Hilka und sah zudem gut aus. Wobei er sich etwas vormachte, denn auch dem Arbeiter sah man das Leid inzwischen an. Er war hager geworden, die Augen lagen in tiefen Höhlen, und die Traurigkeit spiegelte sich in seinem Blick.

Nur zu Alesja war Tjade nett. Das junge Mädchen, das nur ein paar Brocken Deutsch sprach, tat ihm leid.

Und er versuchte, Hilka freundlich zu behandeln. Sie stand schließlich unverrückt an seiner Seite. Nach wie vor betete Tjade jeden Abend, dass sie keinen Jungen unter dem Herzen trug. Bloß keinen Jungen. Bloß keinen zukünftigen Soldaten, der wie er an die Front musste, um zu töten oder getötet zu werden. Er wollte keinen Sohn als Kanonenfutter produziert haben.

Tjades Gedanken befanden sich in einer Spirale.

Und dann folgte eine gute Woche später am 3. Februar ein weiterer Wehrmachtsbericht. Er saß auf dem Canapé und lauschte den Nachrichten. Als er die Stimme des Sprechers vernahm, erstarrte er bei dessen Worten.

Der Kampf um Stalingrad ist zu Ende. Das Opfer der 6. Armee war nicht umsonst. Unter der Hakenkreuzfahne, die auf der höchsten Ruine von Stalingrad weithin sichtbar gehisst wurde, vollzog sich der letzte Kampf. Generäle, Offiziere, Unteroffiziere und Mannschaften fochten Schulter an Schulter bis zur letzten Patrone. Sie starben, damit Deutschland lebe!

»Lügen!«, schrie er. »Alles Lügen!«

Tjade humpelte türenschlagend hinaus und atmete schwer.

Er hatte kein Ziel, brauchte aber Luft. Schließlich fand er sich in der Mühle auf der Mahlebene wieder. Johann war gerade dabei, die Getreidesäcke zur Seilwinde zu schaffen, weil er gleich müllern wollte. Die Ruten drehten sich bereits, heute hatte es sechs Enden, das war eine gute Voraussetzung für die Mahlgänge.

Tjade rempelte seinen Schwiegervater im Vorbeigehen an, und dieser stolperte. Doch Tjade entschuldigte sich nicht, sondern stürzte an ihm vorbei und erklomm mühsam und mit nachgezogenem Bein die nächste Leiter.

»Was ist denn passiert?«, rief Johann ihm nach, aber Tjade antwortete nicht. Er wollte eigentlich raus auf die Galerie. Übers Land schauen und den Kopf freipusten lassen. So tun, als gäbe es die grausame Wirklichkeit mit all ihren schrecklichen und todbringenden Spielen nicht.

Doch kaum hatte er die Leiter mühsam erklommen, hörte er Hilka. Es war unverkennbar sie, denn keine Frau lachte so klar und zog damit alle anderen in ihren Bann. Seine wunderschöne Frau. Tjade ahnte, mit wem sie ihren Spaß hatte. *Er* kämpfte an der Front und musste töten. *Er* sehnte sich im schlammigen oder zugefrorenen Schützengraben nach seiner Frau. Und sie? Sie schäkerte mit diesem Polen! Lachte und scherzte. Und hatte ein Leben mit warmem Bett und ausreichendem Essen.

Tjade verharrte in der Bewegung, denn er wollte sehen, was an einem Tag wie diesem, an dem der Führer einen solchen Mist über das Radio verkünden ließ, so unglaublich erheiternd war. Er entdeckte Hilka und Tomasz, wie sie gemeinsam an der Seilwinde arbeiteten. Hilka knotete die Säcke ab, und der Kriegsarbeiter schaffte sie zum

Trichter. Sie arbeiteten Hand in Hand und bildeten eine Einheit. Das machten sie bestimmt nicht zum ersten Mal. Es wirkte harmonisch, jede Bewegung im Gleichklang und abgestimmt.

Der Anblick machte ihn rasend. Er sog die Luft tief ein, versuchte, den heftigen Herzschlag in den Griff zu bekommen, doch es gelang ihm nicht. Sein Herz begann zu galoppieren, und seine Hände zitterten wie das Espenlaub, wenn der Wind auffrischte.

Wieder lachte Hilka laut auf.

Tjade sah rot. Er war nicht mehr Herr seiner Sinne und stürzte sich quer durch die Mühle auf den anderen Mann. Griff ihn am Schlafittchen und schüttelte ihn kräftig durch. Er drückte Tomasz Schritt für Schritt vor sich her, und sie näherten sich unaufhaltsam der Leiter.

»Tjade! Was machst du da?«, schrie Hilka und packte ihn am Arm. »Er hat doch gar nichts getan! Was soll das?«

»Er macht dir schöne Augen, obwohl du meine Tochter unterm Herzen trägst!«, quetschte Tjade zwischen zusammengebissenen Zähnen hervor.

»Wir arbeiten hier oben«, sagte Hilka in gefährlich ruhigem Ton. »Lass ihn los, und wir reden in Ruhe. Tomasz ist hier nicht freiwillig, das weißt du. Er hat eine Frau und eine kleine Tochter in Polen. Er will nichts von mir!«

Weil seine Frau diesen Mann derart verteidigte, stachelte das Tjades Wut nur noch mehr an. »Dann soll er doch wieder dorthin verschwinden und sich hier nicht an meiner Frau vergreifen!« Er ließ Tomasz runter, aber hielt seinen Kragen weiterhin fest umklammert.

»Tjade!« Jetzt überschlug sich Hilkas Stimme. »Lass es gut sein! Wir haben nichts Schlimmes getan. Das weißt du ganz genau!«

Er wollte sein Tun stoppen, aber plötzlich gellten wieder die Mündungsfeuer in seinem Kopf. Tjade schloss die Augen. Er wollte nicht sehen, was rings um ihn geschah. Doch ihm blieb keine Chance, wenn er überleben wollte. Er oder der Feind. Tjade musste sich wehren. Draufhalten. Er legte an – und schoss. Immer wieder, bloß keine Ladehemmung. Er spürte den Rückstoß, roch das Blut um sich herum. Hörte die Schreie der Kameraden. Er musste von hier fort! Ruckartig richtete er sich auf und gab einen Laut von sich, der an das Brüllen eines Bullen erinnerte. Er schubste Tomasz dabei noch immer vor sich her, der ließ es sich zunächst gefallen, begann sich aber zu wehren, als Tjades Stöße heftiger wurden.

»Hört auf!«, kreischte Hilka. »Hört sofort auf!«

Irgendetwas kam davon bei Tjade an, und das Toben in seinem Kopf verstummte. Er attackierte Tomasz nicht weiter. Es war vorbei, das Gefecht beendet. Inzwischen waren sie beim Abgang der steilen Treppe angekommen.

Tomasz' Augen blitzten vor Wut. »Curva!«, stieß er aus. »Du mich einfach schlagen. Ohne Grund!« Er griff hinterrücks nach dem Tampen, verfehlte ihn aber und geriet ins Straucheln. Tjade versuchte noch, ihn festzuhalten, aber Tomasz machte einen Schritt rückwärts, taumelte und stürzte mit einem entsetzten Gesichtsausdruck und einem kurzen Schrei die Stufen hinunter. Ein fürchterlicher Knall, ein lautes Knacken beim Aufprall. Danach war es still, nur die Mühle rotierte. Die Ruten summten ihr Lied, und der Rüttelschuh klapperte vor sich hin, während die Mühlsteine mahlten.

Tomasz lag mit verrenktem Oberkörper am Fuß der Treppe und rührte sich nicht.

»Schiet«, entfuhr es Tjade. Er schlug die Hände vors Gesicht. Das hatte er doch nicht gewollt! Es war ein Unfall, ein schrecklicher Unfall!

Tjade nahm wahr, wie Hilka hinter ihm laut aufschluchzte. Er sah seinen Schwiegervater, wie er sich über den leblosen Tomasz beugte, seinen Puls am Hals fühlte und langsam den Kopf schüttelte. Dann schaute er zu Tjade hinauf. Der hielt sich den Kopf, weil er zu zerspringen drohte.

Hilka robbte auf allen vieren zum Abgang. »Vater, lebt er noch? Bitte sag, dass er noch lebt! Bitte!«, flehte sie.

Doch ihr Vater blickte ernst. »Nein«, kam es schließlich knapp. »Er ist tot. Unser Arbeiter ist tot.«

Unheilschwanger waberten diese Worte durch die Groote Mühle und verklebten alles Schöne und Gute, was dem Gebäude bis dato angehaftet hatte. Die Mühle hatte ihre Unschuld verloren.

Kapitel 12

Was für ein schrecklicher Unfall«, flüsterte Charlotte entsetzt, als ihre Tante die Kladde sinken ließ. »Tomasz ist bei diesem Handgemenge ums Leben gekommen?«

»Kein Wunder, dass wir nie von ihm gehört haben«, sagte Rena und nahm das Bild in die Hand, das den Arbeiter neben ihrer Mutter zeigte. »Einfach so die Treppen runtergefallen?« Sie konnte es nicht fassen.

Auch Viktoria schluckte. »Das ist also eines der schlimmen Geheimnisse der Mühle. Wer weiß, auf was wir noch stoßen. Ich für meinen Teil bin für heute bedient.«

»Warte!«, forderte Charlotte sie auf. »Bitte, lass uns noch kurz nachsehen, was sie mit dem Arbeiter gemacht haben. Ein Toter – das muss doch aufgefallen sein.«

»Es ist ganz bestimmt vertuscht worden«, antwortete ihre Mutter bitter. »Sonst hätte es vermutlich viel zu hohe Wellen geschlagen. Sie hätten nachweisen müssen, dass es keine Absicht war und was weiß ich noch.«

»Sicher?«, fragte Charlotte spitz. »Tomasz war Zwangsarbeiter und galt zu der Zeit als unwerter Mensch. Ein Nichts, weil er Pole war und sogar ein gelbes P an der Jacke tragen musste. Als Zeichen seines sozialen Ranges. Nämlich gar keinen! Es hätte vermutlich kein Hahn nach der Ursache für seinen Tod gekräht! Wahrscheinlich haben sie einfach Ersatz bekommen.« Sie schüttelte sich bei den Gedanken.

»Du meinst, niemand hätte nachgehakt?«, fragte Rena.

»Ich glaube nicht«, antwortete Viktoria anstelle ihrer Nichte.

»Aber sie werden es trotzdem vertuscht haben. Allein, um dem guten Ruf von Vater und der Mühle nicht zu schaden. Gerede konnten sie bestimmt gar nicht brauchen. Wie hätten sie denn glaubhaft nachweisen sollen, dass es tatsächlich ein Unfall war? Klar, es gab drei Aussagen, aber wir wissen alle, wie damals mit der Wahrheit umgegangen wurde.«

»Bitte schau nach, was sie getan haben!«, forderte Charlotte sie auf. Viktoria tat sich erst schwer, aber sie mussten die Wahrheit so oder so erfahren, sonst würden sie doch keine Ruhe finden. Sie schlug die Kladde auf und überflog die nächsten Sätze.

»Hilka und ihrer Mutter haben sie nicht gesagt, wo er abgeblieben war. Er muss irgendwo verscharrt worden sein.«

»Und er ist nie gefunden worden?«, fragte Charlotte entsetzt. »Man muss ihn doch vermisst haben!«

»Vielleicht klärt es sich noch«, meinte Rena. »Sonst müssen wir es wohl oder übel melden. Schließlich kann es nicht angehen, dass hier irgendwo eine Leiche verscharrt ist. Jeder hat ja wohl einen Anspruch auf ein angemessenes Grab.«

»Da hast du recht. Aber bevor wir agieren, sollten wir wirklich erst alles zu Ende lesen. Ich weiß nicht, warum ich das denke, aber etwas in mir schreit ganz laut, dass der Tod von Tomasz der Schlüssel zu meiner Herkunft ist.«

»Blödsinn«, sagte Rena. »Wie denn das?«

»Wir werden sehen«, entgegnete Viktoria. Sie las kurz weiter und ergänzte ihre Ausführungen von eben: »Auf jeden Fall haben sie behauptet, Tomasz wäre weggelaufen. Deshalb hat ihn niemand gesucht. Er galt als abgängig.«

»Also nix mit einem Hinweis auf deine Herkunft«, meinte Rena düster. »Sagte ich doch. Er kann nicht dein Vater sein, weil Mama mit mir schwanger war. Aus die Maus.«

Viktoria stand auf. »Aber warum hat sie ihren Mund gehalten? Sie wusste doch, dass er nicht weggelaufen ist.«

Charlotte winkte ab. »Ist doch klar. Sie wollte Opa Tjade schützen und auch, dass die Groote Mühle nicht in Verruf kommt. Dafür hätte Mutter alles getan, das weißt du genau. Was Uroma vielleicht doch wusste, können wir nicht sagen.« Sie atmete tief durch. »Was für ein schreckliches Erbe haben sie uns hinterlassen!«

»Ich muss jetzt ans Wasser zum Deich. Es müsste Flut sein. Ich brauche dringend frische Luft«, sagte Viktoria.

»Es ist doch stockdunkel«, warf Rena ein. »Was willst du dort?«

»Ich will auch nichts sehen, ich will atmen. Und wenn die See an den Spülsaum schwappt, kann ich sie hören. Das reicht mir für heute.«

»Ich begleite dich«, entschied Rena.

Charlotte schaute auf die Uhr. »Ich muss los, weil ich mit Lutz in Jever verabredet bin. Bis morgen dann. Ich glaube, wir müssen das alles erst sacken lassen.«

*

Lutz war sauer, weil Cordes in seinen Augen vollkommen versagt hatte. Wie konnte er auch ahnen, dass der Mann unter Höhenangst litt! Charlotte musste ihn ganz schön vorgeführt haben. Bei diesem Gedanken glitt ihm doch ein Schmunzeln übers Gesicht, und ihm wurde warm ums Herz. Sie war eine so wunderbare Frau, aber er konnte nicht mit ihr zusammenbleiben. Er würde Charlotte das ganze Leben lang belügen müssen, und das war ausgeschlossen. Es blieb ihm nichts anderes übrig, als seinen Entschluss umzusetzen und sich gleich unter einem Vorwand von ihr zu trennen, auch wenn es ihm das Herz zerriss. Er hatte seine Aufgabe, und auch wenn er zunächst geglaubt hatte, es wäre eine Befreiung, so fühlte es sich nun von Tag zu Tag schlechter an. Er war sich weiß Gott nicht mehr sicher, das Richtige zu tun. Das bereitete ihm schlaflose Nächte. Und dass Cordes nun auch nichts ausrichten konnte, bestärkte ihn in der Annahme, das Schicksal arbeite gegen ihn. Er kannte sich so wankelmütig selbst gar nicht wieder.

Lutz parkte den Wagen und ging hinauf in seine Wohnung, die er in Jever in der Schützenhofstraße angemietet hatte. Sie war vollständig möbliert und versprühte den Charme eines gängigen Hotelzimmers. Die Küche war mit Einbaumöbeln aus den Neunzigerjahren bestückt. Die weißen Eichenfronten wiesen bereits einige Macken auf, und die blaue Arbeitsfläche hatte Brandlöcher. Dafür war die Nirosta-Spüle noch gut erhalten.

Im Wohnzimmer dominierte ein überdimensioniertes braunes Cordsofa, davor befand sich ein Glastisch. Lutz hielt auf die Vitrine zu und nahm einen Whiskyschwenker heraus. Er füllte ihn zwei Fingerbreit mit Lagavulin und trank ihn mit drei großen Schlucken leer. Danach ging es ihm schon besser.

In zehn Minuten würde Charlotte da sein. In zehn Minuten musste er ihr sagen, dass sie keine Zukunft hatten und dass er schon nächste Woche zurück in seine

Heimat gehen würde. Er hatte noch gar nicht ganz zu Ende überlegt, als es klingelte. Lutz holte tief Luft und drückte den Türöffner. Charlotte kam mit großen Schritten, zwei Treppen auf einmal nehmend, heraufgerannt.

»Ich muss dir was erzählen«, japste sie.

»Komm erst mal rein.« Lutz küsste Charlotte auf die Wange und wollte sich distanziert geben, doch das gelang ihm nicht. Weil sie so schön war. Weil ihre Augen immer fröhlich leuchteten. Etwas, was seiner Mutter stets gefehlt hatte.

Ruckartig zog er sie an sich heran. Er suchte ihre Lippen, spürte die Wärme ihres Körpers. Seine Freundin roch nach dem frischen Herbstwind, der durch Jevers Straßen wehte. Sie duftete ein klein wenig süß, was vermutlich von ihrer Körperlotion herrührte.

Lutz schälte Charlotte nicht nur aus dem Mantel, und auch sie blieb nicht untätig. Er vergaß alle Vorsätze, die er vorhin gefasst hatte. Er liebte diese Frau, und er wollte sie. Jetzt.

Ihre Körper fanden blitzschnell ihren Rhythmus, so wie es von Beginn an gewesen war. Charlotte sang dasselbe Lied wie er, und so gelang es ihnen, gemeinsam ihren Kanon anzustimmen und am Ende ein wunderbares Finale zu zelebrieren.

Lutz strich Charlotte anschließend eine Haarsträhne aus dem Gesicht. »Ich liebe dich«, rutschte es ihm heraus, und er erschrak selbst, weil er das noch nie zu ihr gesagt hatte. Verdammt, weshalb war er so wankelmütig? Doch es stimmte, was er sagte. Er liebte sie. Mehr, als er je eine Frau geliebt hatte. Er konnte und durfte sie nicht einfach hintergehen.

»Ich dich auch.« Charlotte lächelte selig. »Das war aber stürmisch heute.«

»Liebe macht Hunger«, gab Lutz zurück. »Lass uns in den *Schützenhof* gehen. Die Karte ist mir ins Auge gefallen.« In ihm reifte von Minute zu Minute ein neuer Entschluss: Er würde Jost später anrufen, diese unsägliche Scharade beenden und mit Charlotte zusammenbleiben. Bei dem Mühlenbauer würde er sicher offene Türen einrennen.

Charlotte küsste Lutz auf die Nasenspitze. »Eine wunderbare Idee. Ich zieh mich jetzt wieder an und mache mich stadttauglich.«

»So machen wir das!« Lutz sprang vom Sofa und zog die Decke glatt. »Ich werde mir eine andere Wohnung suchen. Etwas Persönlicheres. Ich bleibe in Jever«, hörte er sich sagen. Und es fühlte sich gut an. Jost hatte doch recht. Rache führte zu nichts. Rache machte noch unglücklicher.

Charlotte sah ihn erstaunt an. »Ich dachte immer, du würdest eines Tages zurück nach Frankfurt gehen.« Dann lächelte sie. »Ich habe sogar schon überlegt, mitzukommen und Neumöhlen zu verlassen.«

Jetzt war es an ihm, sie erstaunt anzusehen. »Das hättest du getan?«

Anstelle einer Antwort umarmte Charlotte ihn. Sein Herz klopfte heftig, und er fühlte sich regelrecht beschwingt.

Ja, es war richtig, dass er einen Rückzieher machte. Er musste aufhören zu hassen. Er sollte endlich lernen, zu lieben.

»Geht es denn so einfach, dass du deinen Standort wechselst?«, hakte Charlotte dann nach.

Lutz zuckte mit den Schultern. »Auf Reisen bin ich ja so oder so. Von wo aus ich starte, ist unerheblich. Ab und zu muss ich dann eben mal ein paar Tage nach Frankfurt.« Er küsste sie wieder. »Aber ich möchte bei dir bleiben, Charlotte Gerdes. An deiner Seite.«

Sie drückte sich an ihn. »Das ist das Schönste, was du mir sagen konntest!«

Es dauerte noch weitere zehn Minuten, ehe Charlotte endlich dazu kam, sich anzuziehen, denn sie konnten einfach nicht voneinander lassen.

Dann spazierten sie Hand in Hand zum *Schützenhof*. Das Hotel war ein traditionsreiches Haus aus rotem Backstein und die Küche vom Restaurant *Zitronengras* so gut, wie die Karte es verhieß.

Sie entschieden sich vorab für einen gemischten Blattsalat im Knusperkorb, und als Hauptgang waren sich beide einig, dass es ein Wildschweinbraten aus dem heimischen Wald mit Serviettenknödel sein sollte. Sie beschlossen spontan, dass Charlotte die Nacht bei Lutz verbringen würde, und bestellten eine Flasche Rotwein.

»Zum Nachtisch nehme ich die Beerengrütze«, entschied Charlotte. Lutz freute sich schon jetzt auf einen Aquavit. Der Salat schmeckte köstlich. Als sie damit den ersten Hunger gestillt hatten, fragte Lutz: »Was wolltest du mir denn vorhin erzählen, als ich dich unterbrochen habe?«

Charlotte angelte nach einem Tomatenstück. »Du hast mich regelrecht davon abgebracht.« Sie lächelte, dann wurde sie ernst. »Wir haben die Tagebücher meiner Großeltern gefunden, und nun stell dir vor: Ich weiß jetzt, was mit dem Zwangsarbeiter von uns passiert ist.«

Lutz verschluckte sich, und Charlotte wartete, bis sich sein Husten beruhigt hatte.

Dann erzählte sie ihm alles, was sie bisher wusste.

»Das gibt es doch gar nicht«, sagte er. »Sie haben ihn irgendwo entsorgt?«

»Unglaublich, oder?« Charlotte nahm einen Schluck Wein. »Mich macht das so wütend, Lutz! Das soll meine Familie sein! Wir wissen alle im Augenblick nicht, wie wir damit umgehen sollen. Er hatte doch Frau und Kind!«

»Ja, er hatte Frau und Kind«, wiederholte Lutz.

»Und wir wissen nicht, was sie mit seinem Leichnam gemacht haben«, ereiferte sich Charlotte weiter. »Aber das finden wir heraus, und sollte er kein Grab haben, dann bekommt er eins. Außerdem werde ich seine Familie finden. Das ist wohl das Mindeste, was ich für ihn tun kann.« Sie hielt inne und musterte Lutz, der blass geworden war. »Du wirkst so … betroffen. Als ob du selbst Ähnliches erlebt hast.«

Er lächelte etwas verunglückt und war froh, dass in diesem Augenblick der Hauptgang serviert wurde. »Sieh nur, das Wildschwein kommt schon.«

*

Rena und Viktoria zogen sich ihre Jacken an und traten vor die Tür. Es roch nach Herbst. Der Duft von fauligem Obst war überall präsent, der kräftige Regen der vergangenen Tage hatte dazu beigetragen, dass viele Äpfel, Birnen und Pflaumen von den Bäumen ins hohe Gras gefallen waren.

Es wehte nur ein leichter Wind, und der Himmel war sternenklar. Die Mühlenflügel reckten sich majestätisch in den Abendhimmel. Dahinter stand der volle Mond und strahlte die Mühle mit seinem hellen Licht an.

»Es sieht so friedlich aus, und doch scheinen sich hier Dramen abgespielt zu haben«, sagte Viktoria.

»Und wir haben es als kleine Mädchen kein bisschen

mitbekommen. Die Groote Mühle war immer unser Zuhause.« Sie durchquerten den großen Garten bis zum Ende, wo er durch die Graft begrenzt war. Eine Ente flog mit lautem Schnattern auf.

»Da haben wir wohl jemanden gestört.« Rena zog fröstelnd die Schultern zusammen, denn es war ziemlich kühl.

»Vielleicht Tomasz' Wächterin? Wer weiß, wo er gelegen hat oder immer noch liegt.« Rena näherte sich der Graft mit großem Unbehagen und schaute über das etwa zwei Meter breite Gewässer, das sich weiter in die Marsch schlängelte.

Hatten ihr Vater und Opa hier irgendwo einen Toten entsorgt und ihn um ein anständiges Grab gebracht? Sie erschauderten. Das gemeinsame Wissen schweißte sie plötzlich zusammen. Sie mussten nichts erklären. Nichts sagen. Es vereinte sie, und es gelang ihnen, wenigstens jetzt Nähe zueinander zu finden.

»Es ist, als stünden wir an einem verfluchten Ort«, meinte Viktoria.

Rena nickte. »Aber nur wir können den Fluch brechen. Jetzt, da wir wissen, was passiert ist. Eigentlich ist es mit so viel negativer Energie gar nicht abwegig, dass seitdem ständig etwas schiefläuft.«

Viktoria sah ihre Schwester überrascht an. »Solche Töne hätte ich von dir nicht erwartet.«

»Ich bin alt, Vicki. Da kommen manchmal merkwürdige Gedanken. Und seit Mama begonnen hat, uns ihre Geschichte zu erzählen, ist es intensiver geworden. Schuld ist eine schwere Bürde, und sie ist nicht weg, wenn man sie in der Graft oder in der Marsch versenkt.«

»Obwohl es ja ein Unfall war. Schuldig haben sich alle erst gemacht, als sie ihn heimlich verschwinden ließen.«

Rena beugte sich hinunter zum Wasserspiegel, der im Mondlicht glänzte. Mit einer sanften Bewegung strich sie darüber. »Sie haben einen Menschen um sein Grab gebracht, obwohl er eine Familie hatte. Und die konnte deshalb nie erfahren, was aus ihm geworden ist. Das ist grausam. Wahrscheinlich sind sie nur darüber informiert worden, dass er verschollen ist. Wenn überhaupt.«

»Wir werden die Familie suchen und finden«, sagte Viktoria. »Ihnen sagen, wo er beerdigt ist.«

»Wie denn? Kennen wir Tomasz' Nachnamen?«

Viktoria schüttelte den Kopf. »Aber es muss doch Unterlagen geben, wer damals hier war.«

»Bestimmt ist alles vernichtet worden«, meinte Rena düster.

Sie erhob sich wieder und schaute über die Marsch, die in weißes Mondlicht getaucht war.

Ein friedliches Bild. Dünne Nebelschlieren zogen sich wie feingezupfte Watte über die Wiesen. Die Strommasten ragten als dunkle Gebilde heraus.

Viktoria wies auf die Schilfhalme, die von zarten Spinnweben ummantelt waren. Darin brach sich das Mondlicht und brachte die winzigen Wassertröpfchen zum Glitzern.

»Nein, nichts ist von dem Drama zu erkennen, das sich vor so vielen Jahren hier abgespielt hat«, sagte Viktoria versonnen. »Ich bin viel herumgereist, aber die Groote Mühle in der Marsch ist definitiv der schönste Ort, der mir je untergekommen ist. Auch jetzt mit dem Wissen, was sich noch so hinter diesen Mauern verbirgt.« Sie machte eine Pause und sah Rena mit ihren dunklen Augen liebevoll an. »Wir decken das letzte Geheimnis um meine Herkunft auf. Und dann verspreche ich dir, dass wir die negativen Energien verscheuchen werden.

Ich will dir auch bei der Mühle helfen. Bitte gib mir Zeit. Es ist so viel geschehen, dass ich nichts übers Knie brechen kann und will. Aber wir sind Schwestern und werden einen Weg finden. Es gibt nur noch uns und Charlotte. Da müssen wir zusammenhalten.«

Rena konnte nicht anders und fiel Vicki um den Hals.

»Danke!«

»Komm, lass uns reingehen. Ans Meer fahren wir ein anderes Mal. Ich hätte nichts gegen eine Nachtschicht, um weiter zu erfahren, was hier noch so los war.«

Rena atmete einmal tief durch.

»Mir geht es genauso. Erst wenn alles auf dem Tisch liegt, können wir resümieren und schauen, wie es weitergeht.«

»Ich habe es ja eben schon überflogen. Es gab danach lange keinen Eintrag. Tomasz' Tod muss unsere Mutter sehr belastet haben«, sagte Viktoria. »Aber es hat auch sein Gutes! Hier, an einer der wundesten Stellen der Groote Mühle, haben wir uns wiedergefunden.«

Rena nickte. Sie würden die Schuld gemeinsam tragen und versuchen, ob sie irgendetwas wiedergutmachen konnten.

Ihr Vater war durch den Krieg krank geworden, und er hatte diesen Unfall nicht gewollt, aber durchaus provoziert. Weil er in der Situation vollkommen verblendet und nicht er selbst gewesen war.

Diese Last mussten sie tragen, aber sie brauchten es nicht allein tun. Sie, die Töchter der Kornmühle.

1943

Rena war ein einfaches Kind. Sie schlief von Beginn an durch und war auch jetzt ein lieber und ruhiger Säugling.

Hilka hatte mit ihr nur wenig Arbeit und konnte gar nicht nachvollziehen, wenn die anderen Mütter über fehlenden Nachtschlaf und Müdigkeit klagten. Rena war da – und sie bemerkte es kaum.

Lag es daran, dass sie selbst wie gelähmt war? Tomasz' Tod, das Beseitigen der Leiche durch ihren Vater und die nachfolgenden Heimlichkeiten hatten aus ihr einen anderen Menschen gemacht. Es hatte die Mühle und ihre Bewohner verändert.

Nicht klammheimlich und hinterrücks, so wie der Krieg sich mit seinem bösen Gift in die anderen Familien geschlichen und ihnen ein Mitglied nach dem anderen geraubt hatte. Bei ihnen war ein Unwetter eingefallen, hatte mit Wucht zugeschlagen und auf einmal alles zerstört, was ihnen lieb und teuer war.

Es hatte ihnen ihre Integrität genommen, die Zuversicht und die Unbescholtenheit. Denn sie waren schuldig. Weil sie Tomasz' Tod nicht gemeldet und ihn regelrecht entsorgt hatten. Wie einen räudigen Hund, obwohl er stets bemüht war, alles richtig zu machen. Nie war er ausfallend geworden. Nie hatte er gegen die Ungerechtigkeiten aufbegehrt oder war seiner Arbeit nicht anständig nachgekommen. Tomasz war ein durch und durch liebenswerter Mann gewesen.

Der Unfall an sich war schon katastrophal, aber dass Vater sich geweigert hatte, den Tod bei den Behörden zu melden, ging Hilka einfach nicht in den Kopf. Tjade war fix und fertig gewesen. Fühlte sich schuldig und wollte sich stellen, obwohl er ihn ja schlussendlich nicht gestoßen hatte. Aber ihr Vater weigerte sich entschieden, weil er keine Scherereien an der Groote Mühle wollte.

»Dat blievt nun so«, hatte er gesagt. »Tomasz ist weggelaufen, das ist die offizielle Version. Punkt! Was ich mit ihm gemacht habe, bleibt mein Geheimnis, und nun will ich nichts mehr hören.«

Hilka schloss die Augen, weil sie sich wieder mit Tränen füllten. Es war unmöglich, den entsetzten und zugleich verachtenden Blick von Tomasz zu vergessen, als er rücklings die Treppen hinunterpolterte und mit einem dumpfen Ton hintenüber aufschlug.

Bis heute konnte Hilka nicht begreifen, wie das hatte passieren können. Sogar ihre Mutter hatten sie angelogen und ihr die Geschichte vom Weglaufen aufgetischt.

Ob sie es glaubte, konnte Hilka nicht sagen. Sie würde es niemals hinterfragen, allein, weil sie ihren Mann und seine Autorität fürchtete.

Außerdem ging es um die Mühle. Immer nur um die Mühle, und es war ausgeschlossen, Schwäche oder gar Fehler zuzugeben.

In der folgenden Nacht hatte Tjade mit ihr schlafen wollen. »Bitte, dann wird alles gut«, hatte er geflüstert, aber Hilka konnte es nicht. Sie sah immer wieder seinen irren und undefinierbaren Blick. Da war Hass, gepaart mit Angst und Verzweiflung. Und zugleich eine Verletzlichkeit, die sie sonst nur in den Augen von neugeborenen Tieren gesehen hatte.

Das also war der Vater ihrer kleinen Rena. Eine instabile Persönlichkeit, manchmal geleitet von den Erlebnissen des Krieges und dieser unbändigen Wut, die sich dann seiner bemächtigte. Er schämte sich, dass er so geworden war, und Hilka versuchte, ihn zu beruhigen. Aber es fiel ihr schwer, Nähe zuzulassen, weil sie die Bilder nicht aus dem Kopf bekam.

Tjade war zurück an die Front gegangen und hatte sich in der Nacht zuvor in den Schlaf geweint wie ein kleiner Junge, der sich vor einer Tracht Prügel fürchtete.

Er hatte geschluchzt, dass er seine Tochter vielleicht nie kennenlernen würde, und Hilka hatte ihm nicht widersprechen können, weil es durchaus möglich war. Sie hatten einander umrundet, waren sich entgegengekommen und hatten versucht, das Schreckliche auszublenden, was ihnen aber kaum gelungen war.

Hilka vermisste Tjade von der ersten Sekunde an, und zugleich war sie erleichtert, dass er fort war.

Folglich akzeptierte sie ihr Schicksal einfach, bekam Rena bei einer unspektakulären Geburt, stand früh wieder auf und verrichtete ihr Tagwerk. Sie versorgte weiter Haus, Kind und Hof. Dabei versuchte sie, so viel Normalität wie möglich walten zu lassen.

Einmal am Tag lauschte sie den Wehrmachtsberichten, denn von ihrem Mann kam keine Nachricht mehr. Wo auch immer er nun steckte, ihre Verbindung war vollständig gekappt. Die offiziellen Meldungen von der Front klangen Erfolg versprechend, aber nachdem sie ihren Mann erlebt hatte und mitbekam, wie die jungen Männer in Neumöhlen nahezu ausstarben, in den Familien fast täglich Todesnachrichten eintrafen, war sie unsicher, ob sie den Meldungen Glauben schenken konnte.

Wenn alles so rosig war, warum nur hörte sie von Tjade dann nichts mehr?

Hilka setzte sich an den Küchentisch, neben ihr stand der Stubenwagen mit Rena, die schlief und dabei am Daumen nuckelte. Das Radio dudelte. Sie zuckte zusammen, als sie die Stimme des Nachrichtensprechers vernahm, die im Wehrmachtbericht mal wieder große Erfolge verkündete.

So recht mochte Hilka nicht daran glauben. Wenn Tjade sich doch nur melden würde. Rena grunzte, und über ihr Gesicht glitt ein seliges Lächeln. Hilka strich ihrer Tochter sanft mit dem Zeigefinger über die Wange. Sie war ein Pfand für den Frieden. Für ihre Liebe und das, wofür es sich zu leben lohnte. Tjade würde zurückkommen, und alles würde gut werden. Sie musste nur fest daran glauben. Ganz fest!

*

Der Sommer zog übers Land und brachte eine Ernte ein, die sie zumindest den Winter nicht fürchten lassen mussten. Sie arbeiteten hart, und Hilka hatte oft sogar Blasen an den Händen, weil sie schuften musste wie ein Mann. Ihrem Vater fiel die Arbeit auch immer schwerer. Er hustete oft heftig, denn der Mehlstaub machte der Lunge zu schaffen. Hilka fragte sich so manches Mal, ob sie sich nicht doch mit allem übernommen hatten. Die Mühle, der Hof, die Bäckerei – und dann noch das Unglück mit Tomasz. Aber Fragen stellte man in diesen Zeiten lieber nicht, denn davon wurde es auch nicht besser.

Weil Rena nun doch immer mehr Aufmerksamkeit einforderte, beschäftigte sich Hilka seit ein paar Wochen überwiegend im Haus, hier konnte sie ihre Tochter besser beaufsichtigen.

Heute war ein trüber Herbsttag. Der Wind wehte mit wütendem Brüllen ums Haus, dabei trieb er die herabgefallenen Blätter vor sich her. Dazu peitschte der Regen gegen die Scheiben. Hilka war gerade dabei, Kartoffeln zu schälen. Rena saß in der Ecke und stapelte ihre Bauklötze.

Plötzlich klopfte es an der Tür, und kurz darauf kam Wilko herein. Er wohnte neben Tjades Mutter. Die beiden Jungs hatten früher oft miteinander gespielt. Wilko ging auf Krücken – ihm fehlte ein Bein. Um den Kopf trug er einen Verband, der alles andere als sauber war. Am liebsten hätte ihn Hilka von seinem Kopf gerissen und ihn erneuert, denn so konnte er seine Wunde infizieren.

Rena erschrak vor dem fremden Mann und krabbelte sofort zu Hilka, die sie auf den Arm nahm.

»Moin, Wilko. Komm, setz dich, du bist ja vollkommen durchnässt«, sagte sie.

Er ließ sich auf einen der Stühle fallen und lehnte die Krücken an die Tischplatte.

»Seit wann bist du von der Front zurück?«, fragte Hilka und schob ihm ein Glas Wasser hin, das er gierig austrank. Er roch nach Schweiß, seine Fingernägel waren dreckig und abgesplittert. Ihm fehlte der rechte Schneidezahn.

»Seit gestern. Ich habe nur geschlafen, so kaputt war ich. Muddern hat mir eben was zu essen gemacht, aber ich kriege nichts runter. Nachher gibt es ein richtiges Bad.«

»Dein Verband muss dringend gewechselt werden«, sagte Hilka. »Er ist unhygienisch.«

Wilko lachte bitter auf. »Unhygienisch ist was anderes.« Dann wurde er ernst. Viel zu ernst. »Ich bin hier, um dir was zu sagen.«

»Ja?«

»Ich war mit Tjade bei den Russen«, sagte er knapp. »Ich bin da angeschossen worden und hab mein Bein verloren.« Er zeigte auf den Stumpf und zuckte mit den Schultern. »Glück im Unglück, wie man so schön sagt. Nun muss ich da nicht mehr hin. Das ist passé.«

Hilka wurde blass und musste sich setzen. Rena umklammerte ihren Hals und drückte die Nase in die Halsbeuge ihrer Mutter. Die strich ihrer Kleinen beruhigend über den Rücken und fragte: »Wie geht es ihm? Was weißt du?«

Wilko zuckte mit den Schultern. »Nichts Genaues. Wir waren nur kurz im selben Zug. Ich habe ihn zuletzt im Juli gesehen, da bin ich dann verletzt worden. Wir hatten einige schwere Kämpfe hinter uns, unter anderem waren wir bei der gewaltigen Panzerschlacht bei Kursk dabei. Beim Gegenangriff bin ich angeschossen worden. Das Letzte, was ich von deinem Mann gesehen habe, war, wie er unter die Laufkette eines Sturmgeschützes gekommen ist. Er wollte fliehen, aber ich habe gesehen, dass er stürzte und die Raupen auf ihn zurollten.« Er schluckte und rang sichtlich nach Worten. »Hilka, es tut mir leid, aber ich habe vor lauter Schmerzen die Besinnung verloren. Ich weiß nicht, ob Tjade es geschafft hat. Keiner konnte mir Auskunft geben. Sag, ob du etwas von ihm gehört hast. Es kann doch sein, dass er trotzdem entkommen ist.« Er kämpfte mit sich. »Er ist mein bester Freund! Ich bete für Tjade.«

Hilka konnte Wilko keine Antwort geben. Ihr war kalt. Erst nur äußerlich. Sie zitterte so sehr, dass sie Rena zurück in den Korbwagen legen musste, damit sie das Kind nicht fallen ließ. Die Kälte kroch von den Füßen an aufwärts, bis sie ihr Herz erreichte und sie das Gefühl hatte, es würde zu schlagen aufhören. Doch es raste weiter. Stetig und mit heftiger Wucht, die durch ihren ganzen Körper dröhnte. Dann erreichte die Kälte den Kopf. Hilka presste die Hände an ihre Ohren, wollte schreien, damit sie den Eispanzer durchbrach – aber es gelang ihr nicht. Sie schrie und schrie, nur verließ kein einziger Ton ihren Mund.

Kapitel 13

Es war spät, und Rena fielen die Augen ständig zu.

»Wir sollten morgen weitermachen«, schlug Viktoria vor. Ihr war das Lesen die letzte halbe Stunde auch immer schwerer gefallen. »Mama dachte offenbar, dass Papa tot war«, sagte sie. »Wie grausam, dass sie keine Feldpost mehr erhalten hat. Dann war ihr unseliges Zusammentreffen vorerst das letzte.«

»Der ganze Krieg war grausam und sinnlos!«

Rena gähnte. »Lass uns schlafen. Ich kann nicht mehr.«

Sie erhoben sich, doch als sie in der Diele standen, sahen sie sich an. Sie fühlten sich beide allein und unglücklich. Diese Einsamkeit spann ein Band zwischen ihnen, das sie ein Stück zueinander zog.

»Wie früher, Vicki?«, fragte Rena.

Über Viktorias Gesicht glitt ein breites Grinsen, denn sie wusste genau, was ihre Schwester meinte.

»Wie früher«, antwortete sie.

Sie machten sich zur Nacht fertig und legten sich in Renas Bett. Fassten sich bei den Händen und schauten zur Decke, an der noch dieselbe Lampe wie vor sechzig Jahren hing. Damals war sie neu gewesen, und Rena hatte oft überlegt, sie auszutauschen, doch jetzt war sie froh, es bleiben gelassen zu haben.

Sie lauschten den Geräuschen der Nacht. Draußen quakte eine Ente, dann schrie sie auf, und es erfolgte lautes Flügelklatschen.

»Da war wohl der Fuchs«, meinte Viktoria.

Kurz darauf ertönte sein schauriges und unverkennbares Bellen. Wer es einmal gehört hatte, würde es immer wiedererkennen.

»Der hat sich schon früher immer wichtiggemacht«, sagte Viktoria.

»Und wir haben uns gefürchtet, weil es so eigenartig klingt.« Rena lachte leise, und sie hörte sich an wie damals, als sie zusammen in ihrem Bett gelegen hatten.

»Genau wie es sich beängstigend anhört, wenn die Waldohreulen ihre Jungen füttern.« Jetzt kicherte Viktoria. »Wir dachten immer, es ist der Marschgeist, der die Rohre ansägt und quietschen lässt.«

Sie schwiegen eine Zeit lang.

»Wenn wir früher etwas ausgefressen haben, lagen wir immer heimlich zusammen im Bett«, durchbrach Rena die Stille. »Mama mochte es nicht. Sie fand es unschicklich.«

»Und ich schön warm«, seufzte Viktoria. »Im Winter war es allein im Bett alles andere als kuschelig.«

»Manchmal war es gruselig. Und auch eiskalt.« Rena seufzte ebenfalls.

»Ich hätte aber nie gedacht, dass ich auf meine alten Tage noch einmal bei dir im Bett schlafen würde«, sagte Viktoria.

»Warum nicht? Wir sind schließlich Schwestern. Alt, grau und angestaubt. Aber Schwestern.«

*

Charlotte erwachte, weil das Telefon in der Stube klingelte. Lutz schlief tief und fest, und sie wollte ihn nicht wecken. Nur hörte das Schellen einfach nicht auf.

Sie schlüpfte aus dem Bett, legte sich eine Wolldecke um die Schultern und ging ins Wohnzimmer, wo das Telefon auf der Anrichte lag. Lutz hatte es gestern nicht zurück auf den Akku gelegt, und es blinkte bereits rot.

Charlotte wollte es eben zurückstellen, als sie im Display Josts Namen erkannte. Ob sie doch drangehen sollte? Schließlich ging es um die Mühle. Doch da hörte das Klingeln auf, und der Anrufbeantworter sprang an.

Moin, Lutz. Jost hier. Ich hab noch mal gründlich nachgedacht, und mein Entschluss steht fest, egal, was du weiter willst: Ich bin raus. Ist einfach nicht mein Ding so ein Betrug, auch wenn ich dann eher in Rente gehen könnte. Lass man gut sein, aber morgen kriegt Charlotte Gerdes von mir ein anständiges Angebot! Du musst dir jemand anderen für deine Spielchen suchen.

Charlotte glaubte, ihren Ohren nicht zu trauen. Was bedeutete das? Lutz' Spielchen. Falsches Angebot!

Hatte Jost etwa im Namen ihres Freundes einen Kostenvoranschlag gemacht, der nicht rechtens war?

Wollte Lutz der Mühle schaden?

Aber warum, verdammt, dachte Charlotte. Er hat doch gestern zu mir gesagt, dass er mich liebt! Eine Lüge, hämmerte es durch ihren Kopf. Er wollte dich in Sicherheit wiegen.

Charlotte schaute zum Tisch, auf dem die Rotweinflasche von gestern mit den beiden Gläsern stand. Ihr BH war unter den Couchtisch gekickt, und es roch alles noch wunderbar nach Liebe.

Sie ging zum Schlafzimmer und warf einen Blick auf Lutz, der sich eben mit einem feinen Lächeln auf dem Gesicht wegdrehte und den Blick auf seinen Rücken freigab. Was hatte sie diese Haut gestern liebkost. Mit ihren Küssen bedeckt.

Lutz hatte sie also nur benutzt. Aber wozu? Um nah bei ihr zu sein, wenn er sie und ihre Mutter, ihr Zuhause in den Boden trat und seine Siegerfahne dort hisste?

Charlottes Mund wurde trocken, und sie musste sich festhalten, weil ihr schwindelig wurde. Warum denn, Lutz?, wiederholte sie in Gedanken

Er gab nur einen Schnarcher als Antwort.

Charlotte schlüpfte rasch in ihre Kleidung und verließ die Wohnung. Sie konnte nicht mit ihm sprechen, bevor sie einen klaren Gedanken gefasst hatte. Welch Glück, dass heute Sonnabend war und sie nicht zur Arbeit musste. Es gab für sie im Augenblick ohnehin nur ein Ziel, und das hieß: Groote Mühle.

*

Viktoria war lange vor Rena wach. Auch das war wie früher. Ihre große Schwester hatte es schon immer geliebt, sich noch einmal umzudrehen und die Träume ausklingen zu lassen. Ein Stück Fantasie in den Alltag mitzunehmen, der sie dann gnadenlos daran erinnerte, welche Aufgaben sie zu bewältigen hatte. Sobald Rena wach war, blieb kein Raum für Träumereien.

Viktoria wollte ihre Schwester nicht wecken, denn sie atmete noch tief, und ein glückliches Lächeln glitt über das faltige Gesicht.

Ich stehe auf, dachte Viktoria, und mache mir schon mal Tee. Vorsichtig huschte sie aus dem Bett

Nachdem sie sich im Bad frisch gemacht und angezogen hatte, wollte Viktoria erst in die Küche gehen, aber dann zog es sie magisch zurück in ihr Zimmer, wo sie gestern das alte Fotoalbum deponiert hatte. Es musste doch einen Hinweis darauf geben, woher Tomasz genau gekommen war. Die Suche nach ihrem Vater erschien ihr plötzlich zweitrangig, solange diese alte und so schwere Schuld der Grotkopps nicht geklärt war. Sie musste mehr wissen und auch, ob Hilka nicht doch etwas getan hatte, um seine Familie zu finden. Viktoria war immer gern vorbereitet, also konnte es nicht schaden, zumindest nachzusehen, ob mehr über den Zwangsarbeiter bekannt war. Wenn ihre Mutter auch hier geschwiegen hatte, waren sie als Erbinnen schließlich in der Pflicht, sich der Sache anzunehmen.

Viktoria griff nach dem Album und durchblätterte es. Erneut hielt sie Ausschau nach einem weiteren Bild von Tomasz, aber sie wurde nicht fündig. Dann aber fiel ihr die Truhe mit den Aktenordnern auf dem Dachboden ein. Die Arbeiter waren von den damaligen Behörden doch nicht wahllos verteilt worden. Es musste ein Schreiben dazu geben! Auf den Tee würde Viktoria vorerst verzichten, erst wollte sie diese Sache klären.

Sie lief die Holztreppe hinauf und öffnete die Tür zum Speicher. Wieder schlug ihr der muffige Geruch entgegen. Sie knipste das Licht an, denn es war dämmrig hier oben. Täuschte sie sich, oder waren die Spinnweben tatsächlich mehr geworden? Viktoria hustete und wischte mit dem Handrücken einen Faden beiseite. Dann kämpfte sie sich zu der Truhe durch. Dieses Mal ließ sie sich leichter öffnen.

Ihr Großvater musste ein sehr ordentlicher Mann gewesen sein, denn er hatte die Rücken der Ordner sorgfältig beschriftet. Viktoria fuhr mit dem Zeigefinger darüber und blieb plötzlich an einem hängen.

Mitarbeiter lautete die Aufschrift.

»Darin könnte ich etwas finden«, murmelte sie.

Vorsichtig wischte Viktoria die Staubschicht herunter und schlug den Ordner auf. Sie fand zunächst nur Abrechnungen, die vorschriftsmäßig einsortiert waren. Viktoria wollte schon frustriert aufgeben, als sie auf ein Schreiben stieß, in dem es um die zugewiesenen Zwangsarbeiter ging.

Augenblicklich blieb ihr Blick an Tomasz' Namen hängen.

Da stand es schwarz auf weiß, wenn auch schon arg verblasst. Der Groote Mühle wurde der polnische Arbeiter Tomasz Wozniak aus Schweidnitz zugewiesen. Verheiratet mit Eva Wozniak. Dann folgte eine »Dienstanweisung für polnische Arbeiter«.

Bei den Regeln wurde Viktoria beinahe schlecht, so unwürdig empfand sie sie. Sie las sie einmal, zweimal – und wusste nun, warum sich ihre Mutter über diese Verachtung hinweggesetzt hatte.

Allein der Wortlaut war befremdlich. Weil das Großdeutsche Reich den Arbeitern Arbeit, Lohn und Brot gab, wurde erwartet, dass sie ihre Tätigkeiten gewissenhaft ausführten und sie sich an Recht und Gesetz hielten. Das wäre ja so weit in Ordnung gewesen, wenn die Zwangsarbeiter entsprechend behandelt worden wären.

Denn dann folgten die Bestimmungen, eine schlimmer als die andere:

Die Menschen durften ihren Aufenthaltsort zum Beispiel nicht verlassen und schon gar nicht mit öffentlichen Verkehrsmitteln fahren. Die Arbeiter waren verpflichtet, das gelbe P auf der rechten Brustseite zu tragen, und privater Kontakt zur einheimischen Bevölkerung war untersagt. Viktoria kämpfte sich weiter und musste noch mehr schlucken, als ihr bewusst wurde, dass Tomasz die Todesstrafe gedroht hätte, wenn er und ihre Mutter wirklich ein Paar gewesen wären. Es hätte schon eine unsittliche Annäherung gereicht. Sie war sicher, dass Opa Johann oder ihr Vater genau die Anschuldigung gegen Tomasz vorgebracht hätten, wäre ihnen jemand auf die Schliche gekommen. Jede Mitverantwortung hätten sie einfach auf den Erlass Punkt 7 geschoben.

Viktoria schnaufte einmal tief durch, bevor sie auch die letzten drei Verordnungen las, die sich aber nur noch um das Verhalten drehten. Dort war von Freiwilligkeit die Rede!

Viktoria blätterte weiter und las den Vermerk, dass der Arbeiter Tomasz im Sommer 1943 abgängig und nicht auffindbar war. Er wurde durch den Arbeiter Miron Kacper ersetzt. An ihn konnte sich Viktoria ebenfalls nicht erinnern, aber er war der Aktenlage nach auch gleich nach Kriegsende zurück nach Bydgoszcz gegangen und bei ihrer Geburt schon längst nicht mehr in Neumöhlen. Viktoria nahm die Unterlagen über Tomasz heraus, legte den Ordner zurück und ging in die Küche.

Dort stellte sie den Kessel auf den Herd und bereitete das Frühstück zu. Es war inzwischen sieben Uhr, und Rena würde sicherlich gleich kommen. Und so war es auch.

»Moin, du bist schon auf«, wurde sie von ihrer Schwester freundlich begrüßt. »Du bist schon immer eine Frühaufsteherin gewesen.« Sie schaute neugierig auf den Stapel Papiere, der auf dem Tisch lag. »Was ist das?«

»Das sind die Aufzeichnungen über Tomasz Wozniak.« Viktoria fasste kurz zusammen, was sie auf dem Dachboden entdeckt hatte.

»Ob wir die Familie noch finden?«, fragte Rena.

»Nein, das glaub ich kaum. Die Frau lebt bestimmt nicht mehr. Und das Kind wird längst erwachsen sein und kann sonst wo leben«, antwortete Viktoria. »Aber sollte sich herausstellen, dass diese Version die letzte ist und nicht korrigiert wurde, werde ich an die polnischen Behörden schreiben und den Vorfall auch in Deutschland melden. Das kann und darf so auf keinen Fall stehen bleiben. Das aufzuklären ist das Mindeste, was wir Tomasz schuldig sind. Unversucht lassen wir gar nichts.«

Rena stimmte ihr erstaunlich schnell zu. »So machen wir das. Es ist eine schlimme Zeit gewesen. Aber nun lass uns frühstücken. Ohne was im Bauch bin ich nicht in der Lage, klare Gedanken zu fassen.«

»Ich habe das Schwarzbrot bereits geschnitten, es ist köstlich, Rena. Und es schmeckt ...«

»... wie früher«, ergänzte ihre Schwester und zwinkerte Viktoria zu.

Viktoria hatte jetzt das Gefühl, es könnte doch noch alles gut werden. Gerade weil zuvor alles einen falschen Lauf genommen hatte und sie nun neue Pfade einschlagen konnten.

1944

Tjade hatte das Inferno überlebt und war endlich wieder auf Heimaturlaub da. Was freute er sich, Vater einer kleinen Tochter geworden zu sein! Er konnte gar nicht damit aufhören, Rena zu herzen und zu küssen. Ihre Finger ständig einzeln anzusehen und sich an der Perfektion des neuen Lebens zu erfreuen. Dafür hatte er alles überstanden. Für dieses Wunder, das der Liebe zwischen ihm und Hilka entsprungen war.

Der Unfall sollte kein Thema mehr sein, denn diese Erinnerung hätte böse Wunden aufgerissen. Sie waren viel zu sehr damit beschäftigt, ihr eigenes Leben irgendwie in den Griff zu bekommen.

»Wir müssen nach vorn sehen«, sagte Hilka, als sie Hand in Hand durch Neumöhlen spazierten und Tjade damit signalisierte, dass sie das Geschehen nicht mehr ansprechen würde.

»Ja, Rückblicke bringen uns nicht weiter, und es ist, wie es ist!« Tjade war dankbar, dass seine Frau so dachte, auch wenn er nach wie vor ein schlechtes Gewissen hatte, wie die Grotkopps mit der Sache verfahren waren – und dass er zu feige war, sich dagegenzustellen.

Gemächlich durchquerten sie den Ort.

Die meisten Vorgärten wirkten vernachlässigt, weil die Männer für die schweren Arbeiten fehlten. Diejenigen, die der Krieg ins Dorf zurückgespült hatte, waren kriegsversehrt und nicht in der körperlichen Verfassung, ihren Frauen und Müttern etwas abzunehmen. Und so verkümmerte das Dorf, fiel in einen Dornröschenschlaf, der die Dornenhecke immer mehr wuchern ließ. Der Bombenangriff auf Wilhelmshaven im Januar 1943 hatte zudem Spuren im Leben der Dörfler hinterlassen, denn viele hatten Freunde und Verwandte in der Stadt und mussten die verstörten Ausgebombten bei sich aufnehmen. Alle waren sicher, dass weiterer Beschuss folgen würde.

»Ja, lass uns nach vorn sehen!«, bestätigte Tjade, und dieser Satz wurde zu ihrem Mantra, das sie stets wiederholten, wenn die Angst erneut übermächtig wurde und sie zu lenken begann. Doch trotz ihres Vorsatzes gelang es vor allem Hilka nicht immer, Tomasz' Unfall zu ignorieren. Tjade spürte das, wenn sie zwischenzeitlich tief in sich gekehrt war und grübelte. Dabei verdunkelte sich ihre Miene, doch sie war immer bemüht, sich nichts anmerken zu lassen.

Sie lenkten sich ab, wann immer es möglich war, und versuchten, die Zeit zu zweit oder zu dritt mit Rena bestens zu nutzen. Jede Stunde war kostbar, jede Minute zusammen hatte unvorstellbaren Wert. Schließlich wusste keiner, wie oft sie die Leichtigkeit noch erleben durften.

»Was hältst du von etwas Zerstreuung?«, fragte Tjade und drückte zugleich erwartungsvoll Hilkas Hand.

Sie schaute ihn überrascht an. »Was schlägst du vor?«

»Dangast«, antwortete Tjade. »Ich möchte mit dir nach Dangast fahren. Nur wir beide. Was meinst du?«

Hilkas Augen begannen zu leuchten. »Das klingt himmlisch!«

»Ja, nicht wahr? Wir können an der Promenade flanieren und den Jadebusen von der anderen Seite aus betrachten. Leider sind in dem wunderschönen Kurhaus Soldaten einquartiert, zum Tanz kann ich dich nicht ausführen.«

»Dann tanzen eben unsere Seelen ihren eigenen Danz op de Deel«, antwortete Hilka lachend.

Ihre Fröhlichkeit war ansteckend, und Tjade nahm plötzlich auch wieder den süßlichen Geruch um sich herum wahr. Die ersten Wiesen waren gemäht, und das Gras trocknete zu Heu. Über der Weide rechts kreiste eine Kornweihe auf der Suche nach Beute, und der Abendhimmel nahm gerade eine leicht rosige Färbung an. Er, Tjade, lebte noch, hatte so viel geschafft, und er würde auch alles überstehen, was zukünftig auf ihn und seine kleine Familie zukam. Es wurde Zeit, sich noch stärker auf die wenigen schönen Dinge zu konzentrieren. Bevor es zu spät war.

Tjade wollte diese Wochen in der Heimat leben. Mit allen Sinnen und Genüssen, die ihm noch bereitgehalten wurden.

»Wir beide allein bei einem Ausflug!« Hilka strahlte und riss ihn aus seinen Überlegungen. »Das wäre so wunderbar! Ja, lass uns wunderbare Dinge tun, damit wir uns bei der nächsten Trennung an das Schöne erinnern können. Nicht wie beim letzten Mal. Das war ... furchtbar.«

Tjade nickte, und ihm stiegen Tränen in die Augen. »Wir machen uns einen einzigartigen Tag, Liebes!«

Hilka lehnte ihren Kopf an seine Schulter. Wie er diese Nähe genoss! Gemeinsam beobachteten sie, wie eine Weihe sich die Beute schnappte und davonsegelte.

»Wie kommen wir denn eigentlich dorthin?«, fragte Hilka. Sie schaute dabei einem Kaninchen zu, das mit seinem weißen Steert über die Wiese hoppelte.

»Wir können von Sande aus die Eisenbahn nehmen. Dann müsste dein Vater uns lediglich mit der Kutsche zum Bahnhof bringen. Das tut er sicher gern. Ich werde ihn darum bitten«, plante Tjade schon die Fahrt und legte den Arm um Hilkas Schultern. Sie lebten. Ja, sie lebten noch! Das war in Zeiten wie diesen mehr, als andere hatten.

»Dann fahren wir morgen gleich nach dem Frühstück los«, sagte Hilka.

Dangast war ein guter Ort, um alle Widrigkeiten zu vergessen. Das alte Kurhaus lag oberhalb der Steinmauer der Kurpromenade, wurde aber nicht mehr als solches genutzt, obwohl es vor dem Krieg eine exklusive Adresse war.

»Ich wäre schon immer gern mal dorthin gefahren, aber meine Eltern meinten, wir wären nicht fein genug«, fuhr Hilka fort.

»Das meinte meine Mutter auch. Schließlich war Dangast ein Seebad im englischen Stil und das Kurhaus«, er äffte die Stimme der Mutter nach, »ein gräfliches Conversationshaus mit echtem Tanz- und Speisesalon.«

Hilka kicherte. »Na, diese Glanzzeiten sind schon lange vor dem Krieg vorbei gewesen. Obwohl es bestimmt hübsch war mit den Lese- und Gesellschaftsräumen. – Ist auch egal«, wehrte sie dann ab. »Die Zeiten ändern sich, und wer weiß – vielleicht wird dort doch eines Tages wieder getanzt, und die Soldaten verschwinden aus den Gästezimmern. Irgendwann muss dieser blöde Krieg doch mal ein Ende haben. Es kann nicht ewig so weitergehen.« Sie breitete die Arme aus und tat, als ob sie flöge.

Tjade lächelte, denn so kannte er seine Frau. Was für eine gute Idee, sich morgen freizunehmen und Rena seiner Mutter anzuvertrauen.

Hilka und Tjade flanierten weiter durch Neumöhlen, machten aber schließlich kehrt. Kurz vor der Mühle schaute ihn seine Frau lange mit einem tiefen, verheißungsvollen Blick an. Dann ergriff sie seine Hand und führte sie an ihre weichen Lippen.

»Ich liebe dich«, flüsterte Hilka. »Und ich will dir heute Nacht so nah sein, wie sich Frau und Mann nur sein können.« Sie drückte ihm einen innigen Kuss auf die Lippen, schmiegte sich an ihn, und so standen sie eine Weile voreinander. Es war ihnen egal, ob sie jemand sah und ob es Tratsch geben würde. Tjade zog seine Frau noch enger an sich heran und konnte es kaum erwarten, später mit ihr allein zu sein. Es gab sie beide wieder – Hilka und Tjade. Ein Liebespaar. Er würde es nicht wieder zerstören. Nie wieder.

Kapitel 14

»Dann haben sich unsere Eltern wohl wieder vertragen, sehr schön«, sagte Rena, als Viktoria die Kladde schloss.

»Unsere Mutter und dein Vater«, entgegnete diese, aber es kam keine weitere Diskussion in Gang, weil Charlotte auf den Hof fuhr.

»Oje, es ist schon gleich zwölf Uhr«, sagte Rena erschrocken. »Da haben wir den ganzen Vormittag verdaddelt.«

Charlotte stieß die Küchentür auf. Sie war leichenblass.

»Was machst denn du hier?«, fragte Rena. »Ich dachte, du bist bei Lutz.«

»War ich auch«, antwortete ihre Tochter ausweichend. »Habt ihr schon weitergelesen?«

»Jo, wir konnten nicht abwarten«, sagte Viktoria.

Charlotte ließ sie kurz berichten, wirkte aber abwesend.

»Mit dir stimmt doch was nicht, min Deern. Welche Laus ist dir über die Leber gelaufen?« Rena strich ihr über den Unterarm und bemerkte, dass die Hand ihrer Tochter eiskalt war.

Erst schüttelte Charlotte den Kopf, doch dann brach es aus ihr heraus. »Hat sich Jost schon bei euch mit einem neuen Angebot gemeldet?«

Rena schüttelte den Kopf. »Nein, hat er nicht. Warum sollte er? Wir warten noch immer auf das von Hein, und selbst das kommt nicht. Warum fragst du?«

Charlotte wirkte unschlüssig, als ob sie nicht wusste, was sie sagen wollte. Dann gab sie sich einen Ruck und erzählte stockend von der Nachricht auf dem Anrufbeantworter.

Viktoria knallte die Faust auf die Tischplatte. »Als hätte ich's geahnt. Das kann doch nicht wahr sein!«

»Leider doch. Ich dachte, ich hätte die Liebe meines Lebens gefunden – und dann war es die Lüge meines Lebens.« Sie schlug die Hände vors Gesicht. »Ich weiß einfach nicht, wie ich damit umgehen soll. Ich liebe diesen Mann – und er hintergeht mich und uns auf das Übelste!«

Rena nahm ihre Tochter in den Arm. Dort kamen die erlösenden Tränen.

»Ich ruf den Kerl an!«, fauchte Viktoria. »Das macht keiner mit der Familie Gerdes! Keiner!«

Charlotte löste sich aus der Umarmung ihrer Mutter und wischte die Tränen mit dem Handrücken fort. »Warte bitte! Ich glaube, ich möchte es erst selbst klären, nur brauche ich noch etwas Zeit, um es zu verkraften.« Sie schüttelte den Kopf. »Ich frage mich nur, warum er das getan hat. Ich meine – es muss doch einen Grund geben!«

»Das werden wir herausfinden«, meinte auch Rena. »Schlüssig erscheint mir gerade gar nichts. Sein Ziel ist wohl unsere Insolvenz. Aber was hat er davon?«

»Steckt er hinter den Interessenten für die Mühle, die hier so ein Luxushotel hinbauen wollen?« Viktoria rieb sich das Kinn. »Das erscheint mir die einzige logische Erklärung zu sein.«

»Das glaube ich nicht«, widersprach Charlotte. »Er hat doch gar nichts mit Immobilien zu tun. Er ist Vertreter für Pharmazie. Das ergibt alles keinen Sinn.«

»Vermutungen nützen nichts, du musst mit ihm sprechen. Er ist aufgeflogen, da kann er dir jetzt Rede und Antwort stehen«, sagte Rena.

Charlotte nickte. »Du hast ja recht, aber ich muss es wirklich erst sacken lassen, wie sehr er mich und meine Gefühle verraten hat. Dass er in Kauf nehmen wollte, uns zu ruinieren. Ich habe ihm alles gegeben, was eine Frau konnte – und er?« Sie brach wieder ab, weil sie schlucken musste. Ihre Augen füllten sich erneut mit Tränen, die sie ärgerlich abwischte. »Ich gehe davon aus, dass Jost bald ein neues Angebot schickt. Dann habe ich auch etwas gegen Lutz in der Hand.« Charlotte atmete tief durch. »Ich brauche einen Themenwechsel. Erzählt genauer, was ihr über Tomasz herausgefunden habt!«

Rena stieg sofort darauf ein. »Viktoria hat seinen Nachnamen in den Akten entdeckt.«

»Wie das?«

Viktoria fasste zusammen, wie sie auf dem Speicher die alten Ordner durchforstet hatte.

»Gute Idee«, sagte Charlotte. »Wollt ihr denn jetzt nachforschen, ob es Hinterbliebene gibt?«

»Später auf jeden Fall«, erklärte Viktoria. »Aber wir werden erst alles zu Ende lesen, es kann ja sein, dass sich doch alles aufgeklärt hat. Jemanden nach all den Jahren zu finden, wird vermutlich schwer sein, zumal es nach dem Krieg in Polen zahlreiche Umsiedlungen gegeben hat.«

»Das ist richtig, und erst zu schauen, ob sie noch etwas unternommen haben, ist bestimmt die beste Vorgehensweise«, stimmte Charlotte zu. »Immerhin haben wir einen

Plan.« Sie reckte sich. »Wisst ihr, was mir jetzt guttun würde?«

Viktoria und Rena sahen sie fragend an.

»Wenn wir einen Picknickkorb packen, an den Strand nach Schillig fahren und dort weiterlesen. Mal raus aus dem Mief. Der Vorteil wäre, dass Lutz mich vorerst nicht finden kann.«

»Das ist eine wunderbare Idee!« Rena sprang sofort auf. Es war ein warmer Oktobertag, mit einer dicken Jacke und in den windgeschützten Dünen, die den Strand in Schillig säumten, konnte man es über die Mittagszeit bestimmt wunderbar aushalten.

Sie begann sofort, Brote zu belegen und Kaffee für die Thermoskanne zu kochen. Rena flitzte hin und her und suchte alles zusammen, was für ein köstliches Picknick nötig war. Sie duldete nicht, dass Charlotte oder Viktoria ihr zur Hand gingen, und so blieb ihnen nichts, als ihr vom Tisch aus zuzusehen. Rena war allerdings flink. Schnell war der Picknickkorb gefüllt. Anschließend besorgte sie noch zwei Decken, und die drei stiegen zu Charlotte in den Polo.

Die Straßen waren frei. Eine halbe Stunde später gelangten sie an den Strand. Die drei Frauen hielten sich nach links und suchten sich eine Mulde in den Dünen.

»Herrlich!« Rena ließ sich auf der Decke nieder.

Viktoria war die ganze Zeit recht schweigsam gewesen, und Rena erinnerte sich, dass sie Picknick schon als Kind immer gehasst hatte. Sie mochte es nicht, auf dem Boden zu sitzen. Sie mochte keinen Sand an den Händen, und sie aß ungern, wenn sie dabei eine Jacke tragen musste, weil es sonst zu kalt war. Vicki fand das unbequem. Aber da musste ihre Schwester jetzt durch, wenn sie den Verlauf der Geschichte weiterverfolgen wollte.

Charlotte öffnete den Picknickkorb. »Mann, sieht das lecker aus, Mama! Das tut mir jetzt echt gut.« Sie bemühte sich sichtlich um gute Laune, aber das unaufhörliche Zucken ihrer Mundwinkel verriet sie doch. Charlotte ging es mies, und Rena konnte es ihr kaum verdenken.

Sie nahm Teller, Besteck und Servietten heraus, und Rena reichte ihrer Schwester ein ganz besonderes Sandwich. »Für dich«, sagte sie. Viktoria begutachtete ihr Brot. Es war eine Kombination aus Tomaten und Bacon, die sie an England erinnerte. Als sie abbiss, verklärte sich ihr Blick, und sie lächelte Rena dankbar an, wusste sie diese Geste wohl zu schätzen. »Dass du dabei an mich und meine Vorliebe gedacht hast! Chapeau, Schwester, das ist … so lieb!«

»Gerne, Vicki. Gerne. Ich weiß doch, dass du nicht nur England, sondern auch die Küche dort magst.«

Beim Essen beobachteten die drei die einlaufenden Öltanker und die Containerschiffe. Wegen der Ölpier und dem Jade-Weser-Port herrschte hier stets reger Schiffsverkehr.

Rena stand auf, um sich die Beine zu vertreten, denn in ihrem Alter war ein Picknick auf der Decke doch etwas mühselig. Aber Charlotte hatte es ein wenig entspannt – dann war es das wert gewesen. Sie blickte über die graubraune Nordsee, die sich mit der aufkommenden Flut immer weiter an den Spülsaum fraß. Zwei Silbermöwen balgten sich ein Stück weiter um ein halbes Brötchen, durch den Sand lief eng umschlungen ein verliebtes Paar.

Die Welt drehte sich weiter. Gleichgültig, welche Freuden oder Sorgen auf den Familien lagen. Und sie waren nicht die Einzigen, die leider eine Last auf dem Rücken herumtrugen. Rena schabte mit der Schuhspitze im Sand herum. Im Sommer würde sie auf jeden Fall wiederkommen und einen ganzen Tag am Strand verbringen. Einfach die Seele baumeln lassen, den Möwen bei ihrem Tanz zuschauen. Die weißen Wölkchen über den Himmel ziehen sehen und dabei dem Rauschen der See lauschen. Die Mühle mal Mühle sein lassen. Vielleicht doch den Ruhestand genießen?

Viktoria war neben sie getreten. »Nach und nach kommt manchmal dieses warme Gefühl zurück, das ich mit dem Wort Zuhause verbinde«, sagte ihre Schwester mit leiser Stimme. »Ich habe noch immer den sprichwörtlichen Koffer hier in Norddeutschland. Daran hat auch meine Flucht nichts geändert. Noch vor einer Woche wäre mir dieser Gedanke fremd gewesen, und ich hätte mich unwohl gefühlt. Doch jetzt … Mir wird es immer klarer, je länger ich hier bin. Ich denke, wir haben das Rätsel bald gelöst, und wir werden auch für die Groote Mühle eine Lösung finden. Ich lasse euch nicht im Stich. Versprochen! Nur muss ich auch meinen eigenen Weg gehen dürfen.«

Das waren große Worte von ihrer Schwester. Dankbar drückte Rena ihre Hand. »Komm, lass uns weiterlesen, bevor es zu kühl wird.«

Sie kuschelte sich in ihre grobe Strickjacke. Gemeinsam gingen sie zurück zu Charlotte, die das Buch sofort aufschlug.

1944

Tjade hatte nach vier Wochen zurück an die Front gemusst, aber dieses Mal war er wesentlich ausgeglichener weggefahren als das Mal zuvor. Weil ihn Hilkas Wärme so wunderbar durchströmte, war der Dämon in Neumöhlen nicht wieder durchgekommen, und sie konnten die Zeit miteinander genießen.

Tjade hatte oft mit seiner Frau geschlafen, was ihm den Halt für die nächsten Monate gab. Und es war ihm eine helle Freude gewesen, sich mit Rena zu beschäftigen. Er liebte ihre blonden widerspenstigen Locken und die kleinen Mausezähnchen, die ihr ein so herrliches Strahlen ins Gesicht zauberten.

Überfielen ihn jetzt düstere Gedanken, kramte er die schönen Stunden aus seinen Erinnerungen hervor und tröstete sich damit.

Doch dann wurde es schwieriger, sich abzulenken, denn sein Einsatz verlangte ihm Übermenschliches ab. Die Schlacht im August war für Tjade der Beginn eines erneuten Abstiegs, bei dem ihm auch keine wunderbaren Gedanken mehr helfen konnten.

Sie lagen im mittleren Abschnitt am Dnjestr. Alle Soldaten waren kriegsmüde und sehnten sich nach einem Ende.

Doch sie wussten, dass es ein frommer Wunsch war, denn die Russen standen ihrer geschwächten Truppe mit einem Großaufgebot gegenüber.

Am Abend des 19. August und in der folgenden Nacht wurden plötzlich zunehmend merkwürdige Lichtsignale und Leuchtschirme bei den Russen gemeldet. Als am nächsten Morgen die Sonne um kurz nach fünf wie ein glühender Ball aufging, der frühe Morgennebel einen schönen Sommertag versprach, indem er Wiesen und Felder zärtlich ummantelte, wollte keiner an ein drohendes Gefecht glauben. Sie redeten sich alle ein, dass den Signalen in der Nacht keine Bedeutung beigemessen werden sollte.

Tjade hatte trotzdem kein gutes Gefühl. Er konnte schon ab drei Uhr nicht mehr schlafen, saß bei Sonnenaufgang draußen und beobachtete den Himmel mit großer Sorge.

Und dann ging es los.

Wie aus dem Nichts brüllten vom Westen her die leichten und schweren Geschütze. Die Stalinorgeln und Granatwerfer steigerten sich zu einem Trommelfeuer, wie die Einheit es bislang noch nicht erlebt hatte.

Eineinhalb Stunden lang heulten Granaten, Wurfkörper und Raketen bis zu einer Tiefe von acht Kilometern auf das rumänische IV. und VI. Korps und die deutsche Infanterie nieder. Hatte Tjade zuvor schon so manches Mal geglaubt, die Hölle zu kennen, wurde er nun eines Besseren belehrt. Auf rund dreißig Kilometern Breite rollte die russische Armee hinter ihrer Feuerwalze her und vernichtete, was sie konnte. Zugleich schossen Tiefflieger in großer Zahl.

Tjades Kameraden gingen reihenweise zu Boden, er wusste nicht mehr, wer noch an seiner Seite weilte. Er nahm seine Umgebung nicht mehr wahr, sondern wurde wieder zu dem Tier, das Tomasz angegriffen hatte. Es galt zu überleben. Irgendwie. Wie Würmer, die ihren sicheren Schutz verloren hatten, krochen die Überlebenden verschreckt und sehr benommen aus den zerstörten Bunkern und verschütteten Deckungen. Die an der Seite der Deutschen kämpfenden Rumänen ergaben sich sofort und liefen widerstandslos zu den Russen über.

Tjade kauerte in der Ecke an eine Mauer gelehnt, hörte, wie ein paar Kameraden noch zurückschossen, aber es musste allen klar sein, dass es zwecklos war, weiter aufzubegehren. Sie kämpften sich bis Husi durch und fühlten sich sicherer.

Doch wieder wurden sie eingekesselt, und wieder kämpften sie wie die Berserker, und wieder verlor Tjade jegliches Zeitgefühl. Es gab keinen Ausweg aus diesem finsteren Tal. Die Soldaten hockten in ihren Gefechtslöchern. Tagsüber war es zu warm, in der Nacht froren sie. An Schlaf war kaum zu denken.

»Die Sonne ist seit den Lichtern fünf Mal aufgegangen«, hörte Tjade jemanden sagen. »Also ist heute der 25. August.«

Tjade interessierte das nicht mehr. Es war vorbei. Aber er hatte Hilka ein Kind geschenkt und mit viel Glück ein zweites. Folglich konnte er diese Welt verlassen. Zwar würde eine Lücke bleiben, aber immerhin war sie mit seinem eigenen Fleisch und Blut gefüllt.

»Ruki wwerch!«, ertönten Rufe gegen vier Uhr morgens. Tjade war gerade weggenickt. Er riss die Augen auf und starrte in die Gewehrmündungen von mehreren russischen Soldaten mit finsteren Gesichtern.

»Dawei, dawei. Idi suda!«

Er folgte seinen Kameraden aus dem Loch. Mit Gewalt wurden ihnen die Auszeichnungen von der Uniform gerissen. Und für jede einzelne landete eine Faust in ihrem Gesicht. »Faschist!«, schrien sie und spuckten den Soldaten vor die Füße. »Faschist!«

Auch Tjades Soldatenmarke landete im Dreck. Ihm lief Blut aus Mund und Nase, und er wunderte sich, dass er keinerlei Schmerz verspürte.

Die Russen filzten die Taschen der Gefangenen und entwendeten sofort sämtliche Armbanduhren, Ringe, Fotos und Briefe von zu Hause. Während sie die Wertgegenstände einsteckten, warfen sie die persönlichen Sachen in den Dreck.

Hilkas Foto, das er so viele Jahre in seiner Hülle zusammen mit den Briefen gehütet und vor jeglichem Schaden bewahrt hatte, wurde genauso wie ihre liebevollen Worte und seine Auszeichnungen samt der Soldatenmarke von den Sohlen der Russen in den aufgeweichten Boden gestampft.

An den Armen der Gegner sammelten sich bis zu vier Uhren, und ihre Finger waren mit den Eheringen der Gefangenen bestückt. Weil sie nicht so viel fanden wie erhofft, erhielten alle Soldaten einen weiteren Schlag ins Gesicht. »Faschist!«

Den Augenblick nutzte Tjade, und es gelang ihm, das Röhrchen mit Hilkas Bild und den Briefen unauffällig wieder einzustecken. Egal, wie dreckig es war. Hauptsache, er hatte seine Frau nicht verloren.

Die deutschen Soldaten wurden aufgeteilt und marschierten etwa vier Kilometer in die nächste Ortschaft. Wolfgang Hollmann hatte einen Wadendurchschuss, und Tjade wurde zusammen mit Emil Marks aus Buxtehude dazu verdonnert, den Verletzten zu tragen. Sie durften der Kolonne etwas langsamer folgen, denn mit ihm war der Weg beschwerlicher.

Kurz vor dem Dorf kam ihnen ein Motorrad mit Beiwagen entgegen. Die beiden Russen fuchtelten wild mit ihrer Maschinenpistole herum und schossen in die Luft. Dann sprangen sie von ihrem Gefährt. Allerdings konnten sie sich kaum auf den Beinen halten, betrunken wie sie waren. Sie winkten mit rudernden Armen. Tjade und Emil stand der Schweiß auf der Stirn, aber sie hatten dem Befehl Folge zu leisten und näherten sich den Männern. Erneut wurden sie durchsucht.

Plötzlich schoss einer der beiden in die Luft und fing zu brüllen an. »Faschist! Bandit!«

Tjade verstand nicht, warum der Mann so aufgebracht war. Sie hatten doch nichts mehr, was für die Männer von Belang sein könnte. Doch dann bemerkte er, was die

Russen in helle Aufruhr versetzt hatte. Wolfgang trug in seiner Jackentasche einen Patronenstreifen!

»Schießen«, presste der älteste der Männer heraus. »Wir exekutieren.«

Ihr Kamerad musste sich umdrehen.

Tjade versuchte, die Geschehnisse nicht allzu dicht an sich heranzulassen. Es gelang ihm aber nicht. Er spürte, wie sich saurer Mageninhalt immer stärker nach oben drückte. Emil übergab sich bereits. Dann sah Tjade, wie Wolfgangs Hose zwischen den Beinen nass wurde. Er spürte neben sich die Bewegung, als der Russe die Maschinenpistole anlegte. Der hatte allerdings große Probleme zu zielen, weil er noch immer beachtlich schwankte.

Wolfgang weinte. In Tjades Kopf zuckten wieder Blitze, und in ihm stieg diese unbändige Wut auf, die er jetzt schon so lange hatte zügeln können. Er schlug dem Betrunkenen die Maschinenpistole so heftig aus der Hand, dass sie in hohem Bogen wegflog und im Gras landete. Es war ihm gleichgültig, welche Konsequenzen das haben würde. Emil hatte die Situation trotz seiner Übelkeit sofort realisiert, wischte sich den Mund mit dem Ärmel ab und überwältigte den zweiten Russen. Mit ihren beiden Maschinenpistolen hielten sie sie in Schach, und Tjades Gedanken sortierten sich wieder.

Die Männer begannen zu wimmern. »Wir haben Frau und Kind.« Sie streckten die Hände zum Himmel. Von ihrer Betrunkenheit war plötzlich nicht mehr viel zu erkennen. »Frau und Kind.«

Tjade wollte nicht mehr töten, und Emil schien es ähnlich zu gehen.

»Wir können ihnen aber die Waffen nicht zurückgeben«, beschwor Emil ihn. »Dann knallen sie uns ab. Obwohl wir das auch haben. Frau und Kind.«

Und so standen sie sich gegenüber. Vier Männer. Feinde, weil andere es so wollten. Ihre Blicke verschmolzen ineinander, und je länger sie sich ansahen, desto mehr wich die Kälte, die sie überhaupt dazu befähigte, zu töten.

»Sie umzubringen und abzuhauen, bringt auch nichts«, meinte Emil. »Wir kommen nicht weit und würden vermutlich in der nächsten Stunde tot sein.«

Wolfgang Hollmann schluchzte noch immer und würgte seinen Mageninhalt nun ebenfalls auf den Boden.

Die Zeit drängte, sie mussten handeln, denn es konnten jeden Augenblick die nächsten russischen Soldaten kommen und sie mit der Maschinenpistole in der Hand ihre Kameraden bedrohen sehen.

In Tjade arbeitete es fieberhaft, und er war selbst erstaunt, dass er unter diesen Umständen fähig war, überhaupt zu denken.

Dann schoss ihm eine Idee durch den Kopf. Sie könnte funktionieren, ohne dass ein Blutvergießen nötig war. Alle Soldaten sprachen inzwischen ein paar Brocken Russisch.

»Wir mit dir fahren zum Dorf«, radebrechte er und gestikulierte mit Händen und Füßen. »Kollege bleibt hier. Du übergibst uns Offizier, und du kannst holen Kamerad.«

Glücklicherweise ließ der Mann sich darauf ein. Was blieb ihm auch für eine Wahl?

Sie halfen Wolfgang in den Beiwagen, Emil quetschte sich halb auf die Abdeckung, und Tjade kletterte als Sozius mit der MP aufs Motorrad. Dem anderen Soldaten gaben sie die Maschinenpistole mit leerem Magazin zurück. So holperten sie über die heruntergekommene Straße zum Dorf. Am Ortseingang holten die Männer das Ende der Kolonne ein, und der Russe hielt an.

Sie gaben ihm seine Pistole wieder und reihten sich ein. Der Russe grüßte noch kurz und winkte, bevor er davonbrauste, um seinen Kameraden zu holen.

»Danke«, flüsterte Wolfgang. »Ich dachte, das war's.«

»Ich auch«, antwortete Tjade.

Sie schleppten ihn die letzten hundert Meter zum Dorf. Dort wurden sie von den Bewohnern sehr ungnädig empfangen. Es hagelte Tritte, sie wurden mit Steinen beworfen. Die ihnen von allen Seiten zugerufenen Schimpfworte verstand Tjade nur zum Teil. Er war froh darüber. Ihnen prallte eine Mauer aus Hass entgegen, und als er ein paar abgebrannte Häuser sah, ahnte Tjade, was die Menschen hier von seinen Landsleuten erfahren hatten.

Gerüchte waren zuhauf auch bei den Soldaten angekommen. Die Statuten von Ehre und Anstand – in Russland hatten sie bei den Deutschen wohl nichts mehr gegolten.

Die Männer erreichten eine Schlucht, in der an die Tausend Gefangene saßen. Ihnen schauten bleiche und hohlwangige Gesichter entgegen. Augen, die in tiefen Höhlen lagen und nur zwei Emotionen zeigten.

Gleichgültigkeit oder Angst.

Es war brütend heiß, das Thermometer musste an die dreißig Grad zeigen. Die Luft in der Schlucht stand und flirrte.

Erst jetzt merkte Tjade, wie durstig er war.

Ihm schlug eine Mischung aus Schweiß und Urin, Erbrochenem und altem Blut entgegen. Darunter mischte sich der von Exkrementen. Ihm fiel das Atmen schwer, der Gestank, der sie alle umgab, war unerträglich.

Ihnen wurde ein Fass mit Wasser hingestellt, aus dem sie sich etwas von dem lauwarmen Nass mit den bloßen

Händen zapfen durften. Es war viel zu schnell leer, und es dauerte ewig, bis Nachschub kam.

Tjade legte sich neben Emil unter den freien Himmel der Schlucht und sah, wie Wolfgang abgeholt wurde. Kurz darauf ertönte ein Schuss.

Er schloss die Augen. Alles umsonst. Alles umsonst, sie haben ihn verraten, obwohl wir ihnen nichts getan haben. Das ist der Krieg. Eine Unsinnigkeit folgt der nächsten. Vielleicht hatte man sie auch gezwungen zu erklären, was passiert war, und ihnen war nichts anderes übrig geblieben, als die eigene Haut zu retten. Tjade war so müde. Nicht denken. Nichts fühlen.

Existieren. Irgendwie.

Kapitel 15

Charlottes Handy blinkte auf. »Das ist Lutz. Er hat versucht anzurufen, aber weil ich nicht drangegangen bin, versucht er nun, mich mit Nachrichten zu bombardieren. Ich glaube, er ahnt, was ich herausgefunden habe. Die Nachricht auf dem AB wird auch er abgehört haben.«

»Und was wirst du tun?«

Charlotte zuckte mit den Schultern. »Nichts. Ich brauche Zeit, und nun hat er zu warten, bis ich bereit bin, mit ihm zu sprechen. Wenn ich es überhaupt jemals wieder tun werde. Andererseits würde ich die Gründe für sein Verhalten schon gern kennen.«

Rena rieb sich bei den Worten fröstelnd die Oberarme. »Da haben wir tatsächlich den Teufel ganz dicht an uns rangelassen«, sagte sie. »Mir ist kalt, wollen wir zurückfahren?«

Charlotte und Viktoria stimmten zu. Sie packten zusammen und schleppten alles zurück zum Auto.

»Es hat auf jeden Fall gutgetan, über die See zu schauen.« Charlotte schloss die Wagentür auf. »Und jetzt bitte kein Wort mehr über Lutz. Wir bekommen die Reparatur der Flügelwelle schon gestemmt. Auch ohne ihn. Oder besser gesagt: erst recht ohne ihn.«

Viktoria schaute anerkennend zu ihrer Nichte. »Du

beweist Haltung, das hätte ich in dieser Stärke und der Situation nicht erwartet.«

»Was bleibt mir anderes übrig?«, fragte Charlotte. »Ich muss diese Distanz wahren, sonst drehe ich ab.«

Kaum hatten sie den Parkplatz verlassen, schweifte Rena zurück zu dem, was sie eben gelesen hatten. »Dass Papa in Kriegsgefangenschaft war, wusste ich. Aber ich habe nie hinterfragt, was das für die Männer eigentlich bedeutet hat. Er ist schließlich schon mit den ersten Heimkehrern 1946 zurückgekommen. Und als Kind war danach für mich alles gut.«

»Wir haben Vater nie nach seiner Zeit in Russland gefragt«, sagte Viktoria. »Es wurde einfach nicht darüber gesprochen. Er war da und damit unsere Welt in Ordnung.«

»Das große Schweigen nach dem Krieg«, resümierte Charlotte düster. »Aber wenn er in Gefangenschaft war, warum hat Oma ihn dann betrogen?« Sie schluckte. »Also wenn er nicht Tante Viktorias Vater ist.«

»Wir werden es herausfinden, aber nicht mehr heute«, erklärte Viktoria. »Ich bin vollkommen geschafft, und außerdem muss ich nachdenken.«

Charlotte sah ihre Tante kurz an. Sie wirkte plötzlich alt und verbraucht. Jetzt, da sich die Geschichte dem Ende zuneigte, schien sie abzubauen. Fast so, als fürchtete sie sich vor dem, was sie noch erfahren könnte.

Der Rest der Fahrt verlief schweigend. Als sie an der Mühle ankamen, schien Viktoria es eilig zu haben, in ihrem Zimmer zu verschwinden.

Charlotte schloss das Auto rasch ab und rannte der Tante nach. »Ist alles in Ordnung?«

Viktoria nickte unmerklich. »Ja, aber ich kann das alles nicht mehr aushalten. Es ist zu viel für mich. Ich sehne mich zurück nach England, auch wenn ich dieses leise ›Zuhausegefühl‹ wieder entwickeln konnte. Meine Heimat ist dennoch woanders. Je mehr sich die Ereignisse hier überschlagen, desto deutlicher wird es mir. Auf Dauer kann ich nicht in Neumöhlen leben.«

»Du wirst also auf jeden Fall wieder fortgehen?«, fragte Charlotte. Sie konnte die Enttäuschung darüber kaum verbergen.

Viktoria zögerte einen Moment. »Ja, ich habe nachgedacht, was mir guttut. Euch werde ich helfen, das war versprochen, aber ich habe andere Pläne: Ich werde gehen, meine Wohnung in Hamburg auflösen und ganz nach England umsiedeln. Ich muss weg von alldem. Es tut mir nicht gut.«

»Schade«, antwortete Charlotte. »Ich hatte gehofft ...«

Über Viktorias Gesicht glitt ein Lächeln. »Die Groote Mühle wird sich wieder drehen, da sei gewiss. Ich weiß noch nicht, wie, aber sie wird sich drehen.«

Sie schraken zusammen, als ein Auto mit quietschenden Reifen auf den Hof fuhr und Jost aus der Fahrertür sprang.

»Gut, dass ich euch antreffe«, brachte er atemlos hervor. »Es ist da echt was schiefgelaufen.«

»Das wissen wir bereits«, giftete Charlotte ihn an. »Lug und Betrug. Aber warum, Jost? Warum?«

Er senkte den Blick. »Ich war ... zu gierig. Dachte, es würde mir helfen ... «, stammelte er und brach ab, als er bemerkte, wie fassungslos ihn alle ansahen.

»Es tut mir leid«, quetschte er dann hervor. »Es war der größte Fehler, den ich je begangen habe.«

»Das nützt uns aber jetzt nichts, wenn du bereust. Damit hättest du uns ruinieren können«, gab Charlotte spitz zurück. »Was hat Lutz dir dafür geboten?«

»Ich hätte halt die Hälfte der Summe bekommen, und es wäre mir möglich gewesen, mit der Arbeit aufzuhören«, gab er zögerlich zu. »Und er selbst wollte nichts.«

»Du hast fünfzigtausend Euro zu viel berechnen wollen?«, fragte Rena entsetzt. »Fünfzigtausend Euro? Das wäre doch rausgekommen! Wie naiv bist du?«

Dem alten Mann liefen plötzlich Tränen über die Wangen. »Ich habe solche Schmerzen in der Hüfte, und eine vorzeitige Rente haben sie mir nicht bewilligt. Ich hatte keine Idee mehr, und Lutz meinte, es würde niemand merken.«

Charlotte schnaubte. Sie konnte ihren Unmut kaum noch zurückhalten. »Jost, wir kennen uns schon so lange, und dann hintergehst du uns auf eine solche Art und Weise. Ich bin dermaßen enttäuscht von dir.«

Jost schluchzte kurz auf, was Charlottes Herz nun doch rührte. Weinende Männer fand sie problematisch. »Gut, komm erst mal rein. Dann schnacken wir!«

Rena musterte ihn, aber Jost schüttelte den Kopf. »Es war nicht unsretwegen«, sagte er mit tonloser Stimme. Rena war froh, dass Charlotte es nicht gehört hatte, und schob ihn ins Haus, wo sie ihm in der Küche einen Stuhl anbot.

Er ließ sich darauf fallen und legte die Hände ineinander verschränkt auf den Küchentisch. Dennoch war unübersehbar, wie stark sie zitterten.

»Mann, Jost, was hast du dir bloß dabei gedacht?«, fragte Rena. »Wi sün wedder Frün gewesen daarna, und Freunde betrügt man doch nicht! Auch nicht, wenn …« Rena brach ab, weil sie nicht wollte, dass Charlotte und Viktoria nachfragten, was sie mal mit Jost verbunden hatte. Das gehörte nicht hierher.

Er ging glücklicherweise auch nicht auf das Thema ein.

»Ich weiß.«

Charlotte stellte ihm ein Glas Wasser hin und schien nicht fähig, etwas zu sagen. Viktoria, die bisher geschwiegen hatte, meldete sich zu Wort: »Ich muss jetzt wirklich in mein Zimmer gehen, aber eine Frage habe ich doch, denn das ist für mich wichtig: Warum hat Lutz das getan?«

Jost zuckte mit den Schultern. »Das hat er mir nie gesagt, sondern nur angedeutet, es hätte mit einer alten Geschichte zu tun.«

Rena schaute konsterniert. »Was heißt das: alte Geschichte?«

»Ich weiß nicht, was er mit euch zu tun hat. Keine Ahnung.« Jetzt griff Jost nach dem Glas und trank einen Schluck.

»Sie kennen Lutz aus einer Kneipe, das stimmt, oder?«, fragte Viktoria scharf.

Jost nickte.

»Also kann es sein, dass er Ihnen konkret aufgelauert hat?«

»Kann sein. Er hat auf mich einen vertrauenswürdigen Eindruck gemacht.«

»Gut«, fasste Viktoria die Situation mit einem müden Lächeln zusammen. »Die Flügelwelle wird die Mühle dann also anstelle der von Ihnen angezeigten hunderttausend Euro nur fünfzigtausend kosten. Habe ich das richtig verstanden?«

»So ist es«, bestätigte Jost.

Charlotte lehnte mit dem Rücken an der Spüle, das gab ihr etwas Halt. »Gut, dann ist es zwar jetzt die Hälfte, aber auch das ist für uns immer noch zu viel. Wir werden uns auch diese Summe nicht leisten können. Deshalb ist es vollkommen gleichgültig, ob wir dir den Auftrag nun entziehen oder nicht.«

»Ich bitte euch nur um eines«, sagte Jost und stand auf. »Ich verstehe, wenn ihr jetzt nicht mehr mit mir arbeiten wollt. Aber – wäre es möglich, mein Fehlverhalten nicht an die große Glocke zu hängen?«

Charlotte sog die Luft scharf ein. Trotz seiner Tränen würde ihr das schwerfallen. In ihr schwelte eine bodenlose Wut. Auf Lutz. Auf Jost. Und auch auf die verdammten Käfer, die die Ursache für dieses Desaster waren. Aber als sie zu ihrer Mutter schaute und ihre Blicke sah, erkannte sie, dass ihr nichts anderes übrig blieb, als Jost dieses Versprechen zu geben. Sie würde einer offenen Konfrontation niemals zustimmen, das spürte sie.

»Okay«, lenkte Charlotte schließlich ein. »Dann bewahren wir Stillschweigen. Aber bitte nimm zur Kenntnis, dass wir nun den Auftrag an Hein Harms geben würden. Ich wollte ohnehin nachhaken, wo sein Angebot bleibt.«

Jost verabschiedete sich schnell. Er verließ die Küche mit gesenktem Kopf, und Rena begleitete ihn nach draußen.

Viktoria schaute den beiden nach und machte eine wegwerfende Handbewegung. »Man kann sicher alles erklären, aber nicht immer entschuldigen. Wir stehen jetzt also vor der Aufgabe, an fünfzigtausend Euro zu kommen.«

Charlotte war erstaunt, weil ihre Tante von wir gesprochen hatte. »Ja, so sieht es aus.«

Viktoria nagte an ihrer Unterlippe, und sie schien mit sich zu ringen. »Ich werde Deutschland definitiv wie geplant verlassen. Aber ich habe euch meine Hilfe zugesagt. Die sollt ihr bekommen. Pass auf, wir treffen eine Abmachung, denn ich glaube, Rena ist von all den Enthüllungen noch mehr geschafft als ich, und es wird Zeit, dass wir hier einen Schlusspunkt setzen.«

Charlotte legte den Kopf fragend zur Seite. »Was willst du mir sagen?«

»Montag früh fahren wir alle drei nach Bremen. Ich kenne aus meiner Zeit dort noch einen Banker. Kannst du dir freinehmen?«

Charlotte nickte. »Ich will es versuchen. Momentan ist nicht viel zu tun, da kann ich auch Überstunden abfeiern.«

»Gut, dann spreche ich mit der Bank, wie wir die fünfzigtausend Euro finanzieren können und ob ihnen meine Rücklagen reichen. Meinen Traum möchte ich nämlich keinesfalls aufgeben.«

Charlotte drückte ihre Tante. »Das ist ein wunderbarer Plan, Tante Vicki. Und ich glaube, er kommt meiner Mutter auch sehr entgegen. Ich habe ihr angesehen, wie unerträglich all das Leid für sie ist.«

»Dann lege ich mich erst einmal hin.«

*

Bremen empfing sie mit Sonnenschein. Sie überquerten die Weser und hatten einen wundervollen Blick auf den breiten Fluss und Teile der Stadt.

»Ich liebe Bremen«, erklärte Viktoria. »Hier ist es ganz besonders.«

Es hatte ihnen gutgetan, den Sonntag über die Vergangenheit ruhen zu lassen. Die drei waren sich sogar aus dem Weg gegangen. Charlotte brauchte die Zeit für ihre Trauer, und Rena und Viktoria waren einfach müde.

»Wohin wollen wir?«, fragte Charlotte, die den freien Tag sichtlich genoss und beim Frühstück mehrfach betont hatte, wie sehr sie sich freute, dass sie hatte spontan freinehmen können.

»Die Bank ist in der Nähe der Wallanlagen, die für einen kleinen Spaziergang gut geeignet sind. Danach können wir quer durch zum Dom laufen und in der Altstadt einen Kaffee trinken.«

Das gefiel Rena ausgezeichnet. Sie war ewig nicht in Bremen gewesen und kannte eigentlich nur den Schnoor.

Viktoria hatte Glück und fand direkt Am Wall eine Parklücke. Sie wies mit dem Kopf zur gegenüberliegenden Straßenseite. »Dort ist der Park. Wir treffen uns in etwa dreißig Minuten am Olbers-Denkmal, okay?«

»Wo ist das?«, fragte Charlotte.

»Nicht zu verfehlen, direkt am Eingang gegenüber der Polizei.«

Viktoria winkte noch einmal und eilte davon.

Rena und Charlotte überquerten die Straße und steuerten auf die grünen Wallanlagen zu, bis sie vor einer großen Steinvase standen. »So etwas Schönes hätte ich inmitten der Stadt gar nicht erwartet«, sagte Charlotte. »Und was für eine interessante Skulptur! Sie sieht griechisch aus.«

Ihre Mutter schüttelte entschieden den Kopf. »Hat mit dem Ochsenzug in früheren Zeiten zu tun. Darüber habe ich mal was in einem Reiseführer gelesen.« Sie wurde feuerrot, als Charlotte sie fragend ansah.

»Seit wann liest du Reiseführer?«

»Nachdem Viktoria hierher verschwunden ist und auch England zu ihrer neuen Heimat auserkoren hat, bin ich neugierig geworden. Mich hat interessiert, wohin es meine Schwester verschlagen hat und welche Schönheiten sie nun sieht. Deshalb kenne ich die Sehenswürdigkeiten von Bremen, Hamburg und London ziemlich gut.« Rena lächelte. »Wenn ich von diesen für mich fremden Orten gelesen und mir vorgestellt habe, dass Vicki sich genau dort aufhält, war es, als stünde ich neben ihr – und bin ihr nah.«

Charlotte musterte ihre Mutter. Je länger sie sich mit der Vergangenheit der Familie auseinandersetzten, desto näher kamen sie sich. Es taten sich immer mehr neue Seiten auf.

»Gut, dann also keine griechische Vase, sondern die Erinnerung an einen Ochsenumzug.« Charlotte wies auf den großen Baum direkt gegenüber, dessen mächtige Äste sogar gestützt werden mussten.

»Das ist der Baum-Hasel. Einer der ältesten Bäume in Bremen«, wusste ihre Mutter zu berichten. Rena lachte jetzt laut auf und war richtig unbeschwert. »Ich fühle mich beinahe wie eine Fremdenführerin. Komm, lass uns weitergehen, sonst fange ich noch an zu dozieren.«

Sie hakten sich ein und spazierten los. Beide genossen den Gesang von Amseln und Meisen, blieben stehen, als über ihnen ein Buntspecht seinen Schnabel in den Baum schlug und ein Hämmern ertönte. Sie freuten sich über zwei Kaninchen, die über die Wiese hoppelten, und lachten, als ihnen ein Eichhörnchen einen Tannenzapfen direkt vor die Füße warf.

»Lass uns zurückgehen«, schlug Charlotte mit einem Blick auf die Uhr vor. »Ich freue mich schon jetzt auf eine schöne Tasse Kaffee und ein Stück Kuchen.«

»Nicht nur du«, meinte Rena. Sie hätte sich solche Ausflüge schon viel öfter mal gönnen sollen. Nur war die Mühle immer wichtiger gewesen.

Blieb zu hoffen, dass Viktoria bei der Bank etwas erreichte und die Groote Mühle gerettet werden konnte.

Ihre Schwester wartete schon an der Statue des berühmten Bremer Astronomen.

»Na, habt ihr den Park genossen?«, fragte Viktoria. »Wollen wir Richtung Dom?«

Zwar hätte Rena ihre Schwester am liebsten sofort gelöchert und erfahren, was der Bankberater gesagt hatte, aber sie erkannte an Viktorias Gesicht, dass sie nicht darüber sprechen wollte. Dann ist es wahrscheinlich nicht ganz so gut gelaufen, fürchtete Rena.

Sie steuerten auf den großen Marktplatz zu und einigten sich schnell auf ein Café, wo sie an diesem milden Oktobertag noch draußen sitzen konnten.

Viktoria entschied sich, ohne in die Karte zu sehen, für einen Latte macchiato, Charlotte wollte unbedingt die Mokkacremetorte, und für Rena war klar, dass sie ein Stück Apfelkuchen mit Sahne bestellen würde.

Als die Bedienung das Gewünschte brachte, konnte Rena nicht mehr an sich halten. »Was ist denn nun bei dem Gespräch herausgekommen?«

Viktoria rührte den Kaffee um und versuchte sichtlich, Zeit zu gewinnen. »Vorab – ich kann das Geld als Kredit bekommen, weil ich meine Eigentumswohnung als Sicherheit habe.«

Rena fiel ein Stein vom Herzen, aber als sie in das Gesicht ihrer Schwester sah, war ihr klar, dass sie sich noch nicht endgültig entschieden hatte.

»Warum möchtest du es aber nicht?«, fragte sie aufs Geratewohl heraus.

»Ich möchte schon, aber die Argumente meines Bankberaters finde ich so plausibel, dass ich sie zumindest überdenken will.« Viktoria nippte an ihrem Getränk und leckte hernach den feinen Milchbart ab.

»Moment, was hat denn dein Bankberater da mitzureden? Er kennt die Groote Mühle doch gar nicht!«, entfuhr es Rena.

»Das ist korrekt«, bestätigte Viktoria. »Aber er hat sich die Unterlagen genau angesehen und ist zu dem Schluss gekommen, dass ein solch altes Gebäude ein Fass ohne Boden ist und auch bei einem Verkauf keinen hohen Ertrag einbringen würde.«

»Was geht denn den das an?«, empörte sich Rena. »Wir wollen doch auch gar nicht verkaufen!«

Viktoria legte den langen Löffel auf die Untertasse. »Es geht nicht darum, ob wir es wollen, sondern ob wir es vielleicht in Kürze müssen, weil noch mehr defekt ist. Schäden, die wir noch gar nicht erahnen, weißt du?« Sie schien mit sich zu ringen, ob sie weitersprechen sollte oder nicht. Dann entschied sie sich offenbar dafür.

»Er hat wortwörtlich gesagt, dass ich das Geld zwar bekommen kann, er es aber schon jetzt als verbrannt sieht. Weil es nur bedingt weiterhilft und ich schon bald nachinvestieren müsste.«

Rena sackte in sich zusammen. Da war ihre Schwester endlich so weit, dass sie ihnen helfen wollte, und – zack! – kam ein dahergelaufener Schnösel aus Bremen mit Anzug und Krawatte und redete es ihr wieder aus. Das war so ungerecht. So schrecklich ungerecht!

Fast hätte sie die Contenance verloren und mit der Faust auf den Tisch geschlagen. Doch Viktoria schien zu spüren, was in ihr vorging. Sie umschloss Renas Finger.

»Bleib ruhig. Ich nehme den Kredit auf. Nur habe ich eine Bedingung.«

Renas Wut verrauchte zwar etwas, aber die Skepsis stand ihr ins Gesicht geschrieben. »Welche?«

»Da der Bankmensch nicht ganz unrecht hat und ich mit diesem Kredit auch am Limit bin, wenn ich mein

Zuhause nicht gefährden will, finde ich den nächsten Vorschlag von ihm super.«

»Der hat doch gar keine Ahnung von Windmühlen.« Rena spießte die Gabel mit Wucht in den Apfelkuchen. »Was soll er schon für Vorschläge haben?«

Viktoria gab sich ungerührt. »Er hat Ahnung von Finanzen, und das ist in diesem Fall ausschlaggebend!«

Charlotte hatte schweigend zugehört und ihre Mokkacremetorte genossen. Sie wollte jetzt wissen, welchen Vorschlag der Bankberater gemacht hatte. »Lass Viktoria doch bitte erst einmal erzählen!«

»Danke, Charlotte.« Viktoria ließ den Blick von ihrer Schwester zur Nichte wandern. »Sein Rat ist super, und er hat gesagt, wir sollten einen Förderverein für die Groote Mühle gründen. Dann können wir Gelder beantragen. Mitgliederbeiträge nutzen und so.«

»So wie bei der Peldemühle in Neustadtgödens?«, fragte Rena.

»Genau. Sollten wir uns dazu durchringen, gebe ich mit den fünfzigtausend Euro für die Reparatur den Startschuss besonders gern. Auch wenn es für meine Pläne etwas kontraproduktiv ist. Ich muss schauen, wie ich meine Zukunft in England dann gestalte, aber da finde ich schon einen Weg.«

Rena schloss die Augen. Über einen solchen Verein hatte sie schon oft nachgedacht, weil es den Mühlen, die sich so absicherten, wirklich besser ging als ihnen. Ja, die Groote Mühle war ein Fass ohne Boden, und es war abzusehen, dass weitere Schwierigkeiten auf sie zurollten, die sie finanziell nicht allein stemmen konnten. Aber würden dann nicht viel zu viele Menschen in ihrem Zuhause mitreden? Andererseits waren am Wochenende auch jetzt schon Gerd und Hans ständig da und bestimmten, was zu tun war. Ihr blieb wohl kein anderer Weg, als einzuwilligen

»Nur wenn Charlotte die Erste Vorsitzende wird«, bestimmte Rena. »Ich will, dass unsere Familie unter allen Umständen das Sagen behält.«

Viktoria atmete erleichtert auf. »Darüber können wir bestimmt reden. Schließlich sind und bleiben wir doch Eigentümer.«

»Hauptsache, die Mühle wird gerettet.« Rena schob sich nun endlich das erste Stück vom Kuchen in den Mund. Die Groote Mühle musste vorerst nicht verkauft werden, das war das Wichtigste. »Aber ich muss trotzdem erst drüber nachdenken. Also keine voreiligen Handlungen bitte!«

»Ist gut«, sagte Viktoria. »Ich habe die Kladde dabei und finde, wir könnten hier weiterlesen. Es ist gut, mal woanders zu sein. Viel steht ohnehin nicht mehr drin.«

1945

Hilka bekam keine Post mehr von Tjade. Jeden Tag fing sie den Briefträger Horst Schluck ab, aber der zuckte bedauernd mit den Schultern, weil er ihr keine erlösenden Nachrichten bringen konnte.

Deutschland hielt den Atem an, als sich Hitler am 30. April umbrachte, und alle hofften, dass der Krieg mit all seinen Schrecken endlich aufhören würde. Wilhelmshaven war inzwischen auch vollkommen zerbombt, und Hilka bekam eine Ahnung davon, was Tjade an der Front mitmachen musste.

Am 2. Mai grüßte keiner der Neumöhlener mehr mit Heil Hitler, aber auch nicht mit Heil Dönitz, wie es zu vermuten war, weil sein Nachfolger so hieß.

Alle sagten wie vor dem Krieg Moin und taten so, als hätte es den Nationalsozialismus nicht gegeben. Auch wenn Hilkas Vater kein Verfechter des Regimes gewesen war, so hatte er doch wie alle anderen ein kleines Hitler-Bild in der Stube an der Wand hängen, weil er keine Schwierigkeiten bekommen wollte. Er riss es ab, und auch sonst brannten in dem kleinen Dorf überall Feuer, um die Spuren der Anhängerschaft, so schnell es ging, in Flammen aufgehen zu lassen. An den Häuserfronten hingen plötzlich weiße Fahnen, denn die Dörfler erwarteten in Kürze die Befreiung.

»Das geht jetzt fix«, brummte Hilkas Vater. »Die Zeichen sind unübersehbar. Aber irgendwie waren und sind wir doch alle Speichellecker und grandios darin, uns den jeweiligen Gegebenheiten anzupassen.«

Hilka sah ihren Vater etwas verstört an. Selbstkritische Äußerungen waren ihm sonst eher fremd. Aber er war noch nicht fertig. »In der Groote Mühle wird keiner auch nur das Geringste finden, was auf eine Anhängerschaft mit dem braunen Pack hindeutet.«

Nicht nur da, dachte Hilka, was für eine verquere Welt.

In südlicher Richtung über Zetel war plötzlich das Aufblitzen der Geschütze zu erkennen. Es machte Hilka Angst. Das laute Donnern klang besorgniserregend, und ihr war sehr mulmig zumute. Hilka hoffte, der Feind würde gnädig mit ihnen umgehen, denn es sickerte immer mehr durch, dass sie es als Deutsche mit der Gnade nicht so genau genommen hatten. Sie hatten alle die Augen vor der Grausamkeit der eigenen Landsleute und dem Wahnsinn ringsumher verschlossen, und mit dieser Last würden sie leben müssen. Tomasz war nur ein Beispiel. Immer wieder Tomasz.

Seit Tagen kamen zahlreiche Soldaten von der Front

zurück, und ein paar wenige berichteten von Dingen, die keiner hören mochte. Auf dem Nachbargrundstück standen im Augenblick etwa zehn Soldaten. Sie wuschen sich an der Pumpe und waren bemüht, ihre Kleidung in Ordnung zu bringen. Jetzt steuerte ein weiterer Tross von fünf Männern auf die Groote Mühle zu. Sie fragten Hilkas Vater, ob sie eine Weile Asyl bekommen könnten.

»Wir haben Hunger und brauchen nach dem langen Marsch eine Pause«, erklärte der eine.

»Jo, denn man tau«, sagte Johann. »Ihr könnt in den Lauben schlafen, und Wasser ist genug da. Ik segg min Fru un min Dochter, dass ihr wat to eeten bekommt.«

Die Soldaten bedankten sich und verschwanden im Garten.

»Hilka, mach denen mal ein ordentliches Schwarzbrot mit dick Butter«, ordnete ihr Vater an. »Die Keerls haben bannig viel Hunger!«

Das ließ sich Hilka nicht zweimal sagen. Wenn sie diese Männer gut behandelte, vielleicht war das Schicksal dann auch Tjade gnädig, und ihm wurde ähnliche Hilfe zuteil.

»Wir sollen uns am Ems-Jade-Kanal sammeln«, sagte der eine Soldat, der sich als Hinrich vorstellte und ursprünglich aus Nordenham kam. »Viel Zeit bleibt nicht, aber danke für das Brot.« Er biss hinein und rollte verzückt mit den Augen.

»Dann guten Appetit«, wünschte Hilka.

Als sie sich auf den Weg zurück ins Haus machte, sah sie, dass Horst Schluck auf den Hof radelte. Ihm fehlte die linke Hand, und doch war er mit seinem Gefährt äußerst behände. Er hielt an und zog einen Umschlag aus der Tasche. Hilkas Herz klopfte schneller, und als sie das Gesicht des Postboten sah, ahnte sie, dass er schlechte

Nachrichten hatte. Mit gesenktem Kopf reichte Horst ihr den Brief. Er war von der Wehrmacht, und er war schwer. Etwas befand sich darin.

»Ich muss dann weiter, da braut sich rings um uns was zusammen, das sag ich dir. Mal sehen, was das wieder bedeuten tut.« Er nickte Hilka zu. »Wollte es dir aber gleich bringen. Weil du doch schon so lange wartest!« Er brauste davon.

Hilka sah ihm nach und wünschte einen Moment lang, Horst wäre nicht gekommen. Sie rückte innerlich vom Geschehen ringsumher ab. Registrierte zwar, dass die Soldaten mit nacktem Oberkörper am Pumpschwengel standen, sich wuschen und rasierten. Aber sie hörte sie nicht reden oder lachen. Es war, als liefe ein Stummfilm vor ihren Augen ab. Sie drückte den Brief an ihre Brust und versuchte auf diese Weise, Nähe zu Tjade herzustellen. Sie mochte den Umschlag nicht öffnen, weil sie der Wahrheit nicht ins Gesicht blicken konnte. Und doch wusste sie, dass darin seine Soldatenmarke zu finden sein würde.

»Du musst es tun«, ermahnte sie sich, als die ersten Geräusche wieder zu ihr durchdrangen. Hilka verzog sich in ihre Kammer und löste mit zitternden Fingern den Falz. Sofort fiel ihr die Marke mit Tjades Namen und Nummer entgegen. Dazu dieses schreckliche Schreiben, welches sie schon vom Hörensagen der anderen Familien kannte.

Deshalb musste sie den dazugehörigen Brief eigentlich nicht lesen, tat es aber doch. Tjade galt als vermisst, weil man nur seine Marke, nicht aber seine Leiche gefunden hatte. Es war davon auszugehen, dass er den ehrenvollen Tod fürs Vaterland in der Schlacht gefunden hatte. Und so setzte sich das Schreiben fort. Vor Hilkas Augen verschwamm alles in einem undurchdringlichen Nebel. Ihr Tjade war in Russland geblieben, und sie würde ihn wahrscheinlich niemals wiedersehen. Er hatte so lange durchgehalten – und jetzt, da der Krieg zu Ende ging, erhielt sie diese grausame Nachricht. Ich muss zu seiner Mutter, dachte Hilka, aber es war ihr unmöglich, sich zu bewegen. Niemals konnte sie die grausame Tatsache aussprechen und den Satz: »Tjade ist tot« in den Mund nehmen. Solange da doch diese winzige Hoffnung keimte, dass er es irgendwie geschafft hatte zu überleben und vielleicht in den nächsten Tagen oder Wochen zur Mühle kommen würde.

Hilka saß lange in ihrer Kammer, stierte vor sich hin und versuchte zu begreifen, was geschehen war. Die kleine Rena musste ohne ihren leiblichen Vater aufwachsen. Wie sie selbst die Groote Mühle ohne Ehemann weiterführen sollte, wenn ihr Vater es nicht mehr vermochte, wusste sie auch nicht. Alles war leer. Es war mit einem Mal unglaublich still. Sogar die fernen Geschütze schienen in dem Augenblick verstummt zu sein. Es dauerte, bis der Schmerz Hilka erreichte. Er kroch langsam auf sie zu. Wie eine Schnecke, die sich auf den Weg machte, um die nächste Saat zu vernichten. Stück für Stück näherte sie sich. Nagte zuerst am Fuß, wurde dann gefräßiger, und plötzlich spürte Hilka die Qual, die von dieser Realität ausging.

Sie strich über das Metall, umklammerte es und küsste Tjades Namen. Doch es blieb kalt. Keine Wärme, die sie flutete. Die Verbindung zu ihm riss ab, und etwas griff nach ihr. Zerrte sie hinunter in ein plötzliches Meer aus Tränen, das sich wie eine Sturmflut ohne Vorwarnung nach oben bahnte und binnen Sekunden zu einer Überschwemmung wurde. Sie begann zu schreien. Immer lauter, immer heller, bis sich ihre Stimme überschlug und brach.

Ihre Eltern stürzten herbei, nahmen sie in den Arm, als sie sahen, was Hilka in der Hand hielt. Alwine wiegte sie wie ein kleines Kind. Ihr Maiglöckchenduft hatte plötzlich etwas Beruhigendes. Hilka verstummte, sackte in sich zusammen – und fühlte nichts mehr.

*

Hilka hörte das Dröhnen der endlosen Panzerkolonnen auf dem Weg nach Wilhelmshaven, das von der Reichsstraße 69 herüberschallte. Zugleich wurde das Feuer auf Fort Hohemey eingestellt.

»Das sind die Engländer!«, hörte Hilka Hinrich rufen. »Wir müssen hier weg! Lasst uns verschwinden, wenn wir nicht in Gefangenschaft geraten wollen.«

Er bekam von Hilkas Vater einen Anzug und verschwand in Richtung Süden. Seine Kameraden packten hektisch ihre Sachen zusammen und verließen Neumöhlen genauso plötzlich, wie sie gekommen waren. Gegen Mittag schallten die ersten Rufe durchs Dorf. »Die Kanadier sind am Friedhof! Sie kommen aus Horsten.«

Kurz darauf passierte ein Jeep mit einer drei Meter langen Antenne die Mühle. Er war mit vier Soldaten besetzt. Ihm folgte ein Panzer, in dem fünf Männer saßen.

Doch das war längst nicht alles. Nach dieser Vorhut polterten weitere Panzer und Lastwagen durch das Dorf. Es handelte sich um polnische Soldaten, die unter dem Regiment der Kanadier standen.

Während die Erwachsenen Vorsicht walten ließen und scheu in den Eingängen der Häuser standen, wagten sich ein paar Jungs heran und bekamen nicht nur Schokolade, sondern auch Kaugummi geschenkt. Hilka stand wie alle anderen am Straßenrand und schaute zu, was passierte. Jeden einzelnen Soldaten fixierte sie und fragte sich, ob er Tjade begegnet war. Ob einer von ihnen auf ihren Mann geschossen hatte – und umgekehrt.

»Da sitzt der Kommandant aus dem Fort Hohemey!«, hörte Hilka ihre Mutter rufen, die mit der Familie gut bekannt war. »Er trägt eine weiße Armbinde. Deutschland hat kapituliert!«

»Jo, nun sind wir besetzt«, sagte Johann.

Hilka war es gleichgültig. Tjade blieb vermisst und war wahrscheinlich tot – irgendwo auf einem Schlachtfeld elendig verreckt.

»Das is jo echt een Ding«, sagte Tjades Mutter voller Ehrfurcht, als die eine Kolonne vorbeigefahren war. »Ik heb ok een Kaugummi und een Schokolaa abkregen und – een Neger heb ik ok sehn. Keen Slaav, een Soldat!«

Hilka schüttelte nur den Kopf. Warum sollten alle Schwarzen Sklaven sein?, fragte sie sich.

*

Am nächsten Tag stand einer der Soldaten vor der Groote Mühle. Er war hochgewachsen, blond, und seine Wangen zierten Grübchen. Er konnte etwas Deutsch und erklärte, dass er mit seinen Kameraden das Haus durchsuchen müsste. Er lächelte Hilka an, nahm sie beiseite und sagte: »You are sad, of course. May I help you?«

Hilka schüttelte unwirsch den Kopf.

Ihr konnte niemand helfen und ein Soldat der Besatzer schon gar nicht. Er trug allerdings eine andere Uniform, und es stellte sich rasch heraus, dass er Engländer und in Wilhelmshaven stationiert war.

»My name is Jake Miller. Ich muss nun das Haus durchsuchen.«

Hilka trat verdrossen einen Schritt beiseite. Dann sollte er doch suchen und schauen, ob sie noch irgendwo Nazi-Symbole versteckt hatten. In ganz Neumöhlen wurden von den Kanadiern und Briten die Häuser nach versteckten Waffen, nationalsozialistischen Abzeichen und Schriften durchsucht. Jake Miller war ein hohes Tier, wie er sich genau bezeichnete, wusste Hilka nicht. Es war allerdings erkennbar, dass die Untergebenen vor ihm kuschten.

In den anderen Haushalten hatten die Soldaten ihre MPs dabei, und sie waren gründlich. Jede Schublade, jede Ecke wurde durchsucht. Wo Schlüssel an Schüben fehlten, wurden sie mit Messern geöffnet. Es gab kein Pardon, denn die Besatzer fürchteten noch immer den bewaffneten Widerstand.

Die meisten Dorfbewohner hatten allerdings gründlich vorgesorgt und alles vernichtet.

»Die suchen aber auch nach versteckten Soldaten. Wir haben nun mal den Krieg verloren, mit allen Konsequenzen«, sagte Johann.

Was wünschte Hilka, dass Tjades Todesnachricht ein Irrtum war und er sich vielleicht doch auf einem Hof in der Scheune versteckt hielt. Aber auch die ersten Tage der Besatzungszeit vergingen, ohne dass sich Tjade meldete.

Das Begreifen in Hilka wuchs. Wachte sie zu Beginn noch mit dem Gedanken auf, dass heute alles gut werden und Tjade doch nach Hause kommen würde, so wie Heinz und Willi. Manfred und Erich. Sie hatten sich allesamt verändert, ein paar der Jungs humpelten oder hatten Verletzungen an den Händen – aber sie waren da.

Hilka versuchte, den Schmerz mit übermäßiger Arbeit zu betäuben, aber es gelang ihr mehr schlecht als recht.

Sie überforderte sich körperlich mehr, als ihr guttat, nur damit sie in der Nacht in den Schlaf fand. Sie riss sich darum, die Ruten auch bei stärkerem Wind hinaufzuklettern und die Segel zu setzen. Sie wuchtete die Getreidesäcke zum Trichter oder postierte sich unten, um zu müllern und in einer Mehlwolke zu stehen.

Eine weitere Möglichkeit, nicht zu denken und zu fühlen, bestand darin, sich auf die Feldarbeit zu stürzen.

Inzwischen bluteten Hilkas Hände, weil sie Blasen bekommen hatte, die aufplatzten. Dann tat es eben dort weh und nicht mehr in ihrer Seele. Ihre Mutter musste sich um Rena kümmern, denn sie selbst sah sich dazu nicht in der Lage.

Die Kanadier hatten sich an verschiedenen Stellen rund um Neumöhlen niedergelassen. Sie lebten auf dem Schloss, aber es wurden auch Privathäuser beschlagnahmt. Hilka war froh, dass die Groote Mühle verschont blieb, denn sie hatten schon eine Flüchtlingsfamilie aus Schlesien zur Einquartierung bekommen, und es war schwierig genug, das alles zu stemmen.

Oft fuhren die kanadischen Besatzer mit ihren Lkws durchs Dorf und tätigten Tauschgeschäfte. Sie waren besonders scharf auf Eier, für die die Neumöhlener Tee, Kaffee oder Zigaretten eintauschten. Auch andere frische Lebensmittel waren bei den Besatzern heiß begehrt. Die Kinder erhielten regelmäßig Kaugummi und zeigten ihre Beute stolz herum.

Hilka stellte fest, wie hilfreich es war, etwas Englisch zu können, denn natürlich bekamen auch sie häufig Besuch von den Besatzern, die das Müllern und die Vorräte überprüften. Meist erschien Mike Wellington, ein freundlicher Kanadier mit pechschwarzem Haar. An seiner Seite befand sich stets ein ihm untergebener Kamerad, den er regelmäßig in den Schweinestall abkommandierte, damit er mit Hilka allein sein konnte. Sie fühlte sich dadurch zwar geschmeichelt, vor allem, weil sie noch immer ein Bild des Jammers abgab, aber sie würde sich ganz bestimmt nicht zum Besatzerliebchen machen. Zwei Mädchen aus dem Dorf hatten bereits mit den Soldaten angebandelt – das war *das* Thema! Und die Deerns hatten es fortan nicht einfach.

»Leichtes Mädchen« war ein noch harmloser Begriff für die jungen Frauen.

Kontakt zu den Besatzern zu bekommen war nicht schwer, denn die Kanadier ließen bei den deutschen Frauen ihre Wäsche waschen und hatten auf diese Weise unmittelbaren Umgang mit den Einheimischen. Das blieb nicht ohne Folgen, und Hilka konnte schon verstehen, dass ein paar Mädchen Schwäche zeigten, wenn sie so umschwärmt wurden. Aber trotz ihrer Einsamkeit stand für Hilka außer Frage, mit einem Besatzer eine Liebesbeziehung einzugehen. Zumal ihr Vater immer nervöser wurde und einen regelrechten Hass auf die Männer entwickelte. »Nicht dass sie diesen Arbeiter noch finden«, hörte Hilka ihn eines Abends im Stall flüstern, als er sich allein glaubte. »Harrijasses nej, die schnüstern überall rum!«

Jetzt stand Hilka in der Waschküche und wrang die Hemden des Vaters aus. Sie schrak zusammen, als Maria Meester eintrat. Mit ihr war sie früher zur Schule gegangen. Sie hatten sich eine Weile nichts zu sagen gehabt und waren sich aus dem Weg gegangen, denn Maria hatte Hilka Tjade eine ganze Zeit lang geneidet. Bis sie Wilhelm gefunden und sich mit ihm verlobt hatte. Doch der war ebenfalls in Russland geblieben. Der gemeinsame Kummer hatte dazu geführt, dass sie sich in den letzten Wochen wieder nähergekommen waren. Gemeinsame Spaziergänge gehörten inzwischen zur Tagesordnung.

»Willst du heute mit?«, fragte Maria und strich sich durchs Haar. Ihre Augen leuchteten. »Wir werden tanzen. Meine Schwester Anneliese ist auch dabei. Wäre für dich mal eine Ablenkung. Dieser Mike ist doch ein ganz Hübscher, und er hat Interesse an dir. Tjade ist fort. Er kommt nicht zurück, dann hätte er sich längst gemeldet. Aber du, du lebst!«

Hilka ließ das Hemd, das sie in der Hand hielt, zurück in die Lauge fallen, holte aus und schlug der alten Schulfreundin mitten ins Gesicht. »Ich habe vor ein paar Wochen meinen Mann verloren! Ich liebe ihn noch immer und werde nun nicht zum Flittchen, weil ich Zerstreuung brauche. Wenn es dir guttut, mach es, aber zieh mich da nicht rein!«

Maria rieb sich die Wange und fuhr sie wütend an. »Dann verrotte doch in dieser alten staubigen Mühle! Der Krieg ist vorbei, und er hat uns nicht nur die Männer, sondern auch Jahre unserer Zukunft gestohlen. Ich werde jetzt leben! Auf Teufel komm raus werde ich leben! Wilhelm kommt nicht wieder! Nie mehr. Genau wie dein Tjade! Wach endlich auf, Hilka!« Maria verließ die Waschküche und knallte die Tür hinter sich zu.

Hilka sah ihr nach. Dann fischte sie das Hemd wieder aus der Lauge. Sie musste es nun erneut spülen, bevor sie es auswringen konnte. War Marias Weg der richtige? Sich jetzt einfach alles zu nehmen, was sie konnten? Jegliche Moral, jeglichen Anstand über den Haufen zu werfen? Hilka war unsicher. Sie wrang das Hemd aus und legte es in den Wäschekorb zu den anderen gewaschenen Kleidungsstücken.

»Nein, ich mach das nicht. Ich will kein Besatzerflittchen sein«, flüsterte sie. »Ich bete einfach weiter, dass Tjade zurückkommt.«

Kapitel 16

»Maria Meester«, sinnierte Rena. »Sie hatte doch einen Sohn, der immer ein Außenseiter war.«

»Nein, das war ihre Schwester Anneliese, und das Kind war schwarz«, erklärte Viktoria. Sie schüttelte sich vor Entsetzen, als sie daran dachte, wie man mit dem Jungen umgegangen war.

»Wie? Der durfte bei euch nicht mitspielen, weil er eine dunkle Haut hatte?«, fragte Charlotte entgeistert.

»So ist es.« Ihre Mutter winkte der Bedienung.

Charlotte und sie entschieden sich für eine Zitronenlimonade, Viktoria wollte eine Weißweinschorle.

»Felix hieß er. Ich glaube, sie sind am Ende nach Amerika ausgewandert.« Rena schüttelte den Kopf, aber dann kam ihr ein Gedanke hoch. »Wenn Mama um Vickis Herkunft ein solches Geheimnis gemacht hat, dann ist doch nicht ausgeschlossen, dass Vickis Vater ein Besatzungssoldat ist, oder?«

»Treffer, versenkt«, knurrte Viktoria. »Fragt sich nur, wer es war. Dieser Mike Wellington vielleicht? Es muss allerdings einen Grund gegeben haben, dass sie sich auf die Sache eingelassen hat. Sie hat doch so um Tjade getrauert …« Viktoria lächelte die Kellnerin an, als sie ihnen die Bestellung brachte.

»Opa war offiziell tot. Trost? Na ja, dann war es wohl besser, dich als Tjades Kind auszugeben. Allein wegen dem Gerede.« Charlotte lutschte an der beigefügten Zitrone.

»Ich hätte wohl die Hölle durchlebt. Ich weiß nicht, was sich Anneliese hat anhören müssen, aber für Felix war es grausam.« Viktoria schluckte. »Bastard, wurde er gerufen. Und dass seine Mutter eine Kanadier-Schlampe wäre.«

Es war spät geworden, und sie hatten noch mindestens eine Stunde Fahrt vor sich.

»Kommt, lasst uns aufbrechen, wenn wir ausgetrunken haben«, sagte Viktoria. »Die letzten Seiten lesen wir zu Hause. Es ist ja nun klar, worauf es hinausläuft. Ich bin wohl ein Besatzungskind, und wahrscheinlich ist mein Vater Kanadier. Das muss ich zunächst einmal verdauen. Dazu ist die lange Rückfahrt sehr gut geeignet.«

Charlotte trank das Glas aus und winkte der Bedienung. »Zahlen bitte! Ich übernehme das«, sagte sie. »Was mir trotzdem weiter Kopfzerbrechen macht, ist, warum sich Oma mit einem der Männer eingelassen hat. Mir erschien es bislang eher so, als lehnte sie die Besatzer ab und als wäre sie in tiefer Trauer um Opa, wobei er den Krieg ja überlebt hat, wie wir wissen. Bei der Nachricht an sie muss eine Menge schiefgelaufen sein.«

»Allerdings«, sagte Rena. »Papa ist wiedergekommen, und das ja schon ein Jahr nach Kriegsende.«

Viktoria runzelte die Stirn. »Ich bin am 4. April 1947 geboren. Ich muss«, sie rechnete kurz nach, »im Juli '46 oder so entstanden sein.«

»Und Papa kam im August zurück«, sinnierte Rena. »Es ist doch möglich, dass Papa bis zum Schluss vollkommen ahnungslos war. Deshalb hat sie zeitlebens ihr großes Geheimnis gehütet!«

»Uff!« Charlotte bezahlte, als die Kellnerin an den Tisch trat. »Unsere Familie erschien mir bislang immer etwas langweilig, das hat sich nun wirklich geändert. Was für Abgründe!«

Die drei standen auf und überquerten den Marktplatz.

»Bremen ist echt schön, ich verstehe, dass du gern hier gelebt hast«, sagte Charlotte.

Viktoria wäre am liebsten hiergeblieben und nicht zurück nach Neumöhlen gefahren. Sie, der Fremdkörper. Gezeugt von wem auch immer. Geliebt von einem Vater, der nicht ihrer war, und verwöhnt von einer Mutter, die ein schlechtes Gewissen hatte und darüber ihre andere Tochter benachteiligte.

Und ihr Erzeuger? Er hatte einen Ring hinterlassen. Die Bezahlung dafür, dass er abgehauen war?

»Besatzer wurden bestraft, wenn sie Väter wurden«, sagte Rena plötzlich in die Stille hinein, in der alle ihren Gedanken nachhingen. »Man hat sie sofort versetzt. Vielleicht ist das auch mit deinem Vater passiert, und er hatte keine Chance? Deshalb nur der Ring.«

Viktoria sah Rena prüfend an. Konnte sie etwa Gedanken lesen? Doch dann schoss ihr sofort eine andere Frage durch den Kopf. »Woher weißt du das alles?«

Rena fuhr sich durchs Haar. »Ich habe mich schlaugemacht und ein wenig nachgelesen, weil … weil ich mir schon so etwas gedacht habe. Es blieb nicht viel«, verteidigte sie sich. »Wenn es jemand aus Neumöhlen oder den Nachbardörfern gewesen wäre – das hätte die Runde gemacht. Du weißt, wie die Buschtrommeln funktionieren!«

Allerdings wusste Viktoria das. Und es klang logisch, was ihre Schwester sagte.

Im Wagen fasste Rena nach Viktorias Hand. »Ich möchte

dir nur sagen, dass all die Erkenntnisse nichts ändern. Wir müssen weiter zusammenhalten, es gibt sonst niemand mehr außer uns. Und wen kümmert es denn? Wir müssen es keinem erzählen, und so bleibst du immer eine echte Gerdes.«

Viktoria mochte die Berührung mit einem Mal nicht mehr. Die Situation hatte sich für sie geändert. Jetzt, da die Vaterschaft nicht mehr unkonkret, sondern greifbar war. Vor ihrer Nase hing wie eine Wurst, nach der man nur zu schnappen brauchte. Nein, sie war kein vollständiger Teil der Familie Gerdes. Sie war halb. Von Anfang bis Ende.

»Du schaust so ernst, direkt etwas wütend«, mutmaßte Rena.

»Nein, nicht wütend. Überfordert«, erklärte Viktoria, der es unangenehm war, dass ihr die Emotionen so deutlich anzusehen waren.

»Komm, es wird alles gut. Eigentlich wissen wir doch längst, was es zu wissen gibt!«, sagte Rena.

»So, wissen wir das?«, gab Viktoria zurück. »Ich weiß es nicht.«

1945

Tjade lag auf der Pritsche in der Lagerbaracke und versuchte, etwas Schlaf zu bekommen, aber es gelang ihm nicht. Obwohl er von der Arbeit so unendlich müde war, erwachte er jede Nacht – von Albträumen getrieben. Furchtbare Bilder tanzten um ihn herum und attackierten ihn wie Blitze. Er schreckte ständig hoch und dachte mit Schaudern daran, wie sie zum Lager gekommen waren.

Eine lange Marschkolonne hatte sich wie eine Ameisenstraße durch das weite Land geschleppt. Die meisten Gefangenen ohne Stiefel, nur mit Hose und Hemd bekleidet, dreckig, verlaust und unrasiert. Die Überreste der ruhmreichen und sieggewohnten Armee. Jetzt nur noch ein armseliger Haufen. Es war so heiß gewesen, etwa dreißig Grad, und begleitet wurde der Tross von einer Staubwolke, die durch die schlurfenden Schritte entstand. Hunger und vor allem Durst quälten die Männer unbarmherzig. Viele hatten den Mut verloren, ließen sich einfach an den Straßenrand sinken und warteten auf den Tod, der meist schnell per Kopfschuss erfolgte.

Auch wenn sie durch Dörfer marschierten, wurde ihnen das notwendige Wasser verweigert. Sie wurden bespuckt, beschimpft. »Faschisten! Banditen!«

Lagen am Wegrand Tote, wurden sie gnadenlos mit den Fahrzeugen überfahren. Mit blutigen Füßen erreichten sie eine Kolchose, in der sie mit acht Scheiben Knäckebrot und einer Buchweizengrütze versorgt wurden, die Kascha genannt wurde. Da sie keine Gefäße besaßen, wurde den Gefangenen der heiße Brei auf die Handteller geklatscht. Keiner wollte das kostbare Essen fortwerfen, aber die Hitze auf den Handflächen war so unerträglich, dass Tjade und die anderen Kameraden die Kascha unter dem Gelächter der Russen von einer Seite zur nächsten patschten, bis sie so weit abgekühlt war, dass sie ihren Hunger stillen konnten.

Tjade kam sich vor wie ein wild gewordenes Tier, als er das Knäckebrot und den Brei regelrecht verschlang.

Gleich darauf ging es weiter und weiter und weiter, bis sie Tiraspol am Dnjestr erreichten. Sie marschierten über eine Pontonbrücke zum Ostufer auf ein Fabrikgelände zu, das ihnen eine Weile ein Dach über dem Kopf bot.

Die Industriegebäude selbst waren voll mit Verwundeten, und ihnen schlug so heftiger Gestank entgegen, dass Tjade ihn nicht mehr aus der Nase bekam.

Verpflegen mussten sie sich selbst. Es gab einen Backofen und für die Gefangenen Buchweizen oder Hirse ohne Salz und Fett. Die Ruhr schwappte über das Lager hinweg, und jeder war froh, wenn er verschont blieb. Die Gleichgültigkeit den Kameraden gegenüber war erschreckend. Jeder versuchte zu überleben. Irgendwie. Ihr Kampf galt nur noch den Läusen, die sich jeden Körper zu eigen machten, und dem Hunger.

Als Tjade sein Spiegelbild in einem der Fenster sah, erschrak er: Sein Haar war lang und zottig, der verfilzte Bart reichte ihm bis zur Brust. Dünn war er geworden und dankbar für das Stück Bindfaden, mit dem er seine Hose zusammenhalten konnte. Was für ein Glück, dass Hilka ihn so nicht sehen musste. Sie glaubte vermutlich ohnehin, er wäre gefallen, weil die Russen ihm die Marke abgenommen und in den Schlamm geworfen hatten. Vielleicht war sie gefunden worden, dann hätte Hilka nun eine Todesnachricht. Vielleicht aber galt er auch nur als verschollen, und mit dem Funken Hoffnung im Herzen würde sie bestimmt auf ihn warten.

Tjade schüttelte sich. Er wollte nicht über die Realität nachdenken, wahrscheinlich würde er weder Hilka noch Rena je wiedersehen.

Eines Tages ging es mit dem Zug weiter. Wie Vieh wurden sie in einen Güterwaggon getrieben. Es gab nicht einmal Stroh, sondern nur den kahlen Holzboden. Für die Notdurft war ein Loch gebohrt. Meist trafen die Männer nur den Rand, und es stank schon kurze Zeit später unerträglich.

Über Odessa fuhren sie rund siebenhundert Kilometer in vier Tagen nach Kadijewka. Wieder waren es über dreißig Grad, wieder gab es weder ausreichend zu essen noch zu trinken, geschweige denn die Möglichkeit, sich zu waschen. Tjades Kameraden starben wie die Fliegen, und sie wurden einfach an der nächsten Station rausgetragen. Niemand wusste, wie die Männer hießen, sie würden wohl ewig als vermisst gelten.

In Kadijewka taumelten die Gefangenen aus den Waggons und mussten sich erneut zu einer Kolonne formieren.

Acht Kilometer harter Fußmarsch folgten, und endlich erreichten sie das Lager in Sokologorowka. Ihr Lager mit der Nummer 7144/6. Tjade überlief ein Schauder bei der Vorstellung, hier die nächste Zeit verbringen zu müssen.

Sie durften duschen, wurden entlaust und bekamen frische Unterwäsche, die aus grobem Nessel gewebt war und mächtig kratzte. Dazu gab es braune Wetterjacken und Hosen, Schuhe aus Segeltuch mit Holzsohlen und eine Mütze mit Ohrenklappen.

»Was ist denn das?«, fragte Tjade, als er die beiden kyrillischen Buchstaben BN auf den Kleidungsstücken entdeckte.

»Woina Plenni!«, antwortete einer der Wächter. »Kriegsgefangener. Du so erkannt!«

Tjade war trotz allem froh, dass ihnen die Haare radikal abrasiert wurden, so bot er weniger Angriffsfläche für Läuse. Auch Brust- und Schamhaare fielen der Rasur zum Opfer.

Dann folgte die Befragung. An einem Tisch saßen russische Offiziere neben uniformierten Frauen, an einem weiteren Deutsche in Wehrmachtsuniform. Sie waren von den Russen eingesetzt worden und vertraten das »Nationalkomitee Freies Deutschland«.

»Name?«, schnarrte die Stimme des russischen Offiziers.

»Tjade Gerdes aus Neumöhlen. Obergefreiter, Maschinengewehrschütze.«

Sie blätterten in ihren Unterlagen, nachdem sie Tjades Bataillon abgefragt hatten. Plötzlich sprang der eine Offizier auf und hieb mit der Faust auf den Tisch. »Du bist Kriegsverbrecher! Du hast auf russische Soldaten, Frauen und Kinder geschossen. Du hast russische Dörfer und Städte niedergebrannt!«

Tjade schwieg beharrlich. Er wusste nicht, was er zu seiner Verteidigung vorbringen sollte. Er selbst hatte keine Frauen und Kinder getötet, aber inzwischen wusste er, wie grausam andere Kameraden vorgegangen waren.

»Warum du nicht übergelaufen zu Russland wie die Kameraden an Tisch?«, fragte der andere Offizier, dessen Deutsch ein wenig schlechter war als das des anderen.

Tjade wusste erneut nicht, was er erwidern sollte. Dass er als deutscher Soldat einen Eid auf sein Vaterland geschworen hatte? Es hätte wie eine hohle Phrase geklungen. Er musste auch nichts sagen, denn ihm spie ein Schwall von Hass entgegen. Er verstand nur ein Wort, und das war »Kriegsverbrecher«. Da er glücklicherweise keine SS-Tätowierung hatte, durfte Tjade recht bald wieder gehen.

Das Wort Kriegsverbrecher schmerzte ihn, und in den nächsten Wochen entflammte in ihm eine solche Wut auf das Naziregime, das ihm all das eingebrockt hatte. Nur half es ihm nichts, denn er war nun mal hier, und wer wusste schon, wie lange noch.

Tjade setzte sich auf, denn er musste dringend pinkeln.

Leise verließ er die Baracke und war froh, als ihm draußen die frische Luft entgegenschlug. Am gegenüberliegenden Gebäude standen zwei Männer der Patrouille. Sie rauchten und bliesen den Qualm in den Nachthimmel. Das Lager bestand aus insgesamt acht Mannschaftsbaracken, die sich gegenüberlagen. Dazu eine Waschbaracke, eine weitere für das Krankenrevier und für die ständige Entlausung sowie eine Baracke mit Speisesaal, eine Latrine, ein Stall und ein Geräteschuppen.

Umgeben war die Anlage mit einem drei Meter hohen Stacheldrahtzaun, der elektrisch geladen war. Eine Flucht war ausgeschlossen. Er durfte nicht einmal daran denken, zumal er ohnehin nicht weit kommen würde.

Tjade verrichtete seine Notdurft und stolperte in die Baracke zurück. Er kroch auf die blanke Holzpritsche. Kein Stroh, geschweige denn einen Sack, um das müde Haupt darauf zu betten. Als Decke diente die Wetterjacke. Plötzlich begann es auf der Haut zu jucken. Er setzte sich erneut auf und sah, dass sich auch sein Bettnachbar kratzte.

»Das sind Wanzen«, sagte der. »Hier wimmelt es nur so von den Viechern. Ich habe das gestern schon vermutet.«

Nicht das auch noch, dachte Tjade. Er wollte nicht mehr. Er konnte nicht mehr. Tjade ließ sich hinterrücks auf die Pritsche fallen, und ihm kamen nun endlich die erlösenden Tränen. »Hilka, ach, Hilka«, schluchzte er.

Sie musste denken, er wäre tot. Und wenn er aus diesem Lager je herauskam, war sie bestimmt nicht mehr allein.

Tjade wollte das alles nicht mehr. Nicht die neunhundert Meter in den Schacht einfahren. Keinen Pickel und keine Schaufel in der Hand halten und den Stollen mit der Grubenleuchte erhellen. Keine feuchtwarme und stickige Luft atmen und auf allen vieren herumkriechen. Er wollte nach Hause. Nach Neumöhlen. Zu Frau und Kind. Jetzt!

Kapitel 17

Als die drei Frauen gestern nach Hause gekommen waren, stand Lutz vor der Tür. Charlotte hatte ihn keines Blickes gewürdigt.

Lutz wiederum war nicht willens, sich abwimmeln zu lassen. Er saß geschlagene zwei Stunden im Auto vor der Mühle und versuchte ständig, Charlotte übers Handy zu erreichen. Als er schließlich fortgefahren war, waren alle erleichtert gewesen und ins Bett gegangen. Charlotte hatte sich das Bett in ihrem alten Kinderzimmer zurechtgemacht und sich heute bei der Arbeit krankgemeldet. Sie sah sehr mitgenommen aus, als sie vor ihrem Becher Kräutertee saß und ihn nachdenklich umrührte. Das Stück Brot hatte sie abgelehnt.

»Du musst trotz allem mit Lutz sprechen«, sagte Viktoria, bevor sie sich an den Küchentisch setzte. »Ich finde es wichtig zu erfahren, warum er uns schaden wollte.«

»Ich mach es, wenn ich kann«, versprach Charlotte. »Aber es geht jetzt nicht. Tut zu weh!« Dann sah sie ihre Tante an. »Wo warst du eigentlich heute Morgen?«

»Ich habe Kontakt zu dem anderen Mühlenverein aufgenommen«, erklärte Viktoria. »Wir sollten mit ihm kooperieren.«

Rena schnellte von ihrem Stuhl hoch. »Du warst, ohne

mich zu fragen, beim Mühlenverein?« Der Vorwurf in ihrer Stimme war unüberhörbar.

Viktoria sah ihre Schwester befremdet an. »Ich dachte, es wäre klar, weil wir gestern kurz drüber gesprochen haben? Ich gebe das Startkapital, und der Rest erfolgt mithilfe eines Vereins.«

Rena schaute trotzig. »Noch ist das nicht final beschlossen. Ich finde es nicht richtig, dass du das über Charlottes und meinen Kopf hinweg einfach so entscheidest. Das geht nicht, Viktoria. Das geht überhaupt nicht! So etwas musst du absprechen!«

»Ich wollte doch nur helfen und mich kümmern«, meinte Viktoria.

»Du kümmerst dich? Du machst gar nichts! Gar nichts! Hier bestimme noch immer ich. Weil ich hier wohne.«

Nun wurde es Viktoria doch zu bunt. »Ich wollte alles abkürzen, und nun regst du dich schon wieder auf! Mein Geld möchtet ihr haben, aber wie immer soll ich alles regeln, dir jedoch die Entscheidung überlassen?«

Rena stemmte die Fäuste in die Hüften. »So ist es nicht, das weißt du genau.«

»Entweder wir finden eine schnelle Lösung, oder du bist die Mühle ganz los«, sagte Viktoria unumwunden. »Und wahrscheinlich zu einem Spottpreis, weil du froh sein kannst, wenn du überhaupt einen solventen Käufer findest!«

»Einen solventen Käufer, ja?«, entgegnete Rena schnaubend. »Weißt du, was, Viktoria? Ich brauche dein Geld nicht! Wir kriegen das auch allein hin. Charlotte und ich sind bislang ganz wunderbar ohne dich zurechtgekommen.«

Viktoria erstarrte kurz, schob Rena dann unwirsch

beiseite und verließ die Küche. Sie waren exakt an dem Punkt angekommen, wo sie einst begonnen hatten. Alle Annäherung war weg. Wie hatte sie sich so täuschen können?

Viktoria griff nach den Kladden. »Das, was jetzt noch kommt, ist für mich wohl interessanter als für euch. Ich fahre noch heute nach Hamburg und fliege von dort nach England. Wenn ihr so gut ohne mich und mein Geld klarkommt – umso besser. Ich möchte mich keinesfalls aufdrängen!«

*

Castle Hedingham machte England alle Ehre, was das Wetter anging. Nebel. Nebel. Nebel. Und doch war es für Viktoria wie ein Nachhausekommen. Sie hatte sich spontan für den Ort entschieden, weil sie die vielen Menschen in London jetzt nicht ertragen hätte. Sie atmete tief durch und erfreute sich an den typischen englischen Häusern, die die Straße säumten. Es war ein idyllischer Ort, wo es sich zu träumen lohnte.

Viktoria steuerte ein Bed & Breakfast an und fragte nach einem Zimmer. Mrs Summers war erfreut, um diese Jahreszeit noch einen Gast zu haben. Viktoria bekam das Zimmer mit Blick in den Obstgarten, der im Frühjahr sicherlich in großer Pracht blühen würde.

»Garden Eden«, sagte Mrs Summers. »So beautiful!«

Das Areal hatte aber auch im Herbst seinen Charme.

Viktoria war froh, ihre Familie verlassen zu haben, bevor sie noch mehr Versprechungen machte, die sie selbst von ihrem Traum würden abrücken lassen. Was hatte sie denn davon, ihrer Schwester das Geld zu besorgen, wenn sie doch nur beschimpft wurde? Ohne einen

Preis konnte die Groote Mühle nicht erhalten werden. Sie wollte jetzt lesen, wer ihr Vater war, und dann mit der Vergangenheit abschließen. Es hatte tatsächlich Momente gegeben, in denen sie gedacht hatte, dass sie und Rena ihre alten Relikte begraben könnten, aber das war ein Trugschluss. Es gab nichts mehr, was sie wirklich miteinander verband, zumal ihre Mutter als Bindeglied tot war. Die Gräben zwischen ihnen waren zu tief geworden.

Es ist wohl so, dass Rena und ich von vorneherein keine Einheit bilden konnten. Weil wir Fremde sind, dachte sie. Und bei diesem Gedanken überfiel Viktoria große Trauer. Sie war allein auf dieser Welt.

Mit zittrigen Fingern nahm sie die Kladden aus der Tasche und legte sich zum Lesen auf das weiche Bett, das ein bisschen süßlich duftete und ihr damit etwas simulierte, was es nicht gab. Eine weichgespülte Welt ohne Ecken und Kanten.

1945

Hilka tat sich schwer mit dem Gedanken, zukünftig allein mit Rena zu leben. Der grausame Schmerz, der sie zu Beginn furchtbar gepeinigt hatte, ließ allerdings immer mehr nach und wich langsam der Erkenntnis, dass Tjades Fortbleiben wohl endgültig war. Zurück blieb eine Leere, die Hilka mit viel Arbeit zu füllen hoffte, was ihr aber nur tagsüber gelang. In der Nacht kam der Schmerz regelmäßig angeschlichen, und wenn ihre Hand das unbenutzte Kopfkissen ertastete, begriff sie mit voller Wucht, was mit ihrem Leben passiert war. Tjades Kopf würde dort nie wieder liegen.

Hilka kam allerdings zugute, dass sie ohnehin nur wenige gemeinsame Nächte gehabt hatten, auch dafür hatte der Krieg Sorge getragen. Nur war da eben noch immer diese Hoffnung gewesen, die nun vollkommen zerschmettert war.

Hilka war einsam, und deshalb vertrug sie sich auch wieder mit Maria. Sie kam oft zu Hilka, um sie aufzubauen und zu motivieren, wieder zu leben. Maria »ging« seit ein paar Monaten mit Jimmy, einem kanadischen Soldaten, der freundlich war, den Schalk im Blick hatte und mit einer Augenfarbe aufwarten konnte, die so grün war wie das Wasser der Graft hinterm Haus.

»Er hat mir versprochen, mich mitzunehmen, wenn all das vorbei ist«, sagte Maria mit leuchtendem Blick.

»Und das glaubst du?«, fragte Hilka.

»Er liebt mich, und ich übe schon kräftig Englisch, damit ich mich auf der anderen Seite vom großen Teich verständigen kann. Kanada ist ganz schön weit weg von Neumöhlen. Anneliese hat Roger. Er wird sie ebenfalls entführen. Er hat so schöne dunkle Haut!«

Hilka freute sich zwar für Maria und deren Schwester, aber sie selbst konnte sich nicht vorstellen, das Dorf für einen Mann zu verlassen und auf einen anderen Kontinent zu ziehen. Sie würde bleiben und sich um die Mühle kümmern, auch ohne Tjade. Für die schweren Arbeiten wollte Hilka zwei Männer anstellen, wenn ihr Vater der Müllerei nicht mehr gewachsen war. Ihre Pläne schmiedete sie in den Nächten, wenn der Kummer sie auffraß und sie ohnehin nicht schlafen konnte, denn das lenkte sie wunderbar ab.

»Heute ist Tanz auf dem Hühnerboden«, riss Maria sie aus ihren Gedanken. »Und du kommst mit! Dieses Mal akzeptiere ich dein Nein nicht.«

Erst wollte Hilka wie immer abwehren, aber Maria ließ nicht locker. »Du verwelkst hier doch. Los, komm!

Alle Neumöhlener und Neustadtgödenser Jungs werden da sein.«

»Ich habe gar nichts anzuziehen«, redete Hilka sich heraus, aber das ließ Maria nicht gelten.

»Ich weiß zufällig genau, dass in deinem Schrank ein feines blau geblümtes Kleid hängt!«

Hilka zuckte sofort zurück. »Das hatte ich an, als Tjade mir den Antrag gemacht hat«, antwortete sie empört. »Darin kann ich doch jetzt nicht mit anderen Männern tanzen!«

Maria rollte mit den Augen. »Und ob du das kannst! Du tust gerade so, als wäre es ein Heiligtum!«

»Ist es auch!«, entfuhr es Hilka. Immerhin hatte sie es an einem ganz besonderen Tag getragen.

Maria aber gab nicht auf. »Tjade würde sich im Grab umdrehen, wenn er wüsste, dass du dich so einigelst!«

»Er hat nicht mal eins«, gab Hilka müde zurück.

»Aber er würde nicht wollen, dass du so traurig bist. Es ist doch nichts dabei, wir wollen nur tanzen! Sonst nichts. Spaß haben und feiern, dass wir leben! Dass wir überlebt haben. Keine Selbstverständlichkeit.«

In Hilka schmolz der Widerstand. Wenn Maria das so sagte, klang es überaus verlockend. Musik. Frohsinn. Freude.

Begriffe, die sie schon lange nicht mehr kannte.

Sie rang mit sich, aber je mehr sie sich vorstellte, wie wunderbar es wäre, sich ein Stück Normalität zurückzuerobern, desto stärker klopfte ihr Herz.

Maria schien zu sehen, dass sie nicht mehr ganz so abgeneigt war.

»Helmut spielt auf dem Schifferklavier auf«, sagte sie. »Ich hole dich dann um sieben ab!« Damit war es beschlossene Sache, und Hilka merkte, wie sehr sie sich plötzlich auf den Abend freute. »Verzeih mir, Tjade«, flüsterte sie. »Aber ich muss weiterleben!«

Hilka fragte ihre Mutter, ob sie am Abend auf Rena achtgeben könnte.

»Bei diesem Getanze sind aber nicht die Besatzer, oder?«, fragte die sogleich.

»Maria sprach von den Männern aus den Dörfern. Helmut spielt auf.«

Ganz zufrieden war ihre Mutter nicht, wollte Hilka aber wohl das Vergnügen nicht verderben. »Pass nur auf, dass du nicht zu einem ihrer Flittchen wirst. Die machen unsere Deerns ja ganz wuschig, die schmucken Keerls.«

»Ich glaube wirklich nicht, dass die Kanadier und Briten dort sind«, antwortete Hilka. Sie hoffte es schließlich selbst, denn Schwierigkeiten konnte sie gerade nicht gebrauchen.

Gegen sieben holte Maria sie ab. Sie hatte sich ebenfalls hübsch gemacht und trug ein weiß gepunktetes Kleid auf dunkelblauem Untergrund mit weit schwingendem Tellerrock. »Das hat Jimmy mir besorgt«, erklärte sie stolz. »Er tut alles, damit es mir gut geht.« Sie hakte Hilka unter, und dann machten sie sich auf den Weg zur *Deutschen Eiche*, wo auf dem »Höhnerbön« im oberen Stockwerk getanzt werden sollte.

Die Stimmung war bereits sehr ausgelassen, und Hilka ließ sich nur zu gern davon anstecken. Erst schaute sie nur zu, als Helmut das Lied *Junger Mann im Frühling möchte nicht gern allein sein* von den Original Glorias anstimmte und sich die ersten Paare im Foxtrott dazu bewegten.

Zunächst wippte nur Hilkas Fuß unwillkürlich mit, dann aber wiegte sie auch den Kopf im Takt. Sie vergaß zum ersten Mal seit langer Zeit endlich ihre trüben Gedanken, und auch den anderen jungen Menschen schien es ähnlich zu gehen.

Der Krieg war in diesem Saal herrlich weit weg, und die Erinnerung an die schrecklichen Ereignisse verblassten angesichts der fröhlichen Musik immer stärker.

Hilka wagte schließlich ein Tänzchen mit Hein, als ein Poltern ertönte und sich kanadische und englische Soldaten in den Raum schoben. Sie sagten nichts, nahmen aber wie selbstverständlich an den Tischen Platz. Unter ihnen war auch Jimmy. Maria lief sofort zu ihm und setzte sich auf seinen Schoß.

Helmut verspielte sich kurz, doch als er die strafenden Blicke der Besatzer bemerkte, lächelte er nur und konzentrierte sich auf seine Finger. Helmut schien allerdings unglaublich nervös, und wieder entglitten ihm einige Töne.

Plötzlich stand einer der Männer auf und warf einen Stuhl aufs Parkett. »Shit!«, rief er. War es die Musik, die ihn so aufbrachte? Oder hatte er einfach nur zu viel getrunken? Hilka wusste es nicht, aber mit einem Mal nahmen zwei weitere die nächsten Stühle und zerschlugen sie mit Wucht auf dem Boden. Es knallte und schepperte, aber was Hilka viel mehr erschreckte, waren die finsteren Blicke der Soldaten. Die Männer hatten eindeutig zu viel getrunken und waren auf Krawall aus.

Hilka bekam es mit der Angst zu tun. Sie ließ Hein los und verkroch sich unter einem Tisch in der Ecke, in der Hoffnung, hier alles ungesehen zu überstehen. Maria umklammerte Jimmys Hals. Er schob sie fort und wollte die Randalierer bändigen.

Ein paar der Gäste versuchten über die Treppe zu entkommen, andere versteckten sich in den Kulissen auf der Bühne. Die Lage wurde immer unübersichtlicher.

Plötzlich ertönte ein Schuss. Die Welt schien stillzustehen. Alle erstarrten, als sie gewahr wurden, dass die kanadische Militärpolizei mit ihren weißen Helmen in den Saal gestürzt kam. Erneut wurden Pistolensalven in die Decke des Saals abgefeuert.

Die Polizisten nahmen die drei Randalierer fest und entschuldigten sich wortreich für ihre Landsleute. Hilka kroch zaghaft unter dem Tisch hervor. Und stand Jake Miller gegenüber.

»Hello!«, begrüßte er sie mit seinem freundlichen Lächeln.

»Was machen Sie hier?«, entfuhr es ihr. »Sind Sie etwa bei der Militärpolizei?«

»No. Ich war zufällig da und habe den Tumult mitbekommen.« Er wirkte verlegen, reichte Hilka jedoch die Hand, um ihr aufzuhelfen. »Kommen Sie!«

Auch als sie schon stand, hielt er sie noch immer fest. Hilka wagte nicht, sich aus der Berührung zu lösen, weil sie ihn nicht verärgern wollte. Immerhin war es unschicklich, wenn sie mit einem Briten Hand in Hand herumstand. Ihr Herz schlug bis zum Hals, aber sie konnte sich nicht wehren. Sie war doch nur Hilka, die Tochter des Müllers, und wollte einzig ihre Ruhe und Frieden.

»Die Veranstaltung ist aufgelöst!«, befahl nun der Chef der Militärpolizei. »Go home, please!«

Hilka sah sich suchend nach Maria um, aber die verschwand gerade mit ihrem Jimmy.

»Soll ich Sie nach Hause bringen?«, fragte Mr Miller höflich.

Hilka zögerte. Durfte sie ein solches Angebot annehmen, ohne dass es ihrem Ruf schadete?

»Es ist schon spät, und da sollte eine junge Frau nicht mehr allein draußen herumlaufen«, betonte er. »Wie Sie eben gesehen haben, kann ich nicht einmal für die Soldaten meine Hand ins Feuer legen.«

Hilkas Entschluss war gefasst. Mr Miller hatte schließlich recht. Es war nicht ungefährlich, allein nach Hause zu gehen, immerhin musste sie ein Stück über die einsame Landstraße laufen. Und Maria war augenscheinlich anderweitig beschäftigt.

»Gut, dann dürfen Sie mich begleiten«, stimmte Hilka widerstrebend zu. Sie holte den Mantel von der Garderobe und schlüpfte hinein. Es war jetzt im Oktober am Abend recht kühl.

Die frische Luft tat Hilka gut, und sie atmete nach dem Schreck von eben erst einmal tief durch.

»Das war eine sehr unschöne Geschichte«, sagte Mr Miller. »Ich war wirklich nur zufällig hier, weil ich etwas mit dem Kommandanten der Kanadier zu klären hatte«, setzte er hinzu und öffnete die Tür seines Jeeps. Er legte den Kopf in den Nacken und schaute hinauf zum sternenklaren Himmel. »Es riecht gut in Neumöhlen«, bemerkte er. »Nach Süß.«

Hilka musste bei dem Ausdruck lächeln. »Das sind die letzten Früchte.«

Mr Miller schaute sie fragend an, denn Hilka stand noch immer unschlüssig vor der geöffneten Tür. Sie war in ihrem ganzen Leben noch nie Auto gefahren, und jetzt sollte sie ausgerechnet in den Wagen des Briten steigen?

»Bitte! Please!«, forderte Mr Miller sie auf. »Nur zu! Ich beiße dir nicht. Dich nicht«, verbesserte er sich schnell.

Hilka gab sich einen Ruck und setzte sich ins Fahrzeug.

Mr Miller umrundete den Jeep und stieg auf der anderen Seite ein. Doch er startete den Motor nicht, sondern sah Hilka mit schief gelegtem Kopf an. »Ich bin Jake.«

Hilka schluckte. War das schon zu viel Nähe? Sie wollte doch keine Briten-Schlampe sein. Tjade war tot. Sie hatte ein kleines Kind. Besser, sie hielt weiter Distanz.

Hilka versteckte ihre Hände verkrampft in den Taschen des Mantels. Ihr wurde deutlich, wie armselig sie auf Jake wirken musste. Dünn und blass. Gekleidet mit einem alten, geblümten Baumwollkleid und einem zerschlissenen Mantel, dem der fünfte Knopf fehlte, weil sie noch keinen Ersatz gefunden hatte. Es gab so etwas im Augenblick einfach nicht.

»Gut, Hilka Gerdes, dann fahre ich dich heim.«

»Nach Hause«, verbesserte Hilka ihn. »Im Norden sagt man nach Hause. Na Huus.«

Mr Millers Lippen umspielte schon wieder sein freundliches und zugleich unergründliches Lächeln, das seine Grübchen zeigte. »Na Huus«, wiederholte er. »Dann na Huus.«

Er startete den Motor, und der Jeep fuhr ruckelnd an. »Das kann ich sonst besser«, sagte er. »Du machst mir nervos, Hilka.«

Sie antwortete nicht, sondern starrte stur in die vorbeiziehende Landschaft. Er sollte sich mal bloß nichts einbilden, dieser Törfkopp. Sie war eine Neumöhlenerin und nicht leicht zu haben.

Vor der Groote Mühle stoppte Jake den Jeep, sprang heraus und öffnete Hilka formvollendet die Tür. »Please. Bitte schön.«

Hilka reichte ihm zum Abschied die Hand. »Danke sehr. Ich wünsche Ihnen alles Gute!«

Damit wollte sich Jake aber keinesfalls abfinden. Er

ergriff ihre Hand und ließ den Daumen sanft auf ihrem Ballen kreisen.

Hilka durchfuhr ein wohliges Gefühl. Aber das durfte sie nicht zulassen. Blitzartig riss sie die Hand zurück und wischte sie am Rock ab. »Ich muss dann mal rein«, sagte sie.

»Darf ich dich wiedersehen?«, fragte Jake.

»Nein!«, entfuhr es Hilka. »Das geht nicht. Auf keinen Fall geht das.«

Jake sagte nichts, aber Hilka war sicher, dass er sich mit ihrer Antwort nicht zufriedengeben würde.

*

Schon zwei Tage später stand Jake wieder vor der Mühle, als sie beim Mittagessen saßen.

»Was will der Tommy hier?«, knurrte ihr Vater, und Hilkas Mutter schlug entsetzt die Hand vor den Mund. »Wenn das die Nachbarn sehen! Hilka, er muss weg, so schnell es geht.«

»Soll ich ihn die Leiter runterstoßen wie Tomasz?«, fragte Hilka und konnte gar nicht so schnell gucken, wie sie sich eine Ohrfeige eingefangen hatte.

»So etwas will ich nie wieder hören, min Deern! Es war ein Unfall, und wir haben das Beste draus gemacht!« Ihr Vater umklammerte den Suppenlöffel mit der ganzen Hand und führte ihn zum Mund.

»Ist ja schon gut.« Hilka stand auf. »Aber wir müssen Mr Miller freundlich behandeln. Er ist ein Besatzer, und es steht uns nicht zu, sie zu maßregeln.«

»Deswegen darfst du aber nicht gleich …« Ihre Mutter verschluckte das anstößige Wort.

»Ganz sicher nicht!«, beruhigte Hilka sie. »Ich frage

ihn kurz, was er möchte.« Ihr Herz schlug viel zu schnell, und das gefiel ihr gar nicht. Dennoch konnte sie nichts dagegen tun. Jake Miller war ihr ein wenig sympathisch. Das durfte nicht sein!

Es war ein bisschen so, als hätte der Mann in der kurzen Zeit ihre Lebensgeister neu geweckt. Sie spürte sich wieder, seit sie getanzt und er ihre Hand berührt hatte.

»Hello, Hilka«, begrüßte Jake sie.

»Moin, was kann ich für Sie tun?«, fragte sie reserviert, obwohl sie es genoss, wie freundlich er sie anlächelte.

»Nicht Sie. Du. Wir waren schon beim Du!«, erklärte er. »Lass uns ein Stück gehen.«

Hilka schüttelte den Kopf. »Leider habe ich keine Zeit, wir sind gerade beim Essen, und ich wollte nur fragen, was dich zur Groote Mühle verschlagen hat.«

»Du«, gab er unumwunden zu. »Ich bin deinetwegen hier.«

Obwohl Hilka sein Auftreten reichlich unverschämt fand, fühlte sie sich geschmeichelt. »Gut, dann geh ich weiter essen«, sagte sie, nur um etwas zu sagen, denn es war Hilka peinlich, vor Jake zu stehen und wie ein kleines Mädchen mit der Schuhspitze über die Pflasterung zu schaben.

»Und ich warte, bis du fertig bist. Darf ich in den Garten gehen?«

»Ja, bitte. Hinten an der Graft steht auch eine Bank.«

Schon als sie es sagte, wusste Hilka um den Fehler, aber nun war es nicht mehr zu ändern. Sie hätte den Mann fortjagen sollen. So kam es einer Verabredung gleich. Aber es gab kein Zurück, wenn sie Ärger vermeiden wollte. »Ich suche dich dann später auf«, fügte sie hinzu. »Aber nur kurz. Meine Familie möchte das nicht.«

Jake grinste nur und schien fest entschlossen, das

Gesagte zu ignorieren. Dass er nicht hergekommen war, um von ihrem Obst zu kosten, war deutlich genug.

Hilka aber wusste nicht genau, ob sie sich geschmeichelt fühlen sollte oder ob es besser war, auf ihre Eltern zu hören und ihn zum Teufel zu jagen.

»Hilka, die Suppe wird kalt!« Die Stimme ihrer Mutter riss sie aus ihren Betrachtungen.

»Ich komm ja schon!«

»Was wollte er?«

»Sich umschauen«, gab Hilka zurück. »Was auch immer er sucht.« Sie löffelte die Suppe und war ein bisschen enttäuscht, als Jake wenig später wieder in den Jeep stieg und vom Hof fuhr, ohne sich zu verabschieden.

»Das war ja ein kurzer Besuch«, meinte ihr Vater. »Aber gut, dass er sich wieder vom Acker gemacht hat. Mit dem Feind lässt man sich lieber gar nicht erst ein.«

»Vadder, wir haben Frieden«, sagte Hilka. »Es gibt keinen Feind mehr. Und ich hoffe, nie wieder!«

Kapitel 18

Lutz hatte den Koffer gepackt und wollte zurück nach Frankfurt. Seine Mission war gnadenlos gescheitert. Charlotte stellte sich stur und war nicht willens, ihn anzuhören. Er hatte es komplett versemmelt, auch wenn er gerade die Reißleine hatte ziehen wollen. Doch einen letzten Versuch wollte er noch wagen. Er fing Charlotte an ihrer Wohnung ab. Dieses Mal blieb sie stehen und sah ihn von oben bis unten an. »Was willst du noch?«, fragte sie kühl.

»Dir erklären, was passiert ist. Und dir sagen, dass ich dich aufrichtig liebe und dich nicht verlieren möchte.«

Charlotte lachte bitter auf. Sein Geständnis musste nach alldem merkwürdig auf sie wirken. »Klar, und dann machst du so was. Mich und meine Familie verraten und in den Ruin treiben. Super Methode, Lutz. Ist sehr Erfolg versprechend, würde ich zukünftig weiterverfolgen, wenn du jemanden liebst!«

»Du verstehst es falsch. Ich bin dazu getrieben worden, weil deine Familie schuld daran ist, dass es meine nicht mehr gibt!«

Nun stutzte Charlotte. Lutz griff sofort nach ihrer Hand. Er drückte sie fest: »Bitte hör mir zu! Und dann werde ich gehen und dich nie wieder belästigen. Versprochen.«

Charlottes Gesichtszüge wurden weicher. Schließlich stimmte sie zu. »Dann komm rein. Ich denke, hier draußen redet es sich schlecht.«

Lutz folgte ihr wehmütig. Was hatte er nur verspielt! Er hätte auf sein Herz hören sollen, das wäre für alle die bessere Wahl gewesen.

In der Wohnung roch es abgestanden, Charlotte war den ganzen Tag nicht zu Hause gewesen. Sie bot ihm auch nichts zu trinken an, sondern bat ihn gleich im Wohnzimmer, auf dem Sessel Platz zu nehmen. Sie selbst blieb an der Kommode stehen und musterte ihn.

»Mach's kurz!«, forderte sie Lutz auf. »Ich bin gespannt.« Es klang etwas höhnisch, aber er konnte es ihr auch nicht verdenken.

»Ich bin der Enkel von Tomasz«, sagte er.

Charlotte fuhr zusammen. Schluckte und schüttelte fassungslos den Kopf. Sie sah aus, als wollte sie etwas sagen, aber sie taumelte kurz und musste sich am Rand der Kommode festhalten. Dann gelang es ihr, einen Schritt auf das Sofa zuzumachen und sich auf der vorderen Kante fallen zu lassen. Sie faltete die Hände im Schoß, starrte darauf, und endlich konnte sie sprechen: »Du bist was?«

»Tomasz' Enkel.«

»Puh!«, entfuhr es Charlotte. »Was weißt du? Und woher weißt du von uns?«

Lutz hatte sich die Worte zuvor gut zurechtgelegt und war sie in Gedanken immer wieder durchgegangen. »Ich habe meine Mutter früh verloren, weil sie ein Wrack war«, begann er. »Sie hat sich das Leben genommen, als ich gerade meinen zehnten Geburtstag gefeiert habe. Danach bin ich durch Heime und Pflegefamilien getingelt.«

»Und was hat das mit uns zu tun? Deine Mutter kann doch allenfalls die Tochter von Tomasz sein.« Als Charlotte das ausgesprochen hatte, wurde sie bleich, als hätte sie nun den Zusammenhang verstanden. »Sie war Tomasz' Tochter! Sie war sein Kind. O mein Gott!«

Lutz wunderte sich, dass ausgerechnet ihm, dem eloquenten Mann, die Worte fehlten, aber er musste bei Charlottes Worten die Tränen unterdrücken. Sie wirkte sichtlich geschockt.

Es dauerte, ehe er antworten konnte. »Er ist aus Deutschland nicht mehr zurückgekommen. Angeblich ist er verschwunden, was aber sicher nicht stimmt. Meine Oma hat auf ihn gewartet. Mit meiner Mutter an der Hand. Und was ist passiert? Sie wurde kurz vor Kriegsende von Deutschen erschossen. Einfach so. Meine Oma war innerlich längst mit ihm gestorben, so mit dem Kind auf sich allein gestellt. Was hat sie alles Schlimmes gesehen, Charlotte! Und meine Mutter ebenfalls.« Er schluckte, bevor er weitersprach: »Weil Opa Tomasz aber auch nicht mehr da war, ist Mama ins Heim gekommen. Ihre kleine Seele war zerbrochen, und sie konnte mir keine Mutter sein. Ich war immer allein. Und so würde es sich fortsetzen, dachte ich. Wenn nicht endlich Rache genommen würde an den Menschen, die das verursacht haben. Deine Familie!«

Charlotte schwieg. Rieb sich die Oberarme. Und schüttelte ständig fassungslos den Kopf. »Das ist alles lange her, und es war eine schreckliche Zeit. Es wurden so viele Ketten der Unmenschlichkeit ausgelöst. So viele schlimme Dinge.« Jetzt blickte Charlotte Lutz an. »Nur habe ich nichts verbrochen, wie du weißt. Ich war damals genauso wenig auf der Welt wie du. Ich kann für diese Bürde nichts.« Sie presste die Lippen zusammen.

Lutz rieb sich die Stirn. Wollte Charlotte es nicht verstehen? »Wäre mein Opa von der Groote Mühle unversehrt zurückgekommen, hätte meine Mutter einen Vater gehabt, und ihr Leben wäre vollkommen anders verlaufen.« Seine Stimme brach.

»Und daran sind jetzt wir schuld?« Charlotte schrie die Worte fast heraus. »Wir, die einfach nur die Nachkommen derer sind, die das verursacht haben?«

Lutz schluckte schwer und brachte dann mühsam heraus: »Deine Oma wusste mit Sicherheit, was wirklich mit ihm geschehen ist. Sie aber hat geschwiegen. Von meiner Familie wusste lange keiner, was mit meinem Großvater passiert ist. Die Wurzel des Übels liegt in der Groote Mühle. Deshalb wollte ich sie vernichten. Sie ist verflucht; und ich wollte, dass ihr wenigstens ein bisschen, ein kleines bisschen von dem Schmerz fühlt, der so lange schon durch meine Familie geistert.« Lutz spürte die Wut wieder, die ihn hierhergetrieben hatte. Diese Leere, die ihn von innen her zerfraß.

»Aber weil ich dich liebe, hatte ich in der letzten Nacht mit dir beschlossen, es abzublasen. Das musst du mir glauben.«

Charlotte rückte ein Stück von ihm ab. »Das hätte ich jetzt auch behauptet. Ich kann schließlich nicht beweisen, ob es stimmt.«

Lutz schwieg und schaute Charlotte mit flehendem Blick an.

Sie hatte sich wieder etwas gefangen. »Dein Opa ist in der Mühle von der Leiter gestürzt. Das weißt du, ich habe es dir erzählt. Es war ein Unfall, kein Mord oder was immer du dir zuvor zusammengereimt hast. Wir wollten doch die Angehörigen suchen und sie informieren. Das musst du *mir* jetzt im Gegenzug glauben.«

Ihre Stimme war während ihrer Ausführungen weicher geworden.

Charlotte wirkte müde. »Und nun geh bitte! Ich will versuchen, dich zu verstehen, wenngleich es mir schwerfällt, weil ich solchen Hass nicht nachvollziehen kann. Hass, der dich so zerfressen hat, dass du unsere Liebe dafür zerstören wolltest. Ich komme mir unglaublich benutzt vor.« Sie sog die Luft schwer ein. »Es waren schlimme Zeiten, und mein Urgroßvater hat große Schuld auf sich geladen, weil er den Unfall nicht gemeldet hat. Er hat sich vermutlich gefürchtet. Und Hilka war eine junge Frau, die keinen Einfluss auf ihren Vater hatte. Aber wir, meine Mutter und ich – wir können nichts dafür.«

Lutz stand auf. Er wusste, dass er verloren hatte. »Gut, ich fahre dann. Aber ich bitte dich um eins. Wenn ihr herausfinden solltet, wo mein Großvater abgeblieben ist, dann bitte sag es mir.«

»Ich verspreche es«, versicherte Charlotte mit erstickter Stimme. »Hättest du doch bloß mit mir gesprochen und nicht alles hinterrücks zerschlagen. Dann wäre bestimmt ein Weg offen geblieben. So aber …« Sie zuckte bedauernd mit den Schultern.

»Können wir trotzdem in Verbindung bleiben?« Lutz mochte die Frage eigentlich nicht stellen, aber er konnte nicht anders.

Charlotte hob den Blick. »Ich melde mich. – Wenn ich kann.«

Er verließ den Raum und sah noch, dass sie sich abwandte und nach einem Taschentuch griff.

Was hatte er bloß getan?

Die Arbeit unter Tage war schwer und verlangte ihnen alles ab. Erst gestern war einer der Gefangenen bei einem Fluchtversuch erschossen worden, und Tjade ertappte sich dabei, dass er ihn beneidete. Er hatte es hinter sich.

Eines Morgens mussten sie in einen achtzig Zentimeter hohen Stollen kriechen. Am Kohlenflöß fräste eine Maschine einen zehn Zentimeter hohen und bis drei Meter tiefen Schnitt am unteren Ende der Kohlenwand. Dort wurden Löcher gebohrt, die mit Sprengstoff gefüllt wurden. War eine Sprengung vorbereitet, mussten sie den Stollen verlassen, weil die Kohle mit enormer Wucht aufbrach. Dieses Mal schlug ihnen eine schwarze Staubwolke entgegen, der Stollen bebte. Doch gab es kein Erbarmen, sie mussten die Kohle wegschaufeln. Plötzlich brach die Decke ein und begrub einen Teil der Arbeiter unter sich.

»Die Stempel halten nichts mehr!«, hörte Tjade. Er rannte mit den anderen um sein Leben und schaffte es gerade noch, sich in Sicherheit zu bringen. Dieser Unfall hatte wieder elf Tote gekostet. Wieder elf Menschenleben, von deren Schicksal zu Hause vermutlich keiner erfahren würde. Jede Woche starben zwei bis drei Kameraden. Von irgendwoher kam jedoch immer Nachschub an Männern, die verheizt werden konnten. Pausen gab es kaum. Nur alle zehn Tage durfte er aussetzen. Diese Zeit nutzte Tjade meist dazu, sich auszuruhen, zu rauchen und seine Habseligkeiten in Ordnung zu bringen. Auch jetzt saß er vor der Baracke und zog an einem Rest vom Glimmstängel, den er auf dem Hof gefunden hatte.

»Wir müssen hier weg.« Kamerad Friedrich war neben ihn getreten. »Irgendwie verschwinden.«

Tjade zuckte mit den Schultern. »Aussichtslos, das weißt du selbst. Die knallen dich ab wie ein flüchtiges Karnickel.«

Friedrich kratzte sich am Kopf. »Mag sein, aber ich habe eine Idee. Was haben wir denn groß zu verlieren? Bleiben wir hier, werden wir erfrieren. Es wird schon merklich kälter, und wenn ich an die letzten russischen Winter denke, erwartet uns kein Zuckerschlecken, Gerdes. Wir können es also wagen, oder wir erfrieren oder gehen unter Tage drauf. Werden von Wanzen und Läusen zerfressen oder bekommen eine Lungenentzündung. Die Möglichkeiten, im Lager zu sterben, sind vielfältig. Wo wir also ins Gras beißen, ist gleichgültig, aber abhauen birgt eine Chance.«

»Ich habe Frau und Kind«, sagte Tjade. »Ich kann nur durchhalten und hoffen. Einfach nur hoffen, dass ich überlebe.«

Friedrich deutete zur gegenüberliegenden Baracke. »Da sind die Ruhr und das Fleckfieber ausgebrochen. Die nächsten Tage wird es die Runde machen. Darauf will ich nicht warten.«

Tjade sah, wie eben die ersten Leichen der letzten Nacht herausgebracht wurden. Sie waren nackt, weil die Kleidungsstücke für die nächsten Arbeiter gebraucht wurden, und man zog die Männer mit einem um die Füße gewickelten Draht hinaus.

»Schlimmer als verrecktes Vieh«, sagte Friedrich. »Ich bin hier morgen weg. Tot oder lebendig.«

Tjade schluckte. Er wollte Hilka wiedersehen. Der Krieg war vorbei, und er hockte ohne Perspektive in diesem vermaledeiten Lager fest. Sie würden hier mit großer Wahrscheinlichkeit krepieren.

Friedrich hatte recht, ihnen blieb keine Wahl.

»Wie willst du es machen?«, fragte er.

»Kommst du doch mit?«

»Ja, bin dabei«, antwortete Tjade knapp. »Also, was ist der Plan?«

»Wir fliehen mit dem Kohlewagen. Da lassen wir das schwarze Zeug auf uns schaufeln und fahren mit der Lore aus dem Lager.«

Tjade blies die Luft lautstark aus. Das war ein riskantes Unterfangen, aber wohl die einzige Möglichkeit. »Gut, dann morgen mit dem Ende der Schicht?«

Friedrich schüttelte den Kopf. »Nein, jetzt! Heute sind wir nicht bei der Arbeit eingeplant, da vermissen sie uns nicht.«

Tjade überlegte nicht lange, denn dann wären ihm nur unnötige Zweifel gekommen. »Hilka, ich mache mich jetzt auf den Weg zu dir«, sagte er leise zu sich.

*

Es war nicht aufgefallen, als sie sich mit der Kohle zuschütten ließen, auch wenn es höllisch geschmerzt hatte. Selbst der Weg aus dem Lager mit der Lore war ohne Probleme vonstattengegangen. Tjade wunderte sich mit jeder Minute mehr, wie einfach es bislang gelaufen war.

Doch dann wurden sie von der Lore in einen Kohlewaggon gekippt. Tjade versuchte sich ganz klein zu machen, damit ihm weder Arme noch Beine brachen. Der Aufprall war ungemein hart, und ihm entglitt ein schmerzhafter Laut, der ihn selbst erschreckte. Doch niemand hatte ihn gehört. Rasch schaufelte Tjade sich mit weiterer Kohle zu. Er betete, dass kein Fetzen seiner Kleidung unter dem Schwarz hervorschimmerte und ihn verriet. Von Friedrich hörte er nichts, was ihn hoffnungsvoll stimmte; dann hatten sie ihn wohl auch nicht erwischt.

Es war eiskalt, und der Zug polterte durch die russische Landschaft. Jede Bewegung schmerzte, weil sich die harten Kohlebrocken durch die Kleidung in die Haut bohrten. Tjade wusste nicht einmal, in welcher Richtung sie unterwegs waren. Ihn quälten Hunger und Durst, die Eiseskälte ließ seine Gedanken beinahe einfrieren.

Plötzlich hielt die Lok auf freier Strecke.

Tjade grub sich unter der schützenden Kohleschicht hervor. Über ihm breitete sich ein sternenklarer Himmel aus, der ihm immerhin etwas Orientierung bot, weil er sich mit dem Gestirn auskannte. Vorsichtig schaute er sich um, aber er konnte keinen Bewacher entdecken. Er nahm all seinen Mut zusammen und sprang vom Wagen. Dort sicherte er die Umgebung noch einmal ab. In der Ferne jaulte ein Wolf sein schauriges Lied, ihm antwortete ein Hund mit giftigem Gebell. Der Mond tauchte eine weite Landschaft in sein helles Licht, die Gräser glitzerten von einer feinen Eisschicht ummantelt. Tjades Atem bildete Wölkchen, und er fror bitterlich. Langsam bewegte er sich von dem Zug fort und schlich den Bahndamm hinunter, bis er Schutz hinter einem Gebüsch fand. Er rief mit hohler Stimme nach Friedrich, aber er bekam keine Antwort. Tjade wartete in seinem Versteck, bis der Zug rumpelnd weiterfuhr.

Er fixierte den Himmel und orientierte sich am Polarstern. Ich gehe entgegengesetzt nach Süden, dachte er und wollte eben losmarschieren, als er von einem Stöhnen aufgeschreckt wurde. Vorsichtig näherte er sich und sah Friedrich in seinem Blut liegen.

»Mann, Junge, du bist auch gesprungen«, sagte er.

Friedrich atmete nur noch schwach. »Es ist vorbei, Tjade. Ich habe mich so schwer verletzt, als wir in diesen vermaledeiten Waggon gekippt wurden.« Er hob die blutende Hand. »Aber in der Kohle wollte ich nicht krepieren. Geh deiner Wege! Viel Glück mit Hilka!«

»Ich lass dich doch jetzt nicht hier liegen«, widersprach Tjade, aber die Stimme seines Kameraden war nur noch ein Flüstern. »Hau ab, zum Teufel. Hörst du nicht die Hunde?«

Er brach ab, sein Blick flackerte kurz und wurde dann starr.

Jetzt war kein Hund mehr zu hören, nur der Wolf jaulte in weiter Ferne. Tjade schloss Friedrich die Augen. »Gute Reise, Kamerad! Danke!«

Schnell entfernte er das Zeichen der Kriegsgefangenen von seiner und Friedrichs Jacke und zog auch die noch an, weil die Kälte ihn zusehend lähmte. Dann lief er los. Immer Richtung Süden.

KAPITEL 19

Er ist Tomasz' Enkel?«, fragte Rena entsetzt. »Was für ein Drama, das sich vom Krieg bis in die heutige Zeit zieht. Und wir können jetzt nicht einmal weiterlesen, weil Viktoria das Buch mit nach England genommen hat.«

»Aber Hein kommt gleich«, sagte Charlotte. »Dann kommen wir wenigstens mit der Mühle weiter.«

»Können wir es nicht doch mit Jost machen?«

»Mama, wie kannst du das vorschlagen?« Charlotte war vollkommen konsterniert. »Er hat uns betrogen!«

»Früher, weißt du … Er und ich«, druckste sie herum. Nun musste sie es doch beichten.

»Du hattest mal was mit dem? Mir kam euer Umgang beim letzten Mal gleich so geheimnisvoll vor. Komisch, dass ich das früher nie bemerkt habe, wenn er was repariert hat.« Charlotte schnappte nach Luft. »Klar, du bist ihm immer aus dem Weg gegangen und warst meist nicht da.« Sie brach ab, als sie das betretene Gesicht ihrer Mutter sah, und jetzt schien sie zu begreifen. »Nein, sag, dass es nicht wahr ist! Du hast ihn abserviert, und deine Abfuhr war der Grund dafür, sich zu rächen?«

»Hab ich erst gedacht, aber er hat es verneint. Obwohl es ein berechtigtes Motiv gewesen wäre«, antwortete Rena knapp.

»Was ist passiert?«, hakte Charlotte sofort nach.

»Ich habe Jost für einen anderen Mann verlassen, und das war ein Fehler, weil er sich als nicht würdig erwiesen hat.«

»Lass mich raten«, sagte Charlotte. »Das war mein Vater, der dich hat sitzen lassen. Und Jost war zutiefst verletzt!«

»So ist es, und nun Schluss damit. Bekommt Jost jetzt den Auftrag, kann ich ein bisschen was gutmachen, und wir können das Kriegsbeil begraben. Es wird Zeit für den Frieden, Charlotte. Ich bin müde, zu kämpfen.« Rena hoffte, ihre Tochter würde einlenken, aber sie konnten nicht weitersprechen, weil ein Auto auf den Hof fuhr.

»Das ist sicherlich Hein«, meinte Charlotte. Aber dem Wagen entstiegen beide Mühlenbauer gemeinsam.

»Nanu, was soll das denn?«, fragte Rena.

Die Männer betraten die Küche, Hein nahm den Elbsegler sofort vom Kopf. Hervor kam sein schütteres und immer leicht fettiges Haar. »Moin. Jo, min Deerns«, begann er. »Ich mach das dann mal kurz. Also meine Kosten für die Flügelwelle würden genauso hoch sein wie die von Jost. Dann ist das ja man klaar. Aber ich muss jetzt noch eine andere Mühle fertig machen, und ik heb keen Tied. Jost aber wohl. Also macht Jost das. So, ich muss dann mal, nützt jo nix.« Er setzte den Elbsegler wieder auf und schlurfte mit einem Winken aus der Küche.

»Dann ist das geregelt«, sagte Rena erleichtert. Wie schön, dass sich manche Dinge von selbst klärten.

Charlotte klappte der Mund auf und zu, aber so waren sie hier eben. Kurz, knapp und auf den Punkt.

»Dann müssen wir nur das Geld noch auftreiben«, sagte Rena. »Das mit dem Verein will ich lediglich als letzte Option. Möchtest du een moi Tass Tee, Jost?«

Der nickte, und ihre Blicke trafen sich. Renas Herz klopfte schneller. »Es tut mir leid, Jost. Alles. Damals dumm gelaufen und das jetzt …«

»Denn lass uns man bitte Frün sin. Ik will keen Malheur mehr. Dazu bin ik einfach zu alt. Und noch einmal: Es war keine Rache!«

Charlotte seufzte. »Ich lass euch mal allein. Das Brot wartet, der Ofen ist schon heiß. Und danach rufe ich bei meiner Tante an. Ich glaube, es ist nur fair, wenn wir sie auf den neuesten Stand bringen.«

*

Viktoria ließ das Gespräch mit Charlotte kurz Revue passieren. Wer hätte gedacht, dass die Arme der Vergangenheit so weit reichten und sie bis heute umschlangen?

Nun galt es noch ein paar Dinge zu klären. Was war mit Tomasz' Leichnam geschehen? Wer war ihr Vater, und in welchem Zusammenhang stand das alles? Viktoria war sicher, dass es einen gab, nur kam sie nicht drauf.

Sie holte sich beim Bäcker ein englisches Sandwich, und dann las sie weiter. Wenn sie die letzten Seiten geschafft hatte, würde sie sehen, wie sie fortan agieren wollte.

1945

Jake war nach seinem überstürzten Aufbruch gleich am nächsten Tag zur Groote Mühle zurückgekommen und seitdem jeden Tag da. Er verschwieg Hilka allerdings, warum er einfach so verschwunden war, und sie fragte nicht nach. Wahrscheinlich war es sein letzter Versuch gewesen, sie zu vergessen. Hilka gab sich Jake gegenüber nach wie vor distanziert, auch wenn sie ihn durchaus nett fand. Aber er war eben nicht Tjade.

Sie harkte gerade die Blätter vom Rasen, während ihr Vater mit Jan und Miron müllerte, als Jake schon wieder auftauchte. Sie grüßte ihn nur knapp und ging weiter ihrer Arbeit nach. Weil sie nicht so auf ihn reagierte, wie er es sich wünschte, spazierte er an der Graft auf und ab. Plötzlich hielt er inne und bückte sich zum Wasser. Dort stieß er einen lauten Fluch aus.

»Hilka!«, hörte sie dann.

Sie legte die Harke beiseite und näherte sich ihm. »Was ist?«

»Da liegt wer. Da liegt eine Leiche!«

Hilka stürzte zu ihm und erkannte, dass es unter der Wasseroberfläche hell schimmerte. Es handelte sich um ein großes Betttuch, aus dem eine skelettierte Hand ragte. Hilka durchfuhr es heiß und kalt, denn sie ahnte, dass es sich nur um Tomasz handeln konnte. Ihr Vater musste sehr in Eile gewesen sein und hatte den Leichnam wohl nicht ausreichend beschwert, dass er auf ewig verschwunden blieb. Hilka griff sich entsetzt an den Hals, der plötzlich wie zugeschnürt war.

Jake beobachtete sie ganz genau. »Du weißt, wer das ist?«

»Nein«, brachte sie hervor, aber es klang erbärmlich, und allein ihr Tonfall überführte sie der Lüge.

»Ich merke dir an, du weißt was und schweigst«, hakte Jake nach.

Hilka schüttelte den Kopf. Dann brach sie zusammen. Jake nahm sie in den Arm und brachte sie zur hinteren Laube. Er öffnete die Tür und zog Hilka hinein. Dann verriegelte er das Schloss von innen.

Hilkas Körper bebte, und sie war froh, dass Jake sie im

Arm hielt und ihre Wange mit sanften Küssen bedeckte. Es war so warm und unschuldig hier. Die böse Welt blieb draußen, und es gab nur sie und ihn.

»Was weißt du?«

Hilka berichtete stockend, was sich damals in der Mühle zugetragen hatte, und endete mit den Worten: »Wir wussten vor Angst einfach nicht, was wir tun sollten.«

»O my god!«, sagte Jake. Er küsste Hilkas Wange erneut. »Ich finde eine Lösung, my dear. Es ist schrecklich, aber ein accident. Ein Unfall. Ich kläre das auf meine Art, dann passiert euch nichts!«

Sie standen eine Weile eng umschlungen, spürten den Herzschlag des anderen. Hilka wollte nicht mehr denken, die grausame Welt außen vor lassen. Sie wollte Nähe, Wärme und Trost. Deshalb wehrte sie sich nicht, als Jakes Hände zu ihren Brüsten wanderten. Sie stöhnte auf, als er ihren Rock hochstreifte und sie seine Erregung bemerkte. Auch sie wollte ihn in diesem Moment, weil Liebe die einzige Labsal war, die sie jetzt brauchte. Dieses Gefühl, es gäbe noch etwas anderes als den Tod. Und es gäbe eine Lösung für das, was sie getan hatten. Jake versprach in diesem Moment, das alles zu sein.

Sie liebten sich in dieser Laube, als gäbe es kein Morgen. Selbst die nächste Stunde war weit weg. Es gab nur das Jetzt. Die Begierde und den Trost, den sie dabei empfand.

Als Jake schließlich von ihr ließ und ihr mit dem Zeigefinger über das erhitzte Gesicht strich, kam Hilka langsam wieder in der Realität an. »Was haben wir getan?«, flüsterte sie entsetzt.

»Liebe gemacht«, sagte Jake. Er blinzelte ihr zu, und Hilkas Herz schlug schneller. Sie brauchte eine Weile, ehe sie sich gefangen hatte, und sie rekapitulierte, was geschehen war. Nein, sie bereute nichts! Sie war eine junge Frau, und sie war allein. Für diese eine Stunde hatte sie sich endlich wieder lebendig gefühlt.

»Ich liebe dir«, sagte Jake. »Und ich nehme dir mit nach Castle Hedingham to my family.«

Hilka lächelte. »Ich habe doch die Mühle und Rena …« Seine Küsse beendeten ihren Widerspruch.

»Du hast mich!« Sie kuschelten sich aneinander.

»Was willst du jetzt tun?«, fragte Hilka.

»Ich glaube dir, Sweetheart, aber die anderen werden das nicht tun, perhaps, und deinen Vater vors Kriegsgericht stellen. Wir müssen das vertuschen.«

An seinem heftigen Akzent merkte Hilka, dass auch er aufgewühlt war.

Jake überlegte eine Weile. »Ich hole ihn in der Nacht. Lass das meine Sorge sein. Er wird ein Grab in Gottes Acker – so sagt ihr, nicht wahr? – bekommen. Ihr habt gesagt, er wäre weggelaufen?«

Hilka nickte.

»Gut, dann bleibt das so.« Jake küsste sie noch einmal innig und verschwand.

Hilka ordnete ihren Rock. Jetzt gab es Jake in ihrem Leben. Sie war dankbar, dass er ihnen half, aber sonst? Wollte sie das alles?

*

Hilka hatte die ganze Nacht überlegt, wie sie mit alldem umgehen sollte, und hieb heftig die Hacke in den Boden des Gemüsebeets. Sie hatte mit einem Besatzer geschlafen, und sie fühlte sich alles andere als schuldig. Jake hatte eine kleine Ecke in ihrem Herzen besetzt, und wenn er blieb, würde sich das Areal vergrößern.

Maria hatte doch recht. Tjade würde nicht zurückkommen. Er war irgendwo auf einem gottverlassenen Feld in Russland geblieben. Erschossen, zerbombt oder erfroren. Hilka wollte es gar nicht wissen. Auch nicht, ob er bis zum Schluss nach ihr gerufen hatte. Oder nach seiner Mutter. Nach seinem Kind. Vielleicht war er auch sofort tot gewesen.

Sie aber lebte, hatte eine Tochter, die einen Vater brauchte und hier ihr Zuhause hatte. Doch wenn sie bei Jake blieb, würde sie mit ihm nach England gehen müssen. Wie der Ort hieß, hatte er gesagt, aber es fiel Hilka nicht mehr ein. Sie sollte also die Groote Mühle, ihre Heimat in Neumöhlen verlassen. Hilka war hin- und hergerissen. Dazu liebe ich Jake nicht genug, dachte sie. Ich liebe ihn gar nicht, ich mag ihn nur. Es war der Augenblick, die Sehnsucht nach Nähe und Verlangen gewesen. Sonst nichts.

Und doch hatte er ihr geholfen. Ihren Vater vor dem Gefängnis bewahrt – oder sogar vor der Todesstrafe. Ob er dafür mehr einforderte? Er hatte doch schon bekommen, was er wollte.

Hilka hatte das erste Beet fertig gehackt, als Jake in den Garten kam. Er hob beruhigend den Daumen. »Alles okay«, sagte er. »Er kann jetzt ruhen für ewig.«

»Danke!« Hilka zog ihn wieder zur Laube. Sie musste mit ihm sprechen. Doch kaum war die Tür hinter ihnen zu, zog Jake sie sofort an sich und küsste sie.

Hilkas Widerstand schmolz in sich zusammen, als sie seine weichen Lippen auf den ihren fühlte. Als seine Zunge mit ihrer spielte und es in ihrem Schoß warm wurde. Sie wollte sich wehren, ihm sagen, dass sie ihn nicht liebte, aber sie konnte es nicht und genoss einfach nur den Augenblick.

Hilka fürchtete nicht einmal, dass sie entdeckt werden könnten und sie mit Schimpf und Schande überschüttet würde. Sie konnten nicht voneinander lassen, und doch war ihr klar, dass es wieder nur ein Festhalten war. Zu lange hatte sie in ihrer Verzweiflung geschwebt. Zu lange war sie allein und passiv gewesen.

Sie wollte sich nicht rechtfertigen für diese kurzen Momente des Glücks, das vermutlich genauso schnell wieder verpuffen würde, wie es über sie hereingebrochen war.

Kapitel 20

Viktoria hatte Tränen in den Augen. Dieser Jake Miller war ihr Vater. Und er war es deshalb, weil er ihrer Familie geholfen hatte, ihre große Dummheit weiter zu vertuschen. Richtig fand Viktoria es nicht, aber wäre es besser gewesen, ihren Großvater zu opfern? Er hatte einen Fehler begangen. Wie viel besser wäre es gewesen, Tjade rechtzeitig zu stoppen. Nur wäre es gelungen, nachdem er ein solches Trauma erlitten hatte und nicht mehr Herr seiner Sinne war?

Viktoria wusste es nicht. Aber sie hatte Verständnis für ihre Mutter. Sie hatte gedacht, ihr Mann wäre tot. Sie war allein. Voller Sehnsucht nach Nähe und verzweifelt.

Sie stand auf und schaute in den Spiegel. Ihr blickte ein Gesicht entgegen, das ihr plötzlich fremd war. Sie fuhr sich über die Nase, dann über die Wangen. Kein Gerdes-Gesicht. Ein bisschen Grotkopp. Aber wohl auch viel Miller.

Ihre Gene waren nicht nur friesisch, nein, in ihr schlummerte Großbritannien. Als hätte ihre Seele das gewusst, war sie zu einer Getriebenen geworden. Einer Frau, die sich in der Familie und Neumöhlen fremd fühlte. Sie war eine Suchende geworden, und sie hatte ihre neue Heimat genau dort gefunden, wo ihr Vater herkam. In diesem kleinen Ort in Essex, nicht weit von der wunderbaren Metropole London entfernt. Manchmal spielte das Leben eine seltsame Melodie, die man erst später begriff.

Viktoria war über ihre klaren Gedanken selbst erstaunt. Die letzten Seiten würde sie später lesen.

Ob die Wirtin noch wach war? Mrs Summers schaute oft bis tief in die Nacht Serien. Viktoria sah auf die Uhr. Es war kurz vor elf, hatte sie gesagt.

»Ich muss mit ihr sprechen«, flüsterte sie. »Sie kennt Castle Hedingham wie ihre Westentasche. Sie könnte auch die Familie Miller kennen. Meine Familie.« Viktoria schlüpfte in ihren Bademantel und lief die Treppen hinunter.

Sie hatte Glück. Die Tür zum Privatbereich der Vermieterin war nur angelehnt, damit sie nicht verpasste, wenn ein Gast einen Wunsch hatte. Mrs Summers saß in eine Decke eingewickelt auf ihrem Ohrensessel und schaute gebannt auf den Fernsehapparat. Sie schreckte hoch, als Viktoria die Glocke in die Hand nahm und damit auf sich aufmerksam machte.

»Oh, Miss Gerdes!« Sie schlug die Hände über dem Kopf zusammen. »I am coming.« Mrs Summers ordnete ihre Dauerwelle und schlurfte in ihren Fellpuschen zum Tresen.

»Was kann ich für Sie tun?«

»Kennen Sie die Familie von Jake Miller?« Viktoria fiel gleich mit der Tür ins Haus.

Mrs Summers zuckte kurz zusammen. »Yes, I know them. Jake was a friendly man. Warum interessiert es Sie?«

Viktoria ignorierte die letzte Frage. »Ist er tot?«

Mrs Summerv fixierte sie. »Weshalb ist das wichtig?«

Ihre Fragerei musste wirklich befremdlich auf Mrs Summers wirken. Viktoria entschloss sich zur Wahrheit, sie war keine Frau, die um den heißen Brei herumredete. »He is my father.«

In dem Augenblick schlug die Uhr elf Mal. Mrs Summers ließ jeden Ton ausklingen, bevor sie antwortete. »Your father?« In ihr arbeitete es sichtlich, und sie schien zu überlegen, ob sie Viktoria Glauben schenken sollte oder nicht.

»Yes. Bitte, Mrs Summers, es ist wirklich wichtig für mich.«

Die Wirtin musste sich setzen. »Wow. Wenn Sie sind seine Tochter, warum wissen Sie dann nichts von ihm? Und er nicht von Ihnen?«

»Lange Geschichte, ich erzähle sie, aber nicht jetzt! Bitte, Mrs Summers! Ich suche doch schon so lange.« Jetzt, wo Viktoria es aussprach, wusste sie, dass es so war. Sie hatte ihr ganzes Leben lang nach ihrem Vater gesucht, ohne es zu ahnen.

Mrs Summers rieb sich das Kinn, sie schien noch immer nicht restlos von allem überzeugt.

»Ich erfahre alles?«, hakte sie dann nach.

»Versprochen! Lebt er denn noch? Hat er Kinder? Eine Frau?«

Mrs Summers holte tief Luft, bevor sie sagte: »Jake hatte keine Familie. Er hat immer gesagt, dass er nur eine Frau geliebt hat in seinem Leben, aber das nicht hatte sein sollen. Von einem Kind hat er nie gesprochen. Und nun kommen Sie und sagen, Sie wären seine Tochter. Are you sure?«

Viktoria nickte. »Ganz sicher.«

Jake hatte ihre Mutter also geliebt und keine andere Frau geheiratet. Es gab keine Geschwister. Viktoria schluckte. Was aber war später passiert? Zusammengeblieben waren er und Hilka ja nicht. Auf jeden Fall war Tjade zurückgekommen. Könnte das der Grund gewesen sein? Sie würde es herausfinden.

»Wo hat er in Castle Hedingham gelebt?«, fragte sie in der Hoffnung, dass Mrs Summers endlich redete. Tatsächlich rückte die Vermieterin mit einer brauchbaren Information raus.

»In einem Cottage an der Landstraße. Das kleine weiße mit den Sprossenfenstern am Ortseingang.« Viktorias Herz schlug schneller. Wie oft war sie an dem Häuschen vorbeigefahren, ohne zu wissen, wem es gehörte. Sie hatte es immer gemocht, weil es für sie der Inbegriff an Gemütlichkeit war. Aber nun stand es leer, der Garten war verwildert. Der Anblick hatte ihr wehgetan. Viktoria lief es eiskalt den Rücken hinunter. Das verhieß nichts Gutes! Sie musste nun endlich Gewissheit haben. »Bitte, Mrs Summers, geben Sie mir endlich eine Antwort: Lebt mein Vater noch?«

Mrs Summers lächelte. »Yes, er lebt. Im Heim. In London.«

»Wo genau?«, hakte Viktoria ungeduldig nach.

»Ich gebe die Adresse. Irgendwo muss ich sie haben.« Mrs Summers stand auf, durchwühlte zwei Schubladen, und dann hielt sie einen Prospekt in der Hand. »Hier ist es. Ich schreibe die Anschrift ab.« Kurz darauf schob sie Viktoria einen Zettel über den Tresen.

»Aber morgen will ich die Story!«

Viktoria nickte. In Castle Hedingham würde sie nun zum Gespräch werden. Das war wohl nicht anders als in Neumöhlen.

Aber es störte sie nicht. Kein bisschen.

Jake war zwei Tage lang nicht gekommen, und Hilka war hin- und hergerissen, ob sie sich darüber freuen sollte oder nicht. Einerseits war sie froh, weil sie endlich keine Heimlichkeiten hatte, andererseits vermisste sie ihn ein wenig.

Draußen klapperte ein Fahrrad.

»Was ist denn heute los?«, fragte Hilkas Mutter und warf einen Blick aus dem Küchenfenster. »Harrijasses nej, das geht hier ja zu wie im Taubenschlag. Erst der Milchwagen, dann der Postbote und nun …«

»Das ist Maria«, sagte Hilka. Sie hatte aufgegessen und stellte den Teller in die Spüle. »Was sie wohl möchte? Sie sieht reichlich blass um die Nase aus und wirkt nicht so, als hätte sie gute Nachrichten.«

»Geh mal zu ihr. Die Deern braucht wohl eine Freundin«, meinte Hilkas Mutter. »Den Abwasch schaffe ich schon allein.«

Das ließ sich Hilka nicht zweimal sagen, denn sie mochte diese Arbeit nicht besonders gern. Rasch verließ sie die Küche und trat vor die Haustür.

Maria sah fix und fertig aus. Ihre Augen waren vom Weinen blutunterlaufen, das Gesicht blass.

»Was ist denn passiert?«, fragte Hilka entsetzt. So hatte sie ihre Freundin noch nie erlebt.

»Können wir irgendwo reden?«

»Im Garten«, schlug Hilka vor. »An der Graft sind wir ungestört.« Und es kann kein Toter mehr aufsteigen, fügte sie in Gedanken hinzu.

Sie durchquerten den Garten und setzten sich auf die Bank. Eine Ente flog laut quakend davon.

»Nun mal raus mit der Sprache«, forderte Hilka ihre Freundin auf. »Was ist los?«

»Ich bin schwanger«, sagte Maria stockend und hielt sich den Bauch. »Ich bekomme Jimmys Kind.«

»Haue ha, und jetzt?« Hilka legte den Arm um Marias Schultern. »Er wollte dich doch mitnehmen, dann muss er dich eben jetzt heiraten. Das sollte doch klappen!«

Nun brachen bei Maria die Dämme. »Das geht nicht!«

»Was geht nicht?«

Ihre Freundin schluchzte derart heftig, dass sie kein Wort herausbekam. Hilka blieb nichts anderes übrig, als abzuwarten, bis Maria wieder sprechen konnte.

»Nun mal eins nach dem anderen«, brach sie vorsichtig das Schweigen, um überhaupt etwas zu sagen. »Du bekommst also von Jimmy ein Kind«, wiederholte sie.

»Ja. Aber das ist nicht das Schlimmste«, jammerte Maria.

»Sondern?«

Maria setzte sich aufrecht hin und sog die Luft tief ein. Sie wirkte jetzt etwas gefasster. »Dass er weg ist.«

»Wie, er ist weg?« Hilka reichte ihr ein Taschentuch, und ihre Freundin schnäuzte sich heftig.

»Ich habe es ihm gesagt, als wir vorgestern tanzen waren. Ich war so glücklich, weißt du? Ich dachte, jetzt werden wir eine kleine, wunderbare Familie, und habe es ihm freudig mitgeteilt.«

»Aber er war not amused«, kommentierte Hilka das Geschehen mit dem englischsprachigen Ausdruck.

»Er war entsetzt«, antwortete Maria mit düsterer Stimme. »Aber nicht, weil er kein Vater werden wollte, sondern weil er es gar nicht darf. Jedenfalls nicht von meinem Kind.«

Hilka zog die Stirn in Falten. »Was heißt das?«

»Er ist Besatzer, und die dürfen sich zwar, wenn auch eher inoffiziell, mit deutschen Frauen einlassen, aber wenn sie Väter werden, sind sie nicht verantwortlich. Er muss nicht einmal Alimente zahlen.«

»Nein!« Hilka schluckte. »Und jetzt ist er abgehauen?«

»Nicht freiwillig. Sie haben ihn sofort versetzt und nach Kanada zurückgeschickt.« Maria weinte schon wieder laut los.

Hilka wurde heiß und kalt. Auch ihre Tage waren überfällig, weil sie nicht achtgegeben hatten. Aber Jake war Engländer, nicht Kanadier, vielleicht gingen sie anders mit der Situation um?

»Ich kann das nicht glauben. Du giltst jetzt als Besatzerflittchen, kriegst ein Kind, und ihn haben sie weggeschickt?«

»So ist es.«

»Aber du bist doch mutterseelenallein«, überlegte Hilka. Maria verdingte sich in Strudden als Bedienung. Sie lebte in einem kleinen Zimmer in Neumöhlen und hatte keine Familie.

»Diese Schmach ertrage ich nicht. Auf keinen Fall«, sagte Maria.

»Wir finden eine Lösung. Du ziehst erst einmal zu uns. Das kläre ich mit Mudder und Vadder. Und dann … Ja, dann sparst du und reist zu Jimmy nach Kanada.«

Maria schüttelte betrübt den Kopf. »Nein, er hat mir nicht mal eine Adresse hinterlassen, ich weiß gar nicht, wo er lebt. Ein paar Zeilen sind alles.« Sie wühlte in ihrer Manteltasche und förderte ein zerknittertes Stück Papier zutage. Stockend las sie vor. »Maria, ich muss nach Kanada und kann deinem Kind kein Vater sein. Leb wohl. Jimmy.«

Hilka konnte es kaum fassen. »Das gibt es doch gar nicht! Er hat es nie ernst gemeint!«

Maria nickte. »Es gibt nur einen Weg: Ich geh nach Berlin. In der Stadt wird es leichter, das Kind wegmachen zu lassen.«

»Das ist verboten. Und gefährlich«, wandte Hilka ein.

»Ich weiß, aber ich bin nicht stark. Ich halte es nicht aus, wenn man mich beschimpft. Und leisten kann ich mir ein Kind schon gar nicht. Ich habe mir sagen lassen, dass es in Berlin Adressen gibt.«

»Wann willst du das machen?«

»Gleich geht mein Zug. Ich bin hier, um mich zu verabschieden. Es ist Eile geboten, ich bin schon ziemlich weit.«

Hilka drückte ihre Freundin ganz fest. »Alles Gute, Maria. Schreib bitte, wie es dir geht.«

»Das werde ich tun«, versprach sie. »Mach's gut, und pass auf dich auf, Hilka!« Maria machte auf dem Absatz kehrt und rannte davon.

Hilka sah ihr lange nach und griff unwillkürlich mit der Hand nach ihrem Bauch. Es zog etwas. Bestimmt würde sie morgen ihre Tage bekommen, und alles würde gut werden.

Sie durchquerte nachdenklich den Garten, aber sie kam nicht weit, denn an der Laube lehnte Jake.

Er wirkte verstört.

»Was ist passiert?«, fragte Hilka, hielt sich aber zurück, denn auch er machte keinerlei Anstalten, sich ihr zu nähern.

»Ich darf dich nicht mehr sehen«, begann er mit schleppender Stimme. »Ich muss zurück nach England. Morgen. Liebe ist nicht gewunscht mit deutscher Frau.«

Hilka wich erschrocken zurück. »Das ist nicht dein Ernst! Du willst auch abhauen? Eben hat Maria mir dasselbe von Jimmy erzählt.«

»Sie räumen auf. Zu viele Liebschaften, das wollen sie nicht«, sagte Jake. »Ich möchte nicht weg. Ich muss. Bin Soldat. Befehl ist Befehl.« Er nestelte an seiner Hosentasche und zog ein Päckchen heraus. Ihm lief eine Träne über die Wange. »Ich lasse dir diesen Ring da«, sagte er. »Er wird dich immer an mich und unsere Zeit erinnern. Und wenn das alles hier vorbei ist, kommst du zu mir nach Castle Hedingham. Ich werde da auf dich warten. Mein Leben lang. Es werden kommen eine time, wo Liebe wieder moglich.«

Er streckte den Rücken, hauchte Hilka einen letzten Kuss auf die Wange und ging davon, ohne sich noch einmal umzudrehen.

*

Hilka musste nach vielen schlaflosen Nächten in den letzten zwei Wochen in der Mühle mit anpacken und stand unten am Absackschuh. Sie war schon voll Mehl, und rings um sie herum war es so staubig, dass sie kaum etwas erkennen konnte. Sie griff nach dem nächsten Sack und klemmte ihn fest, um den Schrot aufzufangen. Ihr Herz war schwer. Jakes Verschwinden setzte ihr mehr zu, als sie gedacht hatte. Vielleicht würde sie es eines Tages wahr machen und tatsächlich zu ihm nach England gehen. Die Arbeit lenkte Hilka ab, und das war gut so, denn ihre Tage waren nicht gekommen, und sie hatte sich am Morgen übergeben müssen. Ihre Brüste spannten, und sie wusste mit ziemlicher Sicherheit, dass sie Jakes Kind erwartete. Ein bisschen beneidete sie Maria, die in Berlin sicherlich eine Lösung gefunden hatte. Nun wartete der Spießrutenlauf auf sie. Es würde nicht lange möglich sein, die Schwangerschaft zu vertuschen. Und natürlich wusste ganz Neumöhlen, dass sie Witwe war und wie oft sich Jake an der Mühle hatte blicken lassen. Sie würden eins und eins zusammenzählen, und das Ergebnis würde das richtige sein.

Hilka arbeitete verbissen, weil sie unfähig war, auch nur einen klaren Gedanken zu fassen. Als sie kurz zur Seite durch den Mehlstaub blickte, glaubte sie, einen Geist zu sehen.

Sie zuckte zusammen, schaute erneut zum Schrot. Jetzt wurde sie auch noch verrückt! Wieder konzentrierte sie sich auf die Arbeit. Aber ihr Blick wanderte ein weiteres Mal nach links, und dann wusste sie, dass sie sich nicht täuschte. Dort stand ein Mann!

Bärtig, dünn und in einer Haltung, die ihr sehr vertraut war. Sie wischte sich mit dem Unterarm über die Augen, was aber alles nur noch schlimmer machte, staubig, wie sie war. Hilka wagte einen Schritt in seine Richtung, hustete und trat aus dem Mehlstaub.

»Tjade!«, schrie sie dann auf. »Tjade!«

Sie musste so laut gerufen haben, dass es die Geräusche der Mühle übertönte. Der Rüttelschuh verstummte, und über ihnen drehten sich nur noch die Mühlenflügel mit ihrem leisen Rauschen. Und dann fiel sie ihrem Mann um den Hals.

Kapitel 21

Es war ein typischer englischer Nebeltag, als Viktoria die Underground verließ und auf das Heim in London zusteuerte. Es lag in der Nähe vom Tower, und die Themse war in Sichtweite.

Sie hatte in der Nacht noch versucht, Rena zu erreichen, aber es war ihr bis jetzt nicht gelungen. Dann musste das Gespräch eben warten. Immerhin war die Sache mit Lutz geklärt. Irgendwie hoffte sie inzwischen, dass Charlotte sich doch mit ihm versöhnte. Das würde das Gleichgewicht auf ganz eigene Weise ins Lot bringen.

Nun aber gab es nur sie – und ihren Vater.

Viktoria war gespannt, in welcher Verfassung er war und ob Jake Miller doch von ihrer Existenz erfahren hatte. Sie wurde zu einem Zimmer geführt, aus dem es etwas muffig roch. Vor dem großen Fenster saß ein Mann mit schlohweißem Haar und schaute hinaus. Er schien Viktoria gar nicht zu bemerken.

»Moin«, begrüßte sie ihn und bekam damit eine erste Reaktion.

Langsam drehte sich der Mann um und lächelte. »Moin habe ich lange nicht gehört«, sagte er mit krächzender Stimme und gleich auf Deutsch.

»Ich bin Viktoria Gerdes!«, stellte sie sich vor und beobachtete das Gesicht ihres Vaters ganz genau.

»Hilkas Tochter?«, fragte er sofort.

Viktoria war erleichtert, dass ihr Vater zwar alt und gebrechlich, aber offenbar noch bei überaus klarem Verstand war.

»Ja, Hilkas Tochter.« Sie überlegte kurz, ob sie gleich mit der Wahrheit rausrücken sollte, entschied sich dann dafür, denn sie war keine Frau für taktische Spielchen. »Und deine. Ich bin deine Tochter.« Sie holte den Ring aus der Tasche und hielt ihn ihrem Vater als Beweis entgegen.

Jake Miller war nur kurz verblüfft, dann streckte er seine knochigen Arme nach Viktoria aus. »Also doch! Ich wusste es!«

Mit einem Mal rollten ihm Tränen über die zerfurchten Wangen. Sein Kinn zuckte, und die Schulten bebten.

Viktoria machte einen Schritt auf ihn zu, als er sich wieder etwas beruhigt hatte. Sie sahen sich in die Augen – und erkannten einander darin. Es tat so gut, ihrem Vater in die Arme zu sinken, denn es war für sie wie ein Ankommen. Der Kreis schloss sich. Viktoria hatte das gefunden, was sie ihr ganzes Leben lang gesucht hatte, obwohl sie nie wusste, wohin sie eigentlich unterwegs war.

»Vater«, flüsterte sie. Es klang wunderbar, dieses Wort auszusprechen und richtig zu adressieren.

»My daughter«, sagte er nach einer Weile. »Ich habe schon nicht mehr daran geglaubt. Bitte setz dich, und dann erzähl! Was macht Hilka?«

Viktoria versuchte, ihm möglichst schonend beizubringen, dass seine große Liebe gestorben war. Hilkas Tod nahm Jake erstaunlich gelassen, obwohl sich sein Gesicht kurz schmerzhaft verzog. »Ich hätte sie gern noch einmal gesehen«, sagte er. »Aber ich habe mich schon lange damit abgefunden, dass wir uns nie wieder treffen. Es wäre wohl nicht gut gewesen, denn wenn ihr Mann zurückgekommen war, musste es für sie das größte Glück gewesen sein. Ich hab es ihr so gegönnt.«

»Er war ein guter Vater«, sagte Viktoria.

»Das höre ich gern«, meinte Jake. »Gedacht habe ich mir immer, dass du mein Kind bist. Ich habe nämlich mit Hilka noch einmal telefoniert. Da sagte sie, dass Tjade wieder da ist und dass sie ein Kind von ihm bekommt. Ich sollte mich nie wieder melden. Ihre Stimme hat so dünn geklungen, ich wusste, dass sie lügt. Aber ich wollte ihre Ehe nicht zerstören. Und sie hat den Kontakt ja auch später nicht zu mir gesucht.«

»Wusste Tjade, dass er nicht mein Vater ist?«

»Ich weiß es nicht. Keine Ahnung.« Jake seufzte. »Wie hast du mich gefunden?«, fragte er.

Jetzt legte Viktoria los und erzählte alles von Beginn an. Jake stellte nur ab und zu Fragen, hörte aber sonst klar und wach zu.

»Und die Groote Mühle ist in Schwierigkeiten?«, fragte er am Ende.

»Ja.« Viktoria führte das Problem und ihr persönliches Dilemma näher aus. »Ich möchte nach England übersiedeln, meine Wohnung in Hamburg veräußern und mir von dem Geld etwas Neues suchen. Aber nun braucht Rena Kapital. Sonst verliert sie ihr Zuhause«, schloss Viktoria. »Ich kann das nicht zulassen, weißt du? Rena soll zudem Auflagen erfüllen, die sie aber ablehnt.« Viktoria erläuterte die Idee mit dem Verein.

Jake hörte sich alles in Ruhe an und sagte dann bedächtig: »Ich denke, du kannst ihr das Geld von deiner Wohnung geben.«

»Nur habe ich dann keine Bleibe mehr, weil mir das Geld für etwas Neues fehlt.«

»Du brauchst kein Geld«, sagte Jake. »Ich habe doch in Castle Hedingham ein Cottage. Dort habe ich gelebt, bis es nicht mehr ging. Dein Zuhause in England steht bereit!«

Viktoria glaubte, ihren Ohren nicht trauen zu können. »Du schenkst mir das Cottage?«

»No, du erbst es. Ich habe keine family. Aber ich habe schon lange notariell festgelegt, dass du das Cottage bekommen sollst. Nun ist es so weit! Was bin ich dem Herrn dankbar, dass er dich rechtzeitig geschickt hat und ich es dir persönlich übergeben kann.«

Viktoria brauchte einen Moment, um das Gesagte zu realisieren. Sie hatte ein Haus in England. Und von dem Geld für den Verkauf ihrer Wohnung würde genug übrig bleiben, selbst wenn sie Rena unterstützte. Sie war frei. So frei, wie sie es sich immer gewünscht hatte. Und sie spürte wieder Boden unter den Füßen – sie schwebte nicht mehr. Endlich hatte sie Halt.

Ihr Vater wirkte müde, aber seine Lippen umspielte jetzt ein leises Lächeln. Er wirkte viel entspannter als noch vorhin. »Ich habe mein Kind gefunden«, sagte er. »Was für ein Geschenk!« Über seine zerfurchten Wangen rannen Tränen, die er mit dem Handrücken wegwischte, der Flut aber nicht Herr wurde.

Viktoria nahm ihren Vater so lange in den Arm, bis sein Atem wieder ruhig floss und er sich gefangen hatte. »Ich besuche dich von jetzt an«, versprach sie. »Aber nun muss ich meine Schwester erreichen. Sie wird aus allen Wolken fallen. Sobald ich aus Neumöhlen zurück bin, komme ich wieder. Und ich rufe an, so oft es geht – Papa!«

Jake nickte. »Gute Reise, my daughter. Ich kann es kaum erwarten. Grüß mir die kleine Rena. Sie sah schon damals aus wie deine Mutter.«

1946

Tjade brauchte zwei Wochen, ehe er wieder einigermaßen auf dem Damm war. Der Krieg, das Lager und die harte Arbeit hatten ihn sehr geschwächt, und dann war noch die unsäglich lange und strapaziöse Flucht dazugekommen.

Aber er war zu Hause. Bei seiner Frau und seinem Kind.

Heute war er so kräftig, dass er zum ersten Mal wieder vor die Tür ging. Er steuerte auf die Mühle zu, in der er früher so gern gearbeitet hatte. Das würde er auch bald wieder tun. Er umrundete den Bau, klopfte mit der Hand gegen die Ziegel und schaute hinauf zu den mächtigen Flügeln. Sie sollten sich drehen. Immer!

Und er würde dafür sorgen, dass es so war.

»Du bist draußen?« Hilka trat aus der Mühle. Sie trug ein grün getupftes Kleid, und ihr Haar hatte sie zu einem Kranz geflochten. Ihr folgte Rena, die ihn noch immer mit neugierigem Blick musterte und ihn nicht als ihren Vater sah. Tjade kränkte das, auch wenn er wusste, dass er Geduld haben musste.

Hilkas Hand wanderte unbewusst zum Bauch, und ihre Augen funkelten. Sie hatten bisher nicht wieder miteinander geschlafen, weil er einfach zu schwach dafür war.

»Du bekommst ein Kind«, sagte Tjade seiner Frau auf den Kopf zu.

Sie erbleichte. »Rena, gehst du mal bitte zu Oma? Ich muss mit Papa was besprechen.«

Die Kleine rannte mit ihren kurzen Beinchen los.

»Ja, ich bin in Umständen«, gab Hilka dann zu. »Es weiß aber noch keiner.«

Tjades Magen zog sich schmerzhaft zusammen, und er dachte an die Begegnung mit Marianne damals, als er selbst fast schwach geworden war. Nur wusste er da, dass seine Frau lebte. Sie aber hatte eine Todesnachricht überbracht bekommen.

»Liebst du ihn?«

Hilka schüttelte entschieden den Kopf. »Er ist Engländer und längst zurück in seiner Heimat. Er musste gehorchen. Außerdem wussten wir wohl beide, dass es mehr ein Aneinanderklammern war als Liebe. Er hat uns geholfen. Mit Tomasz. Da ist es dann passiert. Ich war so verzweifelt.« Hilka führte genauer aus, wie Jake den Leichnam gefunden hatte, ließ aber die intimen Details ihrer späteren Begegnung weg.

Tjade war froh darüber, kniff die Lippen zusammen, weil er den Schmerz sonst nicht ertragen hätte. Seine Hilka in den Armen eines anderen Mannes. Wie er den Krieg hasste. Hitler verabscheute, der ihm das alles eingebrockt hatte. Sich selbst, weil er auf Tomasz losgegangen war und das Unheil damit erst losgetreten hatte. Aber dieses Wesen im Bauch seiner Mutter konnte nichts dafür. Und es war zur Hälfte ein Teil seiner Frau.

»Ich kann … das Kind wegmachen lassen«, meinte Hilka zögernd. »Maria hat auch … In Berlin. Es ist alles gut gegangen.«

Tjade hob die Hand. »Schluss! Es ist dein Kind.« Er machte eine Pause, denn was er nun sagen würde, war bindend. Es würde ihn in eine Situation katapultieren, aus der er nie mehr herauskam. Es fiel ihm unsagbar schwer, nur blieb ihm keine Wahl, wenn er Hilka nicht verlieren wollte. Und ein Leben ohne sie war das Schlimmste, was er sich vorstellen konnte.

Er hatte zwei Möglichkeiten: Entweder er verließ Hilka und nahm seine leibliche Tochter mit, oder er schwieg für immer zu ihrer Affäre. Er holte einmal tief Luft.

»Es ist nicht nur dein Kind. Es ist das unsere, weil es unser Leben ist. Dazu gehört Tomasz. Du bist bei mir geblieben, obwohl ich der Teufel persönlich war. Du hast mich in meiner dunkelsten Stunde nicht verlassen. Jetzt wächst das Kind unter deinem Herzen, und so will ich es lieben. Ich möchte nichts mehr hören.«

Hilka machte einen Schritt auf ihren Mann zu. Sie nahmen sich in den Arm und warteten darauf, dass ihr Herz wieder im selben Rhythmus schlug und ihre Seelen sich erneut miteinander verbanden. Gleichgültig, was passiert war. Es war Vergangenheit, das Leben ging weiter.

Es dauerte, ehe sie sich voneinander lösten. »Danke, Tjade. Ich liebe dich.« Hilka sah ihren Mann an. »Aber eine Bitte habe ich noch.«

»Was denn?«

»Lass uns nach Tomasz' Frau und Kind suchen, damit sie nicht vergebens auf ihren Mann wartet. Ich möchte sie finanziell unterstützen. Wir haben uns an diesen Menschen schuldig gemacht. An Alesja, an Jan, Miron und auch an Tomasz. Nur leben die anderen noch.«

Tjade nickte. »Wir versuchen es. Versprochen!«

Kapitel 22

Rena saß im Garten der Mühle. Dick eingemummelt, denn es war inzwischen feucht und kalt geworden. Viktoria hatte sie gestern ein paarmal versucht anzurufen, aber sie wollte mit ihrer Schwester jetzt nicht sprechen.

Bei ihr ging alles schief. Sie hatte selbst noch versucht, einen Kredit bei der Bank zu bekommen, aber dieses Unterfangen war aussichtslos.

Sie würde die Mühle verlieren, weil ihre Schwester England bevorzugte. So war das Leben. Unter diesen Umständen wollte sie keinesfalls mit ihr reden.

»Mama?« Charlotte kam um die Ecke. »Was machst denn du bei der Kälte im Garten? Lass uns reingehen.«

»Ich brauche frische Luft«, antwortete ihre Mutter. »Drinnen ersticke ich an meinem Kummer.«

»Das würde mir auch so gehen«, seufzte Charlotte.

»Da seid ihr!«, rief eine weibliche Stimme.

Die beiden Frauen fuhren herum.

»Tante Vicki!«, rief Charlotte. »Was machst du hier?«

Viktoria schwenkte die Kladden. »Ich bin durch, und ich habe gute Neuigkeiten.«

Sie gingen zusammen in die Küche. Dann begann sie zu erzählen. Sie ließ nichts aus, und als sie von ihrem Besuch bei Jake berichtete, kamen ihr die Tränen.

»Nun haben wir Mamas Geheimnisse gelüftet!«

»Das tut so gut«, sagte Charlotte. »Ich muss auch noch was loswerden.«

Rena und Viktoria schauten sie abwartend an.

Charlotte reckte das Kinn. »Ich werde Lutz auf jeden Fall sagen, dass sein Großvater zumindest ein Grab gefunden hat. Oma und Opa haben seine Mutter damals ja offenbar nicht mehr ausfindig machen können.« Sie druckste herum. »Wir stehen wieder in Kontakt. Ich glaube, ich werde ihm verzeihen können. Er war doch genauso durcheinander wie wir alle.«

»Ich denke, das ist ein guter Plan«, meinte Viktoria. »Jeder hat eine zweite Chance verdient, erst recht, wenn man weiß, warum sich jemand unfair verhalten hat und es nachvollziehbar ist.«

Charlotte wirkte erleichtert.

Rena aber sah ihre jüngere Schwester neugierig an. »Du siehst aus, als würde dir noch etwas unter den Nägeln brennen.«

»Das stimmt. Ich habe nämlich wunderbare Neuigkeiten.« Viktoria zog ein Stück Papier aus der Jackentasche.

»Was ist das?«

»Eine Zusage für euch über fünfzigtausend Euro für die Flügelwelle. Ich werde meine Wohnung in Hamburg verkaufen und euch das Geld zur Verfügung stellen. Mir bleibt immer noch eine Menge übrig. Wir brauchen keinen Kredit. Keinen Förderverein.«

Rena schnappte nach Luft, und Viktoria fuhr fort. »Mein neues Zuhause wird ein Cottage in Castle Hedingham sein. Es gehört meinem Vater, und ich bin die einzige Erbin. Es ist alles gut, Schwesterherz. Es ist alles gut!«

Rena schlug die Hände vors Gesicht und begann zu weinen. Sie konnte sich kaum beruhigen.

»Meine Mühle!«, schluchzte sie. »Meine Mühle!«

»Unsere Mühle«, sagte Viktoria. »Vater hat immer gewusst, wer ich bin und was passiert ist. Das hat Mama sehr ausführlich dargestellt. Sie waren stets ehrlich zueinander. Und trotzdem hat er mich geliebt. Es ist *unsere* Mühle, und wir werden auch zukünftig gemeinsam dafür kämpfen. Wir, die Töchter der Kornmühle!«

NACHWORT

Die Töchter der Kornmühle ist mal wieder ein zeitgeschichtlicher Roman, der mir viel Recherchearbeit abverlangt und zugleich viel Freude bereitet hat.

Es war natürlich nicht möglich, sämtliche historischen Ereignisse dieser schrecklichen Zeit in der Geschichte zu erwähnen, und mir ist bewusst, wie viel mehr Verbrechen im Krieg begangen worden sind.

Ich durfte, zusammen mit unseren Müllern Dietmar Weiß und Dierk Heeren, die Oberahmer Peldemühle besuchen und bis oben in den Mühlenkopf klettern. Ich habe gelernt, wie die Flügel bespannt werden und wie ein Mahlgang funktioniert! Sollten sich hier doch ein paar technische Fehlerchen eingeschlichen haben, nehme ich das auf meine Kappe. Das »Müllerdeutsch« mit seinen Fachbegriffen habe ich angepasst und nicht überall verwendet, auch wenn ich gelernt habe, dass ein Müller von Ruten und nicht von Flügeln spricht und viele Dinge mehr, die aber zu weit geführt hätten. Man möge es mir verzeihen!

Für die zeitgeschichtliche Hintergrundhandlung hat mir Werner Loga (†) ein umfangreiches und sehr persönliches Dokument zur Verfügung gestellt. Das hat mir sehr geholfen, um das Leben eines Soldaten zu verstehen und auch die genauen Truppenverläufe im Zweiten Weltkrieg nachvollziehen zu können.

Seine Flucht aus dem russischen Lager muss äußerst gefährlich gewesen sein. Das und seine anderen Schilderungen haben mir ungemein geholfen, die Geschichte von Tjade zu erzählen, selbst wenn ich sie natürlich an meine Geschichte angepasst, verfremdet und einen völlig neuen Menschen mit der Figur des Tjade erschaffen habe. Hilfreich waren auch die aufgeschriebenen Witterungsbedingungen an der Front, denn so konnte ich gut darstellen, durch welche Hölle die Menschen allein deswegen gehen mussten.

Weitere Schilderungen habe ich zum Teil ausgelassen, weil sie zu weit geführt hätten, aber es war zum Beispiel erschreckend zu lesen, dass im Kessel von Stalingrad 1942 250.000 Mann lagen. Von ihnen wurden 3.400 Männer ausgeflogen, der Rest geriet in Gefangenschaft oder starb. Diese Dimension ist nur eine der Grausamkeiten des Krieges. Mich haben seine Schilderungen tief berührt. Danke, Werner, dass ich das alles verwenden durfte, denn nur deshalb war es mir möglich, Tjade Dinge sehen und erleben zu lassen, die sehr authentisch sind.

Die Ortsbezeichnungen habe ich so eingedeutscht übernommen, wie ich sie in den Aufzeichnungen vorgefunden habe, weil sie damals so verwendet wurden.

Eiskalt erwischt hat mich in dem Zusammenhang der Ausbruch des Krieges in der Ukraine, da einige Schauplätze identisch sind. Als es dort losging, steckte ich gerade in der letzten Überarbeitungsphase. Ich bin zutiefst betroffen.

Weiterhin danke ich Gerda Janssen aus Bockhorn für ihre Schilderungen als Kind in einer Mühle, sie hat mir den Brand sehr plastisch geschildert.

Und ein ganz großer Dank geht mal wieder an Michael Clemens, der mir als Urenkel der Peldemühle eine Menge aus der Zeit des Krieges und der Nachkriegszeit in der Mühle erzählen konnte.

Geholfen haben mir auch die Frauen in meinem Freundes- und Bekanntenkreis, die an meiner Umfrage zu ihrer Beziehung zu ihrer Schwester/ihren Schwestern mitgemacht haben. Ich war dankbar, auf diese Weise sehr viele Inputs bekommen zu haben, damit ich besser über Viktoria und Rena schreiben konnte. Ich selbst habe nämlich einen Bruder.

Und danke Ihnen, meinen Leserinnen und Lesern, dass Sie mir bis hierher gefolgt sind.

Ein ganz dickes Dankeschön geht an meine Agentin Anna Mechler, die mich stets umsichtig begleitet, immer für mich da ist und ein offenes Ohr hat! Das ist so wichtig!

Selbstverständlich geht mein Dank auch an das Team vom Piper Verlag, allen voran an meine Lektorin Julia Stolz. Und ich danke Frau Neumann, die meine Redaktion wie immer mit Bravour geleistet hat.

Und mein Dank gilt zum Schluss wie immer meiner wunderbaren Familie mit Eltern, Schwiegervater, meinen fünf Kindern und Schwiegerkindern samt Enkeln. Einfach, weil ihr da seid. Und an meinen Mann Frank, der alles mitmacht und mir den Rücken freihält, wenn ich mal wieder in einer anderen Welt unterwegs bin.

LITERATURVERZEICHNIS

Beevor Antony: *Der Zweite Weltkrieg*. Bertelsmann, 2012.

Deutsches historisches Museum in Berlin: *Dienstordnung für polnische Arbeiter im Deutschen Reich* https://www.dhm.de/lemo/bestand/objekt/dienstordnung-fuer-polnische-arbeiter-im-deutschen-reich-1941.html

Ev. Luth. Kirchengemeinde Heppens: *Auf ein Wort – Geschichten von Senioren, die 1930 bis 1945 in Wilhelmshaven/Heppens gelebt haben.* BOD 2014.

Frerichs Holger: *Der Bombenkrieg in Friesland 1939–1945.* Verlag Hermann Lüers, 1997.

Hashagen Ingo: *Als sich noch die Flügel drehten*. Verlag Atelier im Bauernhaus, 1986.

Heimatverein Sande-Gödens e. V.: *Am Schwarzen Brack No 10: Wie erlebten 8- bis 18-jährige Jungen und Mädchen die Kriegs- und Nachkriegszeit in Neustadtgödens und Umgebung*? Schriftenreihe des Heimatvereins Sande-Gödens, 1999.

Kurhaus Dangast: *Kurhaus Dangast* http://kurhaus-dangast.de/das-kurhaus-und-das-nordseebad-dangast/

Loga Werner: *Private Aufzeichnungen*.

Norzel Werner, Weßling Hartmut: *Ostfriesisches Mühlenbuch*. Schlütersche, 1985.

Ostfriesische Landschaft: *Windmühlen in Ostfriesland*, Broschüre.

Schneider Wolfgang: *Alltag unter Hitler*. Rowohlt Berlin, 2000.

Schoof Lükko: *Deutsche Mühlenführer, Heft 8. Die Greetsieler Zwillingsmühlen.* Verein zur Erhaltung von Wind- und Wassermühlen in Niedersachsen und Bremen e.V., 1996.

Wittor Manfred: *Mühlen in Großefehn*. Edition Peperkorn, 2002.